管 理 学

主 编 李立新

副主编 王 坤 李红英

参 编 苏武江 邓嘉燕 李立周 庞立君

北京理工大学出版社
BEIJING INSTITUTE OF TECHNOLOGY PRESS

内容简介

　　管理学是一门系统地研究管理过程的普遍规律、基本原理和一般方法的科学。作为一门新兴的学科，管理学的发展相当迅速，至今已发展成为一个庞大的学科体系。管理学是应用型本科经济管理类专业的一门核心课程，本书结合国内外管理理论和实践的最新发展，以多年来教学科研的经验为基础，坚持理论性和应用性的有机结合，系统地介绍了管理理论及其一般应用。

　　全书共分十二章。书中选编了大量案例，把概念和原理融入实际工作之中。每个章节中穿插了管理专栏和相关的问题思考，文后还有复习思考题、实践与训练、案例分析和管理游戏，旨在进一步提高学生分析问题和解决问题的能力。还有推荐读物供学生扩大知识面。

　　本书既可以作为经济管理类专业本科生的学习用书，也可以作为广大管理实践参与者的学习参考书。

图书在版编目（CIP）数据

管理学/李立新主编 . —北京：北京理工大学出版社，2011.1
ISBN 978 - 7 - 5640 - 3987 - 5

Ⅰ. ①管…　Ⅱ. ①李…　Ⅲ. ①管理学—高等学校—教材
Ⅳ. ①C93

中国版本图书馆 CIP 数据核字（2010）第 230924 号

出版发行 /北京理工大学出版社
社　　址 /北京市海淀区中关村南大街 5 号
邮　　编 /100081
电　　话 /(010)68914775（总编室）　68944990（批销中心）　68911084（读者服务部）
网　　址 /http：//www. bitpress. com. cn
经　　销 /全国各地新华书店
印　　刷 /保定市中画美凯印刷有限公司
开　　本 /787 毫米×1092 毫米　1/16
印　　张 /17. 25
字　　数 /398 千字
版　　次 /2011 年 1 月第 1 版　2011 年 1 月第 1 次印刷
印　　数 /1 ~ 4000 册　　　　　　　　　　　　　　　　责任校对 /王　丹
定　　价 /32. 00 元　　　　　　　　　　　　　　　　　责任印制 /边心超

　　　　　　　　　　　　　　　　　　　　　　图书出现印装质量问题，本社负责调换

第一章

管理概论

学习目标

通过本章的学习，掌握管理的定义、特征、性质、管理学定义、管理者的角色与技能；了解管理学在当今的地位、作用；了解管理学的研究对象、管理学的特点；学习管理学的方法、管理道德和社会责任等。

关键概念

管理（Management）	组织（Organization）	效果（Effectiveness）
效率（Efficiency）	计划（Planning）	组织（Organizing）
领导（Leading）	控制（Controlling）	管理技能（Management Skill）
概念技能（Conceptual Skill）	人际技能（Human Skill）	业务技能（Technical Skill）

导入案例

有七个流浪汉住在一起，每天共喝一桶粥，由于人多粥少总是不够分。一开始，他们抓阄决定由谁来分粥，每天轮一个人。一周下来，他们只有轮到自己分粥的那一天才吃得饱。后来，他们决定推选一位道德高尚的人来分粥。于是，大家开始挖空心思去讨好这个人，贿赂他，搞得整个小团体乌烟瘴气。接着，他们又决定组成三人的分粥委员会及四人的评选委员会，分粥的时候相互攻击扯皮，粥吃到嘴里的时候全都凉了。最后，他们又想出一个办法：轮流分粥，但分粥的人要等其他人挑完后拿剩下的最后一碗。因此，为了不让自己吃到最少的，每个人都尽量分得平均，就算不是那么平均，也只能认了。从此，大家快快乐乐，和和气气，日子越过越好。

第一节 管理概述

一、什么是管理

"管理"在大家的心目中已经是一个非常熟悉的字眼，但什么是管理呢？不同的人也许有不同的观点。有人认为管理就是和人打交道，把事情办好；更有人把管理和决策、命令、权力等联系在一起。

人类社会是由不同的个体组成的，而每个个体从出生开始，就必然要生活在不同的组织中。从家庭、学校到公司、政府、协会等，每个成员都是在一定的组织里活动，而社会的发展也是通过组织的活动来实现的。组织是人类社会生活中最常见、最普遍的社会现象。在自然进化和社会发展的面前，个人的能力有限，因此，个人往往需要和他人相互依存、相互合作、联合起来，共同行动，借助群体的力量来达到一定的目的，进而就形成了不同的组织。

组织是指人们为了实现一定的目标，互相协作结合而成的群体，如家庭、公司、企业、学校、军队等。在现代社会生活中，组织不仅是社会的细胞、社会的基本单元，还可以说是社会的基础，其影响已深入到社会政治生活、经济生活、文化生活和家庭生活等各个主要的社会生活领域之中。一个人从生到死，时时刻刻都是处在不同的组织之中。

而在实现组织目标的过程中，管理活动是不可缺少的。我们通常从效率和效益两个方面来衡量组织的运行水平。所谓效率（Efficiency）是衡量在一定目标的约束下，资源被利用的情况和产出能力的尺度。效益（Effectiveness）是衡量组织目标的适宜程度，以及组织实现目标程度的一个尺度。管理者的责任就是选择正确的目标，并保证组织及其成员尽可能高效率地完成为消费者提供产品或服务的所有活动。所以，组织的管理者必须运用合理的方式对组织的各项资源进行管理，从而提升组织的运行效率和效益。不过，在这里我们还需要清楚效率与效果的概念，它们与管理密切相关。效率（Efficiency）反映输入与输出的关系，管理就是要使资源成本最小化；效率涉及活动的方式，而效果（Effect）涉及的则是活动的结果。

我们必须正确认识管理。一种普遍被接受的观点是：管理是一个过程，是让别人和自己一道去实现既定的目标，是一切有组织的集体活动所不可缺少的要素。我们必须认识到管理是一种组织活动，它绝不等同于命令或权力，利用各种方法处理好各阶层的关系，才是管理的关键。

自20世纪初，管理学作为一门新兴学科形成和发展以来，管理一词的定义多种多样，各个学术流派从不同的角度对管理作了阐述。

被誉为"现代管理之父"的彼得·德鲁克指出：管理是一种实践，其本质不在于知，而在于行。

美国著名管理学家哈罗德·孔茨（Harold Koontz）认为：各级管理者都担负着创造和保持一种使人们在群体中相互配合工作的环境，从而实现精心选择的任务和目标。

美国管理学家、1978年诺贝尔经济学奖获得者赫伯特·西蒙则提出：管理就是决策，决策贯穿于管理的全过程。

虽然不同学者对"管理"的解释不尽相同，但都有其合理和可取之处。他们从不同的角度丰富和发展了管理思想，对管理实践产生了积极的指导作用。由于人类社会是不断发展的，反映社会发展不同阶段管理水平的管理概念也必然随之变化。所以，管理是一个动态的、发展的概念。

综上所述，我们认为，管理是指管理者在一定的环境条件下，对组织所拥有的资源（人力、物力和财力等各项资源）进行计划、组织、领导、控制，以及有效地实现组织目标的过程。

专栏1-1　　　　　　　　　　　　　**管理的定义**

什么是管理？迄今为止，人们对其的理解并不完全一致。

亨利·法约尔（Henri Fayol）认为："管理是计划、组织、指挥、协调和控制。"

玛丽·帕克·福莱特（Follett，1942）认为："管理就是通过其他人来完成工作的艺术。"

哈罗德·孔茨和海因茨·韦理克（Harold Koontz and Heinz Weihrich，1988）认为："管理就是设计和保持一种良好的环境，使人们在群体里高效地完成既定的目标。"

路易斯（Lewis，1998）等认为："管理应定义为切实有效地支配和协调资源，并努力达到组织目标的过程。"

罗宾斯和库尔塔（Robbins and Coulter，2001）将管理定义为"一个协调工作活动的过程，以便能够有效率和有效果地同别人一起或通过别人实现组织的目标"。

综上所述，管理可定义为：组织和组织中的管理者，适应环境变化，综合运用相关技能，通过计划、组织、领导及控制等各项职能活动，合理协调和分配各项资源，有效地实现其某一时期的既定目标的过程。

下面，我们通过管理的基本特征来加深对管理概念的认识。

二、管理的基本特征

（一）管理既是一种文化现象，又是一种社会现象

管理现象的存在必须具备两个条件：两个人以上的集体活动和一致认可的目标。

这一点应该很容易理解，在社会生产活动中，把多人组织起来，进行分工会达到单独活动所不能达到的效果。只要是多人共同活动（即向一共同的目标努力），就需要通过制订计划、确定目标等来达到协作的好处，这就需要管理。因此，管理活动存在于组织活动中，或者说管理的载体是组织。

组织的类型、形式和规模可能千差万别，但其内部都包含五个基本要素，即人（管理的主体和客体）、物（管理的客体、手段和条件）、信息（管理的客体、媒介和依据）、机构（反映了管理的分工关系和管理方式）和目的（表明为什么要有这个组织）。外部环境对组织的效果与效率有很大的影响。外部环境一般包含九个要素：行业、原材料供应、财政资源、产品市场、技术、经济形势、政治状况、国家的法律制度和社会文化。一般认为，组织内部要素是可以控制的，组织外部要素是部分可以控制（如产品市场）、部分不可以控制的（如国家政策）。

（二）管理的主体是管理者

既然管理是让别人和自己一道去实现既定的目标，管理者就要对管理的效果负重要责

任。管理者的第一个责任是管理一个组织；管理者的第二个责任是管理管理者；管理者的第三个责任是管理工作和员工。

（三）管理的核心是处理好人际关系

人既是管理中的主体又是管理中的客体，管理的大多数情况是人和人打交道。管理的目的是实现多人共同达成目标，因此，管理中一定要处理好人际关系。管理者千万不要给人一种高高在上的感觉。

（四）管理既是一门科学，又是一种艺术

20 世纪以来，管理知识逐渐系统化，并形成了一套行之有效的管理方法。虽然还没有自然科学那样精确，但管理已成为一门科学已无人怀疑。说管理是一种艺术，是强调管理的实践性。管理者在管理活动中，既要用到管理知识，又不能完全依赖于管理知识，必须发挥创造性，根据不同的情况采取不同的方法。管理人员在管理中要学会灵活运用知识，使组织活动达到最佳效果。

专栏1-2　　　　　　　　　　　　　　**老虎的孤独**

作为森林王国的统治者，老虎几乎饱尝了管理工作中所能遇到的全部艰辛和痛苦。它终于承认，原来老虎也有软弱的一面。它多么渴望可以像其他动物一样，享受与朋友相处的快乐；能在犯错误时得到哥儿们的提醒和忠告。

它问猴子："你是我的朋友吗？"猴子满脸笑容地回答："当然，我永远是您最忠实的朋友。""既然如此，"老虎说，"为什么我每次犯错误时，都得不到你的忠告呢？"猴子想了想，小心翼翼地说："作为您的属下，我可能对您有一种盲目的崇拜，所以看不到您的错误。也许您应该去问一问狐狸。"老虎又去问狐狸。狐狸眼珠转了一转，讨好地说："猴子说得对，您那么伟大，有谁能够看出您的错误呢？"和可怜的老虎一样，许多主管也时常会体会到"高处不胜寒"的孤独。由于组织结构上的等级制度，主管和部属之间隔着一道深深的鸿沟。所有的部属对主管的态度，都像对待老虎一样敬而远之，因为：指出你的错误容易，可万一你恼羞成怒，他们不是自取其祸吗？更何况，由于立场不同，有些部属不仅不会阻止你犯错，反而会等着看你的笑话！尤有甚者，个别员工可能等的就是你倒台的这一天，他正好可以取而代之。想要部属指出主管的缺点或错误，必须满足三个条件：第一，他能确信自己能够得到好处；第二，他得足够勇敢；第三，作为主管的你，具有明辨是非的眼力和包容的胸怀。

三、管理的二重性

任何社会生产都是在一定的生产方式、一定的生产关系下进行的，生产过程具有二重性。同样，对社会生产过程进行的管理也具有二重性：一是与生产力相联系的自然属性；二是与生产关系相联系的社会属性。

管理二重性是指管理的自然属性和社会属性。一方面，管理是由许多人进行协作劳动而产生的，是有效组织共同劳动所必需的，具有同生产力和社会化大生产相联系的自然属性；另一方面，管理又体现了生产资料所有者指挥劳动、监督劳动的意志，因此，它又有同生产关系和社会制度相联系的社会属性。

管理的自然属性是一种不以人的意志为转移，也不因社会制度、意识形态而改变的客观存在。管理理论揭示了自然规律，并创造了与这一规律相适应的管理手段、管理方法。管理活动只有遵循这些规律，利用这些手段和方法，才能有效地保证组织的顺利运行。管理的自然属性体现在两个方面：一方面，管理是社会劳动过程中的一般要求；另一方面，管理在社会劳动中具有特殊作用，只有通过管理才能实现劳动过程中所需要的各种要素的组合。

管理的社会属性体现在管理作为一种社会活动，只能在一定的社会历史条件下和一定的社会关系中进行，管理具有维护和巩固生产关系、实现特定生产目标的功能。管理的社会属性与生产关系、社会制度紧密相连。

管理的自然属性和社会属性之间是相互联系、相互制约的。一方面，管理的自然属性不可能独立存在，它总是存在于一定的社会制度、生产关系中；同时，管理的社会属性也不可能脱离管理的自然属性而存在，否则，管理的社会属性就成为了没有内容的形式。另一方面，管理的二重性又是相互制约的，管理的自然属性要求具有一定社会属性的组织形式和生产关系相适应；同时，管理的社会属性也必然对管理的方法和技术产生影响。因此，任何管理理论、技术与方法的出现，都有其时代背景，都是与当时的生产力及社会条件相适应的。因此，我们在应用某些理论、技术与方法时，必须结合本部门、本单位的实际情况，因地制宜，这样才能取得良好的管理效果。

> **思考与讨论：**
> 　1. 对"管理"，我们经常会碰到两个单词"Management"和"Administration"，你认为二者有差别吗？
> 　2. 管理是引导我们"做正确的事"还是"正确地做事"？
> 　3. 管理是科学还是艺术？

第二节　管理系统与管理职能

一、管理系统的概念

管理系统，是指由相互联系、相互作用的若干要素或子系统，按照管理的整体功能和目标结合而成的有机整体。关于管理系统的理解有以下三个方面。

（1）管理系统是由若干要素构成的，这些要素可以看做是管理系统的子系统，而且这些要素之间是相互联系、相互作用的。

（2）管理系统是一个层次结构。其内部划分成若干子系统，并组成有序结构；而对外，任何管理系统又成为更大的社会管理系统的子系统。

（3）管理系统是一个整体，发挥着整体功能，即其存在的价值在于其管理功效的大小。任何一个子系统都必须是为实现管理的整体功能和目标服务的。

二、管理系统的构成

管理系统一般由五个要素构成：管理目标、管理主体、管理对象、管理机制与方法和管理环境。

三、管理职能

1. 管理职能的含义与内容

（1）管理职能的含义。管理职能是管理者实施管理的功能或程序，即管理者在实施管理中所体现出的具体作用及实施程序或过程。

（2）管理职能的内容。管理学界普遍接受的观点是，管理职能包括计划、组织、领导和控制。20世纪初，法国工业家亨利·法约尔（Henri Fayol）提出，所有管理者都履行着五种管理职能（Management Functions），即计划、组织、指挥、协调和控制。20世纪50年代中期，美国学者哈罗德·孔茨（Harold Koontz）和奥唐奈（O'Donnell）采用计划、组织、人事、领导和控制五种职能作为管理学教材的框架。目前，大部分管理学教材仍然沿袭了这一模式，即以管理职能来组织教材内容。斯蒂芬·P·罗宾斯（Stephen P. Robbins）在其《管理学》教材中将管理职能精简为四项：计划职能（Planning）、组织职能（Organizing）、领导职能（Leading）和控制职能（Controlling）。

计划职能是指管理者为实现组织目标对工作所进行的筹划活动。组织职能是管理者为实现组织目标而建立与协调组织结构的工作过程。领导职能是指管理者指挥、激励下级，以有效地实现组织目标的行为。控制职能是指管理者为保证实际工作与目标一致而进行的活动。

2. 正确理解各管理职能之间的关系

一方面，在管理实践中，计划、组织、领导和控制职能一般是顺序履行的，即先要执行计划职能，然后是组织、领导职能，最后是控制职能；另一方面，上述顺序也不是绝对的，在实际管理中这四大职能又是相互融合、相互交叉的。

3. 正确处理管理职能的普遍性与差异

原则上讲，各级各类管理者的管理职能都具有共同性，都在执行计划、组织、领导、控制四大职能；同时，不同层次、不同级别的管理者在执行这四大职能时的侧重点与具体内容又是不相同的。

专栏1-3   **管理的任务**

现代人的目标和抱负，需要通过前所未有的合作努力才能实现。我们之所以能改造贫民区，消除污染，给予个人自我表现的机会，提高生活水平和实现社会的以及个人的许多其他目标，全依赖于联合行动。如果个人，甚至一个部落，想要实现自给自足——生产他们自己所需的食物、衣服和住房，充其量也只能勉强维持生存。但当人们在各种企业中联合起来，共同经营他们的资源，同众多的人或企业相互交换他们的产品时，他们就掌握住了实现共同富裕繁荣的手段。

管理的任务就是使这种合作得以顺利进行。这就需要管理者把人力、机器和资金这样一些未经组织的资源转变为一个卓有实用价值的企业。

（资料来源：［美］W·H·纽曼，小C·E·萨默. 管理过程——概念、行为和实践. 北京：中国社会科学出版社，1995年版第5页。）

第三节　管理者

一、管理工作

（一）广义的管理工作

凡是对组织资源或职能活动进行筹划与组织的工作都属于管理工作。这样，凡是在各级各类组织中管人的、管物的、管理某项活动的人都可以看做是广义上的管理者。例如，在一个企业中，从总经理的领导工作，到会计的账务处理工作，都可以看做是广义的管理工作。

（二）狭义的管理工作

以"管人"为核心的组织与协调的工作属于管理工作，即通过管理他人，进而筹划、组织资源与活动的各种工作。例如，企业中的总经理和各部门经理、各作业班组长所从事的工作即狭义上的管理工作。

（三）领导工作

领导工作所强调的是管理者必须拥有下属和权力。领导工作更强调工作性质与内容上的层次性，如决策、指挥，从而与一般性的事务处理相区别。此外，如狭义管理工作中基层管理者（如班组长）的工作一般就不称之为领导工作。例如，总经理的工作就是领导工作，而工程师的工作就不是领导工作。

二、管理者

（一）管理者与操作者

管理者是在组织中进行管理的，因此有必要先明确组织的含义。一般地，组织具有如下三个共同特征。

第一，每一个组织都有一个明确的目的。

第二，每一个组织都是由人组成的。

第三，每一个组织都形成一种系统性的结构，以维持组织的存在和运行，规范和限制成员的行为。

因此，组织是指一种由人组成的，具有明确目的和系统性结构的实体。

根据在组织中的地位和职责的不同，组织成员可以分为管理者与操作者。管理者是指在组织中行使管理职能，承担管理责任，从事指挥、协调等工作，通过管理他人完成具体任务的人员，如公司的总裁、经理、主管等。他们不仅要对自己的工作负责，还要对其所管理的人的工作负责。操作者是指在组织中直接从事具体的业务，且不承担对他人工作监督职责的人，如工厂的工人、医院的护士、商店的售货员、学校的教师等。他们的任务就是做好组织所分派的具体的操作性工作。

（二）管理者的概念

管理者（Manager）是组织中这样一些人：他们根据环境的变化，合理分配组织中各项资源，协调组织内部的各项活动，与组织中的其他成员一起去实现组织在一定时期的既定目标。

（1）关于管理者的传统观点。传统的观点，认为管理者是运用职位、权力，对人进行统驭和指挥的人。

（2）关于管理者的现代观点。德鲁克认为：在一个现代的组织里，每一个知识工作者如果能够由于他们的职位和知识，对组织负有贡献的责任，因而能够实质性地影响该组织的经营并获得成果的能力者，即为管理者。

（3）管理者的定义。管理者是指履行管理职能，对实现组织目标负有贡献责任的人。

（三）管理者的类型

1. 按管理层次划分

（1）高层管理者：负责制定企业的现行政策，并计划未来的发展方向。

（2）中层管理者：执行企业组织的政策，指挥一线管理人员或操作人员工作。

（3）基层管理者：一般只限于督导操作人员的工作，不会指挥其他管理人员。

不同层级的管理者如图 1 – 1 所示。

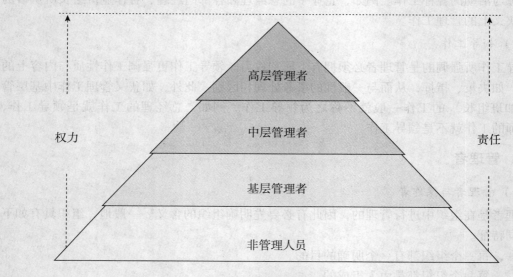

图 1 – 1　不同层级的管理者

2. 按管理工作的性质与领域划分

（1）综合管理者。

（2）职能管理者。

3. 按职权关系的性质划分

（1）直线管理人员。

（2）参谋人员。

> **思考与讨论：**
> 不同层级的管理者所从事的工作有何差别？

（四）管理者的素质

（1）管理者素质的含义。管理者的素质是指管理者的与管理相关的内在基本属性与质量。管理者的素质主要表现为品德、知识、能力与身心条件。

（2）管理者的基本素质。管理者的基本素质如表1-1所示。

表1-1 管理者的基本素质

基本素质	含 义	内 容
政治与文化素质	指管理者的政治思想修养水平和文化基础	政治坚定性、敏感性；事业心、责任感；思想境界与品德情操；人文修养与广博的文化知识等
基本业务素质	指管理者在所从事的工作领域内的知识与能力	一般业务素质和专门业务素质
身心素质	指管理者本人的身体状况与心理条件	健康的身体；坚强的意志；开朗、乐观的性格；广泛而健康的兴趣等

（3）管理者的技能。管理者必须具备三方面技能，即技术技能、人际技能和概念技能。管理者必须具备的技能如表1-2所示。

表1-2 管理者必须具备的基本技能

基本技能	含 义	内 容
技术技能	指管理者掌握与运用某一专业领域内的知识、技术和方法的能力	专业知识、经验；技术、技巧；程序、方法、操作与工具运用的熟练程度
人际技能	指管理者处理人际关系的技能	观察人，理解人，掌握人的心理规律的能力；人际交往，融洽相处，与人沟通的能力；了解并满足下属的需要，进行有效激励的能力；善于团结他人，增强向心力、凝聚力的能力等
概念技能（构想技能）	指管理者观察、理解和处理各种全局性的复杂关系的能力	对复杂环境和管理问题的观察、分析能力；对全局性的、战略性的、长远性的重大问题处理与决断的能力；对突发性紧急处境的应变能力等。其核心是一种观察力和思维力

（4）不同层次管理者对管理技能需要的差异性。各层次管理者对技能需要的比例如图1-2所示。

图1-2 不同层次管理者对管理技能需要的比例

（五）现代管理者素质的核心——创新

创新是现代管理者素质的核心。管理者的创新素质主要体现在以下几个方面。

（1）创新意识。管理者要树立创新观念，要真正认识到创新对组织生存与发展的决定性意义，并在管理实践中，事事、时时、处处坚持创新，要有强烈的创新意识。

（2）创新精神。这是涉及创新态度和勇气的问题。管理者在工作实践中，不仅要想到创新，更要敢于创新。要有勇于突破常规、求新寻异、敢为天下先的大无畏精神。

（3）创新思维。管理者不仅要敢于创新，还要善于通过科学的创新思维来完成创新构思。没有创造性思维，不掌握"越轨思维"的方法与技巧，不采用科学可行的创造性技法，是很难实现管理上的突破与创新的。

（4）创新能力。在管理实践中，促使创新完成的能力是由管理者相关的知识、经验、技能与创造性思维综合形成的。

专栏1-4

管理从唐僧说起

实际上，唐僧是个高明的领导者，他善于统御，善于利用资源。其他不说，以下几个方面至少是值得管理者借鉴的。

首先，企业的统帅必须有一个具有吸引力甚至是神圣的目标，并根据这个目标组织自己的团队。没有唐僧及其"西天取经"的目标和事由，没有这个目标本身会带来"修成正果"的吸引力，就不会有"取经团队"。唐僧个人也就成了这个取经组织的标志物、同义词，没有以唐僧为首的取经团队，孙悟空再有能耐又如何，只能"大闹天宫"弄得鸡飞狗跳，成不了大事；猪八戒也只能在高老庄当"妖精"；沙和尚也只能在流沙河做条"泥鳅"。

其次，善于培养和利用手中的资源。大凡企业家，手上都有一些影响他人思想和行为的资源，譬如资本、权力、优势、人才、技术等。唐僧能通过"西天取经"的事情，利用和培养一系列的资源，这些资源包括唐王委派的既定地位，各路菩萨、神仙的大力支持和帮助，凭着这些资源，降服妖魔鬼怪自然不在话下，"猴头、猪头"们也当然听任调遣。

再次，领导不一定什么都比下级强，他懂得怎样统御下属。除了手里要捏着一点类似"紧箍咒"这样的绝对性权力或手段外，饿了知道让徒弟们去化斋，困了知道让徒弟们打点窝铺，唐僧总归懂得按各个徒弟的专长分配工作，也可以说唐僧算是知人善任。

最后，用好人才。综合一些管理统御者的成功经验，并不复杂，只是实际中比较难以做到而已：发现人才；尊重人才；善于任用；善于授权；重视沟通；善于激励；奖罚有度。

三、管理者角色

按照管理职能（或过程）论，管理者的管理活动是有序的、连续的。20世纪60年代末，加拿大学者、管理学家亨利·明茨伯格（Henry Mintzberg）（1939—）对总经理的工作进行了一项仔细的观察和研究。在大量观察、研究的基础上，亨利·明茨伯格提出了一个管理者究竟在做什么的分类纲要（1973）。他的结论是，管理者扮演着10种不同的，但却高度相关的角色。这10种角色可以从总体上划分为三大类型。

（一）人际关系角色（Interpersonal Roles）

——挂名首脑（Figure Head）。作为组织的首脑，每位管理者有责任主持一些仪式，比如接待重要的访客、参加某些职员的婚礼、与重要客户共进午餐等，涉及人际关系角色的职责有时可能是日常事务，几乎不包括严肃的交流或重要的决策制定，然而，它们对组织能否顺利运转非常重要，不能被管理者忽视。

——联络者（Liaison）。联络角色是专门用于建立管理者自己的外部信息系统的，它是非正式的、私人的、口头的，然而却是有效的。

——领导者（Leader）。由于管理者管理着组织，他就对该组织成员的工作负责，在这一点上就构成了领导者的角色，正式的权力赋予了管理者强大的潜在影响力。

（二）信息角色（Informational Roles）

——监听者（Monitor）。管理者为了得到信息而不断审视自己所处的环境。他们询问联系人和下属，接收主动提供的信息（这些信息大多来自他的个人关系网）。担任监控角色的管理者所搜集的信息很多都是口头形式的，通常是传闻或流言。

——传播者（Disseminator）。管理者需要直接传递给下属一些他们独享的信息，因为下属没有途径接触到这些信息。

——发言人（Spokesperson）。管理者把一些信息发送给组织之外的人，比如，总裁发表演讲或者建议供应商改进某个产品、花大量时间与有影响力的人周旋、就财务状况向董事会和股东报告等。

（三）决策制定角色（Decisional Roles）

——企业家（Entrepreneur）。作为具有正式权力的人，只有管理者能够使组织专注于重要的行动计划；当产生一个好主意时，总裁要么决定一个开发项目，直接监督项目的进展，要么就把它委派给一个雇员。

——故障排除者（混乱驾驭者，Disturbance Handler）。管理者就像一位交响乐队的指挥，努力指挥、维持一场曲调优美的表演。

——资源分配者（Resource Allocator）。管理者负责在组织内分配责任，他分配的最重要的资源也许就是他的时间。接近管理者就等于接近了组织的神经中枢和决策者。管理者还负责设计组织的结构，即决定分工和协调工作的正式关系的模式。

——谈判者角色（Negotiator）。管理者常常要花费相当多的时间用于谈判，比如足球俱乐部老板解决与坚持不让步的超级球星的合同纠纷、公司总裁率领代表团去处理一次新的罢工事件等。

上面所描述的 10 种角色不能轻易割裂，它们形成了一个完全形态，是一个整体。没有哪种角色能在不触动其他角色的情况下脱离这个框架，任何情形下，人际的、信息的和决策的角色都不可分离。当然，并不是说所有的管理者都给予每种角色同等的关注，不同类别的管理者在扮演的角色上往往会有所侧重。

根据管理职能划分的管理者角色如表 1 – 3 所示。

表 1 – 3　根据管理职能划分的管理者角色

计划职能	组织职能	领导职能	控制职能
策略规划者	联络者	挂名首脑	监管者
运营规划者	组织者	代言人	骚乱控制者
	人事协调者	谈判者	
	资源分配者	指导者	
	任务授权者	团队建设者	
		技术问题解决者	
		企业家	

四、成功的管理者与有效的管理者

"有效"和"成功"是两个不同的概念，有效者不一定成功，成功者也并非有效。依照常规，在工作上最有成绩的管理者，他会是在组织中提升得最快的人，但是事情似乎并非如此。

（一）有效的管理者和成功的管理者的含义及进行的管理活动

这里所提到的有效的管理者和成功的管理者是指美国组织行为学专家弗雷德·鲁森斯（Fred Luthans）在其著作《组织行为学》中所描述的两种管理者。① 有效的管理者是指拥有优秀和忠实的下属以及高绩效团队的管理者。这样的管理者满足两种标准：一是使工作在量和质上都达到很高的绩效标准；二是使其下属有满意感和奉献精神。② 成功的管理者是指在组织中相对快速地获得提升的管理者。对这类管理者的界定只有一个标准——晋升的速度。

那么，在组织中提升得最快的管理者，与在组织中成绩最佳的管理者从事的是同样的活动吗？弗雷德·鲁森斯（Fred Luthans）和他的同事们通过对多个层面、多个类型，包括零售商店、医院、政府部门、报社、公司总部、金融机构、制造业等组织的管理者的研究发现，这些管理者都从事以下 4 种活动。

（1）传统管理，即计划、决策和控制。观察到的行为有：指定目标、明确实现目标所要完成的任务，分配任务及资源、安排时间表等；明确问题所在，处理日常危机，决定做什么、如何做；考察工作，监控绩效数据，预防性维护工作等。

（2）日常沟通，即交流常规信息和处理案头文件。观察到的行为有：回答常规的程序性问题，接收和分派重要信息，传达会议精神，通过电话接收或者发出日常信息，阅读、处理文件、报告等，起草报告、备忘录等，以及一般的案头工作。

（3）人力资源管理，即激励、奖惩、处理冲突、人员配备和培训。观察到的行为有：正式的奖金安排，传达赞赏之意，给予奖励，倾听建议，提供团队支持，给予负性的绩效反馈，制定工作描述，面试应聘者，为空职安排人员，澄清工作角色，培训，指导等（制定规章制度并依此进行奖惩不可能被观察到，所以这一范畴没有考虑）。

（4）社交活动，即社会化活动和与外界交往。观察到的行为有：与工作无关的闲谈，议论流言蜚语，抱怨、发牢骚，参加社交活动以及搞搞小动作，应对外部相关单位，参加外部会议、公益活动等。进一步研究这些活动的相对频率（对 248 名管理者进行研究），表明"平均"意义上的管理者大约花费 32% 的时间从事传统管理活动；29% 的时间从事沟通活动；20% 的时间从事人力资源管理活动；19% 的时间从事社交活动。虽然研究的样本是西方管理者，但是人的管理行为有其共同的规律性，并且通过观察考证可以确认我国管理者从事的活动的确也是这四种活动，所以这一研究结果也适用于我国管理者。尽管环境变化，管理活动相应地受到影响，如全球化影响了视野，高级信息技术影响了沟通的途径和速度以及其他领域，然而这些已经被确认的活动本身则仍然会是相关和有效的。

（二）管理者行为的相对分布

虽然成功的管理者和有效的管理者所从事的是相同的四种管理活动，但是，不同的管理者花费在这四种活动上的时间和精力显著不同。成功的管理者（以在组织中晋升的速度作为衡量的标准）花费更多的时间和精力在社交活动上，更多地参与到与外界接触的活动中，联络感情，发展关系。相对来说，花费在日常沟通活动上的时间和精力较少，而花费在传统管理和人力资源管理活动上的时间和精力最少。也就是说，社交活动是他们成功的关键。有效的管理者（以工作成绩的数量和质量以及下级对其满意和承诺的程度作为标准）则恰恰

学研究的是组织应如何掌握环境的变化，制订一套长远的行动计划，来保持组织的竞争力。策略管理学的讨论包括较为传统的环境分析、产业分析、策略的制订和实践过程、各种竞争策略、多元化业务的策略和管理、全球策略，以及高层管理人员的策略构思等题目。

在跨国公司日渐增多的趋势下，跨国公司应如何管理，这些内容是比较管理学和跨文化管理所要研究的范畴。这方面的研究主要集中于各种管理制度的特色和异同，以及文化所担当的角色，管理方法应当如何改变来适应另一社会文化的要求等。因此，所讨论的问题包括组织理论、组织行为、人力资源管理以及策略管理等问题。

未来管理理论的发展趋势体现在以下两个方面。

（一）企业管理理论发展的一个趋势是将从"硬环境"和"软环境"两方面重塑企业形象，即表现为企业文化建设和企业再造理论

（1）企业文化建设从企业"软环境"方面重塑企业形象，注重管理的伦理道德、价值观和行为方式的变革。企业文化是以价值体系为主要内容的群体精神支柱、思维方式、行为约束等聚集的合力，它对物质生产起促进和导向作用，是企业的灵魂。现代企业的竞争是技术竞争，是质量竞争，但归根结底是人才的竞争，人才的竞争又取决于人的意识、观念和素质，这些差异形成不同的企业文化。通过对企业文化理论的研究，激发人们的事业心和责任感，激发员工的积极性和创造性，形成共同的经营宗旨、共同的价值观、共同的道德行为取向，产生共同语言和集体荣誉感。在我国进行社会主义市场经济改革时期，企业文化理论应有效地引导企业及员工，符合社会主义市场经济改革发展的要求，符合国家的法规和政策，把企业的发展目标与国家建设、市场需要紧密结合起来。

（2）企业再造理论强调从硬、软两方面构建企业管理新模式，其基本思路是对企业的业务流程做根本的重新思考和彻底的重新设计，以业务流程重组为重点，以求在质量、成本和业务处理周期等绩效指标上取得显著改善。企业再造工程在欧美企业受到高度重视，带来了显著的经济效益，涌现出了大量成功范例，通过再造减少费用，提高顾客满意度。同时，企业再造理论考虑企业的总体经营战略，注重作业流程之间的协调作用，协调经营流程和管理流程的关系。

（二）企业管理理论发展的另一趋势是科学管理与人本管理相结合

（1）在国际上，正是科学管理支撑了美国企业的高效率，使经济发展进入了快车道，而日本正是汲取科学管理的精华，成为经济大国。提高生产效率是泰勒科学管理思想的出发点和归宿。泰勒认为："最佳的管理是一门实在的科学，基础建立在明确规定的法律、条件和原则上。"科学管理实际上是一种规范化、标准化的管理，用培训来教给工人完成任务的技能，用科学研究制定标准和规章制度规定下达的任务，用奖惩等激励机制保证任务的完成。规范化、制度化是企业大规模生产的基本要求，是任何先进管理思想得以实施的基础。可以说，没有管理的标准化、规范化，就没有管理的现代化。

（2）人本管理是指一切管理活动以人为根本出发点，调动人的积极性，做好人的工作，反对见物不见人、见钱不见人、重技术不重视人、靠权力不靠人，强调人的需求是多种多样的，尽量发挥人的自我实现精神，充分发挥人的主观能动性。未来的管理趋势必定以科学管理为基础，借鉴科学管理理论与人本管理的有机结合，既不能"见人不见物"，又不能"见物不见人"，加强企业管理，提高生产效率。

综上所述，第一代管理理论主要注重"经济人"和"物本管理"，即假设人的行为的驱

动力是追求个人利益最大化。泰勒的科学管理建立在"经济人"假设前提上，遵循效率、技能原则，强调以事、物为中心，人成为机器的附属。第二代管理理论注重"社会人"与"人本管理"。即人的行为动机不只是追求金钱而是源于人的全部需求，强调人与人之间友好相处，调动人的积极性，并提出行为科学理论，强调一切管理活动要以调动人的积极性为目的，做好人的根本工作。随着知识经济和信息经济的发展，人对自身创造能力的开发与挖掘日益关注，为实现自我，提出了"能力人"和"能本管理"理论。管理理论日渐重视对现代组织结构的设计和研究，把对组织中人性、人的行为的研究放在日益重要的位置。

本章小结

　　组织是指人们为实现一定的目标，互相协作结合而成的群体，如家庭、公司、企业、学校、军队等。

　　管理是一个过程，是让别人和自己一道去实现既定的目标，是一切有组织的集体活动所不可缺少的要素。必须认识到管理是一种组织活动，它绝不等同于命令或权力，利用各种方法处理好各阶层的关系，才是管理的关键。

　　管理是一门科学已无人怀疑。说管理是一种艺术，是强调管理的实践性。管理系统一般由这些要素构成：管理目标、管理主体、管理对象、管理机制与方法和管理环境。管理学界普遍接受的观点是，管理职能包括计划、组织、领导和控制。

　　管理者是指组织中行使管理职能，承担管理责任，指挥、协调等工作，通过他人完成具体任务的人员，如公司的总裁、经理、主管等。他们不仅要对自己的工作负责，还要对其所管理的人员的工作负责。

　　管理学是一门系统地研究管理过程的普遍规律、基本原理和一般方法的科学。管理的重要性决定了学习、研究管理学的必要性；学习、研究管理学是培养管理人员的重要手段之一，也是未来社会发展的需要；管理理论日渐重视对现代组织结构的设计和研究，把对组织中人性、人的行为的研究放在日益重要的地位。

复习思考题

一、单项选择题

1. 一般来说，组织的外部要素是（　　）。
　　A. 可以控制的　　　B. 无法控制　　　C. 部分可控的　　　D. 不可以控制的
2. 作为学习研究管理学的总的方法论是（　　）。
　　A. 系统法　　　　　　　　　　B. 理论联系实际的方法
　　C. 唯物辩证法　　　　　　　　D. 比较分析法
3. 管理是生产过程固有的属性，是指（　　）。
　　A. 管理的目的性　　B. 管理的必要性　　C. 管理的科学性　　D. 管理的民主性
4. 决定学习、研究管理必要性的是（　　）。
　　A. 管理的自然性　　B. 管理的社会性　　C. 管理的重要性　　D. 管理的历史性
5. 管理学应属于（　　）。
　　A. 社会科学　　　　B. 边缘科学　　　　C. 经济学　　　　　D. 自然科学

6. 管理是一种艺术，这是强调管理的（　　　）。

    A. 复杂性　　　　　　B. 有效性　　　　　　C. 实践性　　　　　　D. 精确性

7. 管理的核心是（　　　）。

    A. 决策　　　　　　B. 处理好人际关系　C. 组织　　　　　　D. 控制

二、多项选择题

1. 组织内部要素包括（　　　）。

    A. 目标　　　　B. 信息　　　　C. 机构　　　　D. 人　　　　E. 物

2. （　　　）是系统的特征。

    A. 整体性　　　B. 复杂性　　　C. 模糊性　　　D. 控制性　　　E. 目的性

3. 管理者在管理过程中承担的职能是（　　　）。

    A. 计划　　　　B. 组织　　　　C. 人员配备　　　D. 指导和领导　　　E. 控制

4. 管理学的特点有（　　　）。

    A. 一般性　　　B. 边缘性　　　C. 历史性　　　D. 多样性　　　E. 实践性

5. 组织外部环境包括的要素有（　　　）。

    A. 行业　　　　B. 原材料供应　　　C. 产品市场　　　D. 政治状况　　　E. 社会文化

6. 管理这种社会现象存在的必要条件是（　　　）。

    A. 两个人以上的集体活动　　　B. 有机构　　　C. 有一致认可的目标

    D. 有管理者　　　E. 有各种资源

7. 管理的二重性是指管理的（　　　）。

    A. 科学性　　　B. 自然属性　　　C. 艺术性　　　D. 社会属性　　　E. 实践性

8. 德鲁克认为管理者在组织中应承担（　　　）的责任。

    A. 管理一个组织　　　　B. 管理管理者　　　C. 管理工作和人

    D. 决策　　　　E. 计划

三、填空题

1. 管理的载体是_____。

2. 管理的_____是管理者。

3. 管理作为一种艺术，强调运用管理的_____性，要求管理者具备一定的_____。

4. 管理学的研究对象是_____和_____。

四、名词解释

1. 管理　2. 管理学　3. 管理职能

五、简答题

1. 简述管理的基本特征。

2. 简述管理的职能。

六、论述题

1. 联系实际，试论述掌握管理二重性的意义。

2. 联系实际，说明为什么要学习、研究管理学。

实践与训练

网络冲浪：登录国家工商总局网站（www. saic. gov. cn），初步了解各种企业的形式、特征、企业法规、政府管理文件等。

管理游戏

禅宗的公案（一杯茶）

目的：帮助学生开阔思路，去接受新的知识，培养学生的创新能力。

所需的材料：茶杯、茶碟、咖啡（也可以是茶或水）、用来接溢出来的水的托盘。

步骤：

（1）在发言开始时，把下面这个故事讲给参与人员听。这是一段禅宗的公案，是一个流传了几个世纪的意味深长的人生故事。

日本高僧南院（Nan—in）法师接待了一位来研究禅宗的大学教授。闲谈片刻后，南院法师随即上茶招待客人。他把客人的杯子斟满后，还继续往茶杯里倒茶。教授盯着溢出来的茶水，终于忍不住了，叫道："杯子太满了，再也装不进去茶了。"

南院法师说："你就像这茶杯一样，头脑里装满了自己的判断、见解和推测。如果你不倒空你的杯子，我怎么向你揭示禅的真谛呢？"

（2）替代游戏。等到有一位自认为无所不知的参与人员站出来说，他以前听过你要讲的内容时，再开始讲这个故事。把它当做一则寓言，供所有人进行反思。（这需要高超的技巧，还可能要冒得罪至少一个人的风险）

（3）不是把故事叙述出来，而是把道具摆出来，然后请一位助手（另一位发言者或一位参与人员）帮你演这出短剧。如果表演到位的话，这种意料之外的真实感会对参与人员产生巨大的影响。

讨论题：

1. 这与你的发言有什么关系？
2. 谁有过与禅师类似的经历？谁有过与教授类似的经历？感觉如何？
3. 这些角色突出地体现了哪些基本的观念？

推荐读物

1. 曾旗等. 管理学［M］. 北京：北京大学出版社，2008.
2. 杨文士等. 管理学［M］. 北京：中国人民大学出版社，2009.
3. 孙晓红等. 管理学［M］. 大连：东北财经大学出版社，2005.

第二章

管理理论的形成和发展

通过本章的学习，了解中外早期的管理实践与管理思想的演变；了解各个时期管理思想的基本内容、代表人物及主要观点；掌握泰勒的科学管理理论；掌握法约尔的一般管理理论；掌握韦伯的官僚组织理论；掌握梅奥的人群关系理论；了解几种主要的现代管理思想。

关键概念

供应链管理（Supply Chain Management，SCM）　　大量定制（Mass Customization）

X 理论 – Y 理论（Theory X-Theory Y）　　组织行为（Organizational Behavior）

权变管理理论（Contingency Theory of Management）　　霍桑试验（Hawthorne Test）

导入案例

理想主义的哥哥和结果导向的弟弟

有两兄弟，哥哥是理想主义者，弟弟是结果导向者，他们各自组建了一个房地产公司，分别培养了一支理想主义和结果导向的职业经理人队伍。

理想主义的哥哥做事一向追求完美。他认为，企业做大，首先必须有一套先进的企业管理制度。于是，他花了一大笔钱，引进了一套先进的绩效管理体系，制订了一个宏伟的百年战略规划。每年年终，他根据绩效评估结果，奖励那些做事规范、工作完美的理想主义的员工。所有理想主义的员工都在这套管理体系中努力工作，每天早上唱着"早起的鸟儿有虫吃"去上班，晚上还自觉主动地加班，花费了惊人的时间和精力将每一件事都尽量做得完美。在理想的管理体系下，所有的工作都受到层级严密的控制，同时所有工作也都依从上级的安排和指令执行。在一个等级森严的体系里，员工们花费大量的时间去跟其他部门沟通，部门之间充斥着一股相互抱怨的气氛。

结果导向的弟弟做事一向实际。他认为，企业最终必须靠业绩说话，而良好的业绩首先必须有良好的销售。于是，他也花了一大笔钱，买了一套销售和客户管理软件，分析客户需求的变化。他设立了一套激励制度，重奖当月为销售作出重大贡献的结果导向的员工。如果本月的销售总量高于上月，那么所有结果导向的员工都将受到不同的奖励。他们个个目标明确、行动迅速、应变灵活，员工少，产品不算最好，但销售得很好。

第一节 中外早期的管理活动

自从有了人类社会，就有了早期的管理实践活动，人类社会的管理实践活动已有六千多年的历史。在长期的实践活动中，一些人便在头脑中形成了不同的管理思想，而众多的管理思想经过总结、提炼并系统化为管理理论。

一、中国古代管理实践

战国时期著名的"商鞅变法"是通过变法来提高国家管理水平的一个范例；"文景之治"使国家出现了政治安定、经济繁荣的局面；万里长城的修建，充分反映了当时测量、规划设计、建筑和工程管理等的高超水平，体现了工程指挥者所具有的高度管理智慧；都江堰等大型水利工程，将防洪、排灌、航运进行综合规划，显示了我国古代工程建设和组织管理的高超水平；丁谓主持的"一举三得"的皇宫修建工程堪称是运用系统管理、统筹规划的范例。

二、西方古代的管理实践活动

埃及在公元前5000年到公元前525年期间建造了大批金字塔，巨大的方石如何采集、搬运、堆砌，众多人员如何安排吃、住、行等，都对计划和管理能力提出了很高的要求。

古巴比伦王国于公元前2000年左右颁布了一部法典——《汉穆拉比法典》。法典全文共282条，对个人财产、不动产、商业活动、个人行为、人与人的关系、工资报酬、职责和其他民事与刑事等，都做了具体规定。还有空中花园的建造也显示了古巴比伦人高超的管理技能。

《圣经》的"出埃及记"讲到摩西成为希伯来人的领导者，率领希伯来人摆脱埃及人的奴役而出走，其准备、组织和实行显示出了他的管理才能。摩西的岳父杰思罗提出了分级组织、授权和例外管理等原则。杰思罗是人类最早的管理咨询人员。

古罗马帝国的兴盛反映了组织思想的进一步深化。罗马帝国强盛时期的疆域，西起英国，东至叙利亚，包括整个欧洲和北非，人口约5 000万人。这个庞大帝国的统治为后人提供了许多管理方面的经验。其中最重要的是如何把分权和集权结合起来。

三、西方中世纪的管理实践活动

中世纪（17世纪前）的管理活动及思想以威尼斯商人的管理经验和威尼斯兵工厂的管理为代表。

（一）威尼斯商人的管理经验

当代的历史学家弗雷德里克·莱恩曾经写了两本书介绍11世纪到16世纪时威尼斯的工商业管理经验。

1. 企业组织类型

当时的企业组织有合伙企业和合资企业两种类型。合伙企业主要应用于工商业公司；合资企业则用于一次性交易、矿藏勘探或冒险事业。

合伙企业通常由一个拥有大量资本的人同一个拥有较少资本的人合伙组成，在合伙契约中详细载明合伙期限。通常的合伙期限为 3～5 年，但一般会重新延长。

合资企业由两个以上的所有主组成，其中每个所有主只负有限责任。合资企业向政府申请，经批准后获得营业执照。合资企业中的每个股东按资本份额分摊企业的费用和利润。

2. 会计制度

复式簿记制度最早于 1340 年应用于热内亚银行界，其后逐渐推广到佛罗伦萨、威尼斯等地。复式簿记的实质在于应用分类账，日记账作为分类账的依据。威尼斯商人先把所有的交易记在流水账上，再记入日记账，然后再过到分类账上去。这样，如果由于被盗、失火、船舶失事等意外事故而遗失分类账，仍可利用日记账补上丢失的分类账项目。在有些账簿中，还可以找到有关成本会计的资料，详细地记载着纺工、织工和染工的工资。

（二）威尼斯兵工厂的管理实践

意大利水城威尼斯为了保护它日益强大的海上贸易地位，在 1436 年建立了政府的造船厂（即兵工厂），以改变依靠私人造船的情况。到 16 世纪，威尼斯兵工厂成为当时最大的工厂，占有陆地和水面面积达到三万多平方米，雇用工人 1 000～2 000 人。

1. 组织机构和管理体制

兵工厂设有一位正厂长和两位副厂长。威尼斯元老院除了有时直接过问兵工厂的事情以外，还派了一位特派员作为与兵工厂的联系者。兵工厂内部分成各个巨大的作业部门，由工长和技术人员领导。正、副厂长和特派员主要负责财务管理、采购等职能，生产和技术问题则由各作业部门的工长和技术人员负责。在兵工厂的管理工作中，较好地体现了互相协作和制约的原则。

2. 装配生产线

兵工厂在安装舰船时采用了类似于现代装配生产线的方式，各种部件和备品仓库都安排在运河的两岸，并按舰船的安装顺序排列。当舰船在运河中被拖引着经过各个仓库时，各种部件和武器等从各个仓库的窗口被传出来进行组装。兵工厂中的职员也是按部件和装备的种类安排在各个部门的。如第一个工长负责木器，第二个工长负责桅杆，第三个工长负责捻船缝，第四个工长负责船桨，等等。1570 年 1 月 28 日，当得知土耳其人准备进攻塞浦路斯岛时，威尼斯元老院命令在 3 月中旬安装好一百艘舰船，结果在 3 月初就完成了。由此可见，装配生产线的生产效率相当高。

3. 部件储存

兵工厂的任务不只是造船，而是有着三重任务：制造军舰和武器装备；储存装备，以备应用；装备和整修储备中的船只。为了能在接到通知后可以立即安装舰船，兵工厂必须储存必需的船具和索具。如仓库中必须常备有以下部件：五千块坐板，一百个舵，一百根桅杆，两百根圆材，五千副足带，五千根到一万五千根桨，再加上相应的索具支架、沥青、铁制品等，把这些部件都编上号码并储存在指定的地方，这样有助于实行装配线作业和精确计算存货，节省时间和劳力，加快了安装舰船的速度。为了提高效率，后来连木料的储存也加以分类并有次序地存放。

4. 部件标准化

兵工厂当时已经认识到部件标准化在装配和操作舰船方面的好处：既能提高生产速度和

降低成本，又能以同样的方式、同样的速度和灵敏程度来操纵，使得舰队中的各个船只能相互配合。这反映在兵工厂计划委员会发布的政策中。它指出：所有的弓都应制造得使所有的箭都能适用；所有的船尾柱应按同一设计建造，以便每一个舵无须特别改装即可适合船尾柱；所有的索具和甲板用具应该统一。

5. 人事管理

兵工厂有着严密的人事管理制度，严格规定上下工和工间休息的时间。按照工作的性质，工人分别按计件工资或计时工资获得报酬。制造装备的技术工人在特别的手艺作坊中工作，由具有手艺的工长领导。工长主要负责技术工作，如计算工时、维持纪律等，其他工作由其助手处理。兵工厂中设有一个委员会，每年3月和9月开会评定每个工人师傅的成绩并决定是否提升工资、学徒是否晋升为师傅等。

6. 会计制度

威尼斯兵工厂中所用的会计和簿记制度同威尼斯工商企业中所用的会计和簿记制度有同样的重要性，但在使用上有所不同，兵工厂把会计作为一种管理控制的手段，对入厂和出厂的每件物品都有着详细的记录，其中包括从公开市场上购买的产品，按合同用材料和工资向手工工人换取的产品，所用的金钱、材料和人工等。

兵工厂规定所有的账目合并为两本日记账和一本分类账。其中一本日记账由负责保管现金的厂长保管，另一本日记账由会计把账户过到分类账中去，然后由另一位会计保管。兵工厂中的这两位负责人每隔几个月就在一起核对日记账和分类账，每年的9月结算分类账。兵工厂把所有的费用分成三类：第一类是固定费用；第二类是金额不定的费用；第三类是额外的费用。收入则按不同用途而划分成几种资金。兵工厂的这种会计制度使它能追踪并评价所有的费用，进行管理控制。

7. 成本控制

兵工厂还利用成本控制和计量方法来帮助做出管理决策。例如，通过成本研究发现，早期由于木料堆放没有次序，寻找一块木料所花的成本相当于木料价值的三倍。船只下水时清理木料也要浪费很多劳动。为此，专门设立了一个木料场，有次序地堆放各种木料，既节省了寻找木料的时间和劳动，又能确切知道库存木料的价值。

8. 存货控制

威尼斯兵工厂必须储存相当数量的舰船以供急需。在14世纪，只要有6艘船的储备就够了，以后增加到50艘，16世纪时又增加到100艘。兵工厂对此进行了严格的控制。在武器方面，兵工厂中的武器管理员有存货控制方面的详细记录：何种武器，何时发送等。出厂成品由门卫负责检查，入厂材料由检查员负责检查并由专人记录。

第二节 中外早期的管理思想

一、中国古代的管理思想

中国古代有着丰富的管理实践并产生了很多精辟的管理思想，涵盖了政治、军事、经济、工程等各个领域。其中，老子、孔子、商鞅、孟子、孙子、管子的管理思想最具有代表性。然而在中国漫长的历史过程中，管理思想并没有形成一个独立存在的体系，而是零散地存在于浩若烟海的古代政治、军事、历史等著作中，需要我们去发掘和研究。

老子是先秦道家学说的创始人。在他的思想体系中，不仅有着深邃的哲学思想，而且也包含着涉及政治、经济、文化、军事诸多方面的社会及国家管理思想。诸如"道法自然""无为而治"等许多思想对中外管理思想的发展产生了深刻的影响。

孔子作为儒家学派的创始人，他的以仁为核心，以礼为准则，以和为目标的以德治国思想是其管理思想的精髓，成为中国传统思想的主流。

孟子是孔子思想的嫡派传人，也是继孔子之后儒家学派最重要的代表人物，被后世尊为"亚圣"，堪称中华民族的思想文化巨人。孟子的管理思想是孟子思想体系的一个重要组成部分，他的性善论中的人性观、施"仁政"的管理准则以及"修其身而天下平"等思想，对中国管理思想的完善与发展作出了重要贡献。

孙子是中国古代著名的军事家，其军事思想和管理思想主要体现在他的传世之作《孙子兵法》中。国外的许多学者和企业家们都把《孙子兵法》作为管理著作来研读。"不战而屈人之兵""上兵伐谋""必以全争于天下""出其不意，攻其不备""唯民是保"等思想至今仍为管理者们所运用。

管子是我国古代杰出的政治家、军事家和思想家。曾经辅佐齐桓公40年，政绩卓著，富国强兵，帮助齐桓公实现了称霸诸侯的理想。他的"以人为本"的思想、"与时变"的发展与创新精神、德能并举、"德"与"能"不可偏废的选贤标准等许多管理思想，无不透射出永恒的智慧之光。

从研究中国古代丰富的管理实践和古代名家管理思想的过程中，我们可以自豪地说，中国古代管理思想博大精深，是一个丰富的、无尽的宝库，不仅成为滋养中华民族蓬勃发展的智慧之源，也被世界各国的有识之士所开发和利用。我们有责任发掘、利用他们，并为他们的发展作出贡献。

概括起来，按照哲学家的划分，中国传统文化属于人文文化，它不同于西方在解决人与自然矛盾中形成的科学文化，也不同于在追求人的自身超脱中形成的印度宗教文化。中国的传统文化是在解决人与人之间的矛盾中形成的。人们习惯于从关系中去认识一切，把人看做是群体的分子而不是独立的个体，是角色而不是独立的演员。所以，人们常说东方人是群体人，西方人是独立人，这种群体人文化的群体管理效果较好，容易在组织内求得协调和合作。

另外，我们也应该看到，我国文化是在几千年的奴隶社会、封建社会中形成的，带有历史的痕迹，其中精华与糟粕共存，生命力与腐败共存，潜力与滞性共存。考察我国管理的文化环境，必须坚持辩证的原则，吸取其精华，去其糟粕，使管理适应文化，并推动文化的发展。

专栏 2-1

去过庙里的人都知道，一进庙门，首先是弥勒佛，笑脸迎客，而在他的背面，则是黑口黑脸的韦陀菩萨。相传在很久以前，他们并不在同一个庙里，而是分别掌管不同的庙。

弥勒佛热情快乐，所以来的人非常多，但他啥都不在乎，经常丢三落四的，没有好好管理账务，所以常常入不敷出。而韦陀菩萨虽然管账是一把好手，但整天阴着个脸，太严肃，搞得来烧香的人越来越少，最后香火断绝了。

佛祖在查香火时发现了这个问题,就将他俩放在同一个庙里,由弥勒佛负责公关,笑迎八方来客,于是香火大旺。而韦陀菩萨铁面无私,锱铢必较,则让他分管财务,严格把关。在两人的分工合作之后,庙里香火鼎盛,呈现出一派欣欣向荣的景象。

二、工业革命时期的管理思想

工业革命又称为产业革命,是指资本主义的机器大工业取代手工技术为基础的工厂手工业的一场重大的变革。工业革命的爆发是以 1733 年英国的约翰·怀特发明纺织机为标志的。此后,在 1765 年,詹姆士·瓦特改进了蒸汽机,使之适用于机器大生产;1769 年,卡特·赖特发明了动力织机,蒸汽机在工业中的运用进一步扩大。到 1830—1840 年,已基本上完成了工业革命的英国,机械化生产已经遍及工业、交通运输业、采矿业等各个部门。随后美、德、法等国于 19 世纪先后开始并完成了工业革命,从而开创了生产力发展的新纪元。

工业革命不仅仅是技术上的革命,也是生产关系上的革命,它不仅仅促使了资本主义的诞生,也催生了新的管理思想。工业革命时期管理思想的代表人物主要有:詹姆士·斯图亚特、亚当·斯密、詹姆士·小瓦特、罗伯特·欧文、查尔斯·巴贝奇等人。

(一)亚当·斯密(Adam Smith,1723—1790)的劳动分工观点和经济人观点

亚当·斯密是英国古典政治经济学家,他对管理问题也有诸多见解,亚当·斯密对管理理论发展的一个贡献是他的分工观点。他认为分工是提高劳动生产率的重要因素,原因是:① 分工可以使劳动者专门从事一种单纯的操作,从而提高熟练程度、增进技能;② 分工可以减少劳动者的工作转换,节约通常由一种工作转到另一种工作所损失的时间;③ 分工可以使劳动简化,使劳动者的注意力集中在一种特定的对象上,有利于发现比较方便的工作方法,促进工具的改良和机器的发明。亚当·斯密的分工观点适应了当时社会对迅速扩大劳动分工以促进工业革命发展的要求,成为资本主义管理的一条基本原理。

(二)詹姆士·小瓦特(James Watt Jr.,1769—1848)和博尔顿(Mattew R. Boulton,1770—1842)的科学管理制度

詹姆士·小瓦特和博尔顿分别是蒸汽机的发明者瓦特和其合作者马修·博尔顿的儿子。1800 年,他们接管了一家铸造厂后,詹姆士·小瓦特就着手改革该厂的组织和管理,博尔顿则特别关注营销活动。他们采取了不少有效的管理方法,建立起许多管理制度,如:① 在生产管理和销售方面,根据生产流程的要求,配置机器设备,编制生产计划,制定生产作业标准,实行零部件生产标准化,研究市场动态,进行预测;② 在成本管理方面,建立起详细的记录和先进的监督制度;③ 在人事管理方面,制订工人和管理人员的培训和发展规划;④ 进行工作研究,并按工作研究结果确定工资的支付办法;⑤ 实行由职工选举产生的委员会来管理医疗费制度等福利制度。

(三)马萨诸塞车祸与所有权和管理权的分离

1841 年 10 月 5 日,在美国马萨诸塞州至纽约州的西部铁路上,两列火车迎头相撞,造成近 20 人伤亡。事件发生后,舆论哗然,对铁路公司老板低劣的管理工作进行了严厉的抨击。为了平息公众的怒气,在马萨诸塞州议会的推动下,这个铁路公司不得不进行管理改革。老板交出了企业的管理权,只拿红利,企业另聘具有管理才能的人员担任企业领导。这是历史上第一次在企业管理中实行所有权和管理权分离。这种分离对管理有重要的意义:

① 独立的管理职能和专业的管理人员正式得到承认，管理不仅是一种活动，还成为一种职业；② 随着所有权和管理权的分离，横向的管理分工开始出现，这不仅提高了管理效率，也为企业组织形式的进一步发展奠定了基础；③ 具有管理才能的人员掌握了管理权，直接为科学管理理论的产生创造了条件。

（四）罗伯特·欧文（Robert Owen，1771—1858）的人事管理

罗伯特·欧文是 19 世纪初英国著名的空想社会主义者。他曾在其经营的一家大纺织厂中做过试验。试验主要是针对当时在工厂制度下工人劳动条件和生活水平都相当低下的情况而进行的。试验主要包括改善工作条件、缩短工作日、提高工资、改善生活条件、发放抚恤金等。试验的目的是探索对工人和工厂所有者双方都有利的方法和制度。罗伯特·欧文开创了在企业中重视人的地位和作用的先河，因此有人称他为"人事管理之父"。

（五）查尔斯·巴贝奇（Charles Babbag，1792—1871）的作业研究和报酬制度

查尔斯·巴贝奇是英国著名的数学家和机械师。他对管理的贡献主要有以下两方面：① 对工作方法的研究。他认为，一个体质较弱的人如果所使用的铲的形状、重量、大小等方面都比较适宜，那么他的工作效率可能胜过体质较强的人。因此，要提高工作效率，必须仔细研究工作方法。② 对报酬制度的研究，他主张按照对生产率贡献的大小来确定工人的报酬。工人的收入应由三部分组成，按照工作性质所确定的固定工资；按照对生产率所作出的贡献分得的利润；为增进生产率提出建议而应得的奖金。

（六）亨利·汤（Henry R. Towne，1844—1924）的收益分享制度

亨利·汤是当时美国耶鲁·汤尼制造公司的总经理。他在 1889 年发表的题为《收益分享》一文中，提出采取收益分享制度才能克服由利润分享制度带来的不公平。收益分享，实质上是按某一部门的业绩来支付该部门职工的报酬。这样就可避免某一部门业绩好而另一部门业绩差时，实行利润分享制度使前者受损这一不合理现象。他提出的具体办法是：① 每个职工享有一种"保证工资"；② 每个部门按科学方法制定工作标准，并确定生产成本，该部门超过定额时，由该部门职工和管理阶层各得一半；③ 定额应在 3～5 年维持不变，以免降低工资。

（七）弗雷德里克·哈尔西（FrederickA. Halsey，1856—1935）的奖金方案

弗雷德里克·哈尔西对管理的贡献也体现在工资制度方面。1891 年，他向美国机械工程学会提交一篇题为《劳动报酬的奖金方案》的论文。论文指出了当时普遍使用的三种报酬制度的弊端：计时制对员工积极性的发挥无激励作用；计件制常因雇主降低工资率而扼杀工人提高产量的积极性；利润分享导致部门间良莠不齐，有失公允。他认为，汤尼的收益分享虽有改进，但在同一部门中不公平问题依然存在。因而，他提出了自己的奖金方案。该方案是按每个工人来设计的：① 给予每个工人每天的"保证工资"；② 以该工人过去的业绩为基准，超额者发给约为正常工资率 1/3 的奖金。弗雷德里克·哈尔西认为他所提出的制度，与当时其他的工资制度相比有许多优点：比如不管工人业绩如何，均可获得一定数额的计日工资。工人增加生产，就可得到奖金，从而消除了因刺激工资而引起的常见的劳资纠纷。工人奖金仅为超出部分的 1/3，即使工人增产 1 倍也不致太高，雇主从中获益 2/3，因而就不会总想削减工资率。以工人过去的业绩为基准，旨在鼓励工人比过去进步。工人所要超越的是他本人过去的业绩，而不是根据动作和时间研究制定出来的标准。

第三节　管理理论的形成和演进

一、古典管理理论

（一）古典管理理论产生的背景

19 世纪末 20 世纪初，资本主义的经济竞争开始向垄断阶段过渡。这时资本主义社会的生产力得到了较快的发展，企业规模不断扩大、生产技术更加先进复杂，市场迅速扩展，竞争日益激烈，从而使传统的经验管理远远满足不了社会进步的要求。西方经济发展面临着如何提高劳动生产率和提高管理水平以促进生产发展的问题。这就在客观上给管理理论的产生和发展创造了良好的时机，从而促进了古典管理理论的形成和发展。

古典管理理论形成于 19 世纪末 20 世纪初。在古典管理理论产生之前，企业管理实践处于传统经验管理阶段。企业由资本家直接管理，企业管理主要凭个人经验办事，没有科学的制度，对工人和管理人员的培养，主要采用师傅带徒弟的方式。由于资本家知识和经验的限制，当时管理是粗放式的、低水平的。

传统的经验管理越来越不适应管理实践的需要。随着资本主义由自由竞争向垄断竞争过渡，企业劳资矛盾日益加深和公开化，资本家对高利润的追求与工人要求增加工资、改善工作条件和生活条件的矛盾已经相当激烈。随着科技进步，劳动手段的机械化、自动化水平的提高，企业管理日益复杂，单纯靠经验已经很难完成管理的任务。

所有权和经营权的分离对管理提出了新的要求。一些企业实行所有权与经营权分离，由有管理知识、管理经验的经理、厂长、工程师替代资本家管理企业。随着企业所有权与经营权的分离，客观上要求实行管理职能化，建立专门的管理机构，配备专门的管理人员，建立科学的管理制度，采用科学的管理方法。

管理实践水平的提高和管理经验的积累，为古典管理理论的形成奠定了客观基础。

（二）泰勒及其科学管理理论

泰勒在管理发展史上具有极其重要的地位，他提出的"科学管理"理论奠定了整个管理学的基础，泰勒本人被尊为"科学管理之父"。

1. 泰勒生平

泰勒出生于美国一个富裕的律师家庭，良好的家庭教育使他从小就培养了追求真理、观察事实的强烈欲望和根除浪费与懒惰弊病的热忱，对处理任何事情都想探究一种最好的方法。18 岁时，泰勒以优异的成绩考入哈佛大学，第二年因视力与健康原因而终止学业，到一家小机械厂当徒工。1878 年进入费拉德尔菲亚的米德维尔钢铁厂当机械工人直到 1890年。在此期间，他从一般工人先后被提升为车间管理员、技师、小组长、工长、维修工长、制图部主任，并于 1884 年被提升为总工程师。

在米德维尔钢铁厂的实践中，他感到当时的企业管理当局不懂得用科学方法来进行管理，不懂得各种程序、劳动节奏和疲劳因素对劳动生产率的影响；而工人则缺少训练，没有正确的操作方法和适用的工具，这些都大大影响了劳动生产率的提高。为了改进管理，他从 1880 年开始，在米德维尔钢铁厂进行试验，系统地研究和分析工人的操作方法和劳动所花的时间。在此基础上逐步形成后来被称为"科学管理"或"泰勒制"的管理理论和制度。

1901 年他从贝瑟利恩钢铁公司退休。在那以后，他无偿地从事咨询和演讲等工作，为科学管理理论在美国和国外的传播作出了贡献。他于 1915 年 3 月 21 日死于费拉德尔菲亚，终年59 岁。

泰勒一生获得各种专利权约 100 种。他在管理方面的主要著作有《计件工资制》（1895）、《工场管理》（1903）、《科学管理的原理和方法》（1911）等。1912 年，他在美国国会众议院特别委员会对泰勒制和其他工场管理制的听证会上的证词也是研究科学管理的一篇重要文献。他被后人称为"科学管理之父"。这个称号被刻在他的墓碑上。

专栏2—2 ## 科学管理的思想层面——心理革命

泰勒认为，离开了心理革命，科学管理就不复存在。所谓心理革命，主要是指管理人员必须实现观念上的彻底转换，改变旧有的、传统的管理观念。"科学管理的实质是在一切企业或机构中的工人们的一次完全的思想革命——也就是这些工人，在对待他们的工作责任，对待他们的同事，对待他们的雇主的一次完全的思想革命。同时，也是管理层的工长、厂长、雇主、董事会，在对待他们的同事、他们的工人和对所有的日常工作问题责任上的一次完全的思想革命。没有工人与管理人员双方在思想上的一次完全的革命，科学管理就不会存在。"

那么，到底什么是泰勒所说的心理革命？心理革命包含哪些内容？它对管理学的意义是什么？我们认为，泰勒所说的心理革命，主要包含三层含义：一是效率与人性的统一；二是以科学取代经验；三是以合作取代对抗。

（资料来源：中国 MBA 网。）

2. 泰勒的科学管理理论

（1）科学管理的中心问题是提高劳动效率。泰勒认为，科学管理的根本就在于提高劳动生产率，因为科学管理如同节省劳动的机器一样，其目的正是在于提高每一单位劳动力的产量。他认为，企业提高劳动生产率的潜力非常大，在当时的条件下，每个工人的能力在工作中只发挥了 1/3。在一项工人搬运生铁的实验中，使工人每天搬运生铁的数量普遍从 12.5吨提高到 47.5 吨，增加了 3.8 倍，工人工资由每天 1.15 美元增加到 1.85 美元。可是，当时无论是雇主还是工人，对于一个工人一天到底能干多少工作、该干多少工作都心中无数。

（2）为了提高劳动生产效率必须为工作挑选第一流的工人。泰勒认为，所谓第一流的工人包括两个方面：一是该工人的能力最适合他所从事的工作；二是该工人从内心愿意从事这项工作。因为每个人的天赋与才能不同，他们所适宜做的工作也各异，身强力壮的人干体力活可能是第一流的，心灵手巧的人干精细活可能是第一流的。所以要根据人的不同能力和天赋把他们分配到相适应的工作岗位，使之成为第一流的工人。对那些不适合从事工作的工人，应加以培训，使之适合工作需要，或把他们重新安排到其他适合的工作岗位上去。培训工人成为第一流的工人，是领导的职责。

（3）为了提高劳动生产率必须研究工时与标准化。泰勒在让施密特成为"高价工人"的同时，通过改变不同的工作因素来观察哪些与施密特的日工作量变化有关。例如，施密特搬运生铁时有时曲下膝盖，有时不曲膝盖而是弯腰。泰勒测试了休息时间、行走速度、搬运位置及其他各种变量。在长时期对各种过程、技术、工具等组合进行科学测试之后，泰勒成功地达到他预期的水平。通过挑选合适的工人，使用正确的工具设备，使工人准确地按规定方法劳动，采用高工资来激励工人，就能达到 48 吨日工作量的目标。

工时研究作为泰勒制的基础，并非简单地对一个工人完成一件规定任务作出时间上的统计，而是把一件工作分解为各种基础的组成部分，进行测试，然后根据其合理性重新进行安排，以确定最佳的工作方法。所以工时研究是用资料来研究未来，而非研究过去，是用来分析问题，而非单纯地描述问题。此外，除了操作方法标准化，还应对工具、机械、原料和作业环境等进行改进，并使与任务有关的所有要素都最终实现标准化。工时研究与标准化为了解如何更加合理地完成一件工作找到了一条较为科学的途径。

（4）在制定标准定额基础上实行差别计件工资制。制定标准定额是整个泰勒制的基础。通过大量的工时与动作研究，他把每一项工作都分解成尽可能多的简单基本动作，把其中无效动作去掉，并通过对熟练工人操作过程进行观察记录，寻找出每一个基本动作的最好、最快的操作方法，这构成了确定日工作定额的基础。当然，泰勒也考虑到工作过程中不可避免的时间浪费等。在标准定额的基础上，泰勒建议实行新的工资制度，即差别计件工资制。他认为过去实行的计时工资制和利润分享制都不能从根本上解决问题。差别计件工资制，是在"工资支付对象是工人而不是职位"思想指导下，按照工人是否完成其定额而采取高低不同的工资率。即完成定额的可按工资标准的 125% 计算工资，而完不成定额的只按 80% 计算工资，以鼓励工人千方百计地完成工作定额。

（5）设置计划层，实行职能工长制。泰勒认为一位"全面"的工长应具备十种品质：智能、教育、专门的或技术的知识、手脚灵活有力气、机智老练、有干劲、刚毅不屈、忠诚老实、判断力和一般常识及身体健康。泰勒认为要找到一个具备上述三种品质的人并不太困难，找到一个具备上述五种或六种品质的人就比较困难了，而要找到一个能具备七八种上述品质的人，那几乎是不可能的。为解决这种矛盾，泰勒提出了分阶段的职能工长制的主张，因为把工长的工作专业化后，对任职者的体力和脑力的要求也就相应降低了。

泰勒把责任分为两大类：执行职责和计划职责。在执行部门可分解为：① 工作分派负责人；② 速度管理员；③ 检查员；④ 维修保养员。在计划部门又可分解为：① 工作流程管理员；② 指示卡片管理员；③ 工时成本管理员；④ 车间纪律管理员。这样，原旧式组织中一个工长的工作由八位职能工长分管，解决了当时缺少综合管理人才的矛盾。泰勒认为，每一个工人在其工作中的任何一个具体方面只有一个职能工长领导，因此不会引起多头领导而使工人无所适从。而且，由于每个职能工长只需学会履行有限的职责，所以培训职能工长的工作将较为容易。

（6）对组织机构的管理控制实行例外原则。根据这项原则，经理收到的应是简洁明了、具有对比性的报告，其内容应包括在过去正常情况下未出现过的或非标准的各种例外情况，既有特别好的例外情况，也有特别坏的。这样只要几分钟时间，就可使经理全面了解事态的发展过程，使他能有时间去考虑更广泛的政策方针及研究他领导下的重要人员的特性和工作胜任问题。

在这里，泰勒强调了企业中经理人员的特殊作用，经理人员应避免处理管理中的细小问题，而应把这些日常例行事务留给专门人员去处理，经理人员只需关心"例外的问题"。这个"例外原则"能够检查究竟谁履行了他承担的责任以及谁没有做到这一点。

"例外原则"对于帮助经理人员摆脱日常具体事务，以集中精力对重大问题进行决策监督，是必要且有利的。执行这一原则不仅要授权给下级，而且应当使日常业务工作标准化、制度化，使下级人员有章可循。

（7）为实现科学管理应开展一场"心理革命"。泰勒认为，通过开展一场"心理革命"，变劳资对立为互相协作，共同为提高劳动生产率而努力，这才是科学管理理论的真谛。他强调，必须使工人认识到，科学管理对他们有好处，只有在改善操作方法的条件下，才能实现不增加体力消耗而提高劳动生产率，从而使工人的工资得以提高；也只有实现科学管理，才能够降低成本，满足雇主的利润要求。

3. 对科学管理理论的评价

泰勒的科学管理理论倡导在管理中运用科学的方法和科学的实践精神，从而用调查研究和科学知识代替管理者个人的主观判断与经验。泰勒理论的出现，使人类的管理由经验走向科学。在泰勒的管理理论基础上，创造和发展出了一系列有助于提高劳动生产率的技术和方法，而这些技术和方法又反过来成为近代以来管理系统合理组织生产的基础。当然，泰勒科学管理理论也存在着许多不足之处，除了受其所代表的资产阶级的阶级局限性之外，还表现在：一是对工人的看法是错误的。他认为工人的主要动机是经济利润，工人最关心的是增加自己的金钱收入。他认为工人是笨拙的，对作业的科学化完全是无知的。二是仅重视技术因素，忽视社会、群体因素对管理的影响。三是只注重基层管理或车间管理，忽视企业作为一个整体如何经营与管理的问题。

4. 泰勒的追随者们

弗兰克和莉莲·吉尔布雷斯（Frank and Lilian Gilbreth），亨利·L·甘特（Henry. L. Gantt）是坚定且杰出的科学管理理论的追随者，他们在寻找最优作业方法的过程中，创造了许多实用的管理方法和进行动作研究及管理心理学研究，至今仍在运用中得到传播与发展。后人也将他们的主张称为"效率主义"。

（1）甘特对科学管理思想的贡献。① 提出实行"工作任务和资金"的工资制度（早于泰勒的差别计件工资制）；② 提出用图表来帮助管理（后人称这种用于标明计划与实际作业情况的图为甘特图）；③ 实践对工人进行指导而不是驱使的管理思想；④ 在晚年，强调企业的重点是服务而不是追求利润。

（2）莉莲·吉尔布雷斯对科学管理的贡献。① 分解各种最基本的操作，进行细致的动作研究；② 进行疲劳研究，寻找工作时间和休息时间的最佳搭配方式；③ 强调进行制度管理；④ 探讨工作、工人和环境之间的互动关系；⑤ 重视管理人员的培训和发展。

（三）法约尔及其一般管理理论

1. 法约尔生平

法约尔是一般管理理论的主要代表人物。法约尔出生于富裕家庭，1860 年毕业于矿业学校，进入法国一家矿业公司任职，1888 年任该公司总经理，直到 1918 年退休。30 年的总经理生涯，使他得以从最高层来探讨组织的管理问题。法约尔是古典管理理论在法国的杰出代表。他提出的一般管理理论对西方管理理论的发展具有重大影响，成为所谓管理过程学派的理论基础，也是以后各种管理理论和管理实践的重要依据之一。法约尔的代表著作是1916 年发表的《工业管理与一般管理》。

2. 法约尔的一般管理理论

（1）区分了经营与管理的概念并论述了人员能力的相对重要性。法约尔认为，经营和管理是两个不同的概念。经营是指导一个组织趋向目标，它由六项活动组成，即① 技术活动，指生产、制造、加工等；② 商业活动，指购买、销售、交换等；③ 财务活动，指资金的筹措及运用；④ 安全活动，指设备和人员保护；⑤ 会计活动，指存货盘点、成本核算、统计等；⑥ 管理活动，指组织内行政人员所从事的计划、组织、指挥、协调和控制活动。法约尔认为，所有的组织成员都应具备上述六种活动能力，但对不同层次和不同组织的人员来说，这些能力的相对重要性不同。这首先表现在，居于不同层次的人员，各种能力有不同重要性。越往高层，管理能力的重要性增加，技术能力的重要性、准确性减弱；越往低层，管理能力的重要性减弱，技术能力的重要性增强。其次表现在，不同规模组织的领导人员，各种能力的相对重要性不同。组织的规模增大，领导人员的管理能力的重要性增加，技术能力的重要性减弱，组织规模减小，领导人员的技术能力的重要性增加，管理能力的重要性减弱。

（2）概括并详细分析了管理的五项职能，即计划、组织、指挥、协调与控制。法约尔指出，管理是一种普遍存在于各种组织的活动，这种活动对应着计划、组织、指挥、协调和控制五种职能。计划是最重要的管理职能，计划不好常常是企业衰败的起因。管理为了预见未来，就需要良好的计划。为此，他拟出了计划的依据，指出了良好的计划应具备的特征，提出了为制订良好的计划，领导人员必备的条件和能力。法约尔认为，企业中的组织包括人力和物力的组织，人力、物力相结合才能够完成他们所承担的任务。为此，他详尽论述了人员在企业中应完成的任务以及为更好完成任务而必备的素质。法约尔认为，组织作用的发挥离不开指挥，即把任务分配给各级各类领导人员，使他们都承担相应的职责，他对负责指挥的人员提出了八项要求。之后的协调与控制，就是要统一、调节、规范所有的活动，核实工作的进展是否与既定计划和原则相一致，从而防止和纠正工作中可能出现或已经出现的偏差。

（3）提出了管理中具有普遍意义的十四项原则。

- 劳动分工。他认为分工不仅限于技术工作，也适于管理工作，但专业分工要适度。
- 权力与责任。他认为责任是权力的孪生物，是权力的必然结果和必要补充，凡有权力行使的地方，就有责任。
- 纪律。他认为纪律对于企业取得成功是绝对必要的，同时还认为纪律是领导人创造的，组织的纪律状况取决于领导者的道德状况。
- 统一指挥。他认为，无论什么时候，一个下属都应接受而且只应接受一个上级的命令。这是一条普遍的、永久必要的原则。
- 统一领导。他认为，凡是具有同一目标的全部活动，仅应有一个领导人和一套计划。
- 个人利益服从集体利益。他认为，要实现这一原则，领导者必须以身作则并进行监督，尽可能签订公平的协议。
- 合理的报酬。他认为人员的报酬是其服务的价格，应保证合理，尽可能使雇主和雇员都满意，但他并没有提出一个明确的标准。
- 适当的集权和分权。他认为集中作为一项管理制度，本身无所谓好或坏，领导者应根据实际情况的不同把握集中的程度。
- 秩序。他认为一切要素应各有其位，特别强调按照事物的内在联系选择要素的恰当位置，如设备、工具以至人员等。
- 公平。他认为，公平是由善意和公道产生的，公道是指实现已订立的协定，但这些

为，作为正式组织的协作系统，不论其级别的高低和规模的大小，都包含有三个基本要素，即协作的意愿、共同的目标和信息联系。

（三）决策理论学派

决策理论学派的代表人物是美国经济学家和社会科学家赫伯特·西蒙。赫伯特·西蒙研究的主要是生产者的行为，特别是当代公司决策的组织基础和心理依据。由于他在决策理论的研究方面作出了突出贡献，因此获得了1978年的诺贝尔经济学奖。赫伯特·西蒙的代表著作有《管理行为》《管理决策的新科学》。

（四）系统理论学派

系统理论学派是在一般系统理论的基础上建立起来的。它将一般系统理论的思想观点应用于工商企业的管理中。这一学派的代表人物有理查德·约翰逊、弗里蒙特·卡斯特、詹姆士·罗森茨韦克，他们三人合著的《系统理论与管理》一书，从系统概念出发，建立了企业管理的系统模式，成为系统理论学派的代表作。

（五）社会技术系统学派

社会技术系统学派是由特里斯特等人，在对英国达勒姆煤矿采煤现场的作业组织和印度艾默达巴德纺织厂进行研究的基础上提出来的。他们认为，组织既是一个社会系统，又是一个技术系统，两者有密切的关系并相互影响。

（六）经验主义学派

经验主义学派以向大企业的经理人员提供管理企业的成功经验与科学方法为目标。他们认为，企业管理的科学应该从企业管理的实际出发，以大企业的管理经验为主要研究对象，以便在一定的情况下把这些经验加以概况和理论化；但在更多的情况下，只是为了把这些经验传授给企业实际管理工作者和研究人员，为他们提供建议。这个学派的代表人物有得·德鲁克、艾尔弗雷德·斯隆、亨利·福特等。

（七）权变理论学派

权变理论学派是20世纪70年代在西方形成的一种管理学派。权变理论认为，在企业管理中没有什么一成不变、普遍适用的"最好的"管理理论和方法，只有根据企业所处的内外部环境权宜应变地处理问题。权变观点的最终目标是提出最适合于具体情境的组织设计和管理活动。

（八）管理科学学派

管理科学学派也叫数量学派或运筹学派，它产生于第二次世界大战之后。管理科学学派认为，管理就是建立和运用数学模型与程序的系统，就是用数学符号和公式来表示计划、组织、控制、决策等合乎逻辑的程序，求出最优的解答，以达到企业的目标。

管理科学学派解决问题的七个步骤是：观察和分析、确定问题、建立一个代表所研究系统的模型、从模型得出解决方案、对模型和得出的解决方案进行验证、建立对解决方案的控制、把解决方案付诸实施。以上七个步骤相互联系，相互影响。

专栏2-3　　　　　　　　　　　　　　　**现代管理理论丛林**

第二次世界大战之后，科技与生产迅速发展，企业规模越来越大，国际化进程加速，这一切都给管理工作提出了许多新问题，引起了人们对管理的普遍重视。除管理工作者和管理学家外，其他领域的一些专家，如社会学家、经济学家、生物学家、数学家等都纷纷加入了研究管理的队伍，他们从不同角度用不同方法来研究管理理论，出现了研究管理理论的各种学派，呈现出"百花齐放、百家争鸣"的繁荣景象。

在《管理理论的丛林》与《再论管理理论的丛林》两部著作中，哈罗德·孔茨形象地把这种现象称之为"管理理论的丛林"。他认为，如果"管理理论的丛林"继续存在，将会使管理工作者和学习管理理论的初学者如同进入热带丛林中一样，迷失方向而找不到出路。

管理世界在不断地发生变化，每天都有新的管理问题和管理理论出现，对管理的本质的认识会直接决定一个管理者的管理风格并影响其管理效果。哈罗德·孔茨是当代最著名的管理学家之一，他把管理提升到了一个艺术的高度，将管理定义为"通过他人完成任务的机能"。1980 年，哈罗德·孔茨又在《管理学会评论》上发表《再论管理理论的丛林》一文，文中指出：管理理论学派已不止六个，而是发展到了十一个。包括① 经验学派；② 人际关系学派；③ 群体行为学派；④ 社会协作系统学派；⑤ 社会技术系统学派；⑥ 系统学派；⑦ 数学（或管理科学）学派；⑧ 决策理论学派；⑨ 经理角色学派；⑩ 管理过程学派；⑪ 权变理论学派。而《再论管理理论的丛林》是哈罗德·孔茨在完成《管理理论的丛林》19 年后，观察异彩纷呈的管理学派，指出了更加繁荣茂盛的"管理丛林"。

哈罗德·孔茨把管理学派异彩纷呈的现象称为"管理理论的丛林"，这很形象。如果人们不将管理的二重属性分开认识，那么管理学永远也无法从"丛林状态"变成一棵枝繁叶茂的参天大树。

第四节　变革时代的管理理论创新

一、供应链管理

20 世纪 90 年代以来，随着各种自动化和信息技术在制造企业中不断地应用，制造生产率已大大提高，制造加工过程本身的技术手段对提高整个产品竞争力的作用开始变小。为了进一步挖掘降低产品成本和满足客户需要的潜力，人们开始将目光从管理企业内部生产过程转向产品整个生命周期中的供应环节和整个供应链系统。

在生物链中，有一个互为依存的天然法则。在企业供应链中，生产企业与上下游客户共进退，在供应商——加工企业——销售商三者之间通过货物形成了一种相互依存的供应链。在世界经济全球化的时代，市场竞争的主角演变成供应链之间的竞争，如何在供应链中取得共赢成为业内人士关注的焦点。

随着全球经济一体化和信息技术的发展，企业之间的合作正日益深入，它们之间跨地区甚至跨国合作的趋势日益明显。国际上越来越多的制造企业不断地将大量常规业务"外包"（Outsourcing）给发展中国家，而只保留最核心的业务（如市场、关键系统设计和系统集成、总装配，以及销售）。譬如，制造波音 747 飞机需要 400 万余个零部件，可这些零部件的绝大部分并不是由波音公司内部生产的，而是由 65 个国家中的 1 500 个大企业和 15 000 个中小企业提供的。福特公司在马来西亚生产零部件后，要送至日本组装成发动机，然后再将发动机送至美国的总装厂组装成整车，最后汽车返回日本销售。美国克莱斯勒公司制造汽车所使用的零部件有 2/3 是从外部获得的，它向 1 140 个不同的供应商购买 60 000 个不同的部件。

因此，供应链管理（Supply Chain Management，SCM）作为一种新的学术概念首先在西方被提出来，很多人对此开展研究，企业也开始了这方面的实践。世界权威的《财富》（Fortune）杂志，就将供应链管理能力列为企业一种重要的战略竞争资源。在全球经济一体化的今天，从供应链管理的角度来考虑企业的整个生产经营活动，形成这方面的核心能力，对广大企业提高竞争力将是十分重要的。在有些西方国家中，供应链管理甚至被列为大学工商管理硕士（MBA）教育中的一门专业课程。然而，从供应链的角度来考虑企业的经营管理在我国还处于刚起步的阶段，目前在研究和应用上都还很缺乏。我国企业和学术界都应高度重视，应根据我国国情和企业的实际情况，开展有中国特色的供应链管理的研究和实践。

二、组织机构的扁平化

（一）现代企业组织结构理论发展的两个阶段

第一阶段，从亚当·斯密的分工理论开始，至 20 世纪 80 年代。这一阶段强调高度分工，组织结构也越来越庞大，组织形式从直线制开始，一直到事业部制，我们可称之为传统的科层制组织结构；另一阶段自 20 世纪 90 年代开始，这一阶段强调简化组织结构，减少管理层次，使组织结构扁平化。

科层制组织模式中，直线—职能制是企业较常采用的组织形式，其典型形态是纵向一体化的职能结构，强调集中协调的专业化。它适用于市场稳定、产品品种少、需求价格弹性较大的情况。其集中控制和资产专业化的特点，使得它不容易适应产品和市场的多样化而逐渐被事业部制组织取代。事业部制组织强调事业部的自主和企业集中控制相结合，以部门利益最大化为核心，能为公司不断培养出高级管理人才。这种组织形式有利于大企业实现多元化经营，但企业长期战略与短期利益不易协调。

随着企业规模的扩大，科层制组织不可避免地面临：沟通成本、协调成本和控制监督成本上升；部门或个人分工的强化使得组织无法取得整体效益的最优；难以对市场需求的快速变化作出迅速反应等问题。

扁平化组织，正是由于科层制组织模式难以适应激烈的市场竞争和环境变化快速的要求而出现的。所谓扁平化组织，就是通过破除公司自上而下的垂直高耸的结构，减少管理层次，增加管理幅度，裁减冗员来建立一种紧凑的横向组织，达到使组织变得灵活，敏捷，富有柔性、创造性的目的。它强调系统、管理层次的简化，管理幅度的增加与分权。

（二）扁平化组织的特点

（1）以工作流程为中心而不是以部门职能来构建组织结构。公司的结构是围绕有明确目标的几项"核心流程"建立起来的，而不再是围绕职能部门；职能部门的职责也随之被逐渐淡化。

（2）纵向管理层次简化，削减中层管理者。扁平化组织要求企业的管理幅度增大，简化烦琐的管理层次，取消一些中层管理者的岗位，使企业指挥链条最短。

（3）企业资源和权力下放到基层，以顾客需求为驱动。基层的员工与顾客直接接触，使他们拥有部分决策权，能够避免顾客反馈信息向上级传达过程中的失真与滞后，大大改善服务质量，快速地应对市场的变化，真正做到"顾客满意"。

（4）现代网络通信手段。企业内部与企业之间通过使用 E-mail、办公自动化系统、管理信息系统等网络信息化工具进行沟通，大大增加管理幅度与效率。

（5）实行目标管理。在下放决策权给员工的同时实行目标管理，以团队作为基本的工作单位，员工自主作出自己工作中的决策，并为之负责。这样就把每一个员工都变成了企业的主人。

三、业务流程再造

早期传统的组织过分依赖于个人和裙带关系、人身依附关系，采用任意的、主观的、多变的管理方式，不适合大型企业组织管理的要求。工业化以来的大型企业，组织规模庞大，分工细，层次多，需要高度统一，有准确、连续、稳定的秩序来保证。马克斯·韦伯的组织模式为许多组织的设计提供了一种规范化的典范。但是在 20 世纪 90 年代，这套劳动分工规则受到了挑战。大规模生产已越来越多的被大量定制（Mass Customization）所替代，这项规则在工业革命中作出了巨大的贡献，在促进了社会生产力的提高和物质力量的积累的同时，却暴露出了自己内在的缺点：在劳动分工理论的指导下，提高效率的途径是不断深化分工，提高每一项任务的专门程度，于是造成了组织的不断扩大，结构金字塔不断高耸，带来的结果是信息不通，官僚主义盛行，效率下降，竞争优势丧失；流程被人为地割裂，散布于不同的职能部门之中，流程的整体性往往被忽略了，人们专注于自身的工作，不关心整个流程的目的，没有人对顾客的满意负责；管理也被局限于对各个活动进行控制，提高各个环节的效率，而很难将注意力集中到整个流程的效率上去。

面对激烈的竞争、苛求的消费者，许多公司采取了降低成本、提高劳动生产率、增加灵活性、缩短生产周期、提高产品质量等方法，但收效甚微。这些问题并不在于个人完成任务的绩效，而是在于流程中遇到的令人头痛的耽搁。

而业务流程再造则是回到起始的地方，从整个流程的角度来考虑如何提高效率，是通过"根本的反思""彻底的改变"，来达到"显著的提高"。它意味着再造工作的核心是业务流程，目的是提高整个流程的效率，更好地满足顾客的需要，在新的环境中获取新的竞争优势。

流程型组织的特征主要包括以下几个方面：

（1）以客户为中心：打破职能边界，简化信息传递过程，提高反应速度与运作效率；

（2）扁平化：减少组织的管理层级，更快、更灵活地应对市场、技术变化，组织结构向矩阵型或网络型过渡；

（3）分散决策：通过合理授权和信息共享，鼓励一线员工在授权范围内自主决策；

（4）基于团队：团队由跨部门、多专业的人员组成，在团队中创造跨越部门边界的横向信息共享与合作机制；

（5）灵活性：快速变化的环境要求组织结构具有灵活性；

（6）多元化：组织包容多样化的观点和方法，如职业生涯、激励机制、用工制度等。

四、学习型组织的构建

1990 年，麻省理工学院斯隆管理学院的彼得·圣吉（Peter Senge）出版了《第五项修炼——学习型组织的艺术与实务》一书，掀起了组织学习和创建学习型组织的热潮。美国的 AT&T、福特汽车（Ford）、通用电气（General Electronic）、摩托罗拉（Motorola）、科宁

（Corning）、联邦快递（Federal Express）、欧洲的赛恩斯钢铁、罗福（Rover）、ABB 等公司都正在积极创建学习型组织。

所谓学习型组织，是指通过培养整个组织的学习气氛、充分发挥员工的创造性思维而建立起来的一种有机的、高度柔性的、扁平的、符合人性的、能持续发展的组织。这种组织具有持续学习的能力，具有高于个人绩效总和的综合绩效。

学习型组织具有以下几个特征。

（一）组织成员拥有一个共同的愿景

组织的共同愿景（Shared Vision），来源于员工个人的愿景而又高于个人的愿景。它是组织中所有员工共同的愿望，是他们的共同理想。它能使不同个性的人凝聚在一起，朝着组织共同的目标前进。

（二）组织由多个创造性个体组成

在学习型组织中，团体是最基本的学习单位，团体本身应理解为彼此需要他人配合。组织的所有目标都是直接或间接地通过团体的努力来实现的。

（三）善于不断学习

这是学习型组织的本质特征。所谓"善于不断学习"，主要有四点含义。

（1）强调"终身学习"。组织中的成员均应养成终身学习的习惯，这样才能形成组织良好的学习气氛，促使其成员在工作中不断学习。

（2）强调"全员学习"。企业组织的决策层、管理层、操作层都要全心投入学习，尤其是经营管理决策层，他们是决定企业发展方向和命运的重要阶层，因而更需要学习。

（3）强调"全过程学习"。学习必须贯彻于组织系统运行的整个过程之中。约翰·瑞丁（J. Redding）提出了一种被称为"第四种模型"的学习型组织理论。他认为，任何企业的运行都包括准备、计划、推行三个阶段，而学习型企业不应该是先学习然后进行准备、计划、推行，不要把学习与工作分割开，应强调边学习边准备、边学习边计划、边学习边推行。

（4）强调"团体学习"。不但重视个人学习和个人智力的开发，更强调组织成员的合作学习和群体智力（组织智力）的开发。

学习型组织通过保持学习的能力，及时清除发展道路上的障碍，不断突破组织成长的极限，从而保持持续发展的态势。

（四）"地方为主"的扁平式结构

传统的企业组织通常是金字塔式的，学习型组织的组织结构则是扁平的，即从最上面的决策层到最下面的操作层，中间相隔层次极少。它尽最大的可能将决策权向组织结构的下层转移，让最下层单位拥有充分的自主权，并对产生的结果负责，从而形成以"地方为主"的扁平化组织结构。例如，美国通用电器公司目前的管理层次已由 9 层减少为 4 层。只有这样的体制，才能保证上下级的不断沟通，下层才能直接体会到上层的决策思想和智慧光辉，上层也能亲自了解到下层的动态，掌握第一线的情况。只有这样，企业内部才能形成互相理解、互相学习、整体互动思考、协调合作的群体，才能产生巨大的、持久的创造力。

（五）自主管理

学习型组织理论认为，"自主管理"是使组织成员能边工作边学习并使工作和学习紧密结合的方法。通过自主管理，组织成员可以自己发现工作中的问题，自己选择伙伴组成团队，自己选定改革、进取的目标，自己进行现状调查，自己分析原因，自己制定对策，自己组织实施，自己检查效果，自己评估总结。团队成员在"自主管理"的过程中，能形成共同愿景，能以开放求实的心态互相切磋，不断学习新知识，不断进行创新，从而增加组织快速应变、创造未来的能力。

（六）组织的边界将被重新界定

学习型组织的边界的界定，建立在组织要素与外部环境要素互动关系的基础上，超越了传统的根据职能或部门划分的"法定"边界。例如，把销售商的反馈信息作为市场营销决策的固定组成部分，而不是像以前那样只是作为参考。

（七）员工家庭与事业的平衡

学习型组织努力使员工丰富的家庭生活与充实的工作生活相得益彰。学习型组织对员工承诺支持每位员工充分的自我发展，而员工也以承诺对组织的发展尽心尽力作为回报。这样，个人与组织的界限将变得模糊，工作与家庭之间的界限也将逐渐消失，两者之间的冲突也必将大为减少，从而提高员工家庭生活的质量，达到家庭与事业之间的平衡。

（八）领导者的新角色

在学习型组织中，领导者是设计师、仆人和教师。领导者的设计工作是一个对组织要素进行整合的过程，他不仅是设计组织的结构和组织政策、策略，更重要的是设计组织发展的基本理念；领导者的仆人角色表现在他对实现愿景的使命感，他自觉地接受愿景的召唤；领导者作为教师的首要任务是界定真实情况，协助人们对真实情况进行正确、深刻的把握，提高他们对组织系统的了解能力，促进每个人的学习。

专栏2-4

王珪鉴才

在一次宴会上，唐太宗对王珪说："你善于鉴别人才，尤其善于评论。你不妨从房玄龄等人开始，都一一做些评论，评一下他们的优缺点，同时和他们互相比较一下，你在哪些方面比他们优秀？"

王珪回答说："孜孜不倦地办公，一心为国操劳，凡所知道的事没有不尽心尽力地去做，在这方面我比不上房玄龄；常常留心于向皇上直言建议，认为皇上的能力德行比不上尧舜让皇上很丢面子，这方面我比不上魏征；文武全才，既可以在外带兵打仗做将军，又可以进入朝廷搞管理担任宰相，在这方面，我比不上李靖；向皇上报告国家公务，详细明了，宣布皇上的命令或者转达下属官员的汇报，能坚持做到公平公正，在这方面我不如温彦博；处理繁重的事务，解决难题，办事井井有条，这方面我也比不上戴胄；至于批评贪官污吏，表扬清正廉署，疾恶如仇，好善喜乐，这方面比起其他几位能人来说，我也有一日之长。"唐太宗非常赞同他的话，而大臣们也认为王珪完全道出了他们的心声，都说这些评论是准确的。

从王珪的评论可以看出唐太宗的团队中，每个人都各有所长；但更重要的是唐太宗能将这些人依其专长运用到最适当的职位上，使其能够发挥自己的所长，进而让整个国家繁荣强盛。

未来企业的发展是不可能只依靠一种固定组织的形态而运作，必须视企业经营管理的需要而有不同的团队。所以，每一个领导者必须学会如何组织团队，如何掌握及管理团队。企业组织的领导应以每个员工的专长为出发点，安排适当的位置，并依照员工的优缺点，做机动性调整，让团队发挥最大的效能。

经理人员的任务在于知人善任，给企业提供一个平衡、密合的工作组织。

本章小结

管理实践有着悠久的历史，可以追溯到人类的起源，在中外早期也产生了许多经典的管理思想。人类系统地研究、形成管理理论是在 19 世纪末 20 世纪初，之后管理理论得到了迅速发展，第二次世界大战之后，许多学者和管理学家从不同的角度提出了各自的理论和新学说，形成了"管理理论的丛林"。

泰勒的科学管理理论、法约尔的一般管理理论以及韦伯的理想的行政组织理论构成了古典管理理论的框架。古典管理理论开辟了管理理论的纪元，奠定了现代管理理论的基础。古典管理理论是以"经济人"的假设作为前提，其理论有创新性和积极性，但也有片面性和局限性。

行为管理理论抛弃了以物质为中心的管理思想，以人为中心进行管理的研究。梅奥的人群关系理论，为管理的研究开辟了新的领域，人们开始关注人的因素，为管理方法的变革指明了方向，开辟了管理学新的领域。

第二次世界大战后，随着管理热潮的掀起，出现了众多的管理学家，产生了多种管理理论，形成了"百家争鸣"的格局。管理者需要走出"丛林"，管理理论也正逐步走向统一、综合，不断创新。

复习思考题

一、复习题

1. 什么是管理？如何理解管理的具体含义？
2. 管理包括哪些职能？它们各自的表现形式是什么？它们的相互关系是怎样的？
3. 根据明茨伯格的理论，管理者应扮演哪些角色？
4. 根据卡茨的研究，管理者应该具备哪些技能和素质？
5. 试比较泰勒、法约尔、韦伯的管理理论的特点及现实意义，并加以说明。
6. 霍桑试验的成果及影响是什么？
7. 谈谈管理科学理论的渊源及其内容，管理科学学说的主要目标及运用特征。
8. 现代管理理论中具有代表性的管理理论学派的主要思想及发展趋势。

二、思考题

1. 在新联合汽车公司，每个厂区有一个小制作车间，任何一位工人想改进工具或装置，都可以去小制作间制造，或请机械师一起工作。你认为这种做法体现了什么管理理论？为什么？
2. 有人认为科层组织制度与以人为本的管理思想不相符，应该废除。你有何评价？为什么？
3. 你如何看待善于处理人际关系的管理者比专注任务完成的管理者更能得到晋升机会

的这种现象？

实践与训练

一、实践练习

调查一家企业，运用所学的管理理论进行分析，并有针对性地提出改善管理的具体建议。

二、案例分析

（一）春兰（集团）公司的管理模式

春兰（集团）公司经过数年的高速发展，已经形成了家电、电动车、电子、投资和贸易等产业的多元化经营格局。它根据"以经济功能为基础，以权责明确为重点，合并相关产业，实现资源合理配置"的原则，重构集团的组织管理体系，重构后的组织管理体系分为了三个层次：第一层次，春兰集团总部，它是集团的投资中心，下辖投资公司，研究院和学院等5个直属单位，其主要职能是研究春兰未来的发展方向，负责战略性投资，从事资本运营，制定带有全局性、战略性的政策和策略，行使部分应集中管理的带有综合性质的职能。第二层次，春兰的5个产业集团，是春兰的利润中心。产业集团直接面向国内外市场。其主要职能是在春兰总部的总体产业规划和发展方向的指导下，负责各自产业范围内的产业规划和发展，负责本公司的科研、产品开发、制造、营销和管理工作等。第三层次，各个制造工厂、业务公司，是春兰的成本中心。工厂主要负责产品制造、成本控制、质量管理等各项工作；业务公司负责各自相关业务的具体运作。

春兰集团为了最大限度地发挥人、财、物的效率，又进行组织管理的创新和变革，将产业集团及其下属的工厂构成纵向部门，属于运营体系，将法律部门、人力资源部门、信息资源部划入职能单位，构成横向部门。横向部门制定规则，纵向部门在规则中运行。横向部门制定的规则，从班长到经理都要执行。横向职能部门又分为A系列和B系列两类。A系列职能部门负责制定专业运行规则，并对纵向运行实施监管，B系列职能部门负责实现内部资源共享方面的业务。

问题：春兰（集团）公司变革后的管理模式体现了哪些管理理论？

（二）王彬的烦恼

王彬最近被一家生产机电产品的公司聘为总裁。在准备上任的前一天晚上，他回忆起自己在该公司工作20多年的情况。

他在大学时学的是工业管理，大学毕业后就到该公司工作，最初担任液压装配单位的助理监督。因为他对液压装配所知甚少，在管理工作上也没有实际经验，他感到几乎每天都手忙脚乱。可是他非常认真并且好学，一方面他仔细参阅了该单位的工作手册，努力学习有关的技术知识；另一方面监督长也主动帮助他，使他渐渐摆脱了困境，胜任了工作。经过半年多的努力，他已有能力独自承担液压装配的监督长工作。可是，当时公司没有提升他为监督长，而是直接提升他为装配部经理，负责包括液压装配在内的四个装配单位的领导工作。

在当助理监督时，他主要关心的是每日的作业管理，技术性很强。而当他担任装配部经理时，他发现自己不能只关心当天的装配工作状况，他还得做出此后数周乃至数月的规划，还要完成许多报告和参加许多会议。他没有多少时间去从事他过去喜欢的技术工作。当上装配部经理不久，他就发现原有的装配工作手册已基本过时，因为公司已安装了许多新的设备，采用了一些新的技术，这令他花了整整一年的时间去修订工作手册，使之切合实际。在修订过程中，他发现要让装配工作与整个公司的生产作业协调起来需要进一步的研究工作。他还主动到几个工厂去考察，学到了许多新的工作方法，他也把这些应用到修订工作中去。由于该公司的生产工艺频繁发生变化，工作手册也不得不经常修订，王彬对此都完成得很出色。他工作了几年后，不但自己学会了这些工作，而且还学会如何把这些工作交给助手去做，叫他们如何做好，这样他可以腾出更多时间用于规划工作和帮助他的下属工作得更好，用更多的时间去参加会议、批阅报告和完成自己向上级的汇报工作。

当他担任装配部经理6年之后，正好该公司负责规划工作的副总裁辞职，王彬便主动申请担任该职务。在同另外5名竞争者较量之后，王彬被正式提升为负责规划工作的副总裁。他自信拥有担任此新职务的能力，但由于此工作的复杂性，仍使他在刚接任时碰到了不少麻烦。但是，他还是渐渐适应了，做出了成绩，以后又被提升为负责生产工作的副总裁，而这一职位通常是由该公司资历最深的、辈分最高的副总裁担任。到了现在，王彬又被提升为总裁。他知道一个人当上公司最高主管职位之时，应该相信自己有处理可能出现的任何情况的能力，但他也明白自己尚未达到这个水平。因此，他不禁想到自己明天就要上任了，今后数月的情况会怎么样？他不免为此而担忧！

问题：

1. 你认为王彬当上总裁后，他的管理职责与过去相比有了哪些变化？

2. 王彬在20多年的工作中担任过各种层次的管理者，在担任这些层次的管理者的过程中，职能有所不同。王彬升任总裁以后，将成为决策指挥者，这一职能与他以前担任的管理者的职能是不一样的。试从管理者职能的角度，对王彬20多年的管理工作进行分析。

管理游戏

猎人与兔子

阅读下列资料，设想你就是猎人，你该怎样对待猎狗呢？

一条猎狗将兔子赶出了窝，并一直追赶它，追了很久仍没有捉到。牧羊人看到这种情景，讥笑猎狗说："你们两个之间小的反而跑得快得多。"猎狗回答说："你不知道我们两个的跑是完全不同的吗？我仅仅为了一顿饭而跑，它却是为了性命而跑呀！"

听到了这句话，猎人想：猎狗说的对啊，那我要想得到更多的猎物，得想个好法子。

想想都有什么方法

如果猎人这样：猎人又买来几条猎狗，凡是能够在打猎中捉到兔子的，就可以得到几根骨头，捉不到的就没有饭吃。这一招果然有用，猎狗们纷纷去努力追兔子，因为谁都不愿意看着别人有骨头吃，自己没得吃。就这样过了一段时间，问题又出现了。大兔子非常难捉到，小兔子好捉。但捉到大兔子得到的奖赏和捉到小兔子得到的骨头差不多，猎狗们发现了这个窍门，专门去捉小兔子。慢慢的，大家都发现了这个窍门。猎人对猎狗说："最近你们捉的兔子越来越小了，为什么？"猎狗们说："反正没有什么大的区别，为什么费那么大的劲儿去捉那些大的兔子呢？"

接下来你怎么办

如果猎人这样：猎人经过思考后，决定不将分得骨头的数量与是否捉到兔子挂钩，而是采用每过一段时间，就统计一次猎狗捉到兔子的总重量，按照重量来评价猎狗，决定一段时间内的待遇。于是猎狗们捉到兔子的数量和重量都增加了。猎人很开心。但是过了一段时间，猎人发现，猎狗们捉兔子的数量又少了，而且越有经验的猎狗，捉到兔子的数量下降得就越厉害。于是猎人又去问猎狗，猎狗说："我们把最好的时间都奉献给了您，主人，但是我们随着时间的推移会老，当我们捉不到兔子的时候，您还会给我们骨头吃吗？"

接下来你还要怎么办

如果猎人这样：猎人做了论功行赏的决定。分析与汇总了所有猎狗捉到兔子的数量与重量，规定如果捉到的兔子超过了一定的数量后，即使捉不到兔子，每顿饭也可以得到一定数量的骨头。猎狗们都很高兴，大家都努力去达到猎人规定的数量。一段时间过后，终于有一些猎狗达到了猎人规定的数量。这时，其中有一只猎狗说："我们这么努力，只得到几根骨头，而我们捉的猎物远远超过了这几根骨头。我们为什么不能给自己捉兔子呢？"于是，有些猎狗离开了猎人，自己捉兔子去了……

你又该怎么办？

推荐读物

1. 杜鲁克. 创业精神与创新——变革时代的管理原则与实践［M］. 北京：工人出版社，1987.

2. ［美］钱德勒. 看得见的——美国企业的管理革命［M］. 北京：商务出版社，1989.

3. ［美］波特. 竞争优势，竞争战略［M］. 北京：华夏出版社，1997.

第三章

组织设计与组织变革

学习目标

通过本章的学习，理解组织的概念；了解组织的类型；正确理解组织设计的过程；掌握组织结构设计的类型；理解组织生命周期理论；明确组织变革的原因和步骤。

关键概念

组织（Organization）　　　　管理层次（Management Levels）

管理幅度（Management Range）　直线型组织结构（Linear Organizational Structure）

职能型组织结构（Functional Organizational Structure）

直线职能型组织结构（Linear Functional Organizational Structure）

事业部型组织结构（Division Organizational Structure）

矩阵型组织结构（Matrix Organizational Structure）

组织变革（Organizational Change）

导入案例

对于一个销售性质的公司而言，轮岗制不仅能使管理者和普通员工成为多面手，更重要的是由于员工的成熟也使公司快速成熟起来。一旦一个公司成熟了，它也就步入了快速发展的轨道。

爱普生（中国）公司在管理上的一个成功秘诀就是实行轮岗制。因为在整个公司的发展过程中，任何个人的经验都是有限的，需要通过不同岗位的锻炼才能成为一个符合要求的人才，尤其是公司的中层管理人员，是公司发展的骨干力量，更需要轮岗制。

一个人在一个岗位上做了几年后一定要调到其他岗位上，换一个角度看问题就会有新的认识，工作的效率也就有了新的提高，而且对于提高工作的分析能力和内部的沟通协调能力都十分有帮助。例如，爱普生要求在北京本部的工作人员一定要有第一线的工作经验，像本部市场人员一定要到外地办事处去工作一段时间，然后再回来工作，这样才能更好地为当地办事处服务。爱普生（中国）公司的飞速发展，正是得益于中层干部的成长和成熟。爱普生制定的岗位轮换制一般是每两年左右轮一次岗，这样做下来，可以让公司的员工从不同的角度加强对公司的理解，从而提高整个公司的效率。

轮岗的先决条件是要有明确并适当的岗位职能设置，而岗位的权力和职责则与一个企业的组织设计密切相关。

第一节 组织概述

组织是人们为了实现某一特定的目标而形成的系统集合，它有一个特定的目标，由一群人所组成，有一个系统化的结构。组织从本质上来说是人们为了实现共同的目标而采用的一种手段或工具。

组织必须要有明确的目标，只有当一个人的力量难以完成组织目标时，建立相应的组织才是可取的。

一、组织的含义与特征

（一）组织的含义

著名的组织学家巴纳德认为，由于生理的、心理的、物质的、社会的限制，人们为了达到个人的和共同的目标，就必须合作，于是形成群体，群体发展为组织。组织既可以作名词，也可以作动词使用。当作为名词时，指的是按照一定规则建立起来的并具有一定目的的人的集合体。当作为动词时，指的是组织工作，即对人的集合体中各个成员的角色安排，任务分配等。由此可见，组织包括两层含义：一是指由若干因素构成的有序的结构系统；二是指一种根据一定的目的、按照一定的程序，对一些事物进行安排和处理的活动或行为。前者既包括社会组织，也包括自然组织，后者则是专指人们的活动。

组织是由两个人以上的群体组成的有机体，是一个为了共同目标，由内部成员形成一定的关系结构和共同规范的力量协调系统。例如，企业、行政机关、学校、医院、军队等实体都是组织，它们都有一定的组织目标，有一定数量的成员，并且遵循相应的组织规范以实现特定的组织目标。

（二）组织的本质特征

（1）共同目标。任何一个组织都要有一个共同的目标。它是组织内成员达成协作意愿的必要前提。只有组织的目标被组织成员所接受，才会导致协作活动。对每一个组织成员来说，组织的共同目标是外在的、非个人的、客观的目标。共同目标的实现，要靠组织成员的共同努力。

（2）耗散结构。一个开放系统，当它与外界不断地交换物质、能量和信息，当外界条件达到一定阈值时，系统可能从原有的混乱状态转变为一种在时间上、空间上或功能上的有序状态，我们把所形成这种新的有序结构，称作"耗散结构"。组织内在资源之间存在着有序的内在的联系。如领导与被领导的关系、工作的协作关系，以及信息沟通等。组织内的相关结构要被组织成员明确了解，每一个成员要有一个信息联系的明确的正式渠道，以保证信息快速、准确、持续地流通。

专栏 3-1

创立耗散结构理论的普列高津

科学分为自然科学与社会科学两大类。一般来说，自然科学的理论只能解决自然科学领域内的问题，社会科学的理论同样如此。20 世纪 60 年代末，比利时学者普列高津（1917—）却提出了一种叫做"耗散结构"的理论，可以横贯两大领域。无论是物理、化学、生物、地学、医学、农学、工程技术，还是哲学、历史、文艺和经济等，只要涉及通过与周围环境交流实现复杂系统进化的问题，都可以借鉴他的思想来研究。由于普列高津的这一理论有划时代意义，他获得了 1977 年度的诺贝尔化学奖。普列高津生于莫斯科，1921 年 4 岁时随家人到德国，1929 年定居比利时。他从小受到父母的良好教育，起初喜欢历史和考古，后来转向理科。1941 年，他在比利时布鲁塞尔自由大学获博士学位，34 岁担任这个学校的理学院教授，1959 年担任国际著名的索尔维国际物理及化学研究所的所长。由于普列高津对科学作出了伟大的贡献，来自中国、德国、法国、英国、美国、日本、希腊、罗马尼亚和伊朗等十几个国家的近百名学者都聚集到他身边，形成了一个学派，这就是国际著名的布鲁塞尔学派。

1978 年，普列高津应中国科学院理论物理研究所的邀请，来我国进行访问和讲学，并热情地答应为我国培养热力学方面的研究人才，表现了一位伟大科学家的胸襟和气度。

（3）内部规范。指所有成员都要遵循，且区别于其他组织的规范。组织是由人组成的，每个人的行为都会对组织共同目标的实现产生影响。为了保证共同目标的实现，就要适当地限制个人的行为，要求每个成员自我克制。要加入一个组织，首先要认可其内部规范，否则将被组织开除或自行退出。正是由于具有组织的内部规范，才使个人的努力能与组织的目标有机地结合在一起。

组织是人们为了实现共同目标而采用的一种手段或工具，用得好，有利于目标的实现；用得不好，就会妨碍组织目标的实现。作为管理者，要掌握正确运用组织的方法和手段。

二、组织职能

组织职能的具体内容包括如下：

（1）组织机构的设计；

（2）适度分权和正确授权；

（3）资源的合理配置；

（4）组织文化的培育和建设。

这些功能为实施组织计划提供了必要的组织保证，是组织实施管理的基础。

三、组织环境

组织是在一定的环境下生存与发展的。组织与它所处的环境是相互作用、相互影响的，组织依靠环境来获得资源和发展机会，而环境对组织的活动又有许多限制并决定是否接受组织的产出。如果组织能够不断地提供环境所能接受的产品和服务，则环境就会不断地为组织提供资源和机会，组织就会不断壮大、发展；反之，如果组织不能提供环境所需要的产品和服务，组织就没有继续生存下去的条件和必要。组织环境包括许多要素，主要有人力资源、物质资源、资金资源、文化传统、社会习俗、政策与法律等。

四、组织类型

（一）根据组织成立的依据和内部关系状态划分，可分为正式组织与非正式组织

（1）正式组织是指在组织设计中，为了实现组织的总目标而设立的功能结构，这种功能结构或部门是组织的组成部分并有明确的职能。例如，企业中的销售部门、生产部门、财务部门等都是正式组织。正式组织的基本特征是设立的程序化、解散的程序化、运作的程序化。

（2）非正式组织是指在组织中由于地理位置关系、兴趣爱好关系、工作关系、亲朋好友关系而自然形成的群体，这种群体不是经过程序化而成立的。例如，企业中的业余足球队、业余合唱团等都是非正式组织。

（二）根据社会组织的性质、功能、目标，可以划分为经济组织、政治组织、文化组织、群众组织和宗教组织

（1）经济组织。经济组织是最基本的社会组织，担负着社会经济领域中生产、交换、流通、分配等经济职能。有生产组织，如海尔电器、杭州娃哈哈集团等；商业组织，如杭州百大集团等；金融组织，如中国银行、信托投资公司等；服务性组织，如中旅集团等。

（2）政治组织。政治组织具有社会政治职能和社会管理职能，集中代表和反映社会统治阶级的整体利益或某一阶层的利益。如政党组织、政权组织、武装力量、司法机关等。

（3）文化组织。文化组织具有传播与研究文化的职能，以满足人们的精神文化需求为己任。如学校、图书馆、文化馆、影剧院、艺术剧团等。

（4）群众组织。群众组织是代表某一社会阶层或领域公众利益的社会组织。如妇联、科协、文联和各专业学会等。

（5）宗教组织。宗教组织是以某种宗教信仰为纽带而形成的组织。在全世界主要有基督教、佛教、伊斯兰教三大宗教以及它们的分支教派组织。

> **思考与讨论：**
> 1. 对于"组织"，我们经常还会碰到"组织工作"和"组织结构"，你认为二者有差别吗？
> 2. 组织的类型还可以分为哪些？

第二节　组织设计

一、组织设计的含义

组织设计是组织职能的重要内容。组织设计是指管理人员设计或变革一个组织结构的工作，是把为实现组织目标而需完成的工作划分为若干性质不同的业务工作，然后把这些工作组合成若干部门，并确定各部门的职责与职权。组织结构设计处于组织工作的中心环节，通常用组织结构图来表示。

1. 组织设计的目的

组织是为了实现某种特定的目标，由分工合作和不同层次的权力和责任制度而构成的人的集

合。从组织的定义可以看出，合理地配置组织的人力和财力等资源，实行分工合作，建立相对稳定的工作秩序对提高组织效率、实现组织目标是非常必要的。这正是组织设计的基本目的。

2. 组织设计的任务

组织设计的任务是设计清晰的组织机构，规划和设计组织中各部门的职能和职权，确定组织中职能职权、参谋职权、直线职权的活动范围并编制职务说明书。

其中，组织结构是对完成组织目标的人员、工作技术所做出的制度性安排。组织结构设计的任务主要是建立组织结构，明确组织内部的相互关系，提供组织结构图和职务说明书。

二、组织设计的步骤

组织设计的基本步骤有 5 项。

1. 根据组织目标进行任务划分、归类，为每一类任务确定关键管理岗位

在组织目标确定之后，通过对组织目标的解剖和分析，确定出达成组织目标的总任务。根据任务的性质、工作量完成的途径和方式将总任务进行划分。划分后的子任务应具体、明确，并尽可能地确定出这些子任务的相互关系和顺序，然后将相近的或联系紧密的子任务归类。根据每一类任务的性质、工作量完成的途径和方式确定相应的关键管理岗位，并分析这些关键管理岗位所需要的人员的条件和素质。

2. 选择合适的组织结构类型，建立不同层次的部门

根据需要和习惯，选择设计组织的结构形态，如直线—职能型结构、事业部结构等，然后对应每一类任务建立相应的、不同层次的部门或机构。

3. 确定管理幅度、规定岗位权责

管理幅度，指的是一个上级直接指挥下级人员或机构的数目。在组织结构的每一个层次上，根据任务的特点、性质以及授权情况，决定出相应的管理幅度，因此就确定了关键岗位的数量。关键岗位确定之后，需对每一个关键岗位职务的权责做出详细规定，如管理者任务的性质、具体工作范围与内容、需要承担的责任、拥有的决策权和管辖权、与上级和下级的关系、与横向部门管理者的关系、任职的基本条件、工作绩效的考核标准和奖惩条款等。

4. 配备部门的主管人员

在完成了以上步骤之后，便需要按照关键岗位的任职条件，选拔配备相关的管理人员，并对普通职员作出相应的分配和安排。

5. 组织结构的不断修正与完善

组织设计完成之后，便进入运行状态，在运行过程中，会暴露出许多漏洞和矛盾，因此必须根据出现的情况对组织结构作出及时的调整，使组织结构在运行过程中得到不断的修正和完善。

三、企业组织结构设计的类型

（一）企业的行政组织层次

企业的行政组织从最高层到最低层（基层）一般分为三个层次：厂部、车间和班组。

1. 厂部

厂部是企业生产行政系统最高层的管理组织（大型联合企业是公司或总厂），是企业的权力中心，是指令信息中心。最高层也称决策层，一般负责经营决策与计划、产品设计、质

量检查、财务管理、各车间之间人员、材料、设备的调配以及职工的招收、教育、工资福利、服务等工作。

2. 车间

车间是厂部统一领导下组织生产的基本单位。其主要职责是贯彻执行厂部下达的计划、指令及各项管理制度，具体落实到班组，做好车间内部的生产组织工作，保质保量地完成生产任务，组织车间内部的经济核算，降低产品成本等。

3. 班组

班组是企业直接完成生产任务的基层单位，即企业的基层管理组织，也称作业层。其主要职责是组织班组内工人完成车间规定的各项生产任务，保证质量，解决生产技术中的日常问题，做好原始记录、统计等基础工作，搞好组内经济核算等。

班组长是由不脱产的工人担任。班组不设专职管理人员，一般由不脱产的工人兼职组内的管理工作。

（二）企业组织结构的类型

随着经济的高速发展，管理者组织观念的不断更新，企业组织结构呈现多样化、复杂化的发展趋势。但无论组织结构如何变化，企业组织结构的基本类型大致有以下 7 种。

1. 直线型组织结构

直线型组织结构是工业发展初期的一种最简单的组织结构形式。

它的特点是：指挥和管理的职能由企业的行政负责人自己执行，下属只接受一个上级的指挥。

优点是：结构简单，容易统一指挥，责任和权限比较明确，有利于迅速做出决定；指挥和管理工作集中在企业行政负责人一人手中，下属不会得到互相抵触的指令，便于全面执行和进行监督。

缺点是：如果企业规模较大，业务复杂，所有管理职能仍要由一人承担，就要找到全能的管理者，但这是非常困难的事。

适用：没有必要按职能实行专业化管理的小型企业，或现场作业管理。直线组织结构如图 3 - 1 所示。

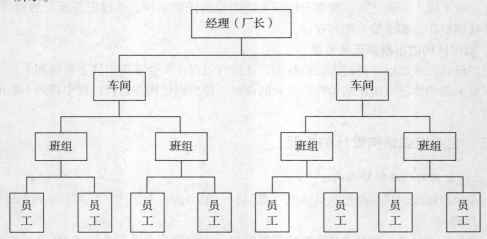

图 3 - 1　直线型组织结构示意图

2. 职能型组织结构

职能型组织结构是采用按职能实行专业化分工的管理办法，即在总负责人下设立职能机构人员，把相应的管理职责和权力交给这些职能机构，各职能机构在自己的业务范围内可以向下级单位下达命令和指示，直接指挥下级单位。

缺点是：由于实行多头领导，妨碍对企业生产经营活动的统一指挥，容易造成管理混乱；不利于明确划分直线领导人员和职能机构的职责和权限；各职能机构往往都从本部门的业务工作出发，不能很好地相互配合，横行联系差，对环境变化的适应性也差；更不利于培养高层管理人员。企业一般不采用这种结构。

职能型组织结构如图 3 - 2 所示。

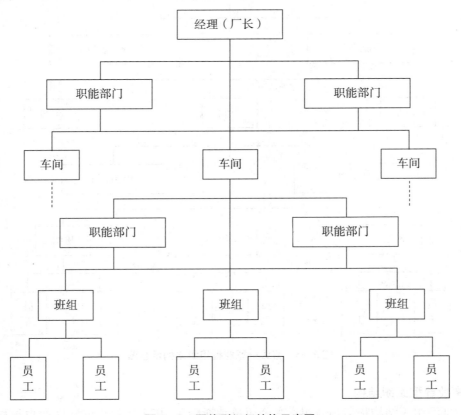

图 3 - 2　职能型组织结构示意图

3. 直线—职能型组织结构

直线—职能型组织结构是按照企业运行中所必需的功能划分部门和设置机构，横向实行职能专业分工，以实现专业化管理，纵向实行直线指挥，以确保下属只接受一个上司的指挥。如将生产经营过程划分为生产、计划、市场、财务、人事等职能科室，但企业的生产经营活动仍由厂长（经理）统一领导和指挥。另外，这种组织结构形式，把企业管理结构和人员分为两类，一类是直线指挥机构和人员；另一类是职能机构和人员。

优点是：各级直线领导人员都有相应的职能机构和人员作为其参谋和助手，因而能够对本部门的生产、技术、经济活动进行有效的指挥，以适应企业管理工作比较复杂和细致的特点。每个部门都是由直线领导人员统一指挥和管理，有利于实行严格的责任制度。

缺点是：① 由于各部门承担不同的专业管理工作，观察和处理问题的角度不同，因此常常会出现矛盾，也不利于各部门之间的意见沟通，加大协调的工作量；② 各部门遇到问题，要先向直线领导请示、报告，然后才能处理，这既加重了高层领导人员的工作负担，也造成生产经营活动的迟缓，最终造成效率低下。

适用：一般在企业规模比较小，产品品种比较简单，工艺比较稳定，市场销售情况比较容易掌握的情况下采用。直线—职能型组织结构如图 3-3 所示。

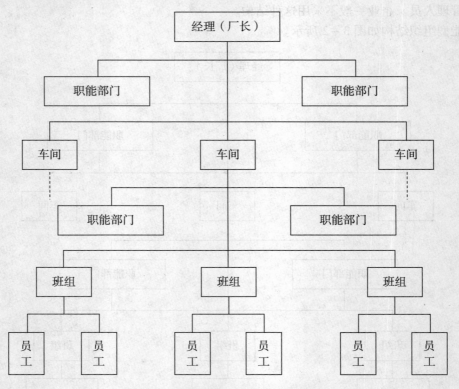

图 3-3 直线—职能型组织结构示意图

4. 事业部型组织结构

事业部型组织结构是美国通用汽车公司总裁斯隆于 1924 年提出的，因而也被称为"斯隆模型"，它是目前国内外大型企业普遍采用的一种组织结构形式。其特点是：把企业的生产经营活动，按产品或地区不同，建立不同的经营事业部，同时，每个经营事业部是一个利润中心，在总公司的领导下，实行统一政策，分散经营，独立核算，自负盈亏。

图 3-4 是按产品划分事业部型的组织结构图。按产品划分主要是以企业所生产的产品为基础，将生产某一产品相关的活动，完全置于同一产品事业部内，再在事业部内细分职能部门，从事该部门的职能管理工作。

图 3-5 是按地区划分事业部型的组织结构图。

按地区划分主要是以企业所在地区的活动为基础，在同一地区发生的活动归入同一地区事业部，再在事业部内按照需要的功能活动细分功能部门。

这一形式大多应用于跨国企业，设计上通常设有中央服务部门，例如，采购、人事、财

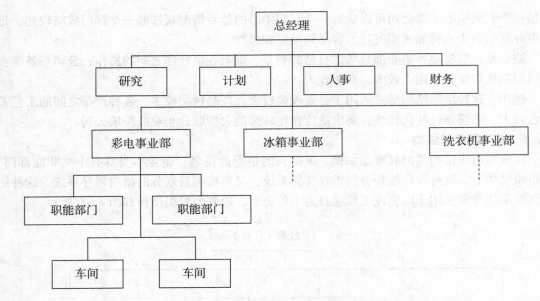

图 3 – 4　按产品划分的事业部型组织结构示意图

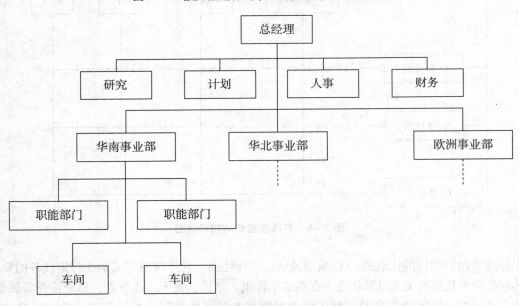

图 3 – 5　按地区划分的事业部型组织结构示意图

物、广告等，向各地区提供专业性的服务。

事业部型组织结构的优点是：① 按产品或地区划分事业部后，总公司可以根据各个事业部的资料，对各产品和地区的情况有所了解，能够迅速作出反应，有利于公司的最高领导层摆脱日常烦琐的行政工作，真正成为强有力的决策机构；② 能加强公司所属各事业部领导人的责任心，充分调动他们搞好企业生产经营活动的积极性和主动性，增强企业生产经营活动的适应能力；③ 有利于把联合化和专业化结合起来，一个公司可以经营种类很多的产品，形成大型联合企业，而每个事业部及其所属工厂，又可以集中力量生产某一种或几种产品，甚至也可以集中生产产品的某些零件，实现高度专业化；④ 每一个产品的地区事业部都是一个利润中心，总公司可以从每一个利润中心的盈亏情况获知哪一个部门成绩较佳，每个事业部的负责人都要承担责任，容易调动其积极性。

缺点是：容易使各事业部只考虑自己的利益，影响各事业部之间的协作；公司与各事业部的职能机构重叠，用人较多，费用较大。

适用：这种组织结构形式适用于企业规模较大，产品种类较多，各种产品之间的工艺差别也较大，市场条件变化较快，要求适应性比较强的大型联合企业或跨国公司。

5. 矩阵型组织结构

矩阵型组织结构是因其形态如横、纵排列的矩形而得名。企业本身具有中央职能部门，在组织结构上，既有按职能划分的垂直领导系统，又有按项目划分的横向领导系统。这种组织结构形式常常适用于以完成工程项目为主的企业。矩阵型组织结构如图 3 - 6 所示。

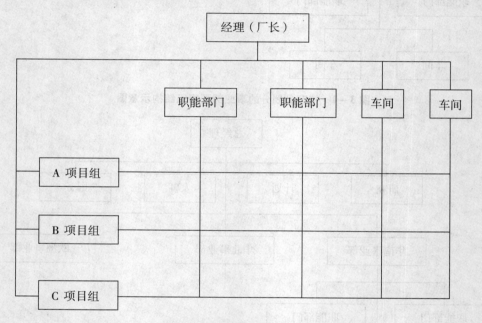

图 3 - 6　矩阵型组织结构示意图

矩阵型组织结构的优点是：① 机动灵活，适应性强，它是按照完成某一特定任务的要求，把具有各种专长的有关人员调集在一起组成工作组，这样，便于沟通意见，易于接受新观念和新的方法，由于能够集思广益，对工程项目能够有较好的控制，所以获得成功的机会较大；② 还有利于把管理中的垂直联系和水平联系更好地结合起来，加强各职能部门以及职能部门与任务之间的协调，工程项目经理负责全权领导某一项目，必然与顾客有较密切的接触，容易与顾客建立良好的关系，项目经理一职的设立，还可以为管理人员提供锻炼的机会。

缺点是：① 稳定性较差，容易产生临时观念，对工作有一定的影响；② 小组成员要接受双重领导，既隶属于职能部门，又隶属于项目小组，若两个部门的意见不统一，就会使他们的工作无所适从；③ 从职能部门看，人员经常调进调出，也会给正常工作造成某些困难。

适用：设计、研制等创新性质的工作。例如，军工、航天工业，高科技产业。采用这种组织结构形式，选好项目负责人很重要。杰出的项目负责人应该具备以下几项条件。

● 具有选择、组织与领导不同技术人员成为一个有效工作组织的能力。

- 对整个工程和产品所需的技术有全面的了解。
- 具有主持会议与沟通信息的能力。
- 具有了解法律条文，可以与顾客磋商合约的能力。
- 具有解决各组工作人员之间矛盾的能力。
- 具有分析事物，提供简明扼要的资料以供最高管理层决策使用的能力。

6. 多维立体组织结构

在矩阵型组织结构的基础上再增加一些内容，就形成了多维立体组织结构。例如，在由产品和地区构成的矩阵型组织结构的基础上，再增加按职能划分的管理机构，就构成了三维立体组织结构，如图 3 - 7 所示。

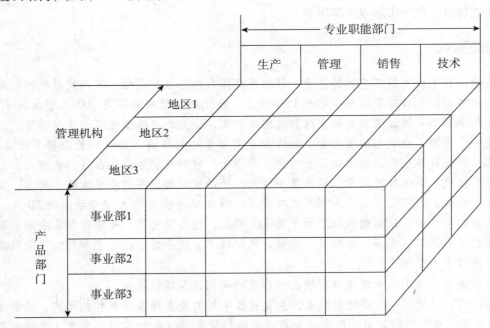

图 3 - 7　多维立体组织结构示意图

美国生产化学和塑料产品的道-科宁公司采取了四维立体组织形式，该公司在产品经理与职能经理的矩阵上又增加了营业经理与市场经理。该四维立体组织的关键是营业委员会的设立，营业经理负责一个地区的业务经营，他们对这个地区的业务负责，直接归公司的最高主管领导。营业委员会通常由研究、生产、销售、技术服务以及发展部门的代表组成。此外，还包括有关成本与经济物价方面的专家。这种组织结构形式适用于跨国公司或者跨地区的大公司。

7. 子公司制

子公司制是比事业部制更彻底的分权机构。它的主要特点是：① 母公司和子公司不是行政上的隶属关系，而是资产上的联结关系，母公司对子公司的控制，主要是通过股权；② 子公司同事业部不同，它在法律上是具有法人资格的独立企业，子公司自主经营、独立核算、自负盈亏，独立承担民事责任。如果说事业部是总公司下的一个利润责任中心，则子公司是总公司下属的一个投资责任中心，对所投资产负有保值、增值的责任。

优点是：由于母、子公司在法律上各为独立法人，因此，母公司不需要承担子公司的债务责任，这相对降低了经营风险；子公司要自主经营，自负盈亏，使子公司有较强的责任感和经营积极性。

缺点是：母公司对子公司不能直接行使行政指挥权；母、子公司各为独立的纳税单位，互相间的经营往来及子公司的盈利所得，需双重纳税。

这种形式适用于采用股份制且实行跨行业多种经营的大型集团公司。

各种组织结构形式都有其利与弊，企业究竟采用哪种形式，应该从实际出发。一般说来，选择企业组织结构形式，要考虑企业的目标、生产性质、规模大小、产品种类的多少、生产工艺特点，以及市场规模等因素。

专栏3-3

某地一家生产传统工艺品的企业，伴随着我国对外开放的进程，逐渐发展壮大起来。近十年来销售额和出口额平均每年增长15%以上。员工也由原来的不足200人增加到了2 000多人。企业仍然采用过去的类似直线型的组织结构，企业的一把手王厂长既管销售，又管生产，是一个多面、全能型的管理者。最近企业发生了一些事情，让王厂长应接不暇。其一，生产基本是按订单生产，基本由厂长传达生产指令。碰到交货紧，往往是厂长带头，和员工一起挑灯夜战。虽然按时交货，但质量不过关，产品被退回，并被要求索赔。其二，以前企业招聘人员少，所以王厂长一人就可以决定了。现在每年要招收大中专学生近50人，还要牵涉人员的培训等，以前的做法就行不通了。其三，过去总是王厂长临时抓人去做后勤等工作，现在这方面工作太多，临时抓人去做，已经做不了做不好了。凡此种种，以前有效的管理方法已经失去作用了。

问：请从组织工作的角度说明该企业存在的问题以及建议措施。

答：（1）从案例中给出的信息看，企业明显采用的是直线型组织结构形式，这种组织结构的优点是：结构比较简单，所有的人都明白他们应向谁报告和谁对他负责。责任与职权明确。每个人有一个并且只有一个直接上级，因而作出决定可能比较容易和迅速。缺点是：在组织规模较大的情况下，业务比较复杂，所有管理职能都集中由一个人承担，是比较困难的。

（2）显然，当企业已经发展成为2 000多人时，直线型组织结构制约了企业的正常发展。如同案例中王厂长面临的困境，要一个人管所有的事情，已经没有效果和效率了。

（3）企业需要采用适合企业发展的组织结构形式，例如，管理进行专业化分工的直线—参谋型组织结构，考虑设立生产计划部门、人力资源部门以及后勤部门。这样就可以发挥直线—参谋型组织结构的优点，即各级直线管理者都有相应的职能机构和人员作为参谋和助手，因而能够对本部进行有效管理，以适应现代管理工作比较复杂而细致的特点，而每个部门都是由直线人员统一指挥，这就满足了现代组织活动需要统一指挥和实行严格的责任制度的要求。

四、组织机构设立的原则

（一）精干高效原则

组织机构的设置要从企业的实际情况出发，使机构数目、规模和人员配备与其所承担的任务相适应，避免机构太多，人浮于事。在保证完成企业目标任务的前提下，力求做到机构要精，用人要少，管理效率要高。

（二）统一指挥原则

企业组织机构必须是一个统一的有机整体。应当保证行政命令和生产经营指挥的统一，避免指挥的多头和分散。

（三）管理幅度与管理层次适当原则

管理幅度是指一名上级领导者直接领导下级的人数。为了保证管理的有效性，管理幅度不能过大，应当在保证有效管理幅度的前提下，尽量减少管理层次和精减管理机构。

管理层次是指组织管理的阶梯。幅度与层次之间呈反比例关系。在组织中担任主管职务的人员能够直接管理下属的人数是有一定限制的，不宜过多，也不宜过少。美国管理协会于1951年对100多家大公司的调查表明，总经理下属人数从1人到24人不等。因此，更重要的不是研究数字，而是要全面了解影响管理幅度的要素。影响管理幅度的要素有以下几项。

（1）主管人员及其下属的能力。能力强的主管人员，比相同组织层次、相同工作的其他主管人员能直接监督和管辖更多的下属。同样，如果下属工作能力强，工作的自觉性高，也有利于增加主管人员的管理幅度。

（2）面对问题的种类。主管人员面对复杂、困难的问题或涉及长远战略问题时，直接管辖的人数不宜过多。反之，在处理日常事物时，可管辖较多的下属，以减少管理层次。

（3）组织沟通的类型及方法。若上下级以及同级之间相互沟通较易，或采用了有效的信息沟通手段（计算机网络等），对下属又有较健全的考核制度，则可增加管理幅度，减少管理层次。

（4）授权。主管人员善于授权，既可以提高自身的办事效率，也有利于增强下属的责任心。责权明确后，可减少主管用于监督的时间和精力，从而也能够加大管理幅度。

（5）计划。明确的计划可使下属了解自己行为与企业目标之间的关系，从而减少了主管人员指导工作及纠正偏差的时间，有利于增加幅度，减少层次。

（6）组织与环境的关系也影响着管理幅度。

（四）责权相应原则

在设置组织机构时，应当保证每一管理层次、部门、岗位的责任和权力相适应。应做到承担责任的人，要掌握必要的权力；拥有权力的人，必须对其行使权力的结果负责。

（五）分权与集权相结合原则

在处理上下管理层的关系时，要将集权（把必要的权力集中到上级）同分权（适当授权给下级）结合起来，取得集权与分权的平衡。

（六）执行与监督分开原则

企业在设置组织机构时，其执行性机构同监督性机构（后者如质量监督、安全监督、财务监督等）不应合并为一个机构，应当分开设置，以利于监督性机构的职能得到发挥。分开设置后的监督性机构，既要执行监督职能，又要加强对被监督部门的服务职能。

思考与讨论：
　　1. 你认为各种不同的组织结构的设计均适合哪些类型的公司？
　　2. 组织结构的设计对管理人员的管理工作有什么作用？
　　3. 组织结构的设计会因为组织环境的变化而变化吗？

第三节　组织变革

　　组织变革是指对组织结构、组织关系、职权层次、指挥和信息系统所进行的调整和改变。组织建立起来，是为实现管理目标服务的，当管理目标发生变化时，组织也需要通过变革自身来适应这种新的变化的要求。即使管理目标没有发生变化，但影响组织的外部环境和内部环境如果发生了变化，那么组织也必须对自身进行变革，才能保证管理目标的实现。一成不变的组织是不存在的，组织的变革是绝对的，而组织的稳定是相对的。

一、组织的生命周期理论

　　像任何机体一样，组织也有其生命周期。按照学者格林纳（Greiner）的观点，可以将一个组织的成长过程分为五个阶段，即创业阶段、聚合阶段、规范化阶段、成熟阶段、成熟后阶段。每一个阶段后期都将会面临某种危机和管理问题，均需采取一定的管理策略化解这些危机才能达到成长的目的。组织成长的五个阶段如图 3－8 所示。

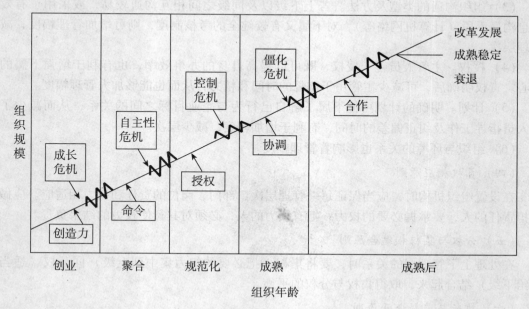

图 3－8　组织成长的五个阶段

1. 创业阶段

　　该阶段是组织的幼年期，组织规模小，反应灵活，人员齐心，工作关系简单，组织的大小事情均由创业者直接决策指挥。创业者一般技术业务很好，但不太重视管理，因此组织的生存与成长完全取决于创业者的素质和创造力。然而，随着组织的壮大，管理对象越来越复杂，创业者常常感觉到难以驾驭整个组织，到了创业后期会出现领导危机，并直接导致组织的成长危机。

2. 聚合阶段

该阶段是组织的青年时期，组织人员迅速增多，组织规模不断壮大并具有很强的凝聚力，获得了成功的经营业绩。在这个过程中，创业者不断得到磨炼，已具有丰富的管理经验和领导才能。为了适应组织不断扩大的新形势，组织有计划地招聘了若干有经验的专门管理人才，主持组织中各个层次的管理工作。这个阶段，创业者基本上仍以集权方式指挥控制中下层的管理者，严格控制着组织的各个部分，因而，组织的成长主要依靠高级主管的集权和命令。到了本阶段的后期，中下层管理人员由于长期无决策权和自主权，会产生不满情绪，这便产生所谓的自主性危机。

3. 规范化阶段

该阶段是组织的中年期，此时组织已具有相当的规模，基本形成了跨不同地区、跨不同产品领域的多元化经营格局。为了使组织继续成长，必须采取分权式的组织结构，容许各级管理者拥有较大的决策权。换句话说，组织的最高管理层必须向下授权。但是，随着各种决策权、自治权的下放，各个部门常常会出现各自为政、仅考虑本部门利益的现象，组织又出现了控制性危机。

4. 成熟阶段

为了防止出现控制性危机，组织将许多原属于中层和基层的管理决策权重新收归到最高决策层，重新出现了集权的趋势。然而，由于下授的权利难以完全收回，不可能恢复到第二阶段的命令式管理，只有采取其他组织方式予以弥补，如建立管理信息系统、成立协调委员会等，在高层主管的监督下，加强各个部门之间的协调和配合，制定新的规章制度和工作程序，这样既加强了高层管理层对整个组织的控制和监管，又充分发挥了中基层的能动作用。因此在该阶段，组织的成长更多地依赖于组织各部门上下左右的协调。然而，该阶段后期，随着职能部门的增多、关系的复杂，以及各种规章制度的制定，在某种程度上降低了组织的运营效率和灵活性，这样便产生了组织僵化和官僚危机。

5. 成熟后阶段

该阶段组织已处于中年后期并逐渐进入老年期，因而具有很大的不确定性。通过组织的变革与创新，组织可能重新获得发展，也可能趋向更成熟、更稳定，也可能由于环境的变化而走向衰退。为了使组织继续保持成熟、稳定，并避免出现危机，人员和各个部门的相互合作特别重要。在可能的条件下，要努力进行组织变革，更新组织成员的经营观念，开拓新的经营领域。

二、组织变革的先兆

1. 频繁的决策失误

从表面看来，决策失误是由各种原因造成的，而实际上决策失误的根源是组织问题。比如，可能会发生由于信息不灵而造成的决策失误，信息不灵可能是由于组织自身的原因，也可能是由于环境的因素造成的。但是，既然某一信息对管理决策有着重大意义，那么环境的障碍能够成为托词吗？所以，归根到底还是组织自身的问题。再如，决策失误可能是由于主管人员的主观原因造成的，但组织为什么没有在结构上、体制上给予决策以客观保证呢？在这种意义上，一切决策失误都是由于组织的原因，组织结构的不合理、职权委任不适宜、职责含糊、命令链混乱等，都会造成频繁的决策失误。

应当在变革的成本、组织目前的效率和决策失误的后果之间做出权衡，然后才能做出是否进行组织变革的决定。

2. 组织成员间沟通不灵

组织成员间的沟通是取决于组织的状况的。比如，命令链或信息链混乱，或者所采用的传递信息的手段不适合，就会造成沟通不灵；管理幅度过大，主管人员与下属之间就不可能进行有效的沟通；管理层次过多，就增加了命令和信息失真的可能性。这样一来，就不能形成成员间主动的协调和配合，反而会产生一些不必要的冲突、摩擦和误会。

3. 经营管理业绩长期不理想

结构合理、职责分明、行动有序、信息通畅的组织，必然意味着有较好的管理效益。如果一个管理系统中长期存在着士气不高、经营不善、业绩不理想，以致管理目标总是不能实现，那么就必须考虑对组织进行变革。组织业绩不理想的问题，在企业管理中是最容易发现的。比如，一个企业的生产部门的进度太慢、成本过高、质量不符合要求；销售部门的顾客减少或销售增长未能如期实现；财务部门的资金周转不灵；人事部门因为在职责、职权或报酬、待遇的安排上不当引起纠纷，等等。这些问题只要有一个存在，而且比较严重，就有理由对组织进行变革前的全面审查。

4. 缺乏创新

即使一个管理系统处在正常的运营状况下，如果长期没有创新，也需要进行变革。比如，一个企业虽然尚未遇到严重的困难，但在产品的品种、质量和数量方面，却长期保持在一个水平上，那就表明这个企业很快就会面临困境。因为任何一个管理系统都不是孤立的，都是处在与环境的互动关系中的，环境是一个不断变化着的因素，如果在变动的环境中保持不动，很快就会僵化、萎缩甚至丧失生命力。一个组织只有不断地拥有突破性的战略预见、超前性的行动措施和创造性的新成果，才能有旺盛的生命力，否则，就会滞后于环境，因而不得不进行变革。

组织变革，从动因上看，有主动性变革和被动性变革；从内容上看，有结构变革、技术变革和人员变革；从变革的进程上看，有渐进性变革和根本性变革。

专栏 3-4

目前，绝大多数欠发达国家在文化上有偏向家长专制的倾向，社会上官僚主义的结构基本上独领风骚，而在发达国家中则极力向协作参与型过渡；由于处于前沿的科学技术，有效的个人需求层次和滞后的组织设计、工作配置及社会准则之间的不协调，会导致内部改革的张力，首席执行官的取向在发展一种合适文化的过程中起着关键作用，发展出来的这种文化能和组织发展阶段、工作及员工的专业化程度、占主流的社会形态等相一致。当社会形态、组织设计、工作配置、首席执行官的取向、人们的需求从传统向大规模生产和以后的阶段迈进的时候，组织的文化也必然要变革，但文化变革不是轻而易举的，组织在一段时间内会蒙上一层"外壳"而不易改变，人们的观念也会穿上"铠甲"而不愿改变，所以，组织文化的变革会经历阵痛。跨越了这个阶段之后，企业就会形成与新业务和新发展规划相适应的组织文化。

三、组织变革的阶段与要求

1. 组织变革的阶段

不管组织的变革采取什么形式，都需要经历三个阶段。

（1）打破平衡，改变组织的常规模式。

（2）进行变革。

（3）消除组织中抵制变革的因素。

组织发展是组织变革的继续，因为组织变革不是偶然的、一次性完成的，而是长期的和不断地进行着的，所以变革本身就是发展，变革和发展是同一事件的两种称谓。当然，人们一般把发展看做一个过程，而把变革看做发展中的一个个环节，每一次变革都是发展中的一个关节点，每一次变革都推动了组织的发展，从而促使组织结构和组织关系的改进，促使组织中个人的发展和管理水平的提高。

2. 组织变革的要求

在某种意义上，组织的发展意味着能够取得积极成果的组织变革。也就是说，组织的发展是在组织变革中实现的。因此，为了推动组织的发展，组织变革应当力求做到以下两个方面。

（1）实事求是，从实际出发进行变革和寻求变革的途径，因为任何脱离现实的变革，其结果都会适得其反。

（2）变革要有计划、有步骤，要把变革的愿望和理想与现实结合起来，使变革的代价较少而收获较大。

本章小结

本章首先介绍了组织的含义与类型，不同的分类标准可将组织分为不同的类型，要了解常见的几种分类类型。然后本章介绍了组织设计的结构类型，应重点掌握组织的结构类型，并能熟练掌握各种不同组织结构的优缺点及其适用范围。随后，本章还介绍了组织变革的相关理论，需要理解并掌握组织生命周期原理，并且应能熟练运用组织生命周期原理来分析组织发展中的实际问题。

复习思考题

一、名词解释

1. 组织 2. 管理层次 3. 管理幅度 4. 组织变革

二、填空题

1. 组织是人们为了实现某一特定的_____而形成的系统集合。

2. 根据组织成立的依据和内部关系状态划分，可分为_____与_____。

3. 组织变革是指对_____、_____、_____、_____和信息系统所进行的调整和改变。

4. 按照学者格林纳（Greiner）的观点，可以将一个组织的成长过程分为五个阶段，即

_____阶段、_____阶段、_____阶段、_____阶段和_____阶段。

5. _____是指一名上级领导者直接领导下级的人数。

三、判断题

1. 管理层次是指一名上级领导者直接领导下级的人数。 （　　）
2. 职能型组织结构是一种以职能为导向，实行专业化分工的组织结构形式。 （　　）
3. 在设置组织机构时，应当保证每一管理层次、部门、岗位的责任大于其权力。 （　　）
4. 组织只能向环境输出产品和服务，而不会从环境输入任何资源。 （　　）
5. 组织变革，从动因上看，有主动性变革和被动性变革两种。 （　　）

四、多项选择题

1. 组织的本质特点有（　　）。
   A. 共同目标　　　　　B. 耗散结构　　　　　C. 内部规范　　　　　D. 多人集合
2. 根据组织成立的依据和内部关系状态划分，可分为（　　）。
   A. 正式组织　　　　　B. 非正式组织　　　　C. 营利性组织　　　　D. 非营利性组织
3. 根据社会组织的性质、功能、目标，可以划分为（　　）。
   A. 经济组织　　　　　B. 政治组织　　　　　C. 文化组织
   D. 群众组织　　　　　E. 宗教组织
4. 按照学者格林纳（Greiner）的观点，可以将一个组织的成长过程分为（　　）。
   A. 创业阶段　　　　　B. 聚合阶段　　　　　C. 规范化阶段
   D. 成熟阶段　　　　　E. 成熟后阶段
5. 组织机构设计的原则包括（　　）。
   A. 精干高效原则　　　B. 统一指挥原则　　　C. 管理幅度与管理层次适当原则
   D. 责权相应原则　　　E. 分权与集权相结合原则

五、简答题

1. 简述组织的含义与本质特征。
2. 简述组织职能的具体内容。
3. 简述直线—职能型组织结构的特点及其适用范围。
4. 简述事业部型组织结构的特点及其适用范围。
5. 简述组织生命周期理论以及组织变革的意义。

六、论述题

1. 结合实际论述组织结构设计的必要性和重要性。
2. 论述企业组织结构设计的基本类型及其适用范围。

实践与训练

网络冲浪：在网络上寻找组织设计成功与失败的案例。

管理游戏

激发创造力的自由讨论

目的：给参与人员一个机会对创造性地解决问题进行讨论。

所需材料：在每张桌子上放一个回形针。

步骤：研究表明，一些简单实用的练习可以激发创造力。然而，创造的火花经常被具有杀伤力的话熄灭，如"我们去年就这样试过了""我们已经那样做过了"，以及其他一系列诸如此类的评论。

要让参与人员养成为自己的创造力开绿灯的习惯，可以使用下面这种自由讨论的方法。自由讨论的基本规则如下。

（1）不允许使用批评性的评语。

（2）欢迎海阔天空式的自由讨论（即思路越开阔越好）。

（3）要的是数量，而不是质量。

（4）寻求观点的结合与深化。

按照这四条基本原则，把参与人员分成 4～6 人的小组进行讨论。给他们 20 秒钟的时间，请他们想出使用回形针的尽可能多的方法。每组指定一人负责统计，只需统计想出的方法的数量，不一定要把方法本身也记录下来。1 分钟以后，请各组长首先报告想出的方法的数量，再请他们说出一些看起来极其"疯狂"、极其"不着边际"的想法。向其他人指出，有时候这些貌似"愚蠢"的想法其实也许是行之有效的。

替代游戏：布置的任务还可以是想出改进普通铅笔（非自动铅笔）的办法。

讨论题：

1. 你对于自由讨论的方法有无保留意见？

2. 自由讨论对哪类问题最适用？

3. 你认为自由讨论这一方法还有哪些有待开发的应用方式？

推荐读物 ⫸

1. 乔忠. 管理学［M］. 北京：机械工业出版社，2007.

2. 邓志阳. 管理学［M］. 广州：暨南大学出版社，2008.

3. ［日］饭野春树. 巴纳德组织论研究［M］. 北京：生活·读书·新知三联书店，2004.

4. ［美］斯蒂芬·罗宾斯. 管理学［M］. 北京：中国人民大学出版社，2004.

第四章

管理环境与组织文化

通过本章的学习，了解管理环境的含义及管理环境的组成；了解组织文化的含义；正确地理解各种环境因素对组织的影响，并能结合具体组织进行简单的环境分析；理解组织文化的构成，以及组织文化对管理的影响。

关键概念

管理环境（Management Environment）　　　组织文化（Organizational Culture）

外部环境（External Environment）　　　内部环境（Internal Environment）

导入案例

美国从 20 世纪 70 年代末起，工业经济开始衰退，美元汇率下跌，从 1973 年中东国家发起石油禁运以来，油价的上涨给航空工业带来了沉重的打击，加以 1982 年美国成立"专业空运管理组织"（PATCO）后，出现了强硬的罢工势力。而里根政府又下令解雇罢工者，使劳资双方矛盾激化。这一切便使整个航空工业出现了困难重重的不利局面，正如民航局主席麦克钦所说："即便想象力再丰富，谁也不会想到这么多的不利因素会同时出现。"因此，当时有不少航空公司，如布兰利夫航空公司、大陆航空公司等都曾提出破产申请。

但是，即使在这凄惨的年代，于 1981 年成立的国民捷运航空公司，却在短短几年内迅速成长起来，而且蓬勃发展，直至 1984 年就有能力收购边疆航空公司而成为美国第五大航空公司。对于该公司经营成功的直接原因，按总经理马丁的说法，是由于该公司能保持低成本，这一方面得益于它选用低成本的飞机和低收费的机场；另一方面提高员工的积极性和飞机的生产率，而后者之所以成功，在于采用了该公司创办人兼董事长伯尔所倡导的管理风格：既严格督导，又富有人情味，使整个公司充满一种同舟共济的大家庭气氛。该公司有许多有干劲的年轻人，他们的薪资很低，例如驾驶员第一年的薪资仅 4 万美元，比其他航空公司的资深售票员还低。公司员工不参加工会，他们经常依工作需要而交叉变换工作，飞机驾驶员有时兼售票员，售票员有时去搬运行李，甚至高层主管从董事长伯尔开始，也要到各个岗位去学习业务，有时还得负责调度员与行李放置员的工作；公司不雇用任何秘书，通常也不解雇员工，铁饭碗几乎成了不成文的政策。公司鼓励员工参与管理，让大家对经营管理工作多提意见与建议。公司还要求每个员工按折扣价格购买公司的100股股票，使之成为与公司利害相关的股东。许多资深员工，往往已积累了超过5万美元价值的股票。另外，伯尔还是一个鼓动家，他经常鼓励员工："要成为胜利者，就需要有卓越的才能成为一位能干的人。"

第一节　管理环境

一、管理环境的含义

任何组织都是社会的一个构成部分，不可能离开社会而独立存在。组织的生存与发展，不仅与自身的条件与实力有关，同时也受到外界各种因素的影响。组织管理者应该直面来自于各方面的影响因素，对这些因素做出迅速、恰当的反应，据此做出正确的决策。

专栏4-1　全国最大的塑料袋企业停产，2万名员工失业

作为一个年产值22亿元、规模已连续11年居本行业全国之首的塑料袋生产企业——河南遂平华强（包括漯河华强），突然停产结算，并宣布整体转让。

是什么原因造成了这个行业龙头企业的停产？

原因或许有三个："限塑令"的下达让非环保塑料袋没了市场、新《劳动法》的实施增加了用工成本、当地诸多家庭作坊式企业对其造成了冲击。

工厂停产

"华强年前已经停产了。"驻马店市遂平县商务局局长刘恒烈向记者证实，停产后，华强的2万多名员工分别离开了公司。

2月23日，在漯河华强的厂门口，记者看到贴有转让设备的告示，"1 600台吹膜机、1 000台制袋机等全部转让"。与此同时，网上也出现了漯河华强、遂平华强整体转让的信息，"税后"转让价暂定为2.8亿~3.5亿元。

原因探究

"限塑令"大限将至，产品九成受限？

漯河华强和遂平华强属于"孪生兄弟"，都是由广州市南强塑胶有限公司（以下简称广州南强）在河南投资的企业，主要生产塑料包装袋，产品在全国的市场占有率达50%左右，在部分省市达到70%。在河南，遂平华强负责管理漯河华强。

华强总部公布的信息称，遂平华强（含漯河华强）共有员工约2万人，年产量25万吨，年产值22亿元，其规模已连续11年居本行业全国之首。

作为塑料袋生产企业的"龙头老大"，华强为何关门？

遂平华强的一位工作人员称：华强停产跟国家政策调整有关。

2008年1月8日国务院下发了《关于限制生产销售使用塑料购物袋的通知》，要求从今年6月1日起，在全国范围内禁止生产、销售、使用厚度小于0.025毫米的塑料购物袋。这里所指的塑料购物袋，是指不可降解的非环保塑料袋。

"我们企业的产品90%都在国家限制之列，随着国家限塑令的临近，只有选择停业。"该工作人员说。

新劳动法实施，企业用工成本增加?

"华强停产，主要是受新《劳动法》实施的影响。"遂平县当地一位政府官员私下告诉记者。

据他分析，华强属于劳动密集型企业，有员工2万多人，按照新《劳动法》规定，企业与员工签订劳动合同后，企业将支付养老、医疗、失业等社会保障方面的费用，这些费用对于华强来说是一笔不小的数目。

记者调查的资料表明，遂平华强成立于1995年，漯河华强成立于1998年，当时作为当地政府的招商引资项目，主要是为了解决当地的就业问题，所以厂里的员工大部分都是本地人。据一些老职工粗略计算，漯河华强有1 000多名员工的工龄将达到10年，遂平华强已经有近800名工人工龄达到12年以上。

新《劳动法》规定：劳动者在满足"已在用人单位连续工作满十年的"，便可以与用人单位订立"无固定期限劳动合同"，成为永久员工。按照这个规定，近2 000多名员工将成为华强的永久员工，仅此一项，华强每年将要多支出上千万元的费用。

非环保塑料袋企业面临转型

河南另外一家塑料袋生产企业负责人表示，华强停产只是一个个例，"限塑令里有这样一句话，'不得免费向消费者提供'，这说明只要收取合理的费用，非环保的塑料袋仍有市场"。但他同时表示，企业要生存就要积极转型。

据记者了解，不少企业已经瞄准了环保可降解的塑料制品。河南华丹全降解塑料有限公司，已投资3亿元建了一个年产30万吨的全降解塑料工业园；河南天冠也已建成年产50万吨的全降解塑料中试生产线（已投产20万吨）。

"环保塑料袋将是一个趋势，这是谁都无法否认的事实。"上述企业的负责人说。

（资料来源：节选自http：//www.sina.com.cn，2008年02月26日15:16，大河网，《河南商报》。)

上述阅读材料中，行业"龙头"企业的停产，既受制于国家法律法规的变化、行业发展的影响，也受制于自身产品结构的限制，这些因素综合作用，导致一个看起来强大的企业突然之间就失去了生存的机会。

任何组织都是在一定环境中从事活动的；任何管理也都要在一定的环境中进行。存在于组织内部与外部的影响管理实施和管理功效的各种力量、条件和因素的总和统称为管理环境。

环境是一个组织生存和发展的基础。组织环境对组织的生存和发展，起着决定性的作用，是组织管理活动的内在与外在的客观条件。

在当代，由于全球化的影响，以及竞争程度的加剧，组织赖以生存的环境越来越趋于多变，因此管理者必须重视对环境因素的了解和认识。同时，作为一个优秀的管理者，为提高管理效率，必须练就"眼观六路，耳听八方"的本事，知己知彼，方能百战不殆。

二、管理环境的类型

（一）从组织界限划分

组织面临的环境因素复杂多样，一般来说，从组织界限划分，可分为内部环境和外部环境。

内部环境是指组织内部的物质、文化环境的总和，包括组织资源、组织能力、组织文化等因素，也称组织内部条件。组织资源如组织所拥有的人力资源、资金、设备、房屋、品牌等有形的和无形的资源。组织能力如组织的生产能力、营销能力、财务能力、管理效能等。组织文化环境如指导思想、经营理念、工作作风等。

外部环境是组织之外的客观存在的各种影响因素的总和。它是不以组织的意志为转移的，是组织的管理者必须面对的重要影响因素。外部环境包括一般环境和任务环境。

一般环境是指对某一特定社会中所有组织都发生影响的环境因素，又称为宏观环境因素。如全球气候变暖、加息、战争、法律法规的调整等。一般环境包括的因素有：政治、经济、社会与文化、技术等。宏观环境对组织的影响是间接的、长远的。当宏观环境发生剧烈变化时，会导致组织发展的重大变革。

专栏4-2　　中国一重涉环境违法，环保部开出20万元罚单

国家环境保护部（下称环保部）15日在其网站上公布行政处罚决定书，对违反环境法规的中国第一重型机械集团公司（下称"中国一重"）处以20万元罚款，但决定书未提及有关违法项目是否被责令停建。这是今年以来，环保部官方网站上公布的首份行政处罚决定书。

据环保部调查核实，中国一重建设的铸锻钢基地及大型铸锻件国产化技术改造项目，其环境影响评价文件未经环保部门批准，即于2008年3月25日擅自开工建设。

环保部指出，上述行为违反了《中华人民共和国环境保护法》第十三条、《中华人民共和国环境影响评价法》第二十五条关于建设项目环境影响评价管理的规定。

据了解，环保部于2009年6月8日告知中国一重违法事实、处罚依据和拟做出的处罚决定，并告知中国一重有权进行陈述、申辩和要求听证。之后，中国一重明确表示不申请听证。根据《中华人民共和国环境影响评价法》第三十一条规定，建设项目环境影响评价文件未经批准或者未经原审批部门重新审核同意，建设单位擅自开工建设的，由有权审批该项目环境影响评价文件的环境保护行政主管部门责令停止建设，可以处5万元以上20万元以下的罚款。在援引上述依据后，环保部的行政处罚决定书只提到了"处以20万元罚款"，未提到是否责令停建有关项目。

中国一重如不服这一处罚决定，可在收到处罚决定书之日起60日内向环保部申请行政复议；也可以在收到处罚决定书之日起15日内依法提起行政诉讼。逾期不申请行政复议，也不向人民法院提起行政诉讼，又不履行本处罚决定的，环保部可依法申请人民法院强制执行。

中国一重位于黑龙江省齐齐哈尔市富拉尔基区，其前身为第一重型机器厂，始建于1954年。1993年经国家批准以第一重型机器厂为核心企业组建中国第一重型机械集团，1995年实行国家计划单列，是中央直接管理的国有重要骨干企业之一。

（资料来源：http：//www.sina.com.cn，2009年06月16日02:26，《第一财经日报》，章轲。）

任务环境因素主要是针对企业组织而言的，属于微观环境，对企业组织而言，最直接和最关键的任务环境即指企业所在的产业或行业环境。任务环境包括的因素有：供应商、顾客、竞争对手、政府和社会团体等。任务环境的这些因素，对企业组织的影响是直接的、迅速的。

专栏 4-3　　一场关于油菜籽的博弈：大豆危机重演

进入 5 月，油菜籽收获的季节来临。望着满地的油菜，按吴保生的经验，如果不出意外，今年将是一个丰收年。但清晨接到的一个电话，却让他愁容满面。电话一端是丹阳的一家油厂。作为江苏省金坛市罗村坝油菜籽专业合作社的负责人，吴保生此前代表社里 400 多农户与油厂签订了供货协议，油菜籽收完后，便运到油厂进行加工。但是，油厂的人却告诉他，由于进口油菜籽价格低，他们从罗村坝采购的油菜籽价格将不会高出这个价格。"估计就 2 元一斤吧。"吴保生很无奈。2008 年，合作社的油菜籽一斤能卖到 2.8 元，现在少了0.8 元。"肯定要亏。"吴保生种了几十年的油菜，在他看来，"都是进口菜籽给害的"。

4 月 23 日，商务部发布《大豆、油菜籽进口预警通报》。根据商务部大宗农产品进口报告系统监测，预计 4 月份油菜籽进口将超过 27 万吨，同比增长超过 180%。前四个月累计进口约 90 万吨，增长近 120%，创历史最高进口量。而截至目前，企业已报告当月油菜籽预报装船 13 万吨，预计 5 月进口仍保持较高水平。

全行业油厂亏损

其实，压价的油厂也有苦衷。"我们现在亏损严重。"以生产菜籽油为主的浙江新市油脂股份有限公司相关人士总结的原因是：原料油菜籽收购价高，而菜籽油的价格又过低。

一切始于 2008 年下半年。受当年的雪灾影响，以及 2007 年菜油价格的大幅上涨，2008年 5 月中旬油菜籽一开秤行情便一路上扬，最高达 2.8 元/斤。随之而来的是各大厂家争夺原料，油菜籽价格居高不下。这就是吴保生提到的那段美好的时光。"去年 8 月的时候，生产一吨菜油就亏 2 000 多元，到年底，每吨的亏损在 5 000 元~6 000 元。"按照湖南日月油脂的一位人士的说法，日月油脂一年的加工量在 5 000~6 000 吨，企业亏损达数千万元。

不止湖南，有数据显示，在暴跌行情中，湖北省油脂厂亏损面高达 95%，中小型油厂普遍亏损 500 万~1 000 万元，大油厂有的亏损超过 5 000 万元。而根据中国油菜籽网的统计，国内 220 家菜籽油加工企业亏损的有 208 家，盈利或保本的仅有 12 家。

（资料来源：节选自 http://www.sina.com.cn，2009 年 05 月 05 日，21 世纪经济报道。）

综上所述，按照组织的边界划分，管理环境的构成如图 4-1 所示。

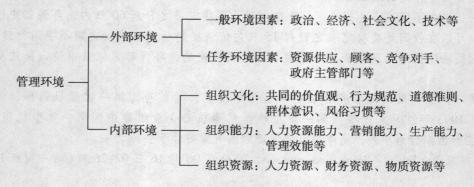

图 4-1　管理环境的构成示意图

（二）从环境的不确定性划分

环境是不断变化的，而且大多数的变化，管理者无法预测，因而环境具有一定的不确定性。这种不确定性是指组织管理者和决策者不具有关于环境因素的足够信息，并且他们难以预测环境的变化。不确定性增加了组织对环境反应失败的风险。随着企业环境不确定性程度的加大，组织管理的难度也会增加。

衡量环境的不确定性程度，可从两个角度入手。一是环境的变动性，即组织环境中的变动是稳定的还是不稳定。它不仅取决于环境中各构成要素是否发生变化，而且还与这种变化的可预见性有关。如果环境的变化是可预测的，如价格的波动，那么这种波动性就不是管理者所要应付的不确定性。在某一特定时期内，如果企业的环境要素变化程度很大，我们称之为动态环境；反之，如果变化程度很小，称之为稳定环境。二是环境的复杂程度，它是指环境要素的数目以及种类的多少。简而言之，组织所面临的顾客、供应商、竞争对手、社会组织等越多，环境的复杂程度就越高，相应的不确定性程度越大。

从环境的不确定性的两个方面结合起来分析，管理环境可分为低度不确定性环境、中低度不确定性环境、中高度不确定性环境和高度不确定性环境四种环境类型，如图4-2所示。

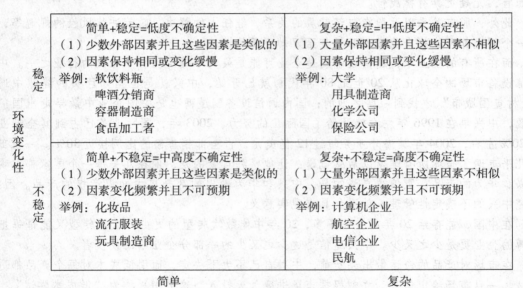

图4-2　管理环境的不确定性类型示意图

专栏4-4　　　**迷宫穿越：中兴通讯的不确定性管理模式**

有人曾这样评价我们这个时代：不确定性就是唯一的确定性。

这完全不是危言耸听。20世纪八九十年代，GE拥有全球企业中最庞大的战略规划部门，而现在，用2004年前其CEO韦尔奇访华时的回答来说——你很难预见到一年以后的事情，因此这个部门已经没有多大的存在理由。为什么呢？一方面是因为那个时候一切都还尚在可预测之中，你可以计算出5~10年以后的市场需求和技术发展，这时，如果你的企业能够先于别人知道这个趋势并提早作出准备，你的公司就将获得巨大的竞争优势，这时的管理，基本上是基于可确定预测的管理。而现在，随着信息的爆炸和技术积累而产生的创新加速，无论是社会进步、产业升级还是消费者的需求，都大为提速，预见变得越来越困难；另一方面为了应付瞬息万变的环境，经理人员不得不将更多精力放在了解环境、发现变化和捕捉机会上，即时响应对一个经理人来说变得比什么时候都重要，他们自然也越来越多地承担着日常的战略规划者角色。

对中国企业而言，在环境管理方面还有重要的一课需要补习，这就是竞争的国际化和企业的全球化。中国加入 WTO 后，从 2005 年起，更多深层次的挑战已陆续出现。中国的市场将更加国际化，来自国外企业的竞争将更加激烈，据一项研究表明，中国在消费领域的一些主要品牌在 2004 年的市场份额都有较为明显的下降。比如手机，国产手机在 2003 年达到顶峰后，从 2003 年下半年起开始出现颓势，进入 2004 年后市场份额更是接连下滑。与此同时，中国企业还面临着必须"走出去"的挑战，否则就将两头失手，既丢失国内市场，又不能利用 WTO 的有利形势在国外市场把失去的"捞"回来。但是，像 TCL 等一批在国际化方面动作较大的企业，都遇到了或多或少的麻烦。为什么呢？因为国际市场比国内市场更加难以确定，对企业在不确定性管理方面的能力要求更高，这对刚刚学会市场化经营的中国企业而言，无疑更具有挑战性。

此外，股东关系以及股东与经营层的关系、继任人的解决、政策法律风险的规避等，任何一个问题都可能将企业带入麻烦甚至万劫不复的境地。

而在所有的企业中，通信设备制造企业可能是最具不确定性和全球化的行业之一。中国通信设备市场的全球化从 20 世纪 80 年代初就已开始，中兴就是在国外巨头的缝隙中通过"农村包围城市"才找到一席之地的；国内通信设备制造商也是中国企业中最早走出国门的企业，中兴早在 1996 年左右就开始了国际化的努力，2003 年，国际业务已占到其全部业务的 20% 左右，2004 年其海外业务超过 12 亿美元，占全部销售额的比例接近 30%。一位部长在几乎走遍了全球所有国家以后感慨道：让他感到自豪的是，他在几乎每一个国家都发现了中兴和华为的产品；更值得自豪的是，中兴和华为输出的都是自主知识产权的产品。因此，研究中兴的不确定性管理，就更加具有现实意义。

在中国，能存活 20 年的企业不多，20 年中能数次转型的更少，数次转型又能每每把准脉搏的企业更是少之又少。中兴通信是这少之又少的一部分企业中的佼佼者。

在市场对产品的命运做出判断前，中兴自己不去下决定，而用低成本对每个产品都进行尝试。一旦市场给出信号，立刻根据市场进度加大投入。这被中兴称为"低成本尝试"。

中兴知道，市场风险很大部分来自于客户需求的不确定性，于是与客户广结联盟。

在公司内部划分出相对独立的事业部，用矩阵式管理和团队管理的方式将复杂的管理化整为零，这也是中兴追寻确定性的重要手段。

不确定性管理的成功与否，左右着企业的生死成败。说到底，中兴的成功，在于从来不轻易做出行动，一旦深思熟虑之后，行动却坚决又果断；就如中兴的掌舵人侯为贵从来不在会上插话，一旦发言总结，却言必中肯。

（资料来源：改编自 http：//www.21cbr.com/plus/view.php？aid＝267，2005 年《21 世纪商业评论》，封面文章。）

三、组织与环境

组织存在于环境之中，环境对组织有制约作用。宏观环境大多数是组织不可控制的，而且其变化具有突然性，没有规律可循。组织要生存和发展，就要通过改变自身行动以适应环境的变化。如2008年1月1日起施行的新《劳动合同法》，对广东珠三角地区的那些依靠拥有廉价劳动力而获取微薄利润的来料加工型制造企业的打击是可想而知的。

当然，组织对环境的适应并不是被动、消极的，而是能动、积极的。组织也可通过改变环境以适应组织发展的需要，特别是任务环境。内蒙古小肥羊餐饮连锁有限公司通过与农户签订养殖收购协议，现金支付货款，从不拖欠，改变了以往行业赊购的习惯，大大改善了与养羊户的关系，建立了企业稳定的羊肉来源，保证了羊肉的质量，从而带来小肥羊餐饮的迅猛发展。小肥羊餐饮连锁有限公司于1999年8月诞生于内蒙古包头市。2008年6月，小肥羊在香港上市，是中国首家在香港上市的品牌餐饮企业（股份代号 HK 0968），被誉为"中华火锅第一股"。截至2009年8月31日，公司拥有399家连锁店，其中包括143间自营餐厅及256间特许经营餐厅，并在美国、加拿大、日本、港澳等地拥有20多家餐厅。从小肥羊的发展道路来看，主动地适应环境，并创造有利于自身发展的环境，是小肥羊在竞争激烈的行业中脱颖而出的良方。

综上所述，组织与环境的相互影响，如图4-3所示。

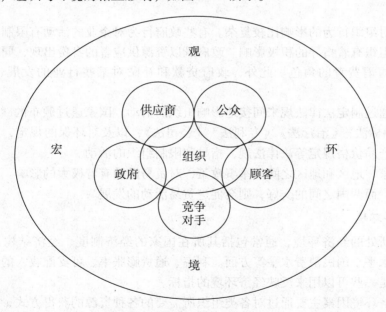

图4-3　组织与环境的关系示意图

第二节　管理的外部环境

一、一般环境

一般环境因素主要包括政治、经济、社会、技术等方面的因素。这些环境因素相对于任务环境来说，对组织的影响没有那么直接，但是管理者仍必须考虑这些因素。因为这些因素大多数是组织不能控制的。例如，法律法规的颁布和实施、战争、经济政策的调整、技术的更替、习惯的改变等，都是单个组织的力量无法改变的。

（一）政治环境

政治环境因素是指对组织具有现存的和潜在作用与影响的政治力量，主要包括政府因素、法律法规和军事政策。

专栏4—5

中国移动相关人士透露，政府主管部门已明确要求所有1900～1920MHz频段无线接入系统应在2011年底前完成清频退网工作，以确保不对1880～1900MHz频段TD—SCDMA系统产生有害干扰。1900～1920MHz是我国当初划给小灵通使用的频段，共20MHz。这意味着，政策要求小灵通将要在3年内彻底退网。我国小灵通自1997年开始发展，目前仍有近7 000万用户，而这一技术将于2011年年底前在中国画上句号。中国电信、中国联通人士向新浪科技确认，已经接到工信部的相关文件，2011年前将妥善完成小灵通退市的相关工作。

（资料来源：节选自新浪科技讯，2009年2月3日，杨正。）

由于政策的变化，所有小灵通的生产商、顾客、销售商等组织和个人，均受到一定程度的影响。

政府因素对组织行为的影响比较复杂。有些政府行为对企业的活动有限制性作用，但有些政府政策对组织有着指导的积极影响。政府既以资源供应者的身份出现，同时也以顾客的身份出现，扮演消费者的角色。此外，政府贷款和补贴对某些行业的发展也起着积极的影响。

政府主要通过制定法律法规来间接地影响组织的活动。国家通过颁布的《合同法》《企业破产法》《商标法》《治疗法》《专利法》《公司法》，以及对环保的规定，卫生要求，产品安全要求，产品价格规定等法律法规，指导和限制组织的活动。

国家和国家、地区和地区之间的军事政策，对贸易活动有着极大的影响。有些国家之间是互不往来的。而两国之间的交好，则会促进贸易活动的发展。

（二）经济环境

一个组织所处的经济环境，通常包括其所在国家的经济制度、经济结构、物质资源状况、经济发展水平、国民消费水平等方面。利率、通货膨胀率、可支配收入的变化、股市指数和经济周期是一些可以用来反映经济环境的指标。

通常，经济环境因素主要通过对各类组织所需要的各种资源的获得方式、价格水平的影响和对市场需求结构的作用来影响各类组织的生存和发展。经济环境相对于政治环境，对组织的影响更直接一些。

专栏4—6 　　　　　　　**出口加工型企业的三座大山**

2006年以来，几乎所有的出口加工型内衣企业不约而同的遭遇了一股又一股的猛烈寒流，这股寒流对出口加工型内衣企业的影响极其深远。更严重的是，寒流延续到2007年，非但没有得到改善，反而是越演越烈，雪上加霜。出口退税政策调整、人民币急剧升值和物价大幅上涨，成为压在出口加工型内衣企业身上的三座大山。这三座大山，将原本就日渐微薄的加工利润更是吞噬得一干二净。

（材料来源：http://www.cnal.com，2009年8月28日，中铝网。）

（三）社会因素

社会因素包括社会文化、社会习俗、社会道德观念、社会公众的价值观念、工作态度以及人口统计特征等。社会文化因素的变化能影响到社会对产品和服务的需求，它们通过人口结构和生活方式的改变影响经济活动。

专栏4-7 **新中国成立以来的服饰文化变迁**

新中国成立初期——新旧交替，革命特色

新中国刚成立时，人们的服装还保留着民国时期的样式。城市市民一般穿侧面开襟扣扣的长袍，妇女穿旗袍。农村男子一般穿中式的对襟短衣、长裤，妇女穿左边开襟的短衫、长裤，有的还穿一条长裙。此外还流行西装和中山装。

新中国成立后，穿衣打扮与革命紧紧地联系在一起。西装和旗袍被看做是资产阶级情调，它们在人们的生活中逐渐消失了将近20年。中山装和列宁装成为人民的普遍选择。

改革开放前——朴素单调

20世纪50年代的人们崇尚劳动最光荣，朴素是时尚。年轻姑娘们曾一度爱上了男式背带工装裤和格子衬衣。1956年，三大改造开始轰轰烈烈地进行，在人们的生活一天天好起来的时候，流行的色彩也从蓝色、灰色变得丰富多彩了。从苏联传入的连衣裙"布拉吉"成为最受欢迎的服装。

而此时的中山装成为中国最庄重也最为普通的服装，那时拥有一套毛料中山装是令人羡慕的事情，而在中山装的右上口袋插上一支甚至两支钢笔，则是有知识、有文化的表现。后来，有人根据中山装的特点，设计出了款式更简洁、明快的"人民装""青年装"和"学生装"。

"文化大革命"时，拥有一套军装是那个年代无数年轻人的理想。青少年喜欢穿一身草绿色的军装，头戴草绿色军帽，肩挎草绿色书包。

改革开放以来——丰富多彩、时尚个性

改革开放以来，服装的花色、款式更加多样化，面料、质地也发生了很大的变化。随着时代的发展，人们的穿着越来越丰富，色彩也从单一的蓝色、灰色变成五颜六色。这一时期，戴太阳镜、留长头发、穿喇叭裤、蝙蝠衫成为时尚，很多人看不习惯，但年轻人却从中体现出了个性和表达了自我的感觉。

20世纪90年代以来，人们的生活向小康过渡，思想观念更为开放。人们的服饰在急速变化，穿衣打扮讲求个性和多变，很难用一种款式或色彩来概括时尚潮流，强调个性、不追逐流行本身也成为一种时尚。

（资料来源：改编自 http：//hi. baidu. com/zzaxjh/blog/item/2ac6f2de26806a59ccbf1ab0. html。）

从服饰文化的变迁中，一些服装企业应运而生，一些企业却永远消失。同时，随着各种社会文化、风俗习惯的变化，各类组织也在不断地发生变化。

人口统计特征是社会文化环境中的另一个重要因素，它包括人口数量、人口密度、年龄结构的分布及其增长、地区分布、民族构成、职业构成、宗教信仰构成、家庭规模、家庭寿命周期的构成等。人口统计特征的变化将会影响劳动力的供应、社会需求的变化，从而影响组织的生存和发展。

（四）技术环境

技术环境是指与组织发展相关的所有新技术、新工艺、新材料的出现，发展趋势及应用前景。就一般环境而言，20 世纪下半叶变化最迅速的因素就是技术。在当今充满变化的世界里，任何组织欲求生存，都必须与时俱进。

一方面，技术飞速发展，为社会创造了许多新的需求，使组织面临更多的机会；另一方面，又使许多组织面临被淘汰的危险。特别是企业组织，技术环境的变化对其的影响更加深远。早在 100 多年前，人们不知道汽车、飞机、发电机会有如此大的作用；在 80 多年前，人们不知道电视、冰箱、空调机、电脑等；60 多年前人们未见过复印机、清洁剂、人造卫星；40 年前人们不知道手机……随着技术的进步，造就了一大批新兴企业，同时也淘汰了一大批跟不上时代的企业。企业组织在技术进步中改朝换代。

专栏 4-8　　　　十种新兴技术将改变世界

美国《技术评论》认为，有十种新兴技术很快就可以改变计算、医疗、制造、运输和能源基础设施。

① 无线传感器网络；② 可注入组织工程；③ 纳米太阳能电池；④ 机械电子学；⑤ 网络计算；⑥ 分子成像；⑦ 纳米印刷刻蚀；⑧ 软件保证；⑨ 糖原组学；⑩ 量子密码术。

二、任务环境

不同的组织有不同的任务环境。对大多数组织而言，其任务环境包括的因素主要有：供应商、顾客、竞争对手、政府和社会团体等。因为任务环境是组织运转的直接载体，因而对组织的影响最为直接。

1. 供应商

一个组织的供应商是指向该组织提供资源的人或组织。组织在运转过程中，不可避免地需要各种各样的资源，如设备、人力、原材料、资金、信息、技术和服务等。组织的正常运转，依赖于各种资源的正常供应。一旦主要的资源供应者发生问题，就会导致整个组织运转的减缓或中止。为了使自己避免陷入困境，在战略上一般都努力寻求所需资源的稳定供应，并避免过分依赖于某几个资源供应者。如世界三大铁矿石巨头巴西淡水河谷公司、澳大利亚力拓矿业公司、必和必拓公司基本垄断了世界的铁矿石资源。中国、日本、韩国等亚洲国家每年都被迫与上述三家公司就铁矿石的进口价格进行谈判，不得不接受每年铁矿石涨价的现实。而且力拓公司按计划于 2009 年 12 月 5 日与必和必拓公司签署最终协议，在 2010 年建立铁矿石生产合资企业。力拓和必和必拓组建合资公司成功，进一步垄断了世界范围内的铁矿石资源，同时，在争夺话语权方面，参与谈判的钢铁企业处于相对弱势的地位，尤其对并未参股的澳大利亚矿山的中国钢铁企业尤为不利。

2. 顾客

一个组织的顾客即接受组织提供的产品和服务的人或组织。如纳税人是政府的顾客、买东西的人是商店的顾客、病人是医院的顾客等。任何一个组织必须提供产品或服务，并且有人或组织接受其产品或服务，组织才有生存的基础。

例如，凤凰牌自行车曾经是中国一个时代的骄傲，多少人想要得到它。作为其生产企业，上海自行车三厂就像一颗闪亮的明星。随着时代的变迁，在年轻一代心目中，"凤凰"

渐渐地成为一个过去式。"80后""90后"更看重的是 TREK、捷安特、美利达等国际名牌。凤凰自行车则静静地躺在自行车店的角落里，无人问津。与此同时，赛车和山地车使国产自行车的样式相行见拙。据有关数据统计，1992 年排行前十大的自行车企业中，国企占了 9 家，市场份额达到 40%；而到了 1999 年，前十的排行榜上就只剩了 4 家国企，市场份额降到了 20%。许多过去有名的自行车企业，都成为了历史。

组织的服务对象是影响组织生存的主要因素，而任何一个组织的服务对象对组织来说又是一个潜在的不确定因素。顾客的需求多样而且多变，组织要提供满足顾客需要的产品和服务，就必须深入分析和把握顾客需求的变化，及时向其顾客提供满意的商品和服务。

3. 竞争对手

一个组织的竞争对手是指与其争夺资源、服务对象的人或组织。基于资源的竞争时常发生在许多需要同一有限资源的不同组织之间。组织在其生存和发展中，不断地消耗物质资源、人力资源、财力资源等经济资源，而这些资源是有限的。因此，不同的组织为了得到充足的资源，与其他的组织展开激烈的竞争。基于顾客的竞争发生在拥有相同的产品或服务的生产者，顾客选择了一个组织的产品或服务，就会放弃购买其他组织的产品或服务。基于顾客的竞争，其实就是生存的竞争。组织在生存和发展中，时刻面对着其他竞争对手的竞争。因此，组织管理者必须了解其竞争环境，并做出及时的反应。

专栏 4-9

蒙牛和伊利具有相同的产品，共同的市场，剪不断的渊源。他们之间的竞争从蒙牛创立之初就没有停止过，并在伊利于 2003 年从光明手中夺得中国乳业"老大"位置的同时升级为 PK 对决。

蒙牛和伊利争夺的主战场是液态奶市场。液态奶是中国乳品业最重要、最核心的部分，占据中国乳品业 60% 的市场，液态奶的市场份额将在很大程度上决定企业的排名。他们在液态奶产品的 UHT 奶、乳饮料、酸奶三个主阵地展开了激烈的争夺。

UTH 奶：功能型的伊利"早餐奶"和蒙牛"晚上好奶"，高端型的蒙牛"特仑苏"和伊利"金典"逐对比拼。

乳饮料：在乳饮料市场，先有伊利的"优酸乳"，向主要消费人群的青春少年传递了"青春滋味，自己体会"的诉求信息，取得了良好的市场业绩。蒙牛推出追随品牌"酸酸乳"，并借助"超女"之势，飞速发展，销售收入从 2004 年的 8 亿元飙升至 2005 年的 30 亿元，成为成长最快、最成功的产品，市场份额也超越了"优酸乳"。

酸奶：奶源地之战与技术之争。先是伊利发难，使"长富乳业"抛弃蒙牛，转投伊利，从而占有了长富乳业在华南乃至全国最大的奶源基地。蒙牛也积极展开对当地奶源的收购工作，并在马鞍山投巨资建奶源基地。技术之争。为避免低层次的价格战，伊利和蒙牛都在酸奶领域进行了大量的技术投入，以提高其营养保健功能，进行差异化竞争。

冷饮产品：相比较液态奶品，冷饮产品的成长性和利润空间更大，伊利和蒙牛为争夺这一市场投入巨大。截至 11 月，伊利 2006 年度共推出新品 65 款，平均不到一周就会推出一个新品，产品线从低价格到 10 元包办。值得称道的是，伊利"巧乐滋"这一老品牌在 2003 年创造了 2 亿元的惊人业绩之后，继续在 2006 年创造了 4 亿元的销售额。蒙牛也推出一系列的产品，其中的"随变""绿色心情"也有不俗的表现。

从以上阅读材料我们可以看出，竞争对手之间的竞争，既有基于顾客的，也有基于资源的。竞争对手的战略调整及经营策略，会直接影响组织的生存和发展。了解、分析组织的竞争环境，做到知己知彼，才有可能长盛不衰。

4. 政府

政府主要是指国务院、各部委及地方政府的相应机构，如税务机构、工商行政管理局、卫生防疫站、海关、财政局、物价局等。政府管理部门拥有特殊的官方权力，可制定有关的政策法规。对一个组织可以做什么和不可以做什么以及能取得多大的收益，都会产生直接的影响。

政府的政策法规，一方面会增加组织的运行成本；另一方面则会限制管理者决策的选择余地。如劳动法规对组织的招人、用人、辞退等方面有明确的限制和规定；卫生防疫条例对组织的生产环境有特殊的要求等。所有组织都只能在各政府部门的允许范围内，按照政府部门的规范要求，实施组织的活动。

5. 社会团体

社会团体是指代表着社会上某一部分人的特殊利益的群众组织，如妇联、工会、消费者协会、红十字会等。这些组织既是其他组织的顾客，同时他们也通过直接向政府部门反映情况，通过各种宣传工具制造舆论以引起人们的广泛注意，从而对各类组织的活动施加影响。

组织不会存在于真空之中。正如我们所看到的那样，它嵌于任务环境，而任务环境又嵌于更宽泛的一般环境。任何组织既受到外部一般环境的影响与制约，同时也受到外部任务环境的影响与制约。任何组织都是在特定的环境中生存与发展。管理者必须对这些环境因素的影响做出适当的反应。

第三节　管理的内部环境

组织外部各种因素的影响和制约，给组织带来各种各样的机会和挑战，同时，组织内部的各种因素，形成了组织的优势和劣势。这些内部影响和制约组织的各种因素，即组织的内部环境。

内部环境是指组织内部的物质、文化环境的总和，包括组织资源、组织能力、组织文化等因素，也称组织内部条件。

一、组织资源

组织资源是组织拥有的，或者可以直接控制和运用的各种要素。这些要素既是组织运行和发展所必需的，又是通过管理活动的配置整合，能够起到增值的作用，为组织及其成员带来利益的。组织资源是组织持续竞争优势的一种保证。

1. 组织资源的分类

组织资源是组织管理者在改善组织绩效过程中必须使用的资产。按照资源的表现形式，可以分成有形资源和无形资源两大类。有形资源是实物资产，如土地、建筑物、设备、资金和原材料等，按照有形资源的内容，可分为人力资源、物质资源和财务资源。

（1）人力资源。从组织的角度来看，人力资源是那些属于组织、为组织工作的各种人员的总和。进一步说，人力资源是指组织成员所蕴藏的知识、能力、技能以及他们的协作力和创造力。

（2）物质资源。物质资源包括组织拥有的土地、建筑物、设施、机器、原材料、产成品、办公用品等。一般来讲，物质资源是可以直接用货币单位来计量的。

（3）财务资源。财务资源是指组织拥有的资本和资金。财务资源最直接地显示了组织的实力，其最大的特点在于它能够方便地转化为其他资源，也就是说它可以被用来购买物质资源和人力资源等。

无形资源是非实物资产，是管理者和其他员工的创造物，如品牌、公司声誉、知识产权、工作流程等。因为无形资源看不见，竞争对手难以掌握和模仿，所以它们是组织持续竞争优势的可靠来源。如可口可乐的商标，帮助可口可乐公司获得了长期的竞争优势。可口可乐的创始人曾经说过，只要有可口可乐这个商标在手，即使可口可乐的有形资产一夜间化为乌有，可口可乐公司也马上可以靠该商标获得新的资金，重新进行生产。

2. 核心资源

按照资源发挥的作用，可分为一般意义上的资源和核心资源。核心资源是组织长期的累积所得，为组织所拥有，并能为组织带来独特优势的资源。核心资源的特征，如图4-4所示。

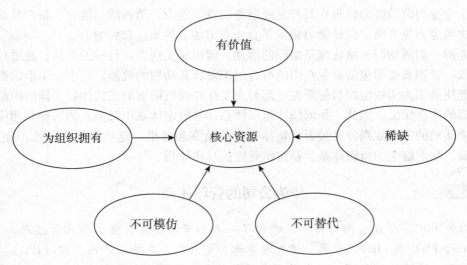

图 4-4　核心资源的特征

资源基础观认为，如果一项资源满足下列条件，它就能够构成一种独特优势：① 组织必须拥有这种资源，否则，组织不能从资源获得收益；② 资源必须有价值，帮助组织改善绩效；③ 资源必须稀缺，是其他组织所缺乏或难以得到的；④ 资源必须不可替代，竞争对手难以用其他容易获得的资源来代替；⑤ 资源必须不可被模仿，竞争对手难以通过模仿或复制得到类似的资源。拥有以上特点的资源，即可帮助组织形成一种独特的竞争优势。

第二次世界大战结束以后，美国、苏联作为战胜国，把德国的资源作为战利品进行了瓜分。当时，苏联要求得到德国的设备，把能用的设备都运往其国内，而美国要求得到德国的人才，把科学家、专家运往美国国内。由于对资源的选择不同，两国后来的发展结果也完全不同。苏联虽得到了设备，但不久便由于设备有形或无形的磨损，最终逐步被淘汰出局；而美国得到的人才，却不断地发挥作用，设计了许多新设备，对经济发展作出了巨大的贡献。

这一段十分有趣的历史故事，充分说明了占领核心资源比占领基础资源具有更大的竞争力。

二、组织能力

组织能力建立在组织的资源基础上，是组织对所拥有的资源进行整合后体现出的能力。一般而言，组织仅有资源，并不能产生竞争能力和竞争优势。对于企业组织，越来越多的企业把拥有核心能力作为影响企业长期竞争优势的关键因素。

美国管理史学家小艾尔弗雷德·D·钱德勒（Alfred D. Chandler Jr.）认为，企业能力是企业在历史的发展过程中，充分利用规模经济和范围经济获得的人力资源管理能力、生产管理能力、营销能力和管理效能，是企业内部组织起来的物质设施和认识能力的集合。

人力资源管理能力是任何一个组织最具创造性的能力。归根究底，其他的物质资源，都要依靠人才能发挥作用。如何招人、留人、用人，成为一个组织发展的永恒命题。将人力资源盘活，最大限度地发挥人的主观能动性，体现了一个组织的人力资源管理的能力和水平。

企业的生产功能包括将投入品转变为产品或服务的所有活动。生产管理能力即是在生产过程中形成的诸如生产能力、库存水平、劳动力、质量等方面的效能。对于某些企业，生产成本是企业的最大成本，生产管理能力的高低，决定了这些企业的战略。

一个企业的营销能力体现在其产品或服务的竞争能力、销售活动能力、新产品开发能力和市场决策能力等方面。营销能力决定了企业在市场上的地位和影响力。

企业的一切活动归根结底都是组织的活动，组织是实现企业目标的工具，是进行有效管理的手段。管理效能即包括企业在内的所有组织发挥其功用的效能。对于一个组织而言，建立一种能使员工为实现组织目标而在一起努力工作并履行职责的正式体制，即组织结构，是实现目标的重要保证。因此，如何建立组织体系，并规定体系中每个人的活动和相应的责任以及各项活动的关联规则将直接影响集体行动的效率和效果。建立科学、高效、分工合理、职责明确、制度健全的组织体系，是组织效能的具体体现。

专栏 4-10　　　　　　　　　**华为公司的管理体系**

华为公司在不断成长的过程中，进行了一系列管理变革，逐步与国际接轨。同 IBM、Hay Group、PWC 和 FHG 等世界一流管理咨询公司合作，在集成产品开发（IPD）、集成供应链（ISC）、人力资源管理、财务管理和质量控制等方面进行深刻变革，引进业界最佳实践，建立了基于 IT 的管理体系。经过多年的实践，华为逐渐实现了全流程的一流运作和管理，保持了公司规模、经营效益及能力建设的均衡发展。

一、流程重整

华为以市场管理、集成产品开发（IPD）、集成供应链（ISC）和客户关系管理（CRM）为主干流程，辅以财务、人力资源（HAY）等变革项目，全面展开公司业务流程的变革，引入业界实用的最佳实践，并建设了支撑这种运作的完整 IT 架构。

二、组织变革

华为从产品线变革开始，以公司经营管理团队及战略与客户常务委员会作为实现市场驱动的龙头组织，强化 Marketing 体系对客户需求理解、战略方向把握和业务规划的决策支撑能力。同时，通过投资评审委员会（IRB）、营销管理团队、产品体系管理团队、运作与交付管理团队及其支持性团队的有效运作，确保以客户需求驱动华为整体的战略及其实施。

三、质量控制和生产工艺

华为聘请德国 FHG 帮助其进行生产工艺体系的设计（包括立体仓库、自动仓库和整个生产线的布局），从而减少了物料移动，缩短了生产周期，提高了生产效率和生产质量。

四、财务管理

2007 年，华为启动 IFS（集成财经服务）项目，该项目覆盖了华为全球所有关键的财经领域，将进一步提升华为管理运营能力并支持未来业务的拓展，有助于华为与领先运营商建立更加全面深入的合作关系。

五、供应链

华为持续建设柔性的供应链，赢得快速、高质量、低成本供货保障的比较竞争优势。建设了扁平化的制造组织，高效率、柔性地保障市场需求。华为认真地推行集成供应链（ISC）变革，保证新流程和系统的落实。华为实施了质量工程技术，供应链能力和客户服务水平得到持续改善，发展与主要供应商的合作伙伴关系，加强采购绩效管理和推行基于业界最佳实践 TQRDCE 的供应商认证流程。

（资料来源：摘自华为公司官方网站。）

第二次世界大战以来，世界经济和科技飞速发展，市场结构发生了根本性的变化，许多企业对环境的变化进行了反思。从 20 世纪 60 年代到 80 年代末，一批与核心能力相关的新理论涌现出来。1990 年，普拉哈拉德（Prahalad）和哈莫（Hamel）在《哈佛商业评论》中首先提出这样一个概念——"核心能力"。20 世纪 90 年代以来，核心能力理论越来越受到学术界和企业界的重视。

核心能力，又称为核心竞争力，是指企业依据自己独特的资源，培育创造本企业不同于其他企业的最关键的竞争能力与优势。

核心能力应具有以下 5 个特点。

第一，价值性。核心竞争力富有战略价值，它能为顾客带来长期性的、关键性的利益，为企业创造长期性的竞争主动权，为企业创造超过同业平均利润水平的超额利润。

第二，独特性。独特性即企业核心竞争力为企业独自所拥有。同行业中几乎不存在两个企业都拥有准确意义上相同或相似的核心竞争力。

第三，延展性。它有力地支持企业向着更有生命力的新事业拓展。这种能力是一种应变能力，是一种适应市场不断变化的能力。

第四，难以模仿和不可替代性。由于企业核心竞争力是企业的内部资源、技能、知识的整合能力，常常难以让竞争对手模仿和替代，否则，其独特性自然也就不存在了，竞争优势也相应丧失了。

第五，长期性。核心竞争力的培育建设取决于企业长期积累的经验、教训、知识、理念，这是一个漫长的过程，绝不可能一蹴而就。

第四节 组织文化

除了组织资源和组织能力，组织内部环境还有一个重要的方面，那就是组织文化。组织资源是组织的基础，组织能力是组织对资源进行整合的能力。每一个具体的组织内部的资源和能力运行于组织内部具体的特定环境中，这就是组织文化。

一、组织文化的内涵

广义的组织文化是指组织在建设和发展中形成的物质文明和精神文明的总和。广义的组织文化包括组织管理中的硬件和软件，外显文化和内隐文化两部分。

狭义的组织文化是组织在长期的生存和发展中所形成的为组织所特有的、为组织多数成员共同遵循的最高目标价值标准、基本信念和行为规范等的总和及其在组织中的反映。

具体地说，组织文化是指组织全体成员共同接受的价值观念、行为准则、团队意识、思维方式、工作作风、心理预期和团体归属感等群体意识的总称。从企业的角度来看，企业文化是在一定的社会历史条件下，企业生产经营和管理活动中所创造的具有本企业特色的精神财富和物质财富的总和，它包括文化观念、价值观念、企业精神、道德规范、行为准则、历史传统、企业制度、文化环境、企业产品等，其中价值观是企业文化的核心。

每一个企业都生存在特定的社会背景下。不同的社会环境和背景对企业具体的文化形成有强烈的影响作用。如日本企业文化具有鲜明的日本民族特色，强调团队意识、家族精神。日本的企业依靠传统的观念，在长期的经营实践过程中，建立起独特的思考和行为方式。它是以重视群体为特征，倡导个体对群体的归属，强调群体的和谐统一的价值观。以此为基础建立了民族主义、家长式的和反个人主义的企业文化，强调集体意识和思想上的"和""忍""信"等观念。美国企业文化与日本企业文化相比，具有美国式的鲜明特色。美国是一个移民国家，各国移民所带来的民族、种族文化在美国企业文化中得到了体现，资本主义私有制所提倡的个人至上、个人奋斗的个人主义在企业文化中得到充分发展。美国的企业文化强调竞争意识、个人英雄主义、自我驾驭生活等理念和价值观，从而形成美国企业明显的雇用观念和淡漠的人际关系。中国的企业文化则受中国传统文化的影响，多多少少有"家"和"官"文化的影子在里面。

从组织文化的不同定义中可以看出，组织文化实际上是指组织的共同观念系统，它是一种存在于组织之中的共同理解。因此，组织中不同背景和地位的人在描述组织文化时基本上用的是共同的语言。在每一个组织中，有各种不断发展着的价值观、仪式、规章、习惯等，这些观念一旦为全体员工所接受，就变成了组织的共同观念，成为组织文化的一部分。而组织文化一旦形成，就会在很大程度上对管理者的思维和决策施加影响。

二、组织文化的特点

每一个组织都是独特的，拥有自己的历史、沟通模式、制度和程序、使命与愿景，这一切统合起来构成了组织的独特文化。但是，任何组织的组织文化，都具有以下几个普遍的特点。

1. 组织文化的意识性和客观存在性

在大多数情况下，组织文化是一种抽象的意识范畴，它是组织内的一种群体的意识现象，是一种意念性的行为取向和精神观念，因此，组织文化具有鲜明的意识性。虽然组织文化具有意识性，但同时，它又是客观存在的。组织文化的产生和存在是不以人们的意志为转移的。只要是一个组织，在生存和发展的过程中，就必然会形成组织文化，不管人们意识到与否，组织文化总是存在，并发挥着其独特的作用。

2. 组织文化的个异性与普遍性

每个组织由于其使命不同，所拥有的资源和所处的环境不同，其组织文化也有很大的不同，具有鲜明的个性。如华为公司提倡"狼文化"，提倡"加班文化"；大全企业提倡"有容乃大，和谐为全"的企业文化，这都具有企业鲜明的个性。同时，不同组织的组织文化，也具有普遍性和共同性。不同的组织文化及其描述，对组织的影响是普遍的，都具有导向功能、凝聚功能、约束功能等。如对组织员工的行为的影响和塑造，对组织凝聚力的影响、对一些事情的允许和不允许等。

3. 组织文化的稳定性和可塑性

组织文化一旦形成，就具有稳定性，就像人的个性较难随时间改变一样，组织文化的改变也是十分困难的。美国通用电气公司在 20 世纪 30 年代就被认为是一个没有人情味、正规、保守的公司，到现在它基本上还是这样。

同时，组织文化并不是与生俱来的，而是在组织生存和发展过程中逐渐总结、培育和积累而形成的。组织文化是可以通过人为的后天努力加以培育和塑造的，而对于已形成的组织文化也并非一成不变，它会随组织内外环境的变化而加以调整的。如华为的"狼文化"曾经为华为的发展立下了汗马功劳，但随着"狼文化"的逐步深入，也产生了许多矛盾，"狼文化"也遭到越来越多人的质疑："狼文化"提倡置对手于死地，而和谐社会应该强调共存共赢；"狼文化"宣扬为达目的不择手段，一切为了生存的需要，任何规则都可以践踏，任何事物都可破坏，而社会规则需要大家共同遵守；狼性代表了一种性恶论，而企业和社会应该坚持善良的人道。随着企业的发展，华为公司的组织文化也在慢慢地发生改变。

> **思考与讨论：**
> 任何组织都是从低级到高级发展起来的，企业组织也不例外。你认为这种表述对吗？你认为企业组织文化对企业来说是必需的吗？

三、组织文化的层次

对于组织文化的结构划分有多种观点，一般将组织文化划分为四个层次，即企业的精神文化层、制度文化层、行为文化层和物质文化层。就像人一样，组织文化的精神层是组织的大脑，制度层是组织的内在神经，行为层和物质层是组织的外在躯体。

1. 物质文化层

物质文化是组织文化的表层部分，它是组织创造的物质文化，是一种以物质形态为主要研究对象的表层组织文化，是形成组织文化精神层和制度层的条件。如企业产品的质量、形象和服务、企业的环境等。例如，企业员工统一的着装、办公楼的颜色、产品的包装等。

2. 行为文化层

组织行为文化是组织员工在生产经营、学习娱乐中产生的活动文化。组织行为文化包括在组织经营活动、公共关系活动、人际关系活动、文娱体育活动中产生的文化现象。如企业之歌，企业大型慈善晚会、升旗仪式等。

3. 制度文化层

制度文化层是组织文化的中间层次，主要是指对组织和成员的行为产生规范性、约束性影响的部分，是具有组织特色的各种规章制度、道德规范和员工行为准则的总和。制度层规定了组织成员在共同的生产经营活动中应当遵守的行为准则，主要包括组织领导体制、组织机构和组织管理制度三个方面。

4. 精神文化层

组织精神文化，是组织在长期实践中所形成的员工群体心理定势和价值取向，是组织的道德观、价值观即组织哲学的综和体现和高度概括，反映全体员工的共同追求和共同认识。组织精神文化是组织价值观的核心，是组织优良传统的结晶，是维系组织生存发展的精神支柱。

摩托罗拉：“肯定个人尊严”

作为世界上最大的通信、电子业跨国公司，摩托罗拉在中国改革开放之初就通过销售产品（无线对讲系统、蜂窝电话系统等）的方式进入中国市场。

举世闻名的摩托罗拉公司这样阐述自己对人力资源的看法："人才是摩托罗拉最宝贵的财富和胜利的源泉。摩托罗拉公司将对人才的投资摆在比追求单纯的经济利益更重要的位置上。尊重个人是摩托罗拉在全球所提倡的处世信念。为此，摩托罗拉将深厚的全球公司文化融合在中国的每一项业务中，致力于培养每一个员工。"尊重个人，肯定个人尊严，构成了摩托罗拉企业文化的最主要内容。

具体来说，摩托罗拉将"尊重个人"理解为：以礼待人，忠贞不渝，提倡人人有权参与，重视集体协作，鼓励创新。摩托罗拉公司通过为员工提供培训、教育、专业发展机会、后勤保障、公司内部沟通等方式，来实现对个人尊严的肯定。

一、培训和专业发展机会

公司制订了培训计划，向公司中层和高层输送管理人才，以实现由中国人负责中国公司的管理和决策，从而加速人才本土化的进程。目前，在摩托罗拉（中国）电子有限公司中，经理主管一级已有100多名中国人，占该层管理者的51%。在几年的时间里，摩托罗拉每年都选派600多名中国员工到其美国工厂去参加技术会议、工程师设计会议以及技术培训。

除内部教育和培训外，摩托罗拉还支持、组织员工参加全国经济统计专业职称技术资格考试、职称外语考试、质量认证培训等。

二、众多沟通方式

1998年4月，摩托罗拉（中国）电子有限公司推出了"沟通宣传周"活动，内容之一就是向员工介绍公司的12种沟通方式。比如：

我建议：书面形式提出您对公司各方面的改善建议，全面参与公司管理。

畅所欲言：保密的双向沟通渠道，您可以对真实的问题进行评论、建议或投诉。

总经理座谈会：定期召开的座谈会，您的问题会在当场得到答复，7日内对有关问题的处理结果予以反馈。

报纸及杂志：《大家》《移动之声》等杂志可以使您及时了解公司的大事动态和员工生活的丰富内容。

公司每年都召开高级管理人员与员工沟通对话会，向广大员工代表介绍公司的经营状况、重大政策等，并由总裁、人力资源总监等回答员工代表的各种问题。

三、一块铜匾

如果参观者来到摩托罗拉摆满奖杯、奖状的"荣誉厅"，就会看到一块"先进党组织"的铜匾，这令很多人感到诧异。有人问：不是外资企业吗？怎么还允许党组织存在？党员活动受不受限制？外国老板怎样看中共党员？事实上，在摩托罗拉"党员公开、组织公开，活动公开"，这里的老板对党员活动给予方便，给予支持，提供经费，真正做到肯定个人的尊严。他们自己这样解释："有这么多的党员，如果不发挥他们的作用就是资源的浪费！"

（资料来源：摘自《管理案例博士评点》，代凯军编著，中华工商联合出版社。）

从摩托罗拉公司的企业文化案例，可以看出组织文化层次的具体表现。

按照组织文化内容的表现形式，可将组织文化划分为显性文化和隐性文化。

所谓显性组织文化就是指那些以精神的物化产品和精神行为为表现形式的，人通过直观的视听器官能感受到的、又符合组织文化实质的内容。它包括组织的标志、工作环境、规章制度和经营管理行为等。显性文化主要包括物质层、部分行为层和制度层文化。

隐性组织文化是组织文化的根本，是最重要的部分。隐性组织文化包括组织哲学、价值观念、道德规范、组织精神几个方面。隐形文化主要包括精神层及部分行为层和制度层文化。

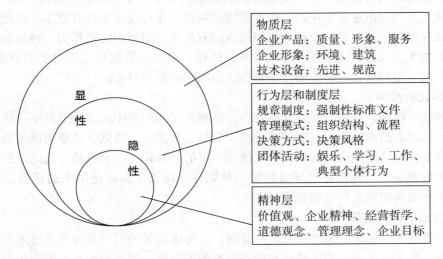

图 4 – 5　组织文化的构成

四、组织文化对管理的影响

组织文化的适应与否对于组织的生存发展有着重大的影响，不好的组织文化会影响组织目标的实现。内部成员如果没有一种共同的使命感，没有一种强大的凝聚力，这个组织就会像一盘散沙，毫无战斗力可言。

（一）组织文化对管理的正面影响

1. 强文化和弱文化

强文化是指关键价值观被强烈坚持和广泛认同的组织，它会制约一个管理者的涉及所有管理职能的决策选择。它决定了人们应当做什么，不应当做什么。强文化的组织对此有十分明确的价值认同。在强文化中，组织的核心价值观得到强烈的认可和广泛的认同。接受这种核心价值观的组织成员越多，他们对这种价值观的信仰越坚定，组织文化就越强。组织文化越强，就会对员工的行为产生越大的影响，因为高度的共享在组织内部创造了一种很强的行为控制氛围。弱文化则相反，对组织的影响相对较弱。

2. 组织文化对管理实践的影响

因为组织文化确立了对人们应做什么、不应做什么的准则，所以它与管理者尤其相关。这些约束很少是清晰的，也没有用文字确定下来，甚至很少听到有人谈论它们，但它们确实存在，而且组织中所有的管理者很快就会领会"该知道什么和不该知道什么"，这成为一种约定俗成的东西。

3. 组织文化对管理决策的影响

一个组织的文化，尤其是强文化，会影响管理者的行为。毫无疑问，管理者的行为真实地影响着管理者的决策选择。

（二）组织文化对管理的负面影响

1. 变革的障碍

如果组织的共同价值观与进一步提高组织效率的要求不相符时，它就成了组织的束缚。当组织环境正在经历迅速的变革时，根深蒂固的组织文化可能就不合时宜了。因此，当组织面对稳定的环境时，行为的一致性对组织而言很有价值。但组织文化作为一种与制度相对的软约束，更加深入人心，极易形成思维定势，这样，组织有可能难以应对变幻莫测的环境。当问题积累到一定程度，这种障碍可能会变成对组织的致命打击。

2. 多样化的障碍

由于种族、性别、道德观等差异的存在，新聘员工与组织中大多数成员不一样，这就产生了矛盾。管理人员希望新成员能够接受组织的核心价值观，否则，这些新成员就难以适应或被组织接受。但是组织决策需要成员思维和方案的多样化，一个强势文化的组织要求成员和组织的价值观一致，这就必然导致决策的单调性，抹杀了多样化带来的优势。在这个方面，组织文化成为组织多样化的障碍。

3. 兼并或收购的障碍

以前，管理人员在进行兼并或收购决策时，所考虑的关键因素是融资优势或产品的协同性。近几年，除了考虑产品的协同性和融资方面的因素外，更多的则是考虑文化方面的兼容性。如果两个组织无法成功的整合，那么组织将出现大量的冲突、矛盾甚至对抗。所以，在决定兼并或收购时，很多经理人往往会分析双方文化的相容性，如果差异极大，为了降低风险则宁可放弃兼并或收购行动。

本章小结

任何组织都是在一定环境中从事活动的；任何管理也都要在一定的环境中进行。存在于组织内部与外部的影响管理实施和管理功效的各种力量、条件和因素的总和统称为管理环境。组织面临的环境因素复杂多样，一般来说，从组织界限划分，可分为内部环境和外部环境。

外部环境是组织之外的客观存在的各种影响因素的总和。它是不以组织的意志为转移的，是组织的管理者必须面对的重要影响因素。外部环境包括一般环境和任务环境。

一般环境是指对某一特定社会中所有组织都产生影响的环境因素，又称为宏观环境因素。任务环境因素主要是针对企业组织而言的，属于微观环境，对企业组织而言，最直接和最关键的任务环境即指企业所在的产业或行业环境。包括的因素有：供应商、顾客、竞争对手、政府和社会团体等。

内部环境是指组织内部的物质、文化环境的总和，包括组织资源、组织能力、组织文化等因素，也称为组织内部条件。组织资源如组织所拥有的人力资源、资金、设备、房屋、品牌等有形的和无形的资源。组织能力如组织的生产能力、营销能力、财务能力、管理效能等。组织文化环境如指导思想、经营理念、工作作风等。

组织文化是指组织全体成员共同接受的价值观念、行为准则、团队意识、思维方式、工作作风、心理预期和团体归属感等群体意识的总称。组织文化的特点包括：组织文化的意识性和客观存在性、组织文化的个异性与普遍性、组织文化的稳定性和可塑性。一般将组织文化划分为四个层次，即企业的精神文化层、制度文化层、行为文化层和物质文化层。组织文化的适应与否对于组织的生存发展有着重大的影响。

复习思考题

1. 分析一下新近出现的、能够对房地产行业产生显著影响的宏观环境因素的变化趋势有哪些？以一个具体的房地产企业为例，分析其管理环境。
2. 举例说明，哪些组织受环境的影响较大，哪些组织受环境的影响较小？
3. 为什么组织文化的适应与否对于组织的生存发展有着重大的影响？
4. 试举例说明，组织文化对管理的影响具体如何体现？
5. 请对一个企业做详细的调查，分析其内外部环境，并描述其企业文化。

实践与训练

一、实践练习

实地考察或网络调查一家企业的企业文化建设，并就存在的问题和改进的建议发表你的看法。

二、案例分析

海尔集团是以企业文化为软系统的现代型企业，它每一次经营上的创新都来自于一次企业文化的革命。海尔集团的领导层认为，企业文化是企业管理中最持久的驱动力和最持久的约束力，它高度融合了企业理念、经营哲学、价值观和个人的人生观，是一个企业的凝聚剂。

海尔的经营理念具有鲜明的个性——海尔特色，同时有较强的哲理性和实用性，具有普遍的推广作用。具体表现在以下几个方面。

海尔定律（斜坡球体论）：企业如同爬坡的一个球，受到来自市场竞争和内部职工惰性而形成的压力。如果没有一个止动力，它就会下滑，这个止动力就是基础管理。以这一理念为依据，海尔集团创造了"OEC"管理即海尔模式；80/20原则。即管理人员与员工责任分配的80/20原则。即"关键的少数制约次要的多数"。

海尔的市场观念："市场唯一不变的法则就是永远在变""只有淡季的思想，没有淡季的市场""卖信誉不是卖产品""否定自我创造市场"。

名牌战略：要么不干，要干就要争第一；国门之内无名牌。

质量观念：高标准、精细化、零缺陷；优秀的产品是优秀的人干出来的。

服务理念：带走用户的烦恼，烦恼为零；留下海尔的真诚，真诚到永远。

售后服务理念：用户永远是对的。

海尔发展方向：创中国的事业名牌。

问题：请以海尔的企业文化为例，说明组织文化对组织绩效的影响。

管理游戏

穿网球鞋的外星人

目的：这是一个生动、有趣的游戏，参与者在游戏中口头教一位"外星人"穿短袜和网球鞋，并且不允许进行示范。本游戏的目的是教会参与者清晰地发出指挥的命令。

时间：15～20分钟。

需要的材料：一双短袜，一双球鞋（教师的尺码），其中一只网球鞋没系上鞋带，向学生分发的材料（或放映幻灯片），人手一份。

步骤：

（1）教师自己扮演外星人，走进教室，一只脚穿着袜子和系了鞋带的鞋；另一只脚则光着。将材料分发给大家，或放映幻灯片，然后坐下，将短袜、鞋带和网球鞋放在你面前，等待大家给你指导。

（2）教师的任务是帮助参与者认识到，他们做出的指令必须意思清晰。不要说话，完全按照他们的指令去做。如果一个参与者说"将短袜放在脚上"，你就捡起短袜放在脚上。如果参与者说"捡起鞋带"，就从中间捡起鞋带，而不是从两头。如果参与者说："将鞋带穿进鞋上的孔"，就将鞋带的头部穿进任何一个孔，而不一定是第一个，或者是将鞋带整个塞进孔里。

（3）如果几个参与者同时对你进行指导，或某个参与者变得过于情绪化，失落或骂人，你可以停下来，装傻。如果参与者有对你说了或做了你愿意继续游戏的事，你可以继续配合他们进行游戏。

（4）限时10分钟，停止活动，提出问题。如果时间允许，继续这个游戏，参与者在进行第二轮指导时就应好多了。

讨论题（要求现场回答）：

1. 你从指导他人的过程中学会了什么？

2. 在这个游戏中，你会看到外星人有时听从你的指导，有时又不听从你的指导。那么你怎么让客户理解你的指导并加以实施呢？

3. 你怎样才能更好地指导你的客户呢？

向学生分发的材料：

穿网球鞋的外星人

刚刚发这份材料给你的"人"是刚到达地球的外星人，这个外星人双脚穿了鞋和袜子，然而出于好奇，这个外星人脱下了一只鞋和袜子，现在他不知道怎么穿回去了。

作为一个热心的地球人你来教他穿好鞋带，然后将袜子和穿上鞋带的鞋穿回脚上。你的任务是进行清晰的指导（抵达地球之前，外星人接受过汉语速成班，但是根本不会说。）。

外星人没有能力模仿你，所以你穿自己的鞋和袜子，对他没有任何的帮助，还有在进化的过程中，外星人形成了只能一次听一个人说话的特点，请和其他参与者相互配合，轮流进行指导。

对了，再提醒一点：不要碰这个外星人，如果你碰了他，没有人知道将会发生什么？上次碰了这个外星人的人当时就被蒸发掉了。

推荐读物 \\\\\

1. 曾旗等. 管理学［M］. 北京：北京大学出版社，2008.
2. 杨文士等. 管理学［M］. 北京：中国人民大学出版社，2009.
3. 孙晓红等. 管理学［M］. 大连：东北财经大学出版社，2005.

B. 罗珉著.《管理学》[M]. 北京：北京大学出版社，2005.
2. 斯文·卡尔森著.《管理学》[M]. 北京：中国人民大学出版社，2009.
3. 杨海金著.《管理学》[M]. 大连：大连理工大学出版社，2003.

第五章

计划工作

学习目标

通过本章的学习，了解计划的含义、性质和类型；了解计划的主要内容和基本形式；掌握计划的编制过程；掌握滚动计划法、网络计划法等计划编制方法；理解组织目标的重要意义；掌握目标管理的基本程序。

关键概念

计划（Plan）	使命（Mission）	目标（Objective）	战略（Strategy）
政策（Policy）	程序（Procedure）	规则（Regulation）	规划（Program）
预算（Budget）	滚动计划（Rolling Plan）	计划评审法（PERT）	
目标管理（Management by Objectives）			

导入案例

东方电力公司

玛格丽特·奎因是东方电力公司的总经理。这家公司是美国东部的大型电力公用事业之一。这位总经理长期以来相信，有效地编制公司的计划，对成功来说是绝对必要的。她花了十多年的时间，一直想方设法让公司的计划方案编制起来，但是没有取得成效。她先后指派了三位副总经理掌管编制计划，但是各个部门仍是各行其是。他们就发生的问题进行决策，因此他们对做"救火"的有效工作自鸣得意。

然而，公司各部门领导相互之间的决策总是不一致。负责电价调整事务的部门经理总是催促州委员会准许把电费提高，但委员会觉得费用虽然上涨但调价是不合理的；公共关系部门的领导不断向公众呼吁，要理解电力公用事业问题，但是各社区的用户觉得电力行业赚的钱已经够多了，因此公司应该解决自身的问题，而不应提高电费；负责电力供应的副总经理受到很多来自社区的压力，要求扩大电路，把所有的输电线路埋入地下，避免出现不雅观的电线杆和线路，同时向顾客提供更好的服务，他觉得顾客是第一位的，而费用则是第二位的。

　　应奎因女士的要求，一位咨询顾问来公司检查情况，他发现，公司并没有真正地把计划做好，副总经理在编制计划，而他的职员正在努力地进行研究和做预测，并把研究和预测情况提交给总经理。由于所有部门的负责人把这些工作看做是对他们日常业务没有重要影响的文牍工作，因此，他们对此兴趣不大。

　　（资料来源：http：//www. zoowen. com。）

讨论题：

1. 如果你是顾问，你建议采取什么步骤，使得公司有效地制订计划？
2. 关于将来的计划期限，你将给公司提出什么样的忠告？
3. 你将怎样向总经理提出建议，使你的建议付诸实施？

第一节　计划概述

　　计划是管理的基本职能之一，也是管理者实施有效管理的重要工具。美国著名的管理学家德鲁克认为：一个管理者的首要任务是制订目标和计划，管理者先要确定目标是什么和为了实现这些目标应该做些什么以及在实现目标的过程中重点考核的具体指标是什么。在各种管理活动中，管理人员依据计划规定的目标，从事组织工作、人员配备以及控制工作，以达到预定的组织目标。对于各种层次的管理人员来说，计划工作是重要的日常管理活动，计划能力是不可或缺的管理能力。

　　古今中外，涌现出许多著名的军事计划、经济计划和工程计划，这些计划帮助一个国家或组织成功地实现了自身的战略目标。公元前494年，越国在吴越战争中战败，越王勾践采纳了大夫文种的"伐吴七计"，经过13年的辛苦经营，最终实现了越国的复兴；1942年，美国为了先于纳粹德国制造出原子弹，制订了代号为"曼哈顿"的绝密计划，该项工程集中了当时西方世界最优秀的核科学家，历时3年，耗资20亿美元，于1945年7月16日成功进行世界上第一次核爆炸，加速了世界反法西斯战争胜利的进程。

专栏5-1　　　　　　　　　　　**伐吴七计**

　　公元前494年，吴王夫差攻破越国都城，越王勾践被迫屈膝投降，并随吴王夫差至吴国，臣事吴王。后来吴王听信逸言，放勾践回越国，勾践回国后，时刻不忘会稽之耻，日日忍辱负重，立志复兴越国，报仇雪耻。越王勾践卧薪尝胆，励精图治，任用范蠡、文种等谋臣主持国政。大夫文种在详细分析吴越形势的基础上，向越王勾践进献破吴七计：一曰捐货币以悦其君臣；二曰贵籴粟囊，以虚其积聚；三曰遗美女，以惑其心志；四曰遗之巧工良材，使作宫室以罄其财；五曰遗之谀臣以乱其谋；六曰疆其谏臣使自杀以弱其辅；七曰积财练兵，以承其弊。勾践采纳文种的建议，经过10多年的辛苦经营，越国国力逐渐强盛。公元前482年，吴王夫差参加黄池之会，尽率精锐而出，越王勾践乘吴国空虚，进军吴国，大败吴师，杀吴太子。公元前473年，越军再次大破吴军，吴王夫差求降不得而自杀，吴国灭亡。越王勾践由此声威大震，以兵渡淮，会齐、宋、晋、鲁等诸侯于徐州，成为春秋一代霸主。

一、计划的含义

（一）计划的概念

"计划"从词性上看，既可以是名词，也可以是动词。从动词意义上说，"计划"是指为了实现组织的既定目标所预先进行的对组织活动预计和筹划的管理工作，可以理解为"计划工作"；从名词意义上说，"计划"是指"计划工作"所生成的文字和指标等管理文件，表示计划工作的结果。

此外，"计划"还有广义和狭义的理解。狭义的计划是指计划工作中计划编制的结果，是用文字和指标等形式所表述的，组织以及组织内不同部门和不同成员在未来一定时期内关于行动方向、内容和方式安排的管理文件。狭义的计划告诉组织成员，为实现组织既定目标需要选派哪些人员、在什么时间、在什么地点、采取什么方法、去开展什么活动，是组织在未来一定时期内的行动目标和方式在时间和空间上的具体安排。广义的计划是指人们编制计划、执行计划以及检查计划等一系列计划管理工作，包括从分析组织自身状况、预测组织环境变化，到确定组织目标及行动方案，进而依据计划配置组织资源，到最终实现既定目标的整个管理过程。计划工作是一项既重要又复杂的管理工作，美国著名的管理学家孔茨曾形象地比喻："计划工作是一座桥梁，它把我们所处的此岸和我们要过去的对岸连接起来，以克服这一天堑。"

关于计划的定义，学术界有许多不同的表述。

（1）计划是预先决定的行动方案。

（2）计划是事先对未来应采取的行动所做的规划和安排。

（3）计划职能包含规定组织的目标，制定整体战略以实现这些目标，以及将计划逐层展开，以便协调和将各种活动一体化。计划既涉及目标，也涉及实现目标的方法。

（4）计划是一种结果，它是计划工作所包含的一系列活动完成之后产生的，是对未来行动方案的一种说明。

（5）计划工作是一种预测未来、设定目标、决定政策、选择方案的连续程序，以期能够经济地使用现有的资源，有效地把握未来的发展，获得最大的组织成效。

（6）计划是搜集信息，预测未来，确定目标，制定行动方案，明确方案实施的措施，规定方案实施的时间、地点的过程。

（二）计划的主要内容

计划包括预计和筹划两个方面，要求管理者在广泛搜集信息的基础上，对组织所处的环境及发展趋势进行分析和预测，对组织自身的优势、劣势、机会和威胁进行深入分析，根据分析和预测的结果，结合组织所拥有的资源，确定组织目标，然后制定出实施方案以及具体措施。一份完整的计划应该包含以下六个方面的内容，简称为"5W1H"。

（1）做什么（What）：即制定出组织不同层次、不同部门的目标。明确组织各层次、各部门的具体任务和要求，明确每一个时期的中心任务和工作重点。

（2）为什么做（Why）：即明确实施计划的原因。计划工作人员对组织的宗旨、目标和战略了解得越清楚，认识得越深刻，就越有助于他们在计划工作中发挥积极性、主动性和创造性。

（3）谁去做（Who）：计划的实施离不开组织部门及成员的参与。因此，应该明确由哪些部门、哪些成员来完成规定的各项任务。

（4）何时做（When）：规定各项工作开始和完成的进度，而且这种时间安排必须和组织内外部环境相适应。

（5）何地做（Where）：规定计划的实施地点或场所，了解计划实施的环境条件和限制，以合理安排计划实施的空间布局。

（6）怎么做（How）：计划的实施可以有多种途径，其实施的成本和效果千差万别。因此，组织应充分考虑环境因素和自身状况，采取实现计划的最有效措施，高效配置有限的组织资源，以最小的投入换取最大的产出。

专栏5-2　　　　　　　　**"863" 计划**

20世纪80年代以来，以信息技术、生物技术、新材料等高科技为中心的新科技革命浪潮席卷全球，引起了政治、经济、社会、文化、军事等方面的深刻变革。实践证明，谁抢占了科技的"制高点"和前沿阵地，谁就可以在经济上更加繁荣，政治上更加独立，战略上更加主动。因此，许多国家都把发展高技术列为国家发展战略的重要组成部分，如美国的"星球大战"计划，以及欧洲的"尤里卡"计划。

1986年3月，中科院院士王大珩、王淦昌、杨嘉墀、陈芳允四位老科学家联合向中共中央写了一封信，题为《关于跟踪世界战略性高科技发展的建议》，提出要跟踪世界先进水平，发展我国高新技术的建议。这封信得到了邓小平同志的高度重视，小平同志亲自批示："这个建议十分重要。"随后，中共中央、国务院组织200多位专家，研究部署高新技术发展的战略，经过三轮极为严格的科技论证，中共中央、国务院批准了《高技术研究发展计划（"863"计划）纲要》。

"863"计划从世界高科技发展的趋势和中国的需要与实际出发，坚持"有限目标，突出重点"的方针，选择了生物技术、航天技术、信息技术、激光技术、自动化技术、能源技术、新材料和海洋技术等领域作为我国高新技术研究发展的重点。从此，中国的高新技术研究发展进入了一个新阶段。20多年来，在党中央、国务院的正确领导下，经过广大科技人员的奋力攻关，"863"计划取得了重大进展，为我国高科技的发展、经济建设和国家安全作出了重要贡献。

二、计划的性质

计划是管理工作的基础，是各种领域的管理者、组织各部门的管理者以及各层级的管理者实施管理行为的依据，管理者根据计划分派任务，确定组织各部门和各成员的权力与责任，领导并激励组织全体成员去实现组织目标。计划作为管理的基本职能之一，具有首位性、普遍性、目的性、效率性、创新性等特性。

（一）计划的首位性

计划是进行组织、领导、控制等职能的基础或前提，相对于组织、领导、控制等管理职能而言处于首位。计划的首位性主要体现在两个方面：一方面是计划职能在时间顺序上处于计划、组织、领导、控制等管理职能的始发位置；另一方面是计划职能对整个管理过程及其结果具有重要的意义。计划是组织行为的准绳，直接影响着其他管理活动；组织结构的设计和组织权责的划分是以实现组织目标为目的的；对员工的引导、激励、绩效考核等也都是为了实现计划制定的组织目标；控制标准的制定必须以计划为依据，而且控制的目的就是为了更好地实现计划目标。"凡事预则立，不预则废"，充分说明了计划工作的重要性。

（二）计划的普遍性

计划工作涉及组织的每一位管理者，无论是公司总裁、总经理，还是部门主管，以及车间主任、班长、组长，都需要承担自己职责范围内的计划工作。高层管理人员纵览宏观环境，把握组织发展全局，制定组织的总体规划；中层管理人员为配合组织总体规划的执行，制订各自的部门支持计划，如生产计划、采购计划、销售计划、财务计划、人力资源计划等；基层管理人员围绕部门计划制订具体的作业计划。这些具有不同广度和深度的计划有机地组合在一起，就形成了一个多层次、多部门的计划系统，组织管理的脉络就愈加清晰。因此，在组织的总目标确定之后，各级管理人员都必须制订相应的分目标和分计划，确保组织总体目标的层层分解和具体责任的层层落实。

（三）计划的目的性

美国管理学家孔茨认为："管理的计划工作是针对所要实现的目标去设法取得一种始终如一的协调的经营结构。如果没有计划，行动就必然成为纯粹杂乱无章的行动，只能产生混乱。"在组织中，组织的各种计划及其派生计划都是为了促使组织的总体目标和一定时期内目标的实现。计划的有效制订对组织目标的执行产生积极的指导作用，从而保证组织的发展沿着既定的方向前进。"做什么"以及"为什么做"是计划工作需要回答的问题，计划工作直接指向组织目标，而组织目标的实现必然会派生出各种实施方案和具体措施。由此可见，计划工作具有强烈的目的性，计划以组织行为为载体，计划引导组织行为，引导组织各层级、各部门朝着组织的总目标前进。

（四）计划的效率性

从管理学的角度来说，效率是指在特定的时间内，组织的各种投入与产出之间的比率关系。计划的效率性主要体现在时效性和经济性两个方面。时效性指任何计划必须在计划期开始之前完成计划的制订工作，计划必须慎重选择计划期的开始和截止时间；经济性指组织计划应当以最小的资源投入获得尽可能多的产出。就计划的功能而言，计划需要解决人员安排、资金投放以及物力配备问题，而有效的计划工作可以使组织有限的人力、财力、物力资源得到合理配置，尽量减少资源的浪费，取得最佳的投入产出比例。

（五）计划的创新性

组织的计划工作是一种创造性的管理活动，管理者需要解决新问题、发现新机会、寻找新思路。任何组织都要面对或多或少的非程序性问题，处理方法的制定或改进需要管理者结合具体情况进行确定；任何组织都要面对外部环境的变化，制订计划时必须详细分析宏观环境、中观环境及微观环境。20 世纪 70 年代末期，本田宗一郎成功地预见了美国经济的衰退，及时调整公司战略，制订了进军东南亚的计划，实现了巨额利润。因此，组织在制订计划时，要深入分析组织面临的机会和威胁，深刻了解自身的优势与劣势，寻求解决问题或利用机会的最佳方案。

三、计划的类型

由于计划工作的普遍性，计划工作在计划的主体、目标、内容、应用情况等方面的千差万别，使计划的具体表现形式多种多样。按照不同的标准，可以将计划分为不同的类型。

（一）按照计划的时间跨度分类

按照计划执行时间的长短，可以将计划分为长期计划、中期计划和短期计划。一般来说，一年或一年以内可以完成的计划称为短期计划，如年度计划、季度计划等；一年以上至五年内可以完成的计划成为中期计划；五年以上可以完成的计划称为长期计划。当然，这种划分也不是绝对的，会因组织的规模和目标的特性而有所不同。长期计划的主要任务是指出组织在较长时期内的发展方向和方针，内容相对笼统；中、短期计划对组织某项活动的目标、行动方案以及实施措施等都有明确规定，内容相对具体。

（二）按照计划的性质分类

按照计划的性质和范围的综合性程度标准，可以将计划分为战略性计划和战术性计划。战略性计划是由高层管理者制订的具有长远性、全局性的指导性计划，它描述了组织在未来一段时间内总的战略构想和总的发展方向，决定了在相对长的时间内组织资源的运动方向，是组织其他各种计划的最高指导原则。

战术计划是在战略计划所规定的方向、方针、政策框架内，为确保战略目标的落实和实现，确保资源的取得和有效利用而形成的具体计划，它描述了如何实现组织的整体目标，是战略计划的具体化或战略实施计划。战术计划一般由组织的中低层管理者制订，主要任务是规定如何在已知条件下实现组织的各项分目标。

（三）按照计划的内容分类

按照计划的内容和计划所涉及的职能，可以将计划分为生产计划、财务计划、人力资源计划、市场开拓计划、产品研发计划等。这些计划通常就是企业相应的职能部门编制和执行的计划。比如，生产计划，就是为了完成生产目标，实现从原材料到产品的转换所进行的程序安排；财务计划，就是关于如何处理财务关系、组织财务活动，以有效促进组织经营活动开展的计划；人力资源计划，就是组织关于人力资源的引进、培训、使用、考核、薪酬、解聘等管理活动而进行的规划等；市场开拓计划，就是企业为扩大市场份额、取得竞争优势，运用各种营销手段增加销售额的计划；产品研发计划，就是企业对产品研发的团队建设、流程设计、风险管理、绩效管理、成本管理以及知识管理等活动进行的规划。当然，现代企业除了进行生产制造、财务管理、人力资源、市场营销以及产品研发等经营管理活动外，还会由于自身业务的独特性而设立公共关系、法律事务、网络技术、后勤保障等职能部门，它们同样需要在组织总体目标的指导下制订各自的部门计划。

（四）按照计划的约束力大小分类

按计划的约束力大小，可以将计划分为指导性计划和指令性计划。指导性计划是由组织的上级下达的、对下级部门具有指导意义与参考作用的计划。指导性计划只规定一般性的指导原则，具体行动方案则由执行机构根据实际情况确定。指导性计划一般由组织高层决策部门制订，适用于战略规划和中长期规划等。

指令性计划是由组织的上级下达的，明确目标、行动方法与程序，具有行政约束力，各级计划执行机构必须完成的计划。指令性计划的内容明确，规定了计划执行单位必须执行的各项任务，不存在模棱两可的问题，也不存在讨价还价的余地。

四、计划的表现形式

计划的表现形式多种多样，管理领域的不同、管理部门的不同以及管理层级的不同决定了计划在内容和形式上的千差万别。美国著名的管理学家孔茨把计划分为八种形式：① 目的或使命；② 目标；③ 战略；④ 政策；⑤ 程序；⑥ 规则；⑦ 规划；⑧ 预算。计划的层次体系，如图 5 - 1 所示。

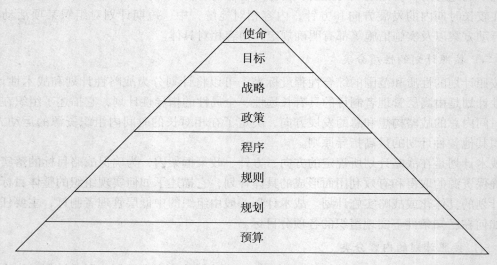

图 5 - 1　计划的层次体系

（一）目的或使命

组织的使命是指组织存在的意义和根本任务，是组织之间相互区别的根本标志。组织使命是组织一切计划工作的出发点和归宿，它告诉人们组织是干什么的，组织的成员应当干什么。例如，企业的使命是为社会提供产品和服务；大学的使命是为社会培养高级人才；军队的使命是维护国家主权和领土完整，等等。现实中的企业对自己的使命有着不同的理解和表达方式，例如，微软公司的使命是，"微软公司致力于帮助全球的个人用户和企业展现他们所有的潜力"；松下公司的使命是，"向全世界的人们提供明天的生活方式提案，为地球的未来和社会的发展不断作出贡献"；百度公司的使命是，"让人们最便捷地获取信息，找到所求"；美的集团的使命是，"为人类创造美好生活"。

（二）目标

组织的目标是在组织使命的指引下确立的，是组织意志的明确表述，具体规定了组织及其部门的经营管理活动在一定时期内要达到的具体成果。目标不仅是计划工作的起点，同时也是组织工作、领导工作以及控制工作所要达到的结果。

对于现代企业来说，利润最大化并不是企业的唯一目标，企业在追求财务利润的同时，必须承担社会责任，成为合格的企业公民。美国著名的管理学家德鲁克认为：一个成功的企业应该在八个方面建立起自己的多目标体系：① 市场营销方面；② 技术研发方面；③ 生产制造方面；④ 财务资源方面；⑤ 利润方面；⑥ 人力资源方面；⑦ 员工激励方面；⑧ 社会责任方面。这样的多目标体系可以保证企业经营理念的最终实现。

（三）战略

组织的战略是为实现组织目标所确定的发展方向、行动方针、行为原则、资源分配的总体规划。目标指明了组织要干什么，战略则回答了为了实现目标在将来应该怎么干。战略是指导全局和长远发展的方针，战略的成功执行对企业目标的实现有着重要意义。例如，海尔集团在成功实施了名牌战略、多元化战略、国际化战略以及全球化品牌战略后，终于成长为世界知名企业。

（四）政策

为了落实一定的战略，组织应制定相应的政策。政策是管理者在决策时或解决问题时用来指导思想与行动的规范。组织的不同层级、不同部门可以制定不同的政策，用来指导组织各部门的工作。政策给出了其作用的范围和界限，但鼓励下级在规定的范围内自由处置问题，主动承担责任。

（五）程序

程序是完成未来某项活动的方法和步骤，是将一系列行为按照某种顺序的安排。程序是通过对大量日常工作过程及工作方法的总结而逐渐形成的，对组织的例行活动具有重要的指导作用。例如，公司的财务流程是在凭证—账簿—报表的标准流程指导下，结合公司具体的财务事项制定的，是指导日常财务工作的规范性文件。

（六）规则

规则是一种最简单的计划，是对具体场合和具体情况下，允许或禁止采取某种特定行动的规定。规则不同于政策，因为规则一般不给执行人员留有自由处置权；规则也不同于程序，因为规则是对单一行为的规定而没有某种顺序。

（七）规划

规划是为了实施既定方针所必需的目标、战略、政策、程序、规则而制订的综合性计划。组织规划的作用是根据总目标或各部门的目标来确定分阶段目标，重点在于确定总目标实现的进度。规划可大可小，组织的不同层级、不同部门都可以拥有自己的规划。

（八）预算

预算是用数字表示预期结果的报告书，是"数字化"的规划。一般来说，财务预算是组织最重要的预算，因为组织的各项经营活动几乎可以用数字化、货币化的方式表示出来。预算作为一种计划，勾勒出了未来一段时期的现金流量、收入费用等具体安排。

专栏5-3　"家乐福事件"公关策划方案

成立于1959年的家乐福集团是大卖场业态的首创者，是欧洲第一大零售商，世界第二大国际化零售连锁集团。2008年，由于武汉家乐福的"降半旗"事件以及家乐福大股东涉嫌资助"藏独"等原因，家乐福受到许多中国公众的抵制，企业形象与财务利润损失严重。假设你是家乐福（中国）的公关部经理，你将进行怎样的公关策划？

"家乐福事件"公关策划方案（范例）

一、公关目标

通过本次公关活动的开展，使家乐福在中国市场上可以重新得到消费者的信任；在政府和媒体方面可以得到更多的认可和支持；在其内部的员工、股东和供应商方面可以得到谅解和体谅。

二、活动安排

（一）公关第一阶段

向消费者公开道歉，重拾消费者的信任。

1. 报道周期

自事件发生开始，为期一个月的时间，报道企业的相关真实的信息。

2. 报道阶段及区域划分

第一阶段：消息发布，以北京、上海、广州等大城市为主。同时发布信息。

第二阶段：进行深度报道，深入各个中小城市。

3. 报道主要内容

展示自己的诚意，进行真实和真诚的表述，解答消费者的疑问和顾虑。

4. 公关策略

（1）新闻发布会以及网络新闻发布会的召开。

（2）媒体正式报道。

（3）网络新闻公告。

（二）公关第二阶段

通过家乐福的整合营销策略来重新打造家乐福的形象。

1. 折扣与让利定价策略

（1）现金折扣。

（2）数量折扣。

（3）交易折扣。

（4）推广让价。

2. 公益活动

3. 赞助活动

（1）体育赞助。

（2）教育赞助。

（3）文化赞助。

（4）社会福利事业赞助。

4. 网络推广策略

（三）公关第三阶段

当一切工作完毕后，此次事件也将慢慢地进入降温期，所要做的工作是：收起促销活动。使营业步入正常轨道，但广告宣传仍不能少，力度也不能变弱，电视，报刊，杂志，网络都要进行。

三、实施进度

第一阶段：5 月 18 日—5 月 28 日。

第二阶段：6 月 1 日—6 月 30 日。

第三阶段：7 月 1 日—7 月 30 日。

四、经费预算

待定。

（资料来源：http：//www.aicaic.cn。）

第二节　计划的程序与方法

一、计划的程序

计划是一个指导性、预测性、科学性和创造性很强的管理活动，但同时也是一项复杂的工作。组织管理者需要充分考虑组织面临的机会和问题，并在组织总体目标的指导下，设计出科学合理的行动方案。因此，组织计划工作的水平体现了组织的管理水平。在组织管理实践中，计划工作是各层级、各部门的管理者都必须进行的工作，虽然编制的计划在内容上千差万别，但科学地编制一个完整的计划，需要遵循八个步骤：机会分析、确定目标、确定计划的前提条件、拟订备选方案、评估备选方案、选择方案、拟订派生计划和编制预算。计划工作的八个步骤，内容各不相同，但又相互关联。计划工作的程序，如图 5 - 2 所示。

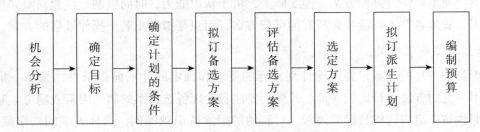

图 5 - 2　计划工作的程序

（一）机会分析

机会分析是计划工作的真正起点，就是对组织的内外环境因素进行分析，以确定组织所存在的问题和可能存在的有利机会。机会分析的主要目的就是要找出有利于组织发展的计划，以确定组织计划工作的主题，即决定对什么问题制订计划方案。机会分析要求组织管理者具有较强的洞察力和预测力，能够科学分析组织内外的环境状况，预测其变化趋势，从中寻找发展机会，这个过程对逐渐形成组织的阶段目标和长远目标具有重要意义。

（二）确定目标

确定目标，就是通过对机会的分析，明确各种环境因素的影响，分析组织的优势和劣势，确定组织的总方针和总目标。一是要确定目标的优先顺序。目标的优先顺序的确定，有利于合理地分配组织资源，比如，在管理实践中，企业可以应用波士顿矩阵和政策指导矩阵来确定经营活动方向，以便向各战略经营单位合理分配资源。二是要把目标分解为各层级、各部门的目标。把目标分解为组织各层级、各部门的目标，就可以形成目标网络体系。确定计划目标是一项困难的工作，外部环境的变化、管理者自身的素质以及管理团队对组织目标认识的不同都会对组织目标的制定产生影响。

（三）确定计划的前提条件

计划的前提条件是指组织在未来计划期间所估计的各种内外环境条件，是组织计划实施时的预期环境。因此，组织在编制计划时，要对可能影响组织未来计划实施的各种内外环境因素进行预测和确定，然后，在此基础上确定组织未来的行动方案。分析和预测工作的具体内容包括对组织当前状况的评估、组织优势和劣势的分析、外部环境的发展变化的分析等。当然，由于计划的未来环境是复杂的，要想对未来计划环境的每一个细节都提出假设是不现实的，也是不经济的。因此，计划工作的前提只限于那些对计划工作来说是关键性的或有战略意义的影响因素。

（四）拟订备选方案

计划的前提条件确定之后，就要围绕组织目标，尽可能多地提出各种实施方案，要充分发扬民主，吸收各级管理者、专家、技术人员、基层员工代表参与方案的制订，也可通过专门的咨询机构提出方案，做到群策群力、集思广益，做到思路开阔、大胆创新。从理论上说，拟订备选方案应做到既不重复又不遗漏，方案的重叠交叉会影响到方案的评价，方案的遗漏可能会使组织错过好的方案。但实际上，由于认识能力、时间限制、经验局限和费用约束等原因，管理者并不可能找到所有的可行方案，而只是拟订出若干操作性强的方案。

（五）评估备选方案

对于各种可行的方案，要根据计划目标的要求和预定的计划前提条件，按照一定的原则，采用一定的方法进行比较评价。首先，要注意发现备选方案的制约因素或隐患。制约因素是指那些妨碍组织达成目标的因素，对制约的因素认识越深刻，选择方案的效率就越高。其次，在评估方案时，既要考虑到许多有形的、可以量化的因素，也要考虑到许多无形的、不能量化的因素。最后要用总体的效益观点来衡量方案。因为对某一部门有利的方案不一定对全局有利，对某一单项目标有利的方案也不一定对全局目标有利。

（六）选择方案

选择方案是做出决策的关键一步，即选出组织将要采取的行动方案。要认真比较各个方案的优点和缺点，站在全局的观点上权衡利弊，按照某种原则进行排序，最后选出一个或几个优化方案。为了保证计划的灵活性，在可能的情况下，除了选出一个主方案外，还要选择一到两个备用方案，在环境或其他因素变化时方便选用。在方案选择的过程中，应充分发扬民主，广泛征求意见，这样不仅有利于选出优秀的行动方案，也有利于使被选定的方案得到广泛的理解和支持，为计划的实施打下良好的基础。

（七）拟订派生计划

在基本计划方案确定以后，还要制订派生计划来保证基本计划的贯彻和实施。如企业确定了新产品上市的计划方案后，还要编制与之配套的生产计划、销售计划、财务计划、人员培训计划等。这些派生计划一般由组织各职能部门制订，在制订过程中需要注意几个问题。首先，务必使有关部门和人员了解组织总体计划的目标和计划前提，掌握总体计划的指导思想和内容。其次，协调并保证各派生计划方向一致，以支持总计划，防止仅追求本部门目标而妨碍总目标的实现。最后，协调各派生计划的时间进度，保证组织各职能部门的经营管理活动并行不悖、相互配合。

（八）编制预算

在选定计划方案之后，还要根据计划的实际情况做出预算，将计划"数字化"，这是计划工作的最后一步。计划的预算实际上就是保障计划能够完成的资源安排和资金计划，预算使得资源和任务的分配清晰明了，有利于计划的后续实施。高质量的预算，可成为保障组织计划成功实施的工具，也是衡量组织绩效的标准，依据预算可以对组织各层级、各部门的工作实施考核、监督和控制，因此，预算是计划的重要组成部分。在计划的实施过程中，需要根据预算的制约条件去综合平衡计划目标和计划方案，当然，在计划的前提条件发生变化的情况下，管理者可以通过调整预算来完成对计划的调整，使计划更加符合实际情况，更加有利于组织目标的实现。

> **思考与讨论：**
> 你知道预算吗？它有何作用？应该如何编制预算？

二、计划的方法

计划工作效率的高低和质量的好坏在很大程度上取决于所采用的计划方法。以前，在相对稳定而且可预测的环境中，人们通常采用定额换算、系数推导以及经验平衡等简单易行的方法制订计划，但是这些方法已经不能满足现代计划工作的需要。现代组织面临更加复杂和动荡的外部环境，要保证组织能够持续、高速发展，就需要更加准确地预测环境变化，帮助组织制定科学的决策；同时，现代组织的规模越来越大，组织内部环境日趋复杂，计划工作的难度相应增加，客观上需要现代的计划方法。在当代管理实践中，滚动计划法、网络计划法、运筹学方法、计量经济学方法、投入产出法等方法被普遍应用于计划工作，加快了计划工作的进度，提高了计划工作的效率。

（一）滚动计划法

滚动计划法是根据内外部条件变化及计划的执行情况，定期调整和修改计划，把短期计划、中期计划和长期计划结合起来的一种计划编制方法。滚动计划法的基本思路是：在制订计划时，同时制订未来若干期的计划，但计划内容采用近细远粗的办法，即近期计划尽可能的详尽，远期计划则相对较粗略；在计划期的第一阶段结束时，根据该阶段计划执行情况和内外部环境变化情况，对原计划进行修订，并将整个计划向前滚动一个阶段；以后根据同样的原则逐期滚动。滚动计划法比较适合年度计划的编制和调整，也可用于三年期、五年期等中长期计划的调整。年度计划按季滚动，中长期计划则按年滚动。图 5 – 3 表示的是一个五年期的滚动计划制订方法。

滚动计划法具有明显的优越性。首先，可以使计划更加切合实际，滚动计划相对缩小了计划周期，加大了对未来估计的准确性，从而提高了近期计划的质量；其次，使长期计划、中期计划与短期计划相互衔接，保证计划能根据环境的变化及时调整，并使各期计划基本保持一致；最后，滚动计划大大增加了计划的弹性，从而提高了组织的应变能力。

（二）网络计划法

20 世纪 50 年代以来，西方发达国家为了适应现代化生产发展的需要，对计划方法进行了大量的调查研究，先后发明了一系列新的计划方法，网络计划技术就是其中的一种。1958

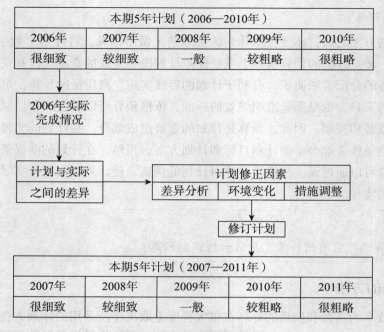

本期5年计划（2006—2010年）				
2006年	2007年	2008年	2009年	2010年
很细致	较细致	一般	较粗略	很粗略

2006年实际
完成情况

计划与实际	计划修正因素		
之间的差异	差异分析	环境变化	措施调整

修订计划

本期5年计划（2007—2011年）				
2007年	2008年	2009年	2010年	2011年
很细致	较细致	一般	较粗略	很粗略

图 5 - 3　滚动计划法示意图

年，美国海军特种计划局在研制舰载"北极星"导弹时提出计划评审法，在此期间，美国杜邦公司和兰德公司提出了关键路径法。网络计划技术包括以网络为基础制订计划的各种方法，如关键路径法、计划评审法、组合网络法等，这些方法非常适合那些多个部门、多种资源、多个环节所组成的大型工程项目。管理者可以利用网络计划法对工程的时间进度和资源利用实施优化管理，在计划实施过程中，管理者可以调动非关键路径上的资源，对关键作业进行综合平衡。

　　网络计划技术的基本原理是：把一项工作或项目分解成各种作业，然后根据作业的先后顺序进行排列，通过网络的形式对整个工作进行统筹和控制，从而以较少的资源、最短的工期完成工作。网络计划技术可以清楚地反映系统工程中各项作业间的逻辑关系，能准确地指出影响全局的关键作业，利于管理者实施重点管理。

　　管理者可以利用网络图将整个工程分解为多个步骤，根据这些作业在时间上的衔接关系，用箭头连线表示它们的先后顺序，画出一个反映各项工作相互关系的网络图。网络计划法的关键在于网络图的绘制，网络图由箭线、虚箭线、结点和路线组成。箭线代表一项活动、工作或作业，箭线由箭头和箭尾组成，箭尾表示活动的开始，箭头表示活动的结束。活动是要消耗时间和资源的，活动的时间一般写在箭线的下方，活动的名称一般写在箭线上方。在网络图中，箭线把各个结点连接起来，以表明各项作业之间的先后顺序和相互关系。虚箭线只是一个符号标志，即此项工序既不占用时间也不消耗资源，虚箭线的作用就是把两个结点之间的多项作业分开，以明确表示各项作业之间的逻辑关系。结点用圆圈表示，代表某项活动的开始或结束，结点不占用时间，不消耗资源。网络图中第一个结点称为始点，表示最初作业的开始；网络图中的最后一个结点称为终点，表示整个作业的结束。在绘制网络图时，对各个结点要按照其先后次序进行统一编号，始点编号可以从"0"开始，也可以从

"1"开始。路线是指网络图中从始点开始,沿着箭头方向到达网络图终点为止,中间由一系列首尾相连的结点和箭线组成的一条通道。在一个网络图中,往往存在着多条工期不同的路线,其中,在路线上各项作业时间之和最大的路线,称为关键路线,关键路线直接影响整个计划完成的时间期限。以公司扩建生产车间为例,如表5-1所示,将该项目分为若干作业。

表5-1　生产车间建筑施工网络计划作业划分

作业具体名称或内容	预期所需时间/天	先行作业名称
A. 审核设计图样,购买建材	5	—
B. 平整、清理施工现场	2	A
C. 建立框架并砌墙	6	B
D. 搭建楼板	2	C
E. 安好门窗	2	C
F. 布设电线	2	E
G. 安装各种电动机械	2	F
H. 平整室内地面	3	D
I. 室内清理	2	G、H
J. 工程交接验收	1	I

生产车间建筑施工网络计划图,如图5-4所示。

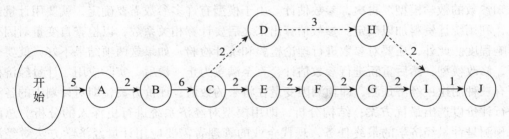

图5-4　生产车间建筑施工网络计划图

如图5-4所示,图中实线表示的是网络的关键作业链,即A—B—C—E—F—G—I—J。关键作业链上的任何一项作业若是延迟完工,都会影响生产车间施工计划的按时完成。换个角度来说,要想提前完成生产车间施工计划,就必须设法从关键作业链上缩短某项作业的施工时间。

（三）运筹学方法

运筹学是一种分析的、实验的和定量的科学方法,主要用于在物质条件已定的情况下,为了达到一定的目的,如何统筹兼顾整个活动所有环节之间的关系,为选择一个最优方案提供数量上的依据。运筹学是"管理科学"理论的基础,在管理实践中,管理者经常会遇到"在现有资源条件下,如何使得效果最佳"等问题,运筹学可以为这类问题提供答案。例如,在企业的采购管理活动中,如果知道企业每年A产品的总需求量、A产品单价、平均一次订货成本以及单位 A 产品的年储存成本等数据，就可以利用运筹学方法计算出企业的最优采购数量。作为近代应用数学的重要分支，运筹学有着广阔的应用领域，从最初的军事战略领域，拓展到生产管理、库存管理、时间安排、资源分配等管理领域，尤其是在计算机技术的支持下，运筹学中的线性规划、非线性规划、动态规划、整数规划、排队论、对策论、库存论、图论模型等重要的理论与方法在管理实践中应用得越来越广泛。

20 世纪 60 年代，是运筹学研究和应用的鼎盛时期，运筹学方法被大量地应用于管理实践中，并形成了比较标准的步骤。首先，建立数学模型。要根据研究目的对问题的范围进行界定，确定问题的主要变量和问题的约束条件，然后根据问题的性质确定采用哪一类运筹学方法，并按照此种方法将问题描述为一定的数学模型。其次，规定一个目标函数，作为对各种可能的行动方案进行比较的尺度。再次，确定模型中各参量的具体数值。最后，求解模型，找出使函数达到最大值（或最小值）的最优解。

（四）计量经济学方法

计量经济学的奠基人是挪威经济学家弗里希。计量经济学是以一定的经济理论和统计资料为基础，运用数学、统计学方法和计算机技术，以建立经济计量模型为主要手段，定量分析各种经济关系。计量经济学方法对于管理者调节经济活动，加强市场预测，合理安排生产计划，改善经营管理等都具有很大的实用价值。

计量经济学是数学、统计学和经济分析的综合，一般来说，用计量经济学解决实际问题的程序分为四步。首先，因素分析。即按照问题的实际情况，分析影响它们的因素种类、因素之间的相互关系以及各因素对问题的影响程度。其次，建立模型。根据分析的结果，把影响问题的主要因素都用一个随机误差项表示，而把问题本身作为因变量，然后建立起含有一些未知参数的数学模型。再次，参数估计。由于模型有许多参数需要确定，就要用计量经济方法，利用统计资料加以确定。参数估算出来之后要计算相关系数，以检查自变量对因变量的影响程度。此外，还要对参数进行理论检验和统计检验。如果这两项结果不好，就要分析原因，修改模型，然后重新进行参数估计，直至满意为止。最后，实际应用。计量经济模型主要有三种用途：经济预测，即预测因变量在将来的数值；评价方案，即对计划中的各种方案进行评价以选出最优方案；结构分析，即用模型对经济系统进行更深入的分析。总而言之，预测是计量经济学的最终任务，现代企业的管理者需要应用计量经济学方法对经济环境、市场环境等进行预测分析，为企业经营计划的制订提供科学依据。

（五）投入产出法

投入产出法是美国著名经济学家瓦西里·里昂惕夫在 1936 年创立的，到目前已经有100 多个国家采用投入产出法进行经济研究。投入产出法是利用高等数学方法对物质生产部门之间或产品与产品之间的数量依存关系进行科学分析，并对再生产进行综合平衡的现代科学方法。投入产出法的基本原理是：任何系统的经济活动都包括投入和产出两大部分，投入是指在生产活动中的消耗，产出是指生产活动的结果，在生产活动中投入和产出具有一定的数量关系。

投入产出分析作为一种综合计划方法，首先要根据某一年份的统计资料，明确各部门之间的投入产出比例，编制投入产出表，其次计算各部门间的直接消耗系数和间接消耗系数，进一步根据某些部门对最终产品的需求，算出各部门应该达到的标准，最后据此编制计划。

投入产出法反映了各部门的技术经济结构，可以合理安排各种比例关系，不仅可以用于国家、部门或地区等宏观层次的计划制订，而且可以用于企业的计划安排。在充分利用统计资料基础上编制的投入产出表，是一个全面反映经济过程的数据库，可以帮助管理者进行多种经济分析和经济预测，是管理者进行计划工作的有效工具。

第三节　组织目标

组织目标是指组织未来一段时间内要达到的预期效果，它反映了组织在特定的时期内，在综合考虑内外环境条件的基础上，希望在某一时间段内能够取得的成效。组织目标为组织的前进指明了方向，为组织的活动确定了发展路线，

是管理者和组织中一切成员的行动指南，是组织决策、效率评价、协调和考核的基本依据。因此，对于任何一种组织来说，进行科学合理的目标定位都至关重要，什么事情应该做，什么事情不能做，将最终决定组织能否实现自己的使命。

专栏 5-4

著名企业的企业使命

微软：帮助全球的个人用户和企业展现他们所有的潜力。

谷歌：整合全球信息，使人人皆可访问并从中受益。

强生：要解除人类的病痛，要制造最好的药品。

迪斯尼：用我们的想象力，给千百万人带来快乐。

中国移动：创无限通信世界，做信息社会栋梁。

阿里巴巴：让天下没有难做的生意。

联想集团：为客户利益而努力创新。

建设银行：为客户提供更好的服务，为股东创造更大的价值，为员工搭建广阔的发展平台，为社会承担全面的企业公民责任。

一、组织目标的描述

目标是管理活动的方向，目标的全部意义在于指导组织成员向组织所期望的方向努力并达到期望的效果。因此，组织目标能否被科学、明确地表述，事关计划的执行以及其他管理活动的开展。那么，怎样的目标表述是符合要求的呢？一般来说，组织目标的表述应包含目标内容、时间要求、目标程度以及衡量方法等内容。首先，目标的内容，阐明应该做什么工作，或哪一方面的工作，如提高产量、提高市场占有率、降低生产成本、降低顾客投诉等。其次，目标的程度，任何组织目标都应该对应一定的数量、比率和定性说明，以阐明组织最终所期望得到的结果、达到的程度或状态。再次，目标的时限，对组织的每一个目标都应规定完成期限，没有时间期限的目标就没有办法考核。最后，衡量方法，应该说明目标程度如何衡量，即结果或状态的具体评价方法。

专栏 5-5

目标描述的 SMART 原则

Specific（具体化）：明确的目标能够使员工清楚组织期望他们做什么，什么时候完成以及做到何种程度。目标不能过多，组织的资源是有限的，每一层面的目标数量应该有一定的

限制，目标太多会让组织成员无所适从；目标要表述清楚，简明扼要，容易理解。

Measurable（可衡量）：如果制定的目标无法衡量，就无法检查实际与期望的差距，就无法判断目标是否实现。目标值要尽可能用数字或程度、状态、时间等量化的表述。

Attainable（可行性）：组织的目标值应该高低适度，过高或过低的目标值都会对组织的管理活动产生不利的影响。

Relevant（关联性）：组织的近期目标应该与长期目标保持一致。目标是实现公司使命的重要工具，目标内容的确定应与组织的使命相关联。

Time-bound（时限性）：没有时间要求的目标，容易被拖延。因此，目标设置要有时间限制，根据工作任务的轻重缓急，确定出完成目标项目的具体时间要求。

二、组织目标的特点

（一）先进性

目标是组织的追求，体现了组织成员在一定时期的理想，来源于组织的现实，也超越于组织的现实。从某种意义上说，组织目标的先进程度决定着组织的先进程度，即先进的组织目标塑造着先进的组织，而落后的组织目标也往往决定了组织的落后。因此，组织要想超越竞争对手，必须追求先进的目标，必须在追求先进目标的过程中不断进步。比如，国内部分企业提出了"打造中国最好的股票网站""打造中国最好的零售银行""打造中国最好的主题公园"以及"做中国最好的空调"等目标，这些宏伟目标如夜航中的灯塔，引导并激励着组织成员为实现目标而积极工作。

（二）差异性

一方面，不同类型的组织，由于其组织使命的不同，组织目标也各异。现代社会存在着政治组织、经济组织、文化组织、军事组织、宗教组织以及体育组织等多种组织形态，而不同的组织也拥有着不同的目标体系。例如，政治组织的目标往往表现为政党或政治团体的政治诉求；经济组织的目标往往表现为经济战略联盟或自身利润的最大化；文化组织的目标往往表现为科学研究、学术交流以及人才的培养等。另一方面，即使是同一类型的组织，由于组织所处的具体环境、拥有的资源以及组织文化的影响和制约，组织目标也存在着很大的差异性。例如，同为汽车制造企业，因目标消费群体的不同，而制定不同的目标。

（三）多元性

同一组织中，也存在着不同性质的目标。一方面，对于组织内部来说，由于经营管理的需要，组织要设立相应的职能部门，而每一个职能部门都有相应的目标。例如，人力资源部要有关于人力资源的引进、培训、使用、考核等方面的目标；财务部要有关于筹资、投资、运营方面的目标；研发部要有关于新品开发方面的目标，等等。另一方面，对于组织外部来说，组织面对着复杂多变的外部环境，需要处理与政府、投资者、消费者、金融机构、新闻媒体、社区群众等多方面的关系，这些不同的公众对组织都有不同的关注点，因此，企业为了适应公众的要求也要确立不同的目标。

（四）时限性

组织目标是组织在未来一段时间内要达到的预期效果，不管是战略目标的长期期限，还是年度计划的短期期限，组织的目标都应当确定一个完成的期限。规定目标完成的期限，可以协调组织成员的统一行动，便于有计划地安排工作进度，也便于衡量组织的效率和效益。一般来说，在一个组织中，管理层次越低，组织目标的时间跨度就越短，目标内容也就越具体；管理层次越高，组织目标的时间跨度越长，目标内容也越抽象。我国自 1953 年以来制订和执行了十一个"五年计划"，各省、自治区、直辖市也相应制订了各自的"五年规划"，时间期限统一，但目标的内容和详细程度大不相同。

（五）可行性

管理者制定组织目标时，不能故步自封，更不能好高骛远，在充分考虑组织的能力与资源、详细分析组织的环境状况的基础上，制定出高低适度的目标。如果组织目标定得过高，则往往会造成计划难以实现，不仅使企业陷入进退两难的尴尬处境，而且会挫伤组织成员的积极性；如果组织目标定得过低，则目标会很容易实现，这也同样难以调动员工的积极性。现代管理学认为，目标本身就是激励，高低适度的目标能够让组织成员挑战自我，在完成组织任务的同时，也提升员工的能力水平。

三、组织目标体系

（一）目标的层次分类与体系

从组织结构的角度来看，组织目标是分层次的、分等级的。在组织的纵向结构中，每个层级的管理者所关注的目标都是不同的。比如，高层管理当局负责制定组织使命和组织总体战略；中层管理者主要负责制定战术目标；基层管理者主要负责制定具体作业目标。组织高层的目标数量少，但目标的重要性程度相对较高；组织下层的目标数量较多，但目标重要性的程度相对较低。根据组织纵向结构的层次性，组织目标相应形成如下的目标体系，如图5－5所示。

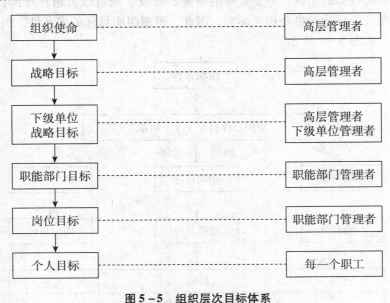

图 5－5　组织层次目标体系

（二）目标的时间分类与体系

组织的目标是组织一定时期内要到达的预期成果，如果没有时间约束条件，目标就失去了意义。组织的目标可以按照时间的跨度分为长期目标、中期目标和短期目标。一般来说，长期目标是指五年及五年以上的时间内要实现的目标；中期目标是指五年以内、一年以上的时间内要实现的目标；短期目标是指一年以内的时间里要实现的具体目标。根据组织目标完成的时间期限长短，组织目标相应形成如下的目标体系，如图5-6所示。

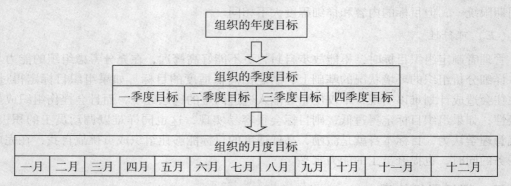

图5-6　时间进度目标体系

（三）目标的内容分类与体系

从组织结构的角度来看，组织目标可以横向分解为各职能部门的目标，凡是与组织生存发展有关的活动，都应该通过目标来组织实施和监控。例如，一个组织可以有产量目标、利润目标、市场占有率目标、研发目标以及公关目标等，虽然目标的性质各不相同，但各职能目标都是为了配合组织总体目标实现而制定的，各职能目标的实施往往是紧密衔接的。例如，企业年度利润目标的实现，需要企业的财务、研发、制造以及销售等部门的密切配合，各职能部门的业务处理活动也是相互影响。因此，根据组织目标的多元性，组织目标相应形成的目标体系，如图5-7所示。

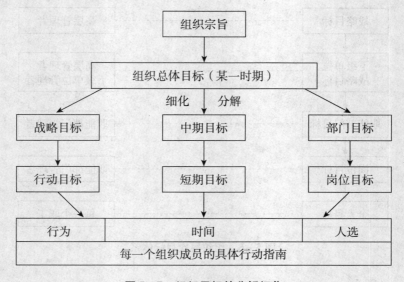

图5-7　组织目标的分解细化

第四节 目标管理

一、目标管理产生的背景

目标管理（Management by Objectives）出现于 20 世纪 50 年代中期的美国，是以科学管理理论和行为科学理论为基础形成的管理制度。1954 年，美国著名管理学家德鲁克在《管理实践》一书中，首次提出了"目标管理和自我控制"的主张，并用通用汽车公司联邦分权制的实例，对目标管理进行了具体的介绍。目标管理方法提出后，逐步发展成为西方国家普遍接受的一种管理方法。我国从 1978 年开始，伴随着全面质量管理和承包经营责任制的推行，在一些大企业中推行目标管理方法，取得了显著成效。

目标管理的产生基于两大背景：一是组织分工的专业化使组织的协调工作难度加大。20 世纪 40 年代后期，随着科技和经济的迅速发展，组织内部的分工越来越细，各类工作的专业性越来越强，使各职能部门的本位主义思想得以滋长，组织内部出现了大量矛盾与分歧。管理者协调工作的范围和难度增大，整个组织管理呈现出盲目性和随意性。如何在分工日益专业化的情况下保持各项工作的协调，成为当时比较突出的问题。二是当时处于主导地位的科学管理思想受到了梅奥的行为管理思想的冲击。科学管理思想强调理性而忽视人性，命令下属应该如何做，而不考虑下属的思想与需求。著名的管理学家梅奥通过著名的"霍桑实验"，提出了"社会人"的假设和人群关系理论，主张管理者关注员工的社会心理层面，实施人性化的管理以提高劳动生产率。

二、目标管理的基本思想

目标管理是一种以工作为中心和以人为中心的综合管理方法，它首先由组织的上级管理人员与下级管理人员、员工一起制定组织目标，并由此形成组织内每个成员的责任和分目标，明确规定每个成员的职责范围，最后根据这些目标进行组织、领导、控制和评价工作。从本质上说，目标管理是以 Y 理论为基础的管理方法，是民主的管理，是自觉的管理，是参与式的管理，是自我控制的管理。与其他管理方法相比，目标管理有三方面的特点。

（一）以目标为中心

实行目标管理要根据组织使命，确定组织某一时期的战略目标，以此为重点，把组织的工作目的和任务转化为全体成员的明确目标。组织的各级管理者与员工共同制定组织目标，在组织内部建立起纵横交错、相互联系的目标体系，把所有组织成员的思想、意志、行动统一起来，使组织成员产生整体观念和团队意识，有利于发挥集体的力量。在目标管理过程中，各分目标的制定必须以总目标为依据，各种计划的制订和执行应以目标为导向，工作结果的考核也要以组织目标为参照。目标管理是一种成果管理，注重组织目标的实现，而不是行动本身，管理者根据各部门、各成员绩效考评的结果给予相应的奖励和表彰，这种把组织业绩和个人发展相结合的做法，大大提高了组织成员的工作积极性，也克服了以往只重工作而忽视目标的旧式管理的弊端。

（二）强调系统管理

任何一个组织都是一个或简单或复杂的系统，管理者应该将组织各要素视为相互关联、相互依赖的整体。由于组织存在不同层级、不同部门，因此组织目标也就存在层次和内容等多方面的差别。如果各目标相互之间不协调一致，那么随着组织规模的扩大，组织冲突和内耗的可能性就越大，从而影响组织绩效的提升。因此，目标管理是一种系统的管理，是一种整体的管理，组织总目标的实现有赖于组织各分目标的实现，总目标和分目标之间、分目标与分目标之间应该相互关联、相互支持、相互保证，形成协调的目标网络体系，从而保证组织目标的整体性和一致性。

（三）重视人的因素

目标管理是一种参与式的、民主的和自我控制的管理，重视协商、讨论和意见交流，而不是命令、指示和独断专行。在目标管理的实施过程中，强调由管理者和下属共同制定目标和建立目标体系，下属不再只是目标任务的执行者，而是目标的制定者，这不仅使组织目标更加符合实际，而且能激发组织成员工作的积极性。目标管理注重人性，以目标作为激励手段，使组织成员自觉地追求目标的实现，以自我要求代替被动从属。在这种制度下，组织层级之间是平等、尊重、信赖和支持的关系，组织成员能够找到个人进步和组织发展的结合点，能够体验到工作带来的挑战性、满足感和成就感。

三、组织目标的基本过程

目标管理过程，如图 5-8 所示。

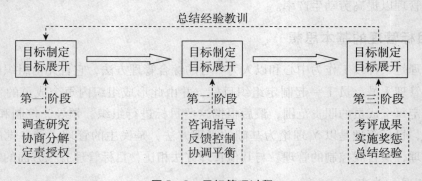

图 5-8　目标管理过程

（一）目标的制定与展开阶段

目标的制定和展开是目标管理的第一阶段，这一阶段的中心任务是组织上下的沟通和协调，制定好组织各层次的目标。目标的制定是非常复杂的工作，需要在对外部环境和内部资源进行充分分析的基础上，通过领导与员工的上下沟通，对目标项和目标值反复商讨、评议、修改，取得统一意见，最终形成组织目标。目标的制定与展开阶段需要完成调查研究、协商分解和定责授权三项工作。首先，调查研究。制定组织目标需要研究组织外部影响因素和内部影响因素，发现组织自身的机会与威胁、优势与劣势，在此基础上，以组织使命为指导，确定组织的整体目标。其次，协商分解。目标的展开就是把组织的总目标，逐级分解落实到每一个部门和成员，在分解目标的过程中，要注意协调好横向和纵向之间的关系，以保证上下、左右之间目标的系统性和一致性。在目标的展开过程中，并不是强行下达计划指标，而是上级与下级充分协商，共同确定目标。最后，定责授权。依据目标的大小、难易程度，确定相应权限，确定奖惩标准，然后授权执行。

（二）目标的实施阶段

当目标确定之后，组织的各个部门都会进入目标的实施阶段，目标管理在实施阶段强调自我控制、自我评价和自我管理，主管人员应该放手把权力交给下级，当然，也要强调下级的执行责任和报告义务。在目标管理的实施阶段，主管人员主要负责咨询指导、反馈控制和协调平衡。首先，咨询指导。主管人员应积极帮助下属，在人力、物力、财力、技术、信息等方面给予支持，尽可能指导下属提高工作效率，但尽量不要强硬干涉下属的工作。其次，反馈控制。主管人员在目标实施的过程中，应及时了解工作进度、存在的困难等信息，及时把握整个组织的运行状况，这既有利于对下属进行指导，也有利于针对普遍存在的问题，调动组织的力量进行解决。最后，协调平衡。组织内部的部门之间、岗位之间存在诸多协作关系，而在目标的实施过程中可能出现为了完成自己的目标而忽略其他部门、岗位目标的现象。因此，主管人员需要在组织资源分配、工作进度统筹方面进行必要的协调，以平衡各部门、岗位的发展，从而保证组织整体目标的实现。

（三）成果评价阶段

目标管理过程的最后阶段是对目标成果进行评价，以确认成果和考核业绩。目标成果的评价一般实行自我评价和上级评价相结合的方法，到预定的期限后，下级人员应提出书面报告，然后上下级在一起对目标完成情况进行考核，共同协商确认成果。在成果评价阶段，需要进行考核结果、实施奖惩和总结经验三项工作。首先，考核结果。按照事先制定的目标值，对照工作成果进行评价。成果评价一般采取综合评价法，即对每一项目标按照目标的实现程度、目标的复杂程度和在达到目标过程中的努力程度三个要素进行评定，尽量做到公平评价。其次，实施奖惩。依据预先设定的奖惩制度和部门、个人的目标完成情况，进行相应的奖惩，以激励先进，鞭策后进，从而有利于下一个目标管理工作的顺利开展。最后，总结经验。通过对整个目标管理实施过程的认真分析，发现存在的问题，分析产生问题的原因，总结经验，吸取教训，为组织的下一个目标管理循环提供借鉴。

四、目标管理的评价

目标管理已经成为当今世界比较流行的计划方法和管理制度，作为一种实用的管理方法，目标管理有许多优点。首先，目标管理有利于提高各级管理者和员工的工作积极性。目标管理实现了全员参与、全员保证和全员管理，组织成员不再是只听从命令等待指示的盲目的工作者，而是主动的、可以在自己的专业领域内施展才华的积极工作者。其次，目标管理有利于提高组织绩效。目标管理可以使工作具有明确的目标和方向，避免工作的盲目性和随意性，避免形式主义和无用功。组织各层级、各部门对目标进行分解，形成环环紧扣的目标锁链，从而使目标切实可行，易见成效。最后，目标管理有利于改进组织结构和职责分工。在建立组织目标体系时，目标体系应与组织结构相吻合，组织的每个部门和员工都有明确的目标。然而，组织的结构与职责分工往往不是按组织在一定时期内的目标而建立的，一些重要的分目标可能找不到对此负全面责任的部门或成员，这种情况的反复出现，将会导致对组织结构的调整和职责的重新划分。

当然，目标管理在实际运作中也存在一定的局限性，这些问题的存在制约了目标管理的效能的发挥。首先，目标设置比较困难。德鲁克说："真正的困难不是确定我们需要哪些目标，而是决定如何设立这些目标。"真正可以考核的目标很难确定，许多岗位工作难以使目标定量化；目标设置也很费时间，目标的确定是一项十分复杂的工作，需要组织上下反复讨论、认真协商，需要耗费时间和进行大量的文书工作。其次，管理人员转换角色比较困难。目标管理强调目标的实现主要依靠下级人员的自我控制和自我调节，管理人员主要负责监督检查和提供指导，而不是直接指挥下属工作。但许多管理人员很难适应这种角色的转换，经常在具体行动过程中插手下属的工作。最后，目标调整比较困难。在目标管理中，一旦进入目标的实施阶段，目标的改变就非常困难。改变目标容易打乱目标体系，管理人员需要重新征求有关部门和员工的意见。但是，计划是面向未来的，不确定因素的存在很可能要求目标在执行期内修订，而修订目标体系和制定目标体系一样耗费大量时间。总而言之，目标管理是管理体系中非常实用的管理方法，组织的管理人员需要注意克服上述缺点，从而使目标管理获得更好的效果。

本章小结

管理是人类有目的的活动，而计划是组织目标的具体表现形式，是为实现组织目标而拟订方案和措施的过程。本章主要探讨了计划的含义与性质、主要内容以及基本形式，区分了计划的不同类型，详细阐述了计划工作的基本步骤，着重介绍了滚动计划法、网络计划法和运筹学方法等计划编制方法，最后，本章系统地介绍了组织目标和目标管理理论。

计划是管理的首要职能，具有首位性、目的性、普遍性、效率性和创造性等特征。按照不同的标准，计划可以分为不同的类型。计划可以表现为使命、目标、战略、政策、程序、规则、规划、预算等形式，不同表现形式的计划构成了一个计划体系。计划工作的步骤有：分析问题与估量机会、确定目标、确定计划的前提条件、拟订备选方案、评估备选方案、选定方案、拟订派生计划和编制预算。计划的编制方法有：滚动计划法、网络计划法、运筹学方法和投入产出法等。目标管理是美国管理学家德鲁克提出的一种很实用的管理方法，是一种以工作和人为中心的综合管理方法。目标管理的具体程序为：确定目标体系、实施目标、评价成果，组织各级管理人员和组织成员一起制定组织目标，由此形成组织各成员的分目标，明确规定组织成员的职责范围，最后用这些目标进行管理和绩效评估。

复习思考题

一、名词解释

1. 计划　2. 战略性计划　3. 战术性计划　4. 使命　5. 目标　6. 战略　7. 政策　8. 程序　9. 规则　10. 预算　11. 滚动计划法　12. 网络计划法　13. 目标管理

二、填空题

1. 决策是计划的前提，计划是决策的_____。

2. 计划的编制过程，既是决策的_____，也是决策的检查和修订的过程。

3. 所有层次的、不同职能的管理人员都要做计划工作，这反映了计划的_____性。

4. 计划工作的目的就是使_____，促使组织目标实现。

5. 根据综合性标准，可以把计划分为_____和_____。

6. 根据_____标准，可以把计划分为业务计划、财务计划、人事计划。

7. 战略性计划是战术性计划的_____。

8. 目标管理是美国管理学家_____于1954年提出的。

9. 目标管理是一种以_____和_____为中心的管理方法。

10. 目标管理的具体程序为_____、_____、_____。

三、判断题

1. 环境的不确定性越大，计划越应当是指导性的，计划限期也应越短。　　　（　　）

2. 通过计划工作进行科学的预测，可以把将来的风险降低到最低程度。　　　（　　）

3. 计划是控制的基础，没有计划，控制工作也就不存在。　　　　　　　　　（　　）

4. 综合性计划只能是长期的，专业性计划只能是短期的。　　　　　　　　　（　　）

5. 组织的计划工作很少受到组织过去的计划工作的影响。　　　　　　　　　（　　）

6. 生产计划、财务计划和市场开拓计划属于综合性计划。　　　　　　　　　（　　）

7. 滚动计划法是一种定期修正未来计划的方法。　　　　　　　　　　　　　（　　）

8. 管理良好的组织很少在非常详细的、定量化的计划上花费时间，而是开发面向未来的多种方案。所以说计划是不重要的。　　　　　　　　　　　　　　　　（　　）

9. 在组织生命的各个阶段上，计划的类型并非都具有相同的性质，计划的时间长度和明确性应当在不同阶段上进行相应的调整。　　　　　　　　　　　　　　（　　）

10. 在大多数情况下，基层管理者的计划活动主要是制订作业计划，当管理者在组织中的等级上升时，他的计划角色就更具有战略导向性。　　　　　　　　　　（　　）

四、简答题

1. 简述计划的主要内容。

2. 简述计划的基本形式。

3. 简述计划工作的主要步骤。

4. 滚动计划法的基本思想是什么？

5. 简述目标管理的优点和缺点。

五、案例分析题

中兴集团是一家拥有20家子公司和分公司的大型集团企业，集团公司对分公司的管理方式是独立经营，集中核算。

有一位分公司的总经理最近听了关于目标管理的讲座，很受启发和鼓舞。他最后决定，在下一次部门经理会议上向下属介绍这个概念，并且看看能做些什么。在会议上，他详细叙述了这种方法的发展情况，列举了在本公司使用这种方法的好处，并且要求下属考虑他的建议。

但事情并不像他想象的那样简单。在第二次会议上，部门经理们就总经理的提议提出了好几个问题。财务经理要求知道，"你是否有集团公司总裁分配给你的明年分公司的目标？"

"我没有。但我一直在等待总裁办公室告诉我，他们期望我们做什么。可他们好像与此事无关一样。"

"那么分公司要做什么呢？"生产经理其实什么都不想做。

"我打算列出我对分公司的期望"，"关于目标没有什么神秘的，我打算明年的销售额达到5 000万元，税后利润率达到8%，投资收益率为15%，一项正在进行的项目在6月30日能投产。我以后还会列出一些明确的指标，如今年年底前完成我们的新产品开发工作，保持员工流动率在15%以下……"总经理越说越兴奋了！

部门经理们对自己的领导人经过考虑提出的这些可考核的目标，以及如此明确和自信的陈述感到惊讶，一时不知怎么说好。

"下个月，我要求你们每个人把这些目标转换成你们自己部门可考核的目标，我希望你们都能用数字来表达，我希望把你们的数字加起来就实现了公司的目标。"

分析讨论：

1. 在没有得到集团公司总裁下达目标的条件下，分公司总经理能否制定可考核的目标？怎样制定？这些目标会得到下属的认可吗？

2. 这位分公司总经理设置目标的方法是否妥当？你会怎么做？

实践与训练

在网络上查找一份某个组织的年度计划，学习之后编制本班级或所在社团的年度计划。

管理游戏

制订行动计划

目的：在本游戏中，假设学生是某公司的服务人员，先掌握服务人员所必需的技巧，评价自己的能力，并制订提高自己这方面能力的行动计划。该游戏可以帮助学生掌握制订计划的步骤及内在的逻辑关系。

时间：15～20分钟。

所需材料：向学生分发材料（见附录）。

步骤：

（1）将材料分发给学生，限他们在5～10分钟完成第一页上的选择内容。

（2）完成第一页上的选择内容后，要求每个学生在第二页写出自己需要改进的两项服务技巧，并制订一份行动计划工作表。

（3）如果有时间，将每两人分成一小组，让每个学生在行动计划工作表上以"你的技巧"为题，写上他或她想要改进的技巧。然后让大家与自己的搭档交换工作表。

（4）每个参与者将为其搭档制订一个行动计划，以帮助其在工作表列出的领域内成为超级明星。这部分游戏限时为5分钟。

小提示：教师可将这些行动计划张贴在教室内，并对做得好的学生进行表扬。

讨论题（现场回答）：

1. 让另外一些人利用头脑风暴法为你出主意有帮助吗？

2. 你的搭档是否想到了一些你不曾想到过的观点？

附录：

第一页材料：尽管你天生在一些领域很突出，而在另一些领域表现欠佳，但你的工作使你有机会通过科学可行的计划来完善自己，填表时不要弄虚作假！没有人监视你。

起伏不定 如果你在一项技巧上熟练程度一般，那么将它填入这一行。	
超级明星 在这一行填上你掌握得最好的技巧，它们是你工作中的财富。	

第二页材料：

行动计划工作表

回学校去 如果你在一项技巧上需要很大的改进，那么将它填入这一行。	

你的行动计划：

_____

_____

你的技巧：

_____

你的行动计划：

_____

_____

推荐读物

1. 林志扬. 管理学原理［M］. 厦门：厦门大学出版社，2004.
2. 张玉利. 管理学［M］. 天津：南开大学出版社，2004.
3. 邢以群. 管理学［M］. 杭州：浙江大学出版社，2005.
4. 王凯，蔡根女. 管理学原理［M］. 北京：高等教育出版社，2001.
5. 邓志阳. 管理学［M］. 广州：暨南大出版社，2008.

第六章

战略管理与决策

通过本章的学习，了解战略与决策的关系与区别；了解决策制定过程的步骤，以及战略管理的过程；正确理解决策和战略的含义；掌握战略管理和决策的几个基本概念；掌握各种具体的定量决策方法；能够建立战略管理过程中各步骤的工作思路；能够区分常规决策与非常规决策；区分确定性、风险性和不确定性决策情况。

战略（Strategy）　　　　　　　　战略管理（Strategic Management）

战略管理过程（Strategic Management Process）　　决策（Decision）

程序化决策（Programmed Decision）　非程序化决策（Non-programmed Decision）

定量决策方法（Quantitative Decision Method）

定性决策方法（Qualitative Decision Method）

德隆：折戟于战略缺失

2004 年 4 月 15 日，股市中出现了惊心动魄的情景，德隆系股价一泻千里。历经数月保持阴跌的德隆系三驾马车，史无前例地整体跌停。这个不祥的局面既是德隆系此前危机的体现，也是后期德隆系更大波动的导火索。

此后，全国许多媒体关于德隆失落的评说层出不穷。各媒体的评说和德隆董事局唐万里对于德隆没落的解释都有可取之处，但都未能说到根本上。德隆没落从表面上说与多元化快速扩张、资金链断裂、信任危机、银行加强监管等有关，但从根本上说是它缺失战略管理体系，从而没有科学的发展战略必然会在激烈的环境波动和竞争中没落。早在事件爆发时德隆董事局主席唐万里对于危机的反思中说："一是集团旗下的研究型企业太多，对于某些行业缺乏实战经验，在实际运作中遇到困难，我们今后对投资领域有所选择，用有限的资源做好核心产业。二是以往与银行合作顺利，信用也高，因此贷款相对容易，融资能力强，但从另一方面看，这也造成了抗风险能力偏弱。近期的事件，德隆首次遭遇银行贷款资金链断裂，这为我们今后的风险控制提供了借鉴。三是德隆国际化程度高，海归人才多，与跨国公司合作顺利，但相对对中国国情有所疏忽。国内外市场化程度差异极大，比如，国内并购运作环境与手段远不如国外完善。我们的人才要更加深入实际，在大风大浪中摔打，包括要与他们每天进行更有效的沟通。德隆需要战略调整。产业整合将在主业中进行。对非主业，经过摸索尝试后，可能进入也可能退出，这对缓解资金链的紧张也有好处。将来旗下三家上市公司将成为核心产业的专业公司。我个人的感慨是德隆反危机意识太弱，引导舆论的能力太弱，导致市场谣传太盛。要加强正本清源，我本人也要改变生活态度，加强与外界的沟通。"不幸言中，德隆被自己打到了，被自己缺少战略管理体系打到了。

面对 2001 年开始传闻的对德隆的质疑，德隆集团只预计了与银行的关系良好，只预计了集团运营正常，产业经营良好，并以此代替了对未来环境深刻变化的预见；只从经营侧面考虑并在一定范围和程度做了应对危机的处理，缺少整体上对防范失败的认识和准备。德隆董事局主席唐万里承认在对宏观政策的把握方面存在不足，太过理想化，面对众多机遇的时候，德隆有点贪多求快，对宏观环境的变化预计不足，等等。正是把预计预测当做战略预见，实际上就使预测失去了导向。在谈到对目前德隆的危机的看法时，唐万里仍然是预计危机很快就会过去，对于战略管理体系不能从整体上给出正确的预见，只是在资金缺口和收缩战线两者的平衡关系上考虑，缺少以调整后变化的预见作为导向。

战略防败不是危机管理，也不等同于危机管理，它是从整体上考虑使企业处于内外和谐，适应环境，立于不败之地，即"先为之不可胜"；它不是根据投资对象的机会和风险来应对、实行危机管理或风险管理，而是根据防败来指导选择投资对象和投资方式，同时，根据战略防败的指导来研究和实施危机管理。由于没有战略管理体系，德隆即使实行危机管理也不可能防止失败。因此，如德隆人坦承：我们面对的诱惑太多了，难免出现扩张过快的现象，以至于对宏观环境的变化预计不足。这里，德隆既有不懂得战略预见的问题，也有缺少与战略预见相关的防败体系问题，因此不是难免而是必然贪多求快。

德隆集团在上海举行的全体干部会议上得出的一致意见，也反映出德隆集团缺少战略管理体系，即不能对危机从战略防败层面上做出深刻的分析，提出有科学指导价值的意见，仍然局限于数年前三九集团发生危机时的认识和应对水平。从战略防败上看，德隆的危机不是操作上的失控或节奏把握欠佳，而是长期的战略方向不清和价值取向不明造成的根本问题。在这个根本的方面，联想集团也让人担忧，即不懂得企业发展不仅要遵循产业发展规律和技术发展规律，更要有战略方向，不懂得企业的战略方向不是主业，而主业只是战略方向的载体等这些战略统筹管理的基本原理。同样，三九集团拟向境外战略投资者转让61%的三九制药股权，也会因缺少战略防败而产生麻烦。

（资料来源：余来文，《管理竞争力：基于战略、管理与能力的整合》，东方出版社2006年版。）

第一节　战略管理

有人说，没有战略的企业，就像无家可归的流浪汉。在当今纷繁复杂、极具变化的社会环境中，缺乏发展方向定位和指导的企业，注定也会像流浪汉一样没有目标，迷茫地在企业发展的道路上东撞西撞。自从 20 世纪以来，我国的中小企业如雨后春笋般破土而出，在发展过程中，许多企业重复着"机遇——迅速扩大——失败"的道路，就像吹肥皂泡一样。一个企业家曾发出这样的感慨：中国的企业没有战略。

一、战略管理的基本概念

（一）战略

到底什么是战略？在西方，"战略"一词的希腊语是"Strategos"，意思是"将军指挥军队的艺术"，原是一个军事术语。19 世纪，瑞士人约米尼（Henri Jomini）所著《战争艺术（The Art of War）》一书中提出，战略是在地图上进行战争的艺术，它所研究的对象是整个战场。20 世纪 60 年代，战略思想开始运用于商业领域，并与达尔文"物竞天择"的生物进化思想共同成为战略管理学科的两大思想潮流。

"战略"一词在我国自古有之。在《左传》和《史记》中已有"战略"一词，春秋时期的《孙子兵法》就是著名的军事战略战术著作，至今仍被许多企业人士奉为圭臬。《孙子兵法·计篇》中曾指出："夫未战而庙算胜者，得算多也。未战而庙算不胜者，得算少也。多算胜，少算不胜，而况于不算乎？吾以此观之，知胜负矣！"西晋史学家司马彪也有以"战略"为名的著述，当时的词义是作战的谋略，或者是对战事的谋划。毛泽东在《中国革命战争的战略问题》中指出："战略问题是研究战争全局的规律的东西""凡属带有要照顾各方面和各阶段的性质的，都是战争的全局"。

企业战略是战略概念在企业活动中的应用。美国哈佛商学院教授安德鲁斯认为，企业总体战略是一种决策模式，它决定和揭示企业的目的和目标，提出实现目的的重大方针与计划，确定企业应该从事的经营业务，明确企业的经营类型与人文组织类型，以及决定企业应对员工、顾客和社会作出的经济与非经济的贡献。简单地说来，企业战略就是用一系列主要的方针、计划来实现企业的目标，它表明企业现在在做什么业务，想做什么业务，现在是一个什么样的企业，想成为一个什么样的企业。是企业为了生存和发展的需要，从内部条件与外部条件出发，对企业的发展方向和发展轨迹提出的具有全局性、长期性指导作用的谋划，它明确了企业未来发展的方向。

面对日益变化的复杂环境，不管是企业，还是非盈利性组织，战略已经成为各类组织生存和发展的需要。没有战略的组织，就如同没有方向的船只，在大海中漂流。改革开放以来，由于我国特殊的时代背景，以及顾客需求的急剧膨胀，企业只要敢做，就有可能淘到第一桶金，许多企业在不知不觉中积累了大量的财富。轻易得来的成功冲昏了企业家的头脑。企业中流行"战略无用论"，许多公司没有明确的公司战略，也没有经营方向，看着别人赚钱往往一拥而上，盲目地上各种项目。造成一个时期中国企业的集体失败，如爱多、活力

28 及乐百氏等。

凋落的民族之花——活力 28 的兴衰之旅

活力 28 集团，始建于 1950 年，前身为沙市油厂。1982 年，以"活力 28"为品牌，率先在国内推出国际第三代洗涤用品——超浓缩无泡洗衣粉，开创了中国洗涤行业的新纪元，产销量连续多年位居国内行业首位。

1999 年，上市公司活力 28 发布亏损公告，引来社会的一片哗然。一个上市三年的绩优企业，突然亏损到足以将过去三年的业绩全面抹去。2000 年，活力 28 正式挂上 ST，同年，大股东沙市国资局将股权正式转让给本地区的天发股份，ST 活力随之更名为天颐科技，并将日化从上市公司的优良资产中剥离出去。至此，活力 28 走完了其超乎寻常的异军突起，又超乎寻常的迅速衰败的短暂历程，沉寂在后继者接连掀起的日化浪潮中。

一、成功：一次尴尬的转型？

活力 28 的前身是沙市的一家油厂，20 世纪 80 年代中期，沙市油厂面临着巨大的生存压力，由于国家的宏观调控，原材料价格上涨，盈利的空间越来越小。工厂急需一个新产品来补充，不然的话，前景堪忧。一年一度的广交会给当时的沙市油厂带来了契机。荷兰一家公司提供了一种洗衣粉配方，具有去污力强、用量少、超浓缩等特点，希望转让给国内的洗衣粉厂家。沙市油厂在日后活力 28 的老总滕继新的带领下，获得了这个配方。超浓缩洗衣粉也成了沙市油厂安身立命的新法宝。作为决策者，活力 28 的老总滕继新选择了广州至诚广告公司，为产品取名为活力 28，并冒着巨大的风险在中央电视台投放广告。活力 28 的广告就像一枚重磅炸弹，在一片平静的日化界掀起波澜。活力 28 迅速畅销全国各地，国内外媒体纷纷报道其"开创历史新纪元"，香港称之为"中华之瑰宝，民族之骄傲"。

二、巅峰：一个虚壮的英雄？

超浓缩洗衣粉成功后，活力 28 集团了大量引进国外先进的洗衣粉生产设备，借势发力，一口气引进了国外先进的餐洗、洗发水、香皂设备，为活力 28 规划了一个大日化的美好蓝图。日后被长虹称为的大公司病也在剧烈膨胀的活力 28 身上表露无遗。活力 28 迎来了一批兄弟企业的加盟，一口气引进大量先进的设备，耗资不菲。让活力 28 多业并举的资金愈加捉襟见肘。1994 年，活力 28 的销量达到了自己历史的最高峰——9 万吨。同时，一大堆烂账死账堆积成山。

三、合资：一个被迫的壮举？

1994 年以后的活力 28，呆死账达到近一个亿。流动资金严重匮乏，新项目又相继胎死腹中，拳头产品洗衣粉的销量也开始下滑。严峻的企业形势让人忧心忡忡。如何寻找突破，重焕生机？活力 28 想到了上市。这一个最直接又最见效的方式却被市政府拒绝了。无可奈何，活力 28 选择了合资。但在一片声讨民族品牌作嫁外资的不耻之举声中，活力 28 找到的是一个不太为人所知，就是现在也不怎么出名的合资对象：德国邦特色公司。1996 年，活力 28 以品牌和生产设备一起作价 7 000 万元给了邦特色，成立了美洁时公司。戏剧性的是，三个月之后，活力 28 被批准上市了。

很多媒体及业内人士对活力 28 的合资评价很高，和许多知名品牌被外资打入冷宫不同，活力 28 合资不丢牌的确为后来者开了个好头。如果这一切都按设想进行也就好了，但事实上，合资之后的活力 28 与美洁时老死不相往来，除了集团开董事会外，中德两方根本不闻不问。从此两家公司就一直在合同的纠纷中搅个不停。在洽谈合资的两年多，活力 28 几乎处于停产状态，职工人心浮动，为留中还是去德犹豫不决，无心工作，更不用说市场销售。

四、重组：一出落幕的悲剧？

在活力 28 集团的二次创业中，为自己勾勒了大好前景：形成以洗涤、纸品、纯水、房产、医药五大支柱的集团化公司，同时兴建活力工业园，洗衣粉、餐洗和纯水在 2005 年分别达到三个 20 万吨的产量。实情是，除了洗涤在苟延残喘外，其他行业均奄奄一息。1999 年，是活力 28 集团彻底走向落寞的一年。作为湖北省的龙头企业，证监会对上市公司的监察首先从活力 28 开始，本想作为典型学习的企业，却在调查中让证监会大吃一惊。就是这个连续三年绩优的公司，蕴藏着巨大的黑洞。随着盖子的揭开，证监会勒令活力 28 资产重组。这之后的活力 28 集团就像走在一根钢丝上颤颤巍巍，展望新世纪，活力 28 人却在寒冬中度过了最苦涩的世纪之交。一年多来，重组成了每个人谈论的话题：和谁重组？重组之后有什么变化？当然职工最关心的是自身的根本利益，会不会下岗成了笼罩在每个老职工心头上的阴影。本以为可以在活力 28 这棵参天大树下乘凉的人们发现，这棵曾经茂盛的大树在短短几年，叶子快掉光了！2000 年 5 月 19 日，还在为重组忙碌的活力 28 的领导班子接到市政府通知：即日起，由本市另一家上市公司与活力 28 重组。于是突然间，天发的人开始进驻活力 28。这场日后被媒体称之为"政府行为"的重组着实让活力 28 难以接受，但作为国有企业，政府的命令只有也只能无奈地接受。

五、反思：一个古老的话题？

纵观整个中国的企业，国营的也好，民营的也罢，都是你方唱罢我登场，几年光景就开始走下坡路了。中国企业好不过十年似乎成了一个怪异的规律。从中山威力、爱多、洛阳春都、沈阳飞龙，就连当初在家电业威名赫赫的长虹、康佳也低下了自己高贵的头。这些当年还信心十足要进军世界 500 强的明星企业，脚还没伸出国门，就在自家门口摔了个大跟头！

当然，一个企业的兴衰，绝不是用一两句话就可以说明白的，但仔细研究这些明星企业的发展历程，却不难发现一些共性，一些与其衰败密不可分的因素。

（1）成功之后好大喜功，盲目多元化发展。在短缺经济下成长起来的企业根本没有注意到市场环境给他们带来的机会，以为自己的成功同样可以在其他行业克隆，根基还未站稳，就大肆扩张，结果到最后一事无成，主业也败光了。

（2）政府干预让企业不堪重负。一个企业，有了一些发展之后，政府就想方设法地安排兼并一些难以为继的小企业，还美其名曰组建大集团，其实是变相增加企业的负担。

（3）企业市场意识的淡薄。这些成功的企业靠着领导人的远见卓识成就了辉煌，但一成不变的思路在瞬息变化的市场竞争中，显然已不再管用。

（4）企业管理走向混乱。企业销售的欣欣向荣，掩盖了许多不良的问题，企业管理的缺乏是这些小企业变成大集团最突出的问题。

（5）市场环境的不规范。一般而言，企业为提高竞争力，不得不花大气力打广告，做品牌，而一些山寨小厂却不费吹灰之力，仿冒这些产品，以低价劣质来搅乱市场。但市场监管力度不够，有章不循，有禁不止，有法不依，执法不严，让企业无法全心全意地经营。

（资料来源：改编自 http：//www. a. com. cn/info/wenzhangye. asp？InfoID＝1248。）

活力 28 的兴衰反映了一个时代的企业对战略的迷茫。但也有一些企业先知先觉，率先认识到战略的重要性。1984 年，海尔的前身——青岛日用电器厂，可以说是一个不折不扣的中小企业，资不抵债，工人无事可做，纪律松散，可以说是到了企业崩溃的边缘。然而，在张瑞敏带领公司先后实行质量战略、品牌战略、名牌战略、多元化战略和国际化战略，并通过 OEC、企业流程再造等一系列的基础管理具体予以落实之后，企业的业绩明显提升，成为中国家电行业的一面旗帜，可以说，海尔的成功，很大程度上是海尔的企业战略的成功。

从上面海尔对战略的成功运用，我们可以看出，企业经营战略就像企业的大脑，采购、研发、生产、销售、财务等是企业的四肢，受大脑的指挥。大脑紊乱，四肢的功能就会失调，就会发生摩擦和冲突。科学可行的企业经营战略有利于企业明确前进的方向，减少发展的盲目性；有利于企业持续健康快速的发展。战略是公司前进的方向，是公司经营的蓝图，公司依此赢得一个相对于其竞争对手持续的竞争优势。

战略是一种特殊的计划，与一般的计划相比，具有 5 个特点。

（1）长远性。战略是长期规划。它谋划的是企业的长期生存和发展的方向，以及相对于竞争对手持续的竞争优势。

（2）风险性。战略是对未来的一种定位和设想。随着环境的复杂性和变化性越来越强，对环境的把握程度越来越低。战略是建立在对内、外部环境的分析基础上的，必然会受到环境多变的影响，因此具有一定的风险性。

（3）竞争性。战略是为了建立相对于竞争对手的竞争优势，因此，它必须考虑竞争对手的情况，对竞争对手进行充分地认识和分析。而且竞争对手也会对公司战略发起相应的反应，因此，公司战略具有强烈的竞争性。

（4）纲领性。战略规定了企业未来发展的长期目标，是公司高层对企业未来发展方向的一种规划，是提纲挈领性的指导文件。因此，它具有指导性和纲领性。

（5）全局性。战略是在企业内、外部环境分析的基础上，通盘考虑，对企业资源进行配置，对企业的远景发展轨迹进行全面的规划。

（二）战略体系

根据企业内部战略活动的层次性，一般可以把战略活动分为公司战略、经营战略和职能战略三个层次。这是针对经营多种业务的多元化公司而言的。对于经营单一业务的专业化公司而言，公司层次的战略与经营层次的战略可以合二为一。

1. 公司战略

公司战略又称总体战略，是一个企业的整体战略总纲，是指导和控制企业一切行动的最高行动纲领。它是由公司高层管理者如总经理、首席执行官等制定的、决定公司资源配置的方向，明确公司应该做什么业务以及怎样做这些业务。公司战略侧重于三个方面：企业使命的制定、战略经营单位的划分及各经营单位的发展规划、关键战略经营单位的战略目标。

2. 经营战略

经营战略又称竞争战略。经营单位是多元化经营的公司在内部划分的独立的业务单位，也称事业部。经营战略是由经营单位的高层管理者制定的，考虑的是在一个特定的产品市场上如何增强产品的竞争地位，实现可持续的竞争优势。

3. 职能战略

职能战略是各个职能部门为保证公司总体目标的实现，从而考虑各个职能部门的活动如何展开，并明确各职能部门的目标战略。如市场营销战略、研发战略、人力资源战略等。

战略体系之间的关系，如图 6-1 所示。

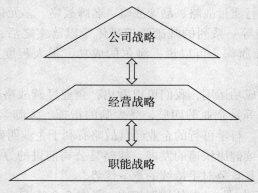

图 6-1 战略体系

（三）战略管理

战略管理的鼻祖伊戈尔·安索夫（H. Igor Ansoff）率先提出战略管理的概念，首倡战略规划的系统理论，第一次阐述了企业竞争优势概念。他在 1976 年出版的《从战略规划到战略管理》一书中提出了"企业战略管理"，认为：企业的战略管理是将企业的日常业务决策与长期计划决策相结合而形成的一系列经营管理活动。根据安索夫的观点，战略管理是"企业高层管理者为保证企业的持续生存和发展，通过对企业外部环境与内部条件的分析，对企业全部经营活动所进行的根本性和长远性的规划与指导"。从这个意义来讲，战略管理是以企业战略为对象的管理过程。他认为，战略管理与以往经营管理的不同之处在于：战略管理是面向未来、动态地、连续地完成从决策到实现的过程。

美国学者斯坦纳（G. A. Steiner）在他 1982 年出版的《企业政策与战略》一书中认为：企业战略管理是确定企业使命，根据企业外部环境和内部经营要素确定企业目标，保证目标的正确落实并使企业使命最终得以实现的一个动态过程。

由此可见，企业战略管理可以定义为：企业在既定的企业使命的基础上，为了谋求长期的生存和发展，对企业内、外部环境进行充分的分析和研究，确定企业的战略目标，选择合适的战略并将战略付诸实施，以及在实施过程中进行评价和控制，以保证战略目标实现的一个动态的管理过程。

二、战略管理过程

战略管理是一个动态的管理过程，一般包括战略分析、战略选择、战略实施三个阶段。

战略管理的过程，如图 6-2 所示。

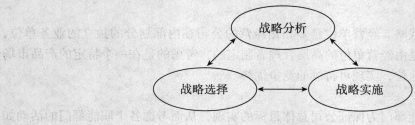

图 6-2 战略管理过程

1. 战略分析阶段

战略分析阶段是制定战略的前期准备和调研阶段，主要目的是明确企业使命和目标，了解企业所处的内、外部环境和竞争地位，在此基础上制定企业的战略目标。

战略分析的第一步是明确企业使命。企业使命是指企业存在的目的或理由，是企业对目前所从事的经营活动的界定，从而明确目前活动的范围，为企业目标的确立与战略的制定提供依据。如微软公司的使命是：致力于提供使工作、学习、生活更加方便、丰富的个人电脑软件；耐克公司的使命是：体验竞争、获胜和击败对手的感觉。

战略分析的第二步是对企业内、外部环境的分析。外部环境分析主要针对企业的宏观环境、产业环境和竞争对手进行分析，目的是找出企业面临的机会和威胁。企业的内部环境分析主要是针对企业自身的能力和资源进行分析，评价企业自身的优势和劣势。

战略分析的第三步是制定企业的战略目标。企业目标表示企业在实现其使命和愿景的过程中要达到的长期结果，进一步对企业使命和愿景起着具体化、明确化的作用。在确立使命、企业内、外部分析的基础上，制定企业发展的战略目标，并将企业的总体战略目标分解为经营单位目标和职能部门的目标，形成战略目标体系。

2. 战略选择阶段

战略的核心在于选择。战略目标一旦制定，可以实现目标的路径和方案便有很多种。在企业资源有限的约束下，企业战略决策者应尽可对若干种战略方案进行比较和优选，从中选择一种较满意的战略方案。战略选择是一项重大的战略决策，一般包括战略备选方案制定、评价与选择。

第一，企业应从总体战略目标出发，制定公司层战略备选方案。公司层战略可选择的类型有稳定发展战略、发展战略和防御型战略。然后制定经营战略备选方案，战略思维有成本领先战略、差异化战略和集中化战略。最后制定职能战略备选方案。企业可以选择自下而上、自上而下或上下结合的方法来制定战略备选方案。

第二，对战略备选方案进行评价。一般从备选方案的适用性、可行性和可接受性三个方面进行评价。评价的方法有波士顿矩阵模型、通用矩阵模型、行业生命周期分析法、顾客价值与生产者价值矩阵等方法。

第三，选择战略，即最终的战略决策。一般有 4 个因素影响战略的选择：① 企业过去的战略管理者对风险的态度；② 企业对外部环境的依赖性；③ 企业文化和内部权势关系；④ 中层管理人员和职能人员的影响。

3. 战略实施阶段

战略实施就是采取措施将战略方案变成行动，并对行动的结果和有效性进行检验和控制的过程。包括战略实施和战略控制两个环节。战略实施涉及组织结构的调整、企业文化的适应、资源配置、配套政策的制定、人员激励、技术支持、战略领导等一系列的问题。战略控制主要指检查企业为实现战略目标所进行的各项活动的进展情况，评价战略实施的绩效，并将之与绩效标准进行比较，找出差距，分析产生偏差的原因，并通过反馈机制，对战略实施、战略方案或战略目标等进行及时的修正的过程。

完整的战略管理过程，如图 6-3 所示。

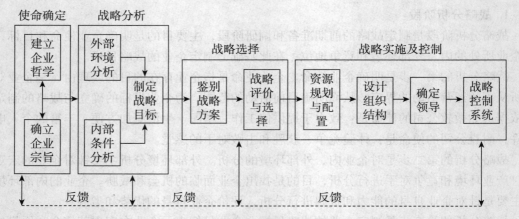

图6-3　完整的战略管理过程

第二节　决策概述

1978年，获得诺贝尔经济学奖的美国著名经济学家赫伯特·西蒙提出"管理就是决策""决策贯穿于管理的全过程"和决策的"满意标准"等观点，可见决策在管理活动中占有非常重要的地位。美国有学者曾经做过一个有关的调查，他向一些企业的高层管理者提出三个问题："你每天最重要的事情是什么？""你每天在哪些方面花的时间最多？""你在履行职责时感到最困难的是什么？"，结果90%以上的高层管理者的回答都是"决策"。决策作为人们行动之前的选择，是一切行动的前提。随着组织内、外部环境的不断变化，能够及时地、准确地做出相应的决策并付诸实施，是一个组织管理者管理能力的体现。

专栏6-2　　　　　　　　　　**决策理论学派**

决策理论学派是在第二次世界大战之后发展起来的一门新兴的管理学派。第二次世界大战后，随着现代生产和科学技术的高度分化与高度综合，企业的规模越来越大，特别是跨国公司不断地发展，这种企业不仅经济规模庞大，而且管理十分复杂。同时，这些大企业的经营活动范围超越了国界，使企业的外部环境发生了很大的变化，面临着更加动荡不安和难以预料的政治、经济、文化和社会环境。在这种情况下，对企业整体的活动进行统一管理就显得格外重要了。如何对组织活动进行统一管理的研究从两个方面展开：一个是以西蒙为代表的决策理论学派，它继承了巴纳德的社会组织理论，着重研究为了达到既定目标所应采取的组织活动过程和方法；另一个是运用数学的、统计的和计算机的方法研究在投资决策、生产、库存、运输等问题上各种制约因素的最佳组合问题，这就是我们前面所提到的管理科学学派。本节讨论的是前者。

决策理论学派的主要代表人物是曾获1978年度诺贝尔经济学奖的赫伯特·西蒙。赫伯特·西蒙虽然是决策学派的代表人物，但他的许多思想是从巴纳德的理论中吸取来的，他发展了巴纳德的社会系统学派，并提出了决策理论，建立了决策理论学派，形成了一门有关决策过程、准则、类型及方法的较完整的理论体系，主要著作有《管理行为》《组织》《管理决策的新科学》等。其理论要点可以归纳如下。

（1）决策贯穿于管理的全过程，决策是管理的核心。赫伯特·西蒙指出组织中经理人员的重要职能就是做决策。他认为，任何作业开始之前都要先做决策，制订计划就是决策，组织、领导和控制也都离不开决策。

（2）系统阐述了决策原理。赫伯特·西蒙对决策的程序、准则、程序化决策和非程序化决策的异同及其决策技术等做了分析。赫伯特·西蒙提出决策过程包括4个阶段：搜集情况阶段；拟订计划阶段；选定计划阶段；评价计划阶段。这4个阶段中的每一个阶段本身就是一个复杂的决策过程。

（3）在决策标准上，用"令人满意"的准则代替"最优化"准则。以往的管理学家往往把人看成是以"绝对的理性"为指导，按最优化准则行动的理性人。赫伯特·西蒙认为事实上这是做不到的，应该用"管理人"假设代替"理性人"假设，"管理人"不考虑一切可能的复杂情况，只考虑与问题有关的情况，采用"令人满意"的决策准则，从而可以做出令人满意的决策。

（4）一个组织的决策根据其活动是否反复出现可分为程序化决策和非程序化决策。经常性的活动的决策应实现程序化以降低决策过程的成本，只有非经常性的活动，才需要进行非程序化的决策。

（资料来源：摘自百度百科。http://baike.baidu.com/view/532750.htm。）

一、决策的含义

何谓决策？其定义众说纷纭，但其基本内涵大致相同。"兵来将挡，水来土掩"，决策自古有之。

狭义的决策是指在几种行动方案中进行选择的活动。大至国家未来的发展方向，小至个人的职业规划，都离不开选择。通常讲的领导"拍板"，指的就是决策。

广义的决策是指管理者为了实现组织既定的目标，从若干个可行方案中选择或综合出优化方案，并加以实施的过程。它包括选择之前和选择之后的所有活动。

专栏6-3 ## 两个企业决策的案例

1985年，由马来西亚国营重工业公司和日本三菱汽车公司合资2.8亿美元生产的新款汽车"沙格型"隆重问市。马来西亚政府视之为马来西亚工业的"光荣产品"，产品在推出后，销售量很快跌至谷底。经济学家们经过研究，认为"沙格型"汽车的一切配件都从日本运来，由于日元升值，使它的生产成本急涨，再加上马来西亚本身的经济不景气，所以汽车的销售量很低。此外，最重要的因素是政府在决定引进这种车型时，主要考虑的是满足国内的需要。因此，技术上未达到先进国家的标准，无法出口。由于在目标市场决策中出现失误，"沙格型"汽车为马来西亚工业带来的好梦，只是昙花一现而已。

日本尼西奇公司在第二次世界大战之后初期，仅有三十余名职工，生产雨衣、游泳帽、卫生带、尿布等橡胶制品，订货不足，经营不稳定，企业有朝不保夕之感。公司董事长多川博从人口普查中得知，日本每年大约出生250万婴儿，如果每个婴儿用两条尿布，一年就需要500万条，这是一个相当可观的市场。多川博决心放弃尿布以外的产品，把尼西奇公司变成生产尿布的专业公司，集中力量，创立名牌，成了"尿布大王"。资本仅1亿日元，年销售额却高达70亿日元。

通过以上两个案例可以看出，决策正确与否对企业发展的影响是多么关键。

在本书中，决策指的是管理决策，是产生于组织管理活动中的选择，而不是个人的选择。它表明：① 决策应有明确的目的，无目的就无从决策；② 决策都是在若干个有价值的方案中进行选择，只有一个方案，则无从选择；③ 决策总是在寻求达到目的的优化途径和手段，所以，决策具有优化性。

二、决策的程序

决策是一个动态的过程，一般由 5 个步骤组成。

（1）发现存在的问题，分析并确定其产生的原因。决策本身是为解决问题而选择行动方案的过程，因此，明确存在的问题是前提。例如，某公司产品销售额突然大幅下降，经分析，主要原因是其竞争对手在同一市场上降低了同类产品的价格。明确原因后，公司就可以将是否降价作为决策的目标。

（2）确定决策目标。在决策时要制定一个合理的目标。目标是应该确定并且可以衡量和考核的，这样才具有指导性。

（3）设计多个备选方案。决策的基本含义是抉择，如果没有多个备选方案，就没有选择余地，更谈不上决策。同时，备选方案应该都是可行的方案，即所有的方案都应能够实现预期目标，都应能够实行。备选方案之间还应该相互独立，不要相互包含。

（4）评价各个备选方案并选择最终的行动方案。在选择最终的行动方案之前，需要对各个方案进行综合评价和比较，即可行性研究。通过可行性研究，确定每一个方案的经济效益和社会效益以及可能带来的潜在问题，再经过比较后，选择最合理的方案。在选择方案时，一般遵循"满意原则"。

（5）实施决策方案并评价反馈，进行修正。在实施决策方案时，应针对出现的问题进行修正，即进行新一轮决策的过程。这样，决策活动便形成一个"决策——执行——再决策——再执行"的循环往复的动态过程。

决策的过程，如图 6-4 所示。

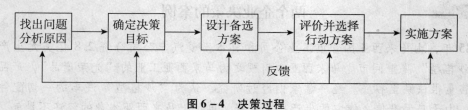

图 6-4 决策过程

三、决策的类型

要解决的问题不同，决策也会不相同。从不同角度按照不同的标准可将决策划分为不同的类型。

1. 按决策的作用分类

（1）战略决策。战略决策也就是战略，是指有关企业的发展方向的重大、全局性决策，由高层管理人员做出。如企业使命目标的确定，企业发展战略与竞争战略，收购与兼并，产品转向，技术引进和技术改造，厂长、经理人选的确定，组织结构改革等。

（2）管理决策。管理决策也叫战术决策，是为了实现战略决策的目标而做出的具体决策。由中层管理人员做出。管理决策是对企业的人、财、物等有限资源进行调动或改变其结构的决策，涉及信息流、组织结构、设施等。例如：营销计划与营销策略组合、产品开发方案、职工招收与工资水平、机器设备的更新等。

（3）业务决策。业务决策是指基层管理人员为解决日常工作和作业任务中的问题所做的决策，与改善内部状况及效率有关，如生产进度安排、库存控制、广告设计等。

2. 按决策的重复程度或决策问题的性质分类

（1）程序化决策。程序化决策即有关常规的、反复发生的问题的决策。在管理活动中，经常产生两类性质的问题：一类是重复出现的、日常的管理问题，称之为例行问题，如产品质量、员工工资等问题；另一类则是与之相反，即偶然发生、没有一定规律可循、对组织有重大影响的问题，称之为例外问题，如新产品开发、组织结构变革等。管理人员经常面临的是大量的例行问题，这类问题可以通过建立制度、规则或制定政策来处理，而不必每次都决策。例外问题无先例可循，无固定模式，这需要决策者有丰富的决策经验和能力，并需要一定的创新能力。针对例行问题的决策即为程序化决策，或称常规化决策。程序化决策只需要制定一套处理相同问题的固定程序，而不需要重复处理和决策。

（2）非程序化决策。是针对例外问题的非重复性决策。非程序化决策需要特殊处理，一般来说，管理层次越高，面临的非程序化决策越多。

专栏6—4 **上海通用汽车公司的决策**

1997年6月，上海通用汽车公司（SGM）在上海浦东成立，一期总投资达15.2亿美元。该公司由美国通用汽车公司与上海汽车工业（集团）总公司各投资50%共同设立。SGM的业务主要是制造与销售整车、发动机和变速箱，其生产制造以世界级的技术与世界级的设施为后盾。SGM的五大车间——总装、动力、冲压、车身与油漆车间，坐落于面积达220 000平方米的高科技厂区内。

1999年4月，SGM正式投产三款中高档别克中型轿车——别克新世纪、别克GLX与别克GL。2000年5月，SGM又推出为追求驾驶乐趣的用户而特别设计的别克GS轿车和商务旅行车别克GL8。同年8月，一款较小排量的别克G型车面世，成为别克家族的又一新成员。

2000年12月12日，SGM的收款紧凑型轿车——别克赛欧正式下线，并于2001年6月起上市。

SGM同时应用了包括柔性工艺和精益生产在内的诸多先进的工艺和程序，实现了轿车和旅行车共线生产。SGM高度注重环境保护，采用了当今汽车工业所采用的一些最先进的污染控制设备与技术，其中包括排放与污水处理技术。在SGM，与其生产制造设施和程序相辅相成的是一个高效率、高质量的销售、售后服务与零配件供应网络。SGM根据市场需求灵活掌握产品的产量。它在全国范围实行统一售价，以充分保证顾客的利益。

SGM在投产第一年就实现了40%的零部件国产化率。为了确保质量，SGM建立了极其严格的供应商选择标准，根据其品质与服务、技术与价格，并以全球通行的QS—9000标准进行考核。SGM在生产的所有阶段均设有在线质量监测小组，旨在确保其零部件的品质达到世界先进水平。

2002年7月，通用汽车公司宣布，当年上半年其在中国市场上的销售数量达到47 818辆，比上年同期增长189%。该公司中国集团董事长兼CEO墨菲称，SGM的成功在很大程度上归功于公司迅速推出新产品，以满足中国客户的各种需求的举措。

（资料来源：http://www.shanghaigm.com/www/html/index.html。）

从以上案例可以看出，上海通用汽车公司自建立之日起，就面临一系列的决策，如生产什么车型、如何定价、目标顾客是谁、供应商的选择等。其中供应商的选择就是程序化决策，公司建立了选择标准，来处理这种常规性的问题。而新产品的研发则属于非程序化决策，因为新产品的研发涉及技术条件、市场环境、顾客需求的变化、政策法规等影响因素，并且新产品研发一般是一次性的、复杂的决策。

3. 按决策问题所处的条件和状态分类

（1）确定型决策。确定型决策是指可供选择的方案中只有一种自然状态时的决策。即决策的条件是确定的，决策问题的未来情况完全确定，不会发生变化。如存款问题，某人有一笔钱，他可以放在家里，也可以存入银行，如果存入银行，到期可以获得一定的利息，这是完全确定的事情。但是这类决策是较理想化的，现实生活中不经常出现。

（2）风险型决策。如果决策问题未来所面临的情况或自然状态有几种可能性，决策后出现什么样的结果决策者事先并不知道，但可估计或预测各自然状态发生的概率，这类决策称为风险型决策。风险一般指概率的大小。最典型的如天气问题，虽然未来天气状况并不确定，但下雨和不下雨的可能性是多大还是知道的，根据天气状况就可做出最佳生产量的决策。

（3）不确定型决策。不确定型决策指在可供选择的方案中存在两种或两种以上的自然状态，而且，这些自然状态所发生的概率是无法估计的。不确定性决策存在很多不可控因素，主要依靠决策者的决策能力和经验来完成决策。

第三节　决策理论与决策方法

一、决策理论

决策理论是把第二次世界大战以后发展起来的系统理论、运筹学、计算机科学等综合运用于管理决策问题，形成的一门有关决策过程、准则、类型及方法的较完整的理论体系。决策理论已形成了以诺贝尔经济学奖获得者赫伯特·西蒙（Herbert Simon）为代表人物的决策理论学派。决策理论是有关决策概念、原理、学说等的总称。

1. 古典决策理论

古典决策理论又称规范决策理论，是基于"经济人"假设提出来的，主要盛行于20世纪50年代以前。古典决策理论认为，应该从经济的角度来看待决策问题，即决策的目的在于为组织获取最大的经济利益。

古典决策理论假设作为决策者的管理者是完全理性的，决策环境条件的稳定与否是可以被改变的，在决策者充分了解有关信息、情报的情况下，是完全可以做出完成组织目标的最佳决策的。古典决策理论忽视了非经济因素在决策中的作用，这种理论不一定能指导实际的决策活动，从而逐渐被更为全面的行为决策理论所代替。

古典模型描述了决策者应该怎样做出决策，但不能告诉我们管理者实际上是如何制定决策的。古典模型的价值在于它促使管理者在制定决策时具有理性。例如，过去许多高级管理人员仅仅依靠个人的知觉和偏好来制定决策。近年来，由于定量决策技术的发展，使古典模型得到了广泛的应用。古典模型代表一种理想的决策模型。在程序化决策、确定性决策与风险性决策中，古典模型具有很强的实用价值。

2. 行为决策理论

行为决策理论的发展始于 20 世纪 50 年代。对古典决策理论的"经济人"假设发难的第一人是赫伯特·西蒙，他在《管理行为》一书中指出，理性的和经济的标准都无法确切地说明管理的决策过程，进而提出"有限理性"标准和"满意度"原则。其他学者对决策者行为做了进一步的研究，他们在研究中也发现，影响决策者进行决策的不仅有经济因素，还有其个人的行为表现，如态度、情感、经验和动机等。

行为决策理论的主要内容有以下几个方面。

（1）人的理性介于完全理性和完全非理性之间，即人是有有限理性的，这是因为在高度不确定和极其复杂的现实的决策环境中，人的知识、想象力和计算力是有限的。

（2）决策者在识别和发现问题中容易受知觉上的偏差的影响，而在对未来的状况作出判断时，直觉的运用往往多于逻辑分析方法的运用。所谓知觉上的偏差，是指由于认知能力的有限，决策者仅把问题的部分信息当做认知对象。

（3）由于受决策时间和可利用资源的限制，决策者即使充分了解和掌握了有关决策环境的信息情报，也只能做到尽量了解各种备选方案的情况，而不可能做到全部了解，决策者选择的理性是有限的。

（4）在风险型决策中，与经济利益的考虑相比，决策者对待风险的态度起着更为重要的作用。决策者往往厌恶风险，倾向于接受风险较小的方案，尽管风险较大的方案可能带来较为可观的收益。

（5）决策者在决策中往往只求满意的结果，而不愿费力寻求最佳方案。导致这一现象的原因有多种：决策者不注意发挥自己和别人继续进行研究的积极性，只满足于在现有的可行方案中进行选择；决策者本身缺乏相关的能力，在有些情况下，决策者出于个人某些因素的考虑而做出自己的选择；评估所有的方案并选择其中的最佳方案，需要花费大量的时间和金钱，这可能得不偿失。

行为决策理论抨击了把决策视为定量方法和固定步骤的片面性，主张把决策视为一种文化现象。例如，日裔美籍学者威廉·大内（William Ouchi）在对美日两国企业在决策方面的差异所进行的比较研究中发现，东西方文化的差异是导致这种决策差异的一种不容忽视的原因，从而开创了决策的跨文化比较研究。

除了赫伯特·西蒙的"有限理性"模式，林德布洛姆的"渐进决策"模式也对"完全理性"模式提出了挑战。林德布洛姆认为决策过程应是一个渐进的过程，而不应大起大落（当然，这种渐进过程积累到一定程度也会形成一次变革），否则会危及社会稳定，给组织带来组织结构、心理倾向和习惯等的变化和资金困难，也使决策者不可能了解和思考全部方案并弄清每种方案的结果（这是由于时间的紧迫和资源的匮乏）。因此，"按部就班、修修补补的渐进主义决策者或安于现状的人，似乎不是一位'叱咤风云'的英雄人物，而实际上是能够清醒地认识到自己是在与无边无际的宇宙进行搏斗的足智多谋的解决问题的决策者"。这说明，决策不能只遵循一种固定的程序，而应根据组织内、外部环境的变化进行适时的调整和补充。

3. 当代决策理论

继古典决策理论和行为决策理论之后，决策理论有了进一步的发展，即产生了当代决策理论。当代决策理论的核心是决策贯穿于整个管理过程，决策程序就是整个管理过程。其主要的类型有智能管理、质量管理、组织管理等。它将古典决策理论和行为决策理论有机地结合起来，既重视科学的理论、方法和手段的应用，又重视人的积极作用。

专栏6-5　　　　　　　　　　　　　　**管理纵论**

以赫伯特·西蒙为代表的决策理论学派的核心是用决策统带管理，且决策贯穿于管理的始终；决策时以满意的标准替代最优标准。虽然对于决策统带管理尚有诸多的理论分歧，甚至认为其学派的内容不确定——"称理论易，称学派难"，但是对于满意标准，理论界和实业界均达成了共识，这也是赫伯特·西蒙获得诺贝尔经济学奖的一个重要的思想基础。在实际中，我国有许多的企业家（或管理者）具有理工科背景。传统的理工思维——"最大值逻辑"在经营中会产生很强的副作用，因为，作为社会组织的企业绝对不是逻辑假设的定式，而是现实的函数，即社会的一切变化均可能影响企业的经营。实践上，满意标准说之容易，做之难，这也是我国很多企业家（或管理者）落入"管理怪圈"的症结所在。

（资料来源：清华大学经济管理学院郎立君博士的评论。）

二、决策方法

（一）定性决策方法

定性决策方法也就是"软"的决策方法。它是指在决策过程中充分利用决策者本人或发挥有关专家集体的智慧、能力和经验，在系统调查研究分析的基础上，根据掌握的情况与资料，进行决策的方法。这种方法适用于受社会经济因素影响较大、因素错综复杂以及涉及社会心理因素较多的综合性的战略问题。

1. 头脑风暴法

头脑风暴法是一种邀请专家、内行人士针对组织内某一个问题，让大家开动脑筋，畅所欲言地发表个人意见，充分发挥个人和集体的创造性，经过互相启发，集思广益，而后进行决策的方法。

2. 德尔菲法

德尔菲法又称征询法，是指要求被征询意见的人事先不接触、事后接触的一种决策方法。将被征询意见的人编成组，开始时不见面谈问题，或者虽见面也不谈问题。在这种不接触、不产生相互影响的条件下，让他们分别用书面方式提问题、提建议或回答所提问题。之后由组织者将每个人的书面材料整理汇编成材料公布于众。公布时只有汇编结果，并无具体人名。这样，在随后针对汇编的讨论中就会使每个人毫无顾忌地发表意见。最后，把大家达成一致的成熟意见集中起来，做出决策。

3. 经验判断法

决策者凭经验对可行方案进行逐一淘汰，只选出最佳方案。或者依据各个方案的评价标准进行比较，逐个打分，按分数的高低排序进行筛选。

（二）定量决策方法

在决策问题所涉及的变量能够量化并且能够取得一定统计数据时，可选择定量决策方法。定量决策方法又称"硬方法"，其核心是把同决策有关的变量与变量、变量与目标之间的关系，用数学关系表示出来，即建立数学模型，然后，通过计算求出答案，供决策参考使用。

1. 确定型决策方法

确定型决策属于程序化决策，决策依据的原则是最优值原则。如收入、利润最大，时间、物耗最小等。常用的方法有很多，如技术经济分析中的各种方法，运筹学方法，计算机管理信息系统等。最常见的一种方法是盈亏平衡分析法。

盈亏平衡分析又称保本点分析或量本利分析法，是根据产品的业务量（产量或销量）、成本、利润之间的相互制约关系的综合分析，用来预测利润，控制成本，判断经营状况的一种数学分析方法。

所谓盈亏平衡，是指企业既不盈利也不亏损，即销售收入与总成本相等。这时的产量（或销售额）称为盈亏平衡点（Broken-Even Point，BEP）。盈亏分析的基本原理是：在盈亏平衡点上，成本与收入相等，既无利润也无亏损。当销售量或销售收入超过该点时，企业将盈利，低于该点时，企业将发生亏损。

在理想状态时，销售收入与销售量呈线性关系，即：

$$B = PQ$$

式中，B——销售收入；

P——单位产品价格；

Q——产品销售量。

生产成本可以分为固定成本与变动成本两部分。固定成本是指在一定的生产规模内不随产量的变动而变动的费用，变动成本是指随产品产量的变动而变动的费用。

总成本是固定成本与变动成本之和，它与产品产量的关系也可以近似地认为是线性关系，即：

$$C = C_f + C_v Q$$

式中，C——总生产成本；

C_f——固定成本；

C_v——单位产品变动成本；

Q——产品销售量。

盈亏平衡时：

$$PQ^* = C_f + C_v Q^*$$

盈亏平衡时的产量：

$$Q^* = \frac{C_f}{P - C_v}$$

盈亏平衡分析，如图6-5所示。

图中纵坐标表示销售收入与产品成本，横坐标表示产品产量。销售收入线 B 与总成本线 C 的交点 BEP 为盈亏平衡点，也就是项目盈利与亏损的临界点。在 BEP 点的左边，总成本大于销售收入，项目亏损；在 BEP 点的右边，销售收入大于总成本，项目盈利；在 BEP 点上，项目不亏不盈。

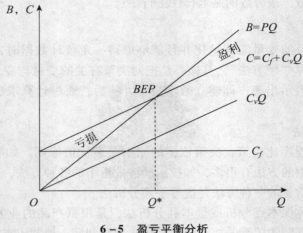

6-5 盈亏平衡分析

【例6-1】某企业拟投资生产一种产品，需增加固定成本200 000元，单位产品变动成本为10元，产品单价拟定为15元。问该企业的盈亏平衡点产量应为多少？

解：

$$盈亏平衡点产量 = 200\,000 / \, (15 - 10)$$
$$= 40\,000 \, (件)$$

即当产量为40 000时，企业既不盈利也不亏损。

2. 风险型决策方法

这类决策依据的决策原则主要有：最大期望收益值准则、最小期望损失值准则、最大可能性准则等。最常用的基本方法有：期望值法、决策树法、期望值决策法等。

期望值决策法，是通过计算各个行动方案的期望益损值（Expected Monetary Value, EMV），并以此期望值为依据，选择平均收益最大或者平均损失最小的行动方案为最佳决策方案的一种风险型决策法。

【例6-2】某公司计划在未来3年生产某种产品，需要确定产品的生产数量。根据预测估计，这种产品的市场销售状况的概率是畅销为20%，一般为50%，滞销为30%。现提出大、中、小三种批量的生产方案，试做出取得最大经济效益的决策方案。有关数据如表6-1所示。

表6-1 损益值表 万元

损 益 值 方案	自然状态及其概率 畅销(30%)	一般(50%)	滞销(20%)
大批量	40	30	-10
中批量	30	20	8
小批量	20	18	14

解：首先计算各个方案每年期望收益值。

EMV（大批量）= 40 × 0.2 + 30 × 0.5 +（-10）× 0.3 = 20（万元）

EMV（中批量）= 30 × 0.2 + 20 × 0.5 + 8 × 0.3 = 18.4（万元）

EMV（小批量）$= 20 \times 0.2 + 18 \times 0.5 + 14 \times 0.3 = 17.2$（万元）

然后比较各个方案期望收益值的大小，确定最佳方案。

EMV（小批量）＜ EMV（中批量）＜ EMV（大批量），按照最优值原则，应选择大批量的生产方案，因其给企业带来的经济效益最大。

决策树法与期望值法基本相同，它是运用很形象的树状图形，通过图示罗列解题的有关步骤以及各步骤发生的条件与结果来表明决策的过程。上例用决策树来决策，步骤有以下几步。

（1）首先，确定决策点，即要解决的问题，用"□"表示，上例中是决策哪一种方案可带来最大的经济效益；其次，根据方案的数目画出方案枝，上例中共有三个方案，画出三条方案枝；再次，在每一个方案枝的后面，根据状态的数目画出状态枝，并在每个状态枝上注明状态内容及其概率；最后，在状态枝末端注明不同状态下的损益值。

（2）画出决策树后，计算各方案的期望值。

（3）选择最佳方案，并将其他方案枝剪去。决策树法，如图6-6所示。

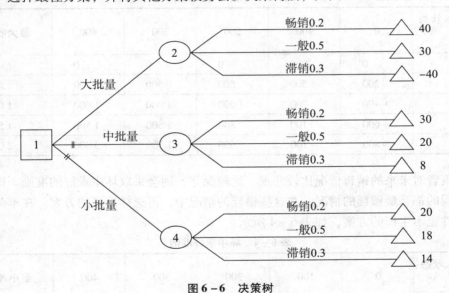

图6-6　决策树

3. 不确定型决策方法

不确定型决策是指在决策所面临的自然状态难以确定，而且各种自然状态发生的概率也无法预测的条件下所做出的决策。不确定型决策通常遵循5种原则：乐观原则、悲观原则、折中原则、后悔值原则和等可能性原则。这类决策问题主要依靠决策者对风险的态度以及决策者本身的能力和经验等。

【例6-3】某企业拟成批生产、销售一种产品，批量为100件/批。企业的最大生产能力为400件/批。产品价格为10元/件，成本为5元/件。若产品未销出，则给企业带来的损失为2元/件。问企业应选择哪一种生产方案？

解：列出各方案的损益值表，如表6-2所示。

表 6 - 2 损益值表　　　　　　　　　　　　　　　万元

损益值状态方案	0	100	200	300	400
0	0	0	0	0	0
100	− 200	500	500	500	500
200	− 400	300	1 000	1 000	1 000
300	− 600	100	800	1 500	1 500
400	− 800	− 100	600	1 300	2 000

若决策者对未来的销售情况比较乐观，则可能采取好中求好的准则，又称乐观准则。他会在各个方案的最大收益值中，选取收益值最大的方案。在本例中，他会选择生产400 件/批的方案，如表 6 - 3 所示。

表 6 - 3 好中求好准则　　　　　　　　　　　　　　万元

损益值状态方案	0	100	200	300	400	最大收益值
0	0	0	0	0	0	0
100	− 200	500	500	500	500	500
200	− 400	300	1 000	1 000	1 000	1 000
300	− 600	100	800	1 500	1 500	1 500
400	− 800	− 100	600	1 300	2 000	2 000

若决策者对未来的销售情况比较悲观、比较保守，则会采取坏中求好的准则。即他会假设未来出现的都是最糟糕的情况，在这些糟糕的情况中，再选择最好的方案。在本例中，他会选择一件也不生产的方案，如表 6 - 4 所示。

表 6 - 4 坏中求好准则　　　　　　　　　　　　　　万元

损益值状态方案	0	100	200	300	400	最小收益值
0	0	0	0	0	0	0
100	− 200	500	500	500	500	− 200
200	− 400	300	1 000	1 000	1 000	− 400
300	− 600	100	800	1 500	1 500	− 600
400	− 800	− 100	600	1 300	2 000	− 800

若决策者追求因为选择不同方案而带来的损失最小，则会采用最小后悔值准则。后悔值是决策者因为选择了一种方案而放弃其他方案所带来的损失，等于两种方案收益值之间的差额。运用最小后悔值准则时，首先确定一种自然状态下最大的收益值，然后用最大收益值减去各个方案的收益值即为各个方案的后悔值，最后选择最小的最大后悔值所对应的方案。在本例中，生产300 件/批为最佳方案，如表 6 - 5 所示。

表6-5　最小后悔值准则　　　　　　　　　　万元

后悔值 状态 方案	0	100	200	300	400	最大后悔值
0	0	500	1 000	1 500	2 000	2 000
100	200	0	500	1 000	1 500	1 500
200	400	200	0	500	1 000	1 000
300	600	400	200	0	500	600
400	800	600	400	200	0	800

　　等可能性准则与折中准则的原理基本相同，都是事先确定各自然状态发生的概率，然后转化成风险型决策求解。等可能性准则认为每一种自然状态发生的概率相同，即 $P = 1/n(n$ 为自然状态数)；而在运用折中准则时决策者本人视情况给每一种自然状态确定发生的概率。

本章小结

　　企业战略就是运用一系列主要的方针、计划来实现企业的目标，它表明企业现在在做什么业务？想做什么业务？现在是一个什么样的企业，想成为一个什么样的企业。是企业为了生存和发展的需要，从内部条件与外部条件出发，对企业的发展方向和发展轨迹提出的具有全局性、长期性指导作用的谋划，它明确了企业未来发展的方向。

　　战略是一种特殊的计划，与一般的计划相比，具有长远性、风险性、竞争性、纲领性和全局性等特点。根据企业内部战略活动的层次性，一般可以把战略活动分为公司战略、经营战略和职能战略3个层次。公司战略是一个企业的整体战略总纲，是指导和控制企业一切行动的最高行动纲领。经营战略考虑的是在一个特定的产品市场上如何增强产品的竞争力，实现可持续的竞争优势。职能战略是各个职能部门为保证公司总体目标的实现，从而考虑各个职能部门的活动如何开展，并明确各职能部门的目标的战略。

　　企业战略管理是企业在既定的企业使命基础上，为了谋求长期的生存和发展，对企业内、外部环境进行充分的分析和研究，确定企业的战略目标，选择合适的战略并将战略付诸实施，以及在实施过程中进行评价和控制，以保证战略目标实现的一个动态管理过程。

　　战略管理是一个动态的管理过程，一般包括战略分析、战略选择和战略实施三个阶段。战略分析阶段是制定战略的前期准备和调研阶段，主要目的是明确企业使命和目标，了解企业所处的内、外部环境和竞争地位，在此基础上制定企业的战略目标。战略选择是战略目标制定后，企业战略决策者对若干种战略方案进行比较和优选，从中选择一种较满意的战略方案的过程。战略实施就是采取措施将战略方案变成行动，并对行动的结果和有效性进行检验和控制的过程。

　　决策是指在几种行动方案中进行选择的活动。广义的决策是指管理者为了实现组织既定的目标，从若干个可行方案中选择或综合出优化方案，并加以实施的过程。决策是一个动态的过程，包括：① 发现存在的问题，分析并确定其产生的原因；② 确定决策目标；③ 设计多个备选方案；④ 评价各个备选方案并选择最终的行动方案；⑤ 实施决策方案并评价反馈，进行修正。

从不同角度按照不同的标准可将决策分为不同的类型。按决策的作用可分为战略决策、管理决策和业务决策；按决策的重复程度或决策问题的性质可分为程序化决策和非程序化决策；按决策问题所处的条件和状态可分为确定型决策、风险型决策和不确定型决策。

决策理论是把第二次世界大战以后发展起来的系统理论、运筹学、计算机科学等综合运用于管理决策问题，形成的一门有关决策过程、准则、类型及方法的较完整的理论体系。典型的理论包括古典决策理论、行为决策理论和当代决策理论。

决策方法包括定性决策方法和定量决策方法。定性决策方法也就是"软"的决策方法。它是在决策过程中充分利用决策者本人或发挥有关专家集体的智慧、能力和经验，在系统调查研究分析的基础上，根据掌握的情况与资料，进行决策的方法。包括头脑风暴法、德尔菲法和经验判断法等方法。定量决策方法又称"硬方法"，其核心是把同决策有关的变量与变量、变量与目标之间的关系，用数学关系表示出来，即建立数学模型，然后，通过计算求出答案，供决策参考使用的决策方法，包括确定型决策方法、风险型决策方法和不确定型决策方法等。

复习思考题

1. 许多企业家认为战略无用，没有战略照样赚钱，你如何看待这个问题？有人认为，战略即决策，对吗？

2. 请选择一家企业，对其老板进行访谈。访谈从四个方面展开。
   (1) 企业过去的业务范围。
   (2) 企业现在的业务范围。
   (3) 企业未来的打算。
   (4) 企业未来的打算是怎样做出的？
   访谈完成后请写一份调研访谈报告。

3. 选择一个你最近所做出的对你具有重要影响的决策，利用在本章学习的知识，分析你的决策过程。
   (1) 确定指导你决策过程的有意识或无意识的准则。
   (2) 列出你所考虑的备选方案。这些备选方案都是可行的吗？有没有有意识或无意识地忽视一些重要的方案？
   (3) 对于第一种备选方案，你拥有多少信息？你做出决策是基于完全信息还是不完全信息？
   (4) 回忆你是如何做出决策的？是仔细思考过每一备选方案还是仅凭直觉？在决策过程中是否借助过一些经验性的常识？
   (5) 在考虑备选方案时是否受到认知偏见的影响？
   (6) 综上所述，你做出决策时是理性的吗？为了将来做出更好的决策，有哪些地方需要注意？

4. 案例分析题

永乐跨半径的五个决策失误

永乐跨出上海后的经营失败是典型的连锁企业跨半径经营战略的失败，跨半径战略经营一直是困扰连锁企业的难题，如果企业像沃尔玛那样走跨半径战略的道路，就需要在五个问题上做出清晰而准确的决策。

连锁三强之一的永乐被国美收购成为 2006 年中国企业界的一件大事。对永乐为什么会陷入财务困境，最终被收购的原因众说纷纭。但是所有的"业内人士"都忽略了最核心的一个问题，那就是永乐的跨半径战略的失败。

跨半径战略经营一直是困扰连锁经营企业的难题。一般来说，跨半径战略经营主要指连锁经营企业在跨越现有主要市场迈向另一个较陌生的区域开辟新的市场的经营。跨半径战略主要分为两种：一种是跨越所在城市转向全国性区域的经营，比如永乐试图从大本营上海走出去，实现跨越；另一种则是，从国内市场迈向国际市场的经营，即国际化的经营，比如国美试图在中国香港地区和中国大陆以外的市场寻求突破和沃尔玛走出美国的国际化经营等。连锁企业跨半径经营战略往往会出现的问题是：企业在跨越目前现有的经营半径后，竞争优势几乎消失，单店盈利能力急剧下滑，以至于影响到原有市场的经营，导致公司的整体财务出现问题。

沃尔玛在精耕细作美国市场二十余年后，跨越其自身半径走向国际市场，已经开始了其国际化的经营，从案例剖析中，我们看到其在新的市场也出现了种种经营问题。比如在中国市场，沃尔玛的物流优势和 IT 优势就不能凸显出来，这就是典型的连锁跨半径战略经营在区域市场"失灵"的问题，导致其在中国市场单店经营业绩较其本土市场的差距较大。虽然面临了一些失败和困难，但我们仍然不能否定沃尔玛跨半径战略经营取得的一些成绩和经验，这些经验值得中国企业好好学习。

企业的跨半径战略经营，绝不是把店铺在新的市场开出来那么简单，也绝非单凭宏伟计划就可以一蹴而就，同样也不能仅靠数量的递增和随意的决策。企业如果像沃尔玛那样开展跨半径战略的道路，就需要在以下几个问题上做好决策。

第一，有针对性地选择市场。通过认真分析，挑选适合进入的市场。比如永乐进行跨越半径的市场经营时，选择进入北京，实际上这并不是一个明智的做法，北京的竞争非常激烈，而且已经有两强争霸，如果选择相对竞争不激烈的市场，对于永乐来说，情况可能就会好些。国美通过在中国香港开店，进行试验，然后再走出国门的策略，相对来说，则属于比较有针对性地选择市场。

第二，选择打入市场的方式。进入新的跨半径市场后，连锁经营是特许、还是直营？是采取合资还是采取收购，还是独资经营？这些都是需要斟酌的。1994 年，沃尔玛通过整体收购进入加拿大市场。这一选择的合理性主要来自三个方面：① 加拿大是一个成熟的市场，从头开始创建独立的经营系统无利可图，增加新的商店只会加剧当地已经非常激烈的竞争；② 美国与加拿大市场在收入与文化方面情况极为接近，因此沃尔玛几乎不需要积累什么新经验；③ 当时的加拿大市场上正好有一家经营不善的零售商 Woolco，完全可以低价收购。在进入墨西哥市场时，沃尔玛考虑到美国与墨西哥市场在收入与文化方面差异较大，采取了合资的形式。

第三，复制企业文化与连锁经验。连锁经营从某种意义上来说，就是数字游戏，不断进行复制。跨越半径的经营会使企业复制游戏的难度加大，这就需要连锁企业在有针对性地进行文化复制的同时，也要进行本土化。永乐在迈出上海的经营后，在一些区域的经营，实际上很多文化并不适合当地的环境，所以一些当地门店的员工和管理人员并不认可这种文化，这也是企业复制的失败所在。

第四，连锁企业跨越半径的发展速度是否能够与企业的资源进行匹配。我们往往看到，很多企业在跨半径战略经营时，企业本身所具有的资金、资源以及人才并不能满足企业跨半径战略经营的需要，这个时候，就导致了企业的跨半径战略经营的失败。

第五，针对跨越半径经营的新市场，有针对性地选择产品。比如中国南方和北方的文化差异就很大，消费特点也有很大差异，对于连锁企业来说，不管是家电连锁企业还是零售企业，都要针对当地的消费者，选择产品。比如北方人喜欢大冷藏、小冷冻的冰箱，而南方人却喜欢小冷藏、大冷冻的冰箱。

我们试想，如果国美和永乐都能够真正解决以上五个问题的话，那么国美走出中国市场，进行国际化经营也就为时不远了；永乐顺利走出上海市场，被收购的可能性也基本为零了。

（案例来源：《成功营销》，上海卓跃咨询公司咨询顾问，叶桂楠。）

请分析：

（1）企业在选择战略方案时，应考虑哪些影响因素？

（2）请阅读关于国美收购永乐的背景材料，并分析国美收购永乐的意图是什么？

（3）请结合永乐的决策失误，分析要做出一个正确的决策，最关键的问题是什么？

实践与训练

1. 从网络上搜索影响电信服务业未来的发展关键因素，讨论在 3G 背景下我国电信服务企业的发展战略。

2. 你喜欢看电子图书吗？对经营电子图书的企业的经营发展战略，你有何见解？

管理游戏

有一天，动物园的管理员们发现袋鼠从笼子里跑出来了，于是开会讨论，一致认为是笼子高度过低所致，于是他们决定将笼子的高度由原来的十米加高到二十米。结果第二天他们发现袋鼠还是跑到外面来，所以他们决定再将高度加高到三十米。没想到隔天居然又看到袋鼠全跑到外面来，于是管理员们大为紧张，决定一不做二不休，将笼子的高度加高到一百米。

请分两组，分别扮演袋鼠和管理员，讨论原因及双方可能采取的对策。

推荐读物

1. 曾旗等. 管理学［M］. 北京：北京大学出版社，2008.

2. 杨文士等. 管理学［M］. 北京：中国人民大学出版社，2009.

3. 孙晓红等. 管理学［M］. 大连：东北财经大学出版社，2005.

第七章

领导

学习目标

通过本章的学习，掌握领导的含义、特点；领导理论的发展；理解领导特质论、四分图理论、管理方格、领导风格理论以及权变理论的实质内涵；了解领导方法和领导艺术。

关键概念

领导（Leader）　　　　　　　领导特质理论（Trait Theory）

二元构面理论（四分图理论）（Two Dimension Theory）

管理方格（Managerial Grid）　　领导权变理论（Contingency Theory）

导入案例

工人们为何不满

高明最近被大冶某总公司委派到下属的油漆厂，担任油漆厂厂长助理一职，以协助厂长搞好管理工作。高明毕业于某名牌大学，主修企业管理，来油漆厂之前在公司企业管理处负责人力资源管理工作。这次来油漆厂工作，他信心十足。到油漆厂上班的第一周，高明深入车间体察"民情"。一周后，他不仅已对工厂的生产流程了如指掌，同时也发现生产效率低下，工人们怨声载道等问题。他们认为在车间工作又脏又吵，而且工厂对他们工作的环境压根就没有采取改善性措施。冬去春来，他们常常要忍受气温从冬天的－10℃到夏天的40℃高温的剧烈变化，而且报酬也少得可怜。

在第一周里，高明还查阅了工人们的相关记录，从中他获悉了以下信息：工厂以男性工人为主，约占92%；50%的工人年龄处于25～35岁，36%的工人在25岁以下，14%的工人在35岁以上；工人的文化程度较低，66%的工人小学毕业，初高中毕业占32%，具有中专、技校学历的占2%；工作时间较短，50%的人在油漆厂工作仅1年或更短，30%的人工作不到5年，工作5年以上的工人仅占20%左右。

高明将他一周以来所了解的情况向钱厂长作了汇报，同时向他提出自己的一些想法：

"钱厂长，与车间工人们在一起，我发现他们的某些需要没有得到满足，我们厂要想真正把生产效率搞上去，必须首先想办法去满足他们的需要。"没想到钱厂长却振振有词地说："要满足工人们的需要？你知道，他们是被金钱驱动着，而我们是被成就激励着。他们所关心的仅仅是通过工作获得外在的报酬，如能拿到多少工资。他们根本不关心内在的报酬。"钱厂长稍稍停顿了一下，语气更加激愤："小高，你在车间一周也看到了吧，工人们很懒惰，他们逃避责任，他们不全力以赴。问题在于，他们对工作本身根本就不关心。"钱厂长的一席话使高明颇为吃惊。他认为钱厂长对工人们的评价不太正确。通过与工人们一周的接触，他觉得他了解工人，也相信工人。于是，高明准备第二周向所有的工人发放调查问卷，以便确定工人们有哪些需要，并找到哪些需要已经被满足，哪些未被满足。他希望通过问卷调查结果来说服厂长，重振油漆厂工人的士气。在问卷中，他根据对工人工作的重要程度排列了 15 个因素，每个因素都涉及他们的特定工作。

调查问卷的结果显示，工人们并不认为他们懒惰，只要工作合适，他们并不在乎多做额外工作。工人们还要求工作具有挑战性，能运用创造性，并激发他们的潜力。比如，他们希望工作复杂多样，能让他们多动脑筋，并提供良好的回报。此外，工人们表达了工作中需要友情的愿望。他们乐于在良好的合作关系中工作并互相帮助，分享快乐和分担忧愁，并且能了解到怎样才能把工作做得更好。

由此，高明得出了一个简单的结论，即导致工人愤恨情绪和生产效率低的最主要的原因来自：报酬低、工作单调和人情冷漠。

第一节　领导概述

一、领导的含义

领导是领导者及其领导活动的简称。领导者是组织中那些具有影响力的人，他们可以是组织中拥有合法职位的、对各类管理活动具有决定权的主管人员，也可能是一些没有确定职位的权威人士。领导活动是领导者运用权力或权威对组织成员进行引导或施加影响，以使组织成员自觉地与领导者一道去实现组织目标的过程。领导是管理的基本职能，它贯穿于管理活动的整个过程。

领导具有三个方面的含义。

第一，权力在领导者和其他成员之间的分配是不平等的，领导者具有影响追随者的能力或力量。领导是在"指引"和"影响"的概念上衍生的。

第二，领导是一种艺术创造的过程，是一种特殊的投入与产出。

第三，领导是一个行动过程，其目的是通过影响下属来实现组织目标。

二、领导与管理的联系与区别

领导是管理的重要组成部分，但领导又可以从管理中独立出来。领导偏重于决策与用人，管理偏重于执行决策，组织力量完成组织目标。二者既有密不可分的联系，又有较为鲜明的区别。明确二者之间的关系，对于掌握领导知识有着重大的意义。

（一）领导与管理的联系

领导是从管理中分化出来的，领导是管理的一个职能，组织中的领导行为属于管理活动的范畴。在一般意义上，领导的范围比管理的范围要小一些。领导活动和管理活动在现实生活中，具有较强的复合性和相容性。

（二）领导与管理的区别

（1）领导具有战略性。领导侧重于重大方针的决策和对人、事的统御，强调通过与下属的沟通和对下属的激励来实现组织目标；管理则侧重于政策的执行，强调以下属的服从和组织控制来实现组织目标。领导追求组织乃至社会的整体效益；管理则着眼于某项具体效益。

（2）领导具有超脱性。领导重在决策，管理重在执行。工作重点的不同，使领导不需要处理具体、琐碎的具体事务，主要从根本上、宏观上把握组织活动。管理则必须投身于人、事、财、物、信息、时间等具体问题的调控与配置，通过事无巨细的工作来实现管理目标。

（3）管理的权力是建立在合法的、强制性权力基础上的；而领导的权力既可以建立在合法的、强制性权力基础上的，也可以建立于个人的影响力和专家权力等基础上。

（4）领导者不一定是管理者，管理者也不一定是领导者。领导者既存在于正式组织中，也存在于非正式组织中；管理者只存在于正式组织中。

（5）领导是一种变革的力量，具有创造性；而管理是一种程序化的控制工作。

三、领导的类型

从不同的角度，可以对领导类型进行不同的分类。

（一）按照领导的历史发展进程

以领导的历史发展进程为标准划分，可以划分出五种领导类型：自然式领导、专制式领导、民主式领导、专家式领导（也称专家辅佐式领导）及专家集团式领导。

（二）按照领导的工作性质和对象为标准

以领导工作的性质和对象为标准划分，可以划分出四种领导类型：政治领导、行政领导、业务领导及学术领导。

（三）以领导关系为标准

以领导关系为标准，可以划分为五种主要的领导类型：层次式领导、单线式领导、星式领导、轮式领导及网络式领导。

四、领导的职能

领导的职能是指领导者在领导过程必须发挥的作用，即领导者在带领、引导和鼓舞下属为实现组织目标而努力的过程中，要发挥组织、激励和控制的作用。

（一）组织功能

组织功能是指领导者为实现组织目标，合理地配置组织中的人、财、物，把组织的三要素构成一个有机整体的功能。组织功能是领导的首要功能，没有领导者的组织过程，一个组织中的人、财、物只可能是独立的、分散的要素，难以形成有效的生产力，通过领导者的组织活动对人、财、物进行合理配置，构成一个有机整体，才能去实现组织的目标。

（二）激励功能

激励功能是指领导者在领导过程中，通过激励方法调动下属的积极性，使其能积极努力地实现组织目标的功能。实现组织的目标是领导者的根本任务，但完成这个任务不能仅靠领导者一个人，还需要他在组织的基础上，通过激励功能的作用，将下属的积极性调动起来，共同努力。俗话说："众人拾柴火焰高。"领导的激励功能，形象地说就是要使众人都积极地去拾柴，充分调动每个成员的积极性。

（三）控制功能

控制功能是指在领导过程中，领导者对下属及整个组织活动的驾驭和支配的功能。在实现组织目标的过程中，"偏差"是不可避免的。这种"偏差"的发生可能源自于不可预见的外部因素的影响，也可能源自于内部不合理的组织结构、规章制度、不合格的管理人员的影响，纠正"偏差"，消除导致"偏差"的各种因素是领导的基本功能。

专栏 7 - 1

逆旅二妻

杨朱和弟子在宋国边境的一个小客栈里休息，发现店主的两个老婆长相与身份地位相差极大，忍不住向店主人问是什么原因，主人回答说："长得漂亮的自以为漂亮所以举止傲慢，可是我却不认为她漂亮，所以我让她干粗活；另一个认为自己不美丽，凡事都很谦虚，我却不认为她丑，所以就让她管钱财。"

现代企业有多少领导，用人能像这位旅店的老板一样公允分明呢？有很多领导，一看见艳丽出众的女孩子，不管她才能如何，都要尽收门下，给其最轻松的工作和最优厚的待遇，留着养眼。而能干、谦逊，但长相平凡的员工，却让其干粗活，工资也低。这样的老板，真的让人很寒心。你要用华而不实的东西，你就全部去用吧，看以后公司大大小小的事务谁来帮你做？

以貌取人的领导，最终会伤透下属的心，长期下去，务实之人定然会悄然离去，而"花瓶"也不可能为你带来效益，最终你就等着关门吧。到时候，不但江山没了，美人也弃你而去，真是赔了夫人又折兵呀。作为一个企业的领导人要力争摆脱这种以貌取人的传统方式，对人才的甄别，应从本质上去认识。这样，你才不会错失千里马，朽木当块宝。恃才傲物，不守规矩的"特殊"员工，会影响企业的整体战斗力。

（资料来源：《从 68 个经典小故事看管理科学——EMBA 必读》。）

第二节　领导理论与方法

领导理论的发展经历了三个阶段：第一阶段为特质论阶段，该阶段主要探讨领导者不同于其他人的特质；第二阶段为行为论阶段，该阶段主要研究领导者的哪些行为会有助于进行有效的领导；第三阶段为权变论阶段，该阶段主要研究领导者所处情境对领导效能的影响。第四阶段为当代领导理论阶段。本节内容将逐一对各阶段的领导理论进行详尽的介绍。

一、领导特质理论

早期的领导理论研究着重归纳杰出领导所具备的某些共同的特性或品质，这种领导理论叫做特质论。领导特质理论假设领导者在个人品质方面具有与生俱来的特质，即领导者是天生的而非塑造出来的。

斯托蒂尔（R. M. Stogdill）归纳了6种领导特质。

（1）身体特性。如身高、体重、外貌等。对有效的领导者与体格因素的关系研究表明，二者间有一定的关联。如一般认为，领导者的身高高于下属的平均身高。

（2）社会背景特性。如社会经济地位、学历等。

（3）智力特性。判断力、果断性、知识广博精深、口才流利等。

（4）个性。如自信、机灵、见解独到、正直、情绪平衡稳定、不随波逐流、作风民主等。

（5）与工作有关的特性。高成就需要、愿承担责任、工作主动、重视任务的完成等。

（6）社交性特性。善交际、广交游、积极参加各种活动、合作精神等。

但是，并非具备上述特征，就一定是有效的领导者。

特质理论探讨了杰出领导所具备的某些共同的特性或品质，指出了领导者不同于其他人的特质，在领导理论上开辟了一条道路，但是该理论忽视了下属的需要，并且没有指明各种特质之间的相对重要性，也没有对因果关系进行区分，同时，在一定程度上忽视了情境因素。因此，特质理论在理论研究上还存在一些不足，仍有待探索。

二、领导行为理论

由于特质理论仅强调领导特质的先天性，使人们失去后天的努力欲望，因此，研究者把目光转向领导者的行为上，这就形成了行为理论。行为理论所带来的实际意义在于可以对个体进行适当的培训而使人们成为领导者。

行为理论的研究主要把注意力集中在领导者行为的两个方面：领导职能和领导风格。

对领导职能的研究是为了使组织有效地运行，以领导者所要履行的职能为角度来研究领导者的行为特征。领导者风格则是关注在指导和影响下属的过程中，领导者所乐于表现的各种行为方式。

（一）俄亥俄州立大学的研究——二元构面理论（四分图理论）（Two Dimension Theory）

20世纪40年代末期，在俄亥俄州立大学进行了一项研究，该项研究的发起者是拉尔夫·斯托格迪尔（Raiphe M. Stogdill）和卡罗尔·沙特尔（Carroll L. Sharte）。

研究者希望确认领导者行为的独立维度，他们收集了大量的下属对领导行为的描述，开始时列出了1 000多个因素，最后归纳出两大类，并称之为"定规"维度和"关怀"维度。

所谓的定规维度（Initiating Structure）指的是为了实现组织目标，领导者界定和构造自己与下属的角色的倾向程度。它包括试图设立工作、工作关系和目标的行为。具有高定规特点的领导者会向小组成员分配具体工作，要求下属保持一定的绩效标准，并强调完成工作的最后期限。

关怀维度（Consideration）指的是领导者具有信任和尊重下属的看法与情感的这种工作关系的程度。高关怀的领导者会帮助下属解决个人问题，他友善而平易近人，公平对待每一个下属，并对下属的生活、健康、地位和满意度等问题十分关心。

以定规维度和关怀维度概念为框架，可以确定领导者在每种维度中的位置。根据这样的分类，领导者可以被分为四种基本类型：高关怀—高定规型领导者；高关怀—低定规型领导者；低关怀—高定规型领导者；低关怀—低定规型领导者。领导理论四分图，如图 7－1 所示。

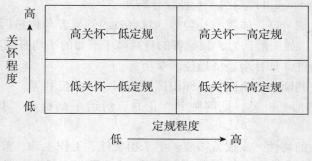

图 7－1　领导理论四分图

以这些概念为基础进行的大量研究发现，一个在定规和关怀方面均高的领导者（高—高型领导者。High-High Leader）常常比其他三种类型的领导者（低定规、低关怀、或二者均低）更能使下属达到高绩效和高满意度。但是，高—高型风格并不总是产生积极的效果。比如，当工人从事常规任务时，以高定规为特点的领导行为导致了高抱怨率、高缺勤率和高离职率，工作的满意度水平也很低。其他研究还发现，直接上级主管对领导者进行的绩效评估等级与高关怀性成负相关关系。

总之，俄亥俄州立大学的研究表明：一般来说，高—高型风格能够产生积极的效果，能使下属达到高绩效和高满意度。但是高—高型领导者，并不总是产生积极的效果。这一理论还需加入环境因素，这也是其存在的不足。

（二）密歇根大学的研究——下属导向、生产导向

在俄亥俄州立大学的研究同期，密歇根大学调查研究中心也进行着相似性质的研究，目的是确定领导者的行为特点与满意水平和工作绩效的关系。

密歇根大学的研究小组也将领导行为划分为二个维度，并称之为下属导向和生产导向。下属导向的领导者被描述为重视人际关系，他们总会考虑到下属的需要，并承认人与人之间的不同。重视的是责任下放和关心下属的福利、需要、进步和个人成长。生产导向的领导者倾向于强调工作的技术或任务事项，主要关心的是群体任务的完成情况，并把群体成员视为达到目标的工具。着重采用严密监控、运用合法职权及强制权，狠抓工作进度并重视对下属的绩效考核。

密歇根大学研究者的结论对下属导向的领导者十分有利，他们与高群体生产率和高工作满意度成正相关。而生产导向的领导者则与低群体生产率和低工作满意度联系在一起。

（三）管理方格论（Managerial Grid）

美国学者布莱克（Blake）和莫顿（Mouton）二人发展了领导风格的二维观点，在"关心人"和"关心生产"的基础上提出了管理方格论（Managerial Grid），充分概括了俄亥俄州立大学的关怀与定规维度以及密歇根大学的下属取向和生产取向维度，用来衡量领导者对下属与生产的关心程度。管理方格图，如图 7－2 所示。

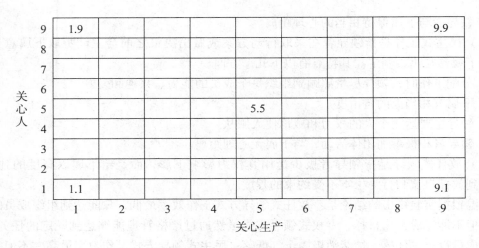

图 7-2　管理方格

管理方格在两个坐标轴上分别划分出 9 个等级，从而生成了 81 种不同的领导类型。布莱克和莫顿主要阐述了五种最具代表性的类型。

贫乏型（1.1）：领导者付出最小的努力来完成工作；对下属和任务都不关心。

任务型（9.1）：领导者只重视任务效果而不重视下属的发展和下属的士气。

乡村俱乐部型（1.9）：领导者只注重支持和关怀下属而不关心任务效率。

中庸之道型（5.5）：领导者能够将任务效率和令人满意的士气维持在中等水平。

团队型（9.9）：领导者通过协调和综合工作的相关活动提高任务效率与工作士气。

从上述发现中，布莱克和莫顿得出结论：9.9 风格的领导者工作最佳。遗憾的是，管理方格论并未对如何培养管理者提供答案，只是为领导风格的概念化提供了框架。并且，也没有实质性的证据支持在所有情境下，9.9 风格都是最有效的方式。

管理方格理论主要强调的并不是产生的结果，而是领导者为了达到这些结果应考虑的主要因素。该理论深化了领导方式的划分，为培养有效的领导者提供了有用的工具。不过，完成方格图花费太大，划分过细也没有必要。其结论不能证明该理论在所有条件下都适用。

（四）领导风格理论

领导风格理论主要研究领导行为、领导风格对工作效率的影响。所谓领导方式、领导风格或领导作风，就是对不同类型领导行为形态的概括。领导风格的差异不仅是因为领导者的特质存在着不同，更主要的是因为他们对任务和人员之间的关系有不同的理解，对于权力运用的方式有着不同的态度和实践。

1. 勒温的三种领导方式

心理学家勒温在实验研究的基础上，把领导者的行为方式划分为专权式、民主式和放任式。

（1）专权式领导是指领导者个人决定一切，布置下属执行。其特点有以下几个方面。

• 个人独断专行，组织决策完全由领导者做出。

• 领导者预先安排一切工作内容、程序和方法，下属只能服从。

• 除工作命令外，领导从不把更多的消息告诉下属，下属没有任何参加决策的机会。

• 主要靠行政命令、纪律约束等来维护领导者权威。

- 领导者与下属保持相当的心理距离。

（2）民主式领导是指领导者在采取行动方案或做出决策之前会主动听取下属意见，或者鼓励下属参与决策制定。其特点有以下几个方面。

- 分配工作时，领导尽量照顾到组织每个成员的能力、兴趣和爱好。
- 下属有相当大的自由度。
- 领导主要运用个人的权力和威信使人服从。
- 领导者积极参加团体活动，与下属无心理距离。

（3）放任式领导是指领导者极少运用其权力影响下属，而是给下属以高度的独立性，以致达到放任自流和行为根本不受约束的程度。

勒温根据实验得出的结论是：放任式领导方式工作效率最低，只能达到组织成员的社交目标，但不能完成工作目标；专权式领导方式虽然通过严格管理能够达到既定的任务目标，但组织成员没有责任感，情绪消极，士气低落；民主式领导方式工作效率最高，不但能够完成工作目标，而且组织成员之间关系融洽，工作积极主动、富有创造力。

2. 利克特的四种领导方式

美国密西根大学的利克特教授经过研究，提出了领导的四种基本行为方式。

（1）专制—权威式。采用这种领导方式的领导者非常专制，决策权仅限于最高层，对下属缺乏信任，激励也主要是采取惩罚的方法，沟通采取自上而下的方式。

（2）开明—权威式。采用这种领导方式的领导者对下属有一定的信任和信心，采取奖赏和惩罚并用的激励方法，有一定程度的自上而下的沟通，也向下属授予一定的决策权，但自己牢牢掌握着控制权。

（3）协商式。采用这种领导方式的领导者对下属抱有相当大但并不完全的信任，主要采取奖赏的方式来进行激励，沟通方式是上下双向的，在制定总体决策和主要政策时，允许下属部门对具体问题做出决策，并在某些情况下进行协商。

（4）群体参与式。采用这种领导方式的领导者对下属在一切事务中都抱有充分的信心与信任，积极采纳下属的意见，更多地从事上下之间的沟通，鼓励各级组织做出决策。

利克特的调查结论是：采用第四种方式的主管人员与采用其他方式的领导者比较，能取得更大的成绩。

（五）领导权变理论（Contingency Theory）

领导权变理论主要研究与领导行为有关的情境因素对领导效力的潜在影响。该理论认为，在不同的情境中，不同的领导行为有不同的效果。

领导权变理论表明领导方式的有效性受多种变量的影响。即 $S = f(L, F, E)$，其中 S 代表领导方式，L 代表领导者特征，F 代表追随者特征，E 代表环境。在环境变量中，领导者所从事的任务（即项目的复杂性、类型、技术和规模）是一个明显的中间变量；其他被分离出来的因素还包括领导者直接主管的风格、群体规范、控制范围、外部的威胁与压力，以及组织文化等。

菲德勒模型、情景理论、路径—目标理论和参与理论对这些中间变量影响的研究获得了广泛的认可。

1. 菲德勒模型（Fiedler Contingency Model）

第一个全面的领导权变模型是由弗莱德·菲德勒（Fred Fiedler）提出的。

菲德勒认为，良好的群体绩效只能通过两种途径取得：要么使管理者与管理环境相匹配，要么使工作环境与管理者相匹配。菲德勒模型是将确定领导者风格的评估与情景分类联系在一起，并将领导效果作为二者的函数进行预测。

菲德勒权变模型（Fiedler Contingency Model）指出，有效的群体绩效取决于与下属相互作用的领导者的风格及情境对领导者的控制和影响程度之间的合理匹配。

菲德勒认为，并不存在一种普遍适用于各种情景的领导模式，然而在不同的情况下可以找到一种与特定情景相适应的有效的领导模式。他指出一个"有效领导的权变模型"，其中包括了两种基本领导风格和三种情景因素，三种情景因素又分别组成八个明显不同的环境，领导方式与环境类型相适应，才能获得有效的领导。

1）确认两种领导风格

菲德勒确认了两种领导风格：一种为任务导向型（类似于以工作为中心和主导型结构行为），另一种为关系导向型（和以职工为中心及关心型的行为相似）。

他认为，领导行为的方式是领导人个性的反映，基本上不大会改变。所以，一个领导人的领导风格究竟是任务导向还是关系导向是可以确定的。菲德勒开发了最难共事者问卷（Least-preferred co-worker questionnaire，LPC），用以测量个体是任务导向型还是关系导向型。

他相信影响领导成功的关键因素之一是个体的基本领导风格，为此他设计了 LPC 问卷，试图发现这种基本风格是什么。该问卷由 16 组对应形容词构成，菲德勒让作答者回想一下自己共过事的所有同事，并找出一个最难共事者，在 16 组形容词中按 1~8 等级对他进行评估。菲德勒相信，根据 LPC 问卷的回答，可以判断出人们最基本的领导风格。

如果以相对积极的词汇来描述最难共事者（LPC 得分高），则作答者很乐于与同事形成友好的人际关系，也就是说，如果作答者把最难共事的同事描述得比较有利，菲德勒称作答者为关系导向型。

相反，如果作答者对最难共事的同事评价很低（LPC 得分低），作答者可能主要感兴趣的是生产，因而被称为任务导向型。菲德勒运用 LPC 工具可以将绝大多数作答者划分为两种领导风格即任务导向型和关系导向型。

2）确定三项情境因素

菲德勒列出影响领导效果的关键"情景因素"有三个，即领导者与被领导者的关系、工作任务的结构和领导人所处职位的固有权力。

● 领导者—成员关系（Leader-member Relations）。上下属关系是指下属对一位领导者的信任和拥护程度，以及领导者对下属的关心、爱护程度。这一点对履行领导职能是很重要的。因为职位权力和任务结构可以由组织控制，而上下属关系是组织无法控制的。

● 任务结构（Task Structure）。任务结构是指工作任务明确程度和有关人员对工作任务的职责明确程度。当工作任务本身十分明确，组织成员对工作任务的职责明确时，领导者对工作过程易于控制，整个组织完成工作任务的方向就更加明确。

● 职位权力（Position Power）。职位权力指的是与领导者职位相关联的正式职权和从上级和整个组织各个方面所得到的支持程度。这一职位权力由领导者对下属所拥有的实有权力所决定。领导者拥有这种明确的职位权力时，则组织成员将会更顺从他的领导，有利于提高工作效率。

3）领导者与情景的匹配

菲德勒模型的下一步是根据这三项权变变量来评估情境。领导者—成员关系或好或差，任务结构或高或低，职位权力或强或弱，三项权变变量总和起来，便得到八种不同的情境或类型，其中有三个条件齐备的最有利的情景，也有三者都缺少的最不利的情景。每个领导者都可以从中找到自己的位置。对于各种情景，只要领导风格与之相适应，都能取得良好的领导效果。

菲德勒模型指出，当个体的 LPC 分数与三项权变因素的评估分数相匹配时，则会达到最佳的领导效果。菲德勒研究了 1 200 个工作群体，对八种情境类型的每一种，均对比了关系导向和任务导向两种领导风格，他得出结论：任务导向的领导者在非常有利的情境和非常不利的情境下工作得更好；而关系导向的领导者则在中度有利的情境下工作得更好。菲德勒模型，如图 7 – 3 所示。

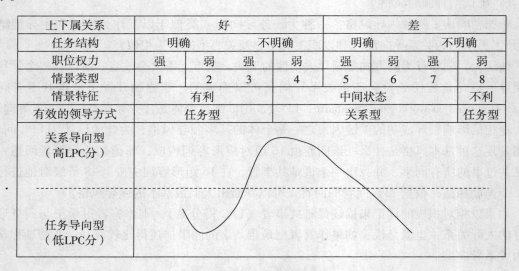

上下属关系	好				差			
任务结构	明确		不明确		明确		不明确	
职位权力	强	弱	强	弱	强	弱	强	弱
情景类型	1	2	3	4	5	6	7	8
情景特征	有利				中间状态			不利
有效的领导方式	任务型				关系型			任务型

图 7 – 3　菲德勒模型

4）提高领导有效性的途径

按照菲德勒的观点，个体的领导风格是稳定不变的，因此提高领导者的有效性实际上只有两条途径。

● 替换领导者以适应情境。如果群体所处的情境被评估为十分不利，而目前又是一个关系导向的领导者进行领导，那么替换一个任务导向的领导者则能提高群体绩效。

● 改变情境以适应领导者。通过重新建构任务或提高或降低领导者可控制的权力（如加薪、晋职和训导活动），可以做到这一点。假设任务导向的领导者处于图 7 – 3 中第 4 类型的情境中，如果该领导者能够显著地增加他的职权，即在第 3 类型中活动，则该领导者与情境的匹配十分恰当，从而会获得更高的群体绩效。

5）理论缺陷

目前，该模型也还存在一些欠缺，还需要增加一些变量来加以改进和弥补。另外，在LPC 量表以及该模型的实际应用方面也存在着一些问题。比如，LPC 的逻辑本质尚未被很好地认识，一些研究指出作答者的 LPC 分数并不稳定。另外，这些权变变量对于实践者来说也过于复杂和困难，在实践中很难确定领导者—成员关系有多好，任务的结构化有多高，以及领导者拥有的职权有多大。

6）菲德勒模型的发展

菲德勒在原有模型的基础上进一步提出了认知资源理论。这一理论基于两个假设：一是睿智而有才干的领导者相比德才平庸的领导者能制订更有效的计划、决策和活动策略；二是领导者通过指导行为传达了他们的计划、决策的策略。

新理论阐述了压力和认知资源（如经验、奖励、智力活动）对领导有效性的重要影响。

新理论认为：首先，在支持性、无压力的领导环境下，指导型行为也只有与高智力结合起来，才会导致高绩效水平；其次，在高压力环境下，工作经验与工作绩效成正相关；最后，在领导者感到无压力的情景中，领导者的智力水平与群体绩效成正相关。

2. 赫塞—布兰查德的情境理论（生命周期理论）

保罗·赫塞（Paul Hersey）和肯尼思·布兰查德（Kenneth Blanchard）创立的情境领导理论（Situational Leadership Theory）是一个重视下属的权变理论，也是一个被广泛推崇的领导模型。

保罗·赫塞和肯尼思·布兰查德认为，依据下属的成熟度水平选择正确的领导风格会取得领导的成功。在领导效果方面对下属的重视反映了这样一个事实：无论领导者做什么，其效果都取决于下属的活动。

（1）保罗·赫塞和肯尼思·布兰查德将成熟度（Maturity）定义为：个体对自己的直接行为负责任的能力和意愿。它包括两项要素：工作成熟度与心理成熟度。

工作成熟度：包括一个人的知识和技能。工作成熟度高的个体拥有足够的知识、能力和经验来完成他们的工作任务而不需要他人的指导。

心理成熟度：指的是一个人做某事的意愿和动机。心理成熟度高的个体不需要太多的外部鼓励，他们靠内部动机激励。

（2）情境领导模式使用的两个领导维度与菲德勒的划分相同，即任务行为和关系行为。但是，保罗·赫塞和肯尼思·布兰查德更向前迈进了一步，他们认为每一维度有低有高，从而组合成四种具体的领导风格：

● 命令式（Telling）：表现为高工作—低关系型领导方式，领导者对下属进行分工并具体指点下属应当干什么、如何干、何时干，它强调直接指挥。因为在这一阶段，下属缺乏接受和承担任务的能力和愿望，既不能胜任又缺乏自觉性。

● 说服式（Pursuading）：表现为高工作—高关系型领导方式。领导者既给下属以一定的指导，又注意保护和鼓励下属的积极性。因为在这一阶段，下属愿意承担任务，但缺乏足够的能力，有积极性但没有完成任务所需的技能。

● 参与式（Participating）：表现为低工作—高关系型领导方式。领导者与下属共同参与决策，领导者着重给下属以支持及其内部的协调沟通。因为在这一阶段，下属具有完成领导者所交给任务的能力，但没有足够的积极性。

● 授权式（Delegating）：表现为低工作—低关系型领导方式。领导者几乎不加指点，由下属自己独立地开展工作，完成任务。因为在这一阶段，下属能够而且愿意去做领导者要他们做的事。赫塞—布兰查德理论的最后部分定义了成熟度的四个阶段。

根据情境模型理论，随着下属的成长，领导者与下属之间的关系要经历四个阶段，领导者要因此而不断改变自己的领导风格，领导生命也随之呈现出周期性的变化，所以情景模型也被称为领导生命周期模型。

第一阶段，命令式阶段。下属对于执行某任务既无能力又不情愿。他们既不胜任工作又不能被信任。需要得到明确而具体的指导。

第二阶段，说服式阶段。下属缺乏能力，但却愿意从事必要的工作任务。他们有积极性，但目前尚缺乏足够的技能。领导者需要采取高任务—高关系行为。高任务行为能够弥补下属能力的欠缺；高关系行为则试图使下属在心理上"领会"领导者的意图。

第三阶段，参与式阶段。下属有能力却不愿意做领导者希望他们做的工作。

第四阶段，授权式阶段。领导者不需要做太多事，因为下属既有能力又愿意做领导让他们做的工作。

3. 路径—目标理论（Path-goal model）

路径—目标理论是美国管理学者罗伯特·豪斯发展的一种领导权变理论。该理论认为领导者的工作是帮助下属达到他们的目标，并提供必要的指导和支持，以确保各自的目标与群体或组织的总目标一致。"路径—目标"指有效的领导者能够以明确地指明实现工作目标的方式来帮助下属，并为他们清除各种障碍，使下属的工作更加顺利地进行。

（1）领导者给下属更有吸引力的奖酬，就可以改善对下属的激励，领导者对下属的表扬、提拔和赏识，就可以提高下属实现目标的动力。

（2）如果对下属的任务规定得不明确，领导者可以通过有益的指导、培训和解释目标等途径，来使任务更加明确，从而加强对下属的激励，减少工作出现模棱两可的现象，使下属更易于实现目标，这样期望值就会增大。

（3）如果下属的工作已经很明确，领导者就不应该在明确工作方面多想办法，而需要把更多的时间花在关心下属的个人需要上，包括关注、表扬和支持他们，而不是仅仅为工作操心。

路径—目标理论要求领导者在不同的时间和不同的环境中，能够运用不同的领导方式，使之适应于特定的情境。当领导者弥补了下属或工作环境方面的不足时，则会对下属的绩效和满意度起到积极的影响。此外，领导行为是弹性的、灵活的。

路径—目标理论是以期望几率模式和对工作、对人的关心程度的模式为依据，认为领导者的工作效率是以能激励下属达到组织目标并且在工作得到满足的能力来衡量的。领导者的基本职能在于制定合理的、下属所期待的报酬，同时为下属实现目标扫清障碍，创造条件。根据该理论，领导方式可以分为四种。

（1）指示型领导方式（Directive Leader）。领导者应该对下属提出要求，指明方向，给下属提供他们应该得到的指导和帮助，使下属能够按照工作程序去完成自己的任务，实现自己的目标。

（2）支持型领导方式（Supportive Leader）。领导者对下属友好，平易近人，平等待人，关系融洽，关心下属的生活福利。

（3）参与型领导方式（Participative Leader）。领导者经常与下属沟通信息，商量工作，虚心听取下属的意见，让下属参与决策，参与管理。

（4）成就指向型领导方式（Achievement-oriented Leader）。领导者做的一项重要工作就是树立具有挑战性的组织目标，激励下属想方设法去实现目标，迎接挑战。

路径—目标理论明确指出，领导者可以而且应该根据不同的环境特点来调整领导方式和作风。当领导者面临一个新的工作环境时，他可以采用指示型领导方式，指导下属建立明确的任务结构和明确每个人的工作任务；接着可以采用支持型领导方式，有利于与下属形成一种协调、和谐的工作气氛；当领导者对组织的情况进一步熟悉后，可以采用参与型领导方式，积极主动地与下属沟通信息，商量工作，让下属参与决策和管理。在此基础上，就可以采用成就指向型领导方式，领导者与下属一起制定具有挑战性的组织目标，然后为实现组织目标而努力工作，并且运用各种有效的方法激励下属实现目标。

领导权变理论统合了领导现象的复杂性并把领导者的个人特质、行为者行为及领导环境相互联系起来，从而创造了一套比较完善的领导理论体系。为人们提供了一套有效的领导方法。以领导者的个人特质、领导者行为及领导环境交互影响来解释领导现象，否认有任何固定不变、普遍适用的领导方式的存在，认为任何领导方式在与环境作适当搭配下，均可能成为最有效能的领导方式。因此，它没有提出有关最佳领导方式的主张，而代之以领导方式与情境搭配的模式。领导权变理论以统合的方式和权变的观点解释了领导现象的复杂性，吸收了前人的有益研究成果，从而为人们提供了研究领导现象的新途径和提高领导效能的新方法，满足了实际领导工作者对领导理论的需求。但是，领导权变理论也存在一定的局限性，主要体现在三个方面。

（1）该理论仅仅以简单的两维模型来描述多重复杂的管理实践，解决管理问题，尤其是忽视了人这一决定性的因素，未能把人作为领导权变理论基础中的能动变量，从而制约了管理理论的发展与创新。

（2）把情况与普遍趋向对立起来，把具体和一般对立起来。只强调特殊性，否认普遍性；只强调个性，否认共性。其不可避免地滑到经验主义的立场上去。

（3）排斥用科学的方法论进行概念分析，使得概念缺乏统一性，内容缺乏有机联系，从而使管理理论和管理实践缺乏科学的标准。

（六）当代领导理论

1. 领袖魅力式的领导

有关的研究表明，有领袖魅力的领导者与下属的高绩效和高满意度之间有着显著的相关性。下属为有领袖魅力的领导者工作会因为受到激励，从而会付出更多的努力工作，他们喜爱自己的领导，对具有领袖魅力的领导表现出很高的满意度。

有领袖魅力的领导具有：①自信；②有远景目标；③清楚表达目标的能力；④强烈的奉献精神；⑤不循规蹈矩的行为；⑥变革的代言人；⑦对环境的敏感性。

领袖魅力与个体的气质有一定的联系，但专家认为个体经过培训可开发出其潜能，在某些方面也可以表现出领袖魅力。

领袖魅力式的领导对于组织绩效水平的影响是有条件限制的。只有在涉及思想及转变观念的问题时，领袖的魅力才会凸显出来。因此，在文化、政治、宗教领域和战争时期容易产生领袖式的领导者。在组织经过了危机和剧变之后，领袖魅力式领导的作用会有所减退。甚至可能成为社会、组织和群体的负担。

2. 变革型领导与交易型领导

交易型领导（Transactional Leadership）理论与变革型领导（Transformational Leadership）理论都是近年来最为流行的领导理论之一。

1）交易型领导

所谓交易型领导是把管理看做一系列的商业交易。交易型领导首先确定下属需要做什么，再通过运用合法权、奖励权、强制权来发布命令及对已实施的服务给予奖励，以促进下属努力工作，帮助下属增加实现目标的自信。

交易型领导方式公平公正，但并不使人兴奋，也没有变革，不授权，也不会鼓舞人们致力于实现群体或组织的利益。交易型领导关心的是具体的领导事务，即领导的"硬"的一面。他们了解下属的需要，告诉下属只要按照指示去实现指定的绩效目标，便能获得奖酬。这种领导可能会很成功，但一旦退位而无相同素质的继任者，该组织的领导效能便会显著下降。交易型领导行为常被理解为一种交易或成本—收益交换的过程。

2）变革型领导

变革型领导是与交易型领导相对而言的。变革型领导依靠个人的领袖魅力和非制度权，通过授权来提高下属对自身重要性和任务价值的认识，通过把远景变成了现实，使人们为了群体目标而超越个人利益。以此，激励下属作出更多的贡献。

变革型领导把组织建成了兴奋而富有活力的组织。变革型的领导者首先注意领导的"软"的一面，改造或创造组织文化与价值观。他们能鼓舞下属做出比原来期望更高的业绩。这种领导若不在位，由于他所塑造的文化价值观的持久指导作用，该组织还能较长期地正常运转下去。变革型领导行为是一种领导向下属灌输思想和道德价值观，并激励下属的过程。

3. 领导者—成员交换理论

领导者根据与每一下属关系的亲疏和印象的好坏而施以不同风格的领导。这种关系分为两类：圈内的自己人关系和圈外的非自己人的关系。

这种圈内、圈外的关系，往往在上、下级接触的早期便会形成，而且一旦建立，不易改变。领导者倾向于将具有这些特点的人员选入圈内：个性特点（如年龄、性别、态度等）与领导者相似，有能力，具有外向性的个性特点等。

（七）领导方法概述

1. 领导方法的含义及重要性

领导方法是指领导者为达到一定的领导目的，按照领导活动的规律而采取的各种方式、办法、手段、措施、步骤等的总和。

方法是完成任务的手段。在任何工作的过程中，要完成一项任务、办好一件事情，都必须采用一定的方法。毛泽东曾经用"过河要有桥或船"的生动形象的比喻，深刻说明了领导方法的重要性。他指出："我们不但要提出任务，而且要解决完成任务的方法问题。我们的任务是过河，但是没有桥或没有船就不能过。不解决桥或船的问题，过河就是句空话。不解决方法问题，任务也只是瞎说一顿。"无数实践证明，凡属正确的领导，总是同运用正确的工作方法相联系。从一定意义上说，能不能实施正确有效的领导，取决于领导者有没有科学的领导方法。

2. 领导方法的特点

（1）目的性。

（2）中介性。

（3）多样性。

（4）动态性。

（5）层次性。

（6）条件性。

3. 领导方法的作用

（1）正确的领导方法是确定目标、完成任务的根本保证。

（2）正确的领导方法是研究新情况、解决新问题、开拓新局面的强大武器。在全球化的新形势下，新问题不断出现，而对它们的研究和解决，必须要结合新情况采取恰当的领导方法。

（3）正确的领导方法是总结经验、推动工作向前发展的重要工具。

4. 领导方法的类型

在上述的领导理论中，领导方法有着明显的体现。所以本部分内容只进行简要叙述。按照不同的角度，领导方法可以划分为如下的几种类型。

（1）按照权力的控制程度来划分，领导行为方式可以分为集权式、分权式和均权式领导。

第一，集权式。一切权力集中于领导集体或个体手中，下属没有任何权力。

第二，分权式。按照各个部门和岗位职责，把权力下放给各个部门和岗位，领导者只决定重大事情。

第三，均权式。导者掌握一些重大的权力，把一些处理事务的权力分给自己下属，领导者与其下属都有明确的职责权限的划分。

（2）按照领导者所管理的重点来划分，领导行为方式可分为重事式、重人式和人事并重式领导。

第一，重事式。重事式就是以事为中心的领导方式，领导者关心的是组织的目标、工作的任务和工作效率及质量。持该方法的领导者认为，在管理上必须以金钱刺激劳动热情，同时要以严厉的处罚对待消极怠工者，即只有执行"胡萝卜加大棒"的管理政策，才会提高工作效率。这实质上是以工作为中心的领导方法。

第二，重人式。重人式的特点是以人为中心进行领导活动，领导者关心的是如何建立和发展人际关系，以建立一个宽松、和谐的工作环境。运用这种领导方式的领导者认为只要能有效地满足人的社会需要，就能调动人的积极性。

重人式的领导方式，主张领导者应采取以松弛柔和为主的领导方法。这一方法认为领导者应关心下属，应着力建立和发展人际间的信赖、亲密关系，要注意满足人的社会需要。此外，它还认为满足人的自我实现的需要，比经济报酬和强制更能调动人的积极性。持这种领导方式的领导者强调奖励手段，不主张轻易惩罚。这种领导方式的优点是，能够给人创造有利的工作环境，使领导者与被领导者之间的关系和谐。

第三，人事并重式。人事并重的领导方式的特点是，强调既要重视人，也要重视工作，两者不可偏废；既要改善工作条件和环境，充分发挥人的主观能动性，使下属有饱满的工作热情和主动负责的精神，又要对工作严格要求，赏罚分明，使下属保质保量地完成工作计划，创造出最佳成绩。人事并重的领导方式是带有"权变"特点的现代管理理论中所重点体现的。

（3）按照领导者的领导风格划分。按照美国社会心理学家勒温的领导风格理论，领导方法又可以分为：专断式领导方法、民主式领导方法和放任式领导方法。

专栏7-2 **动物园的骆驼**

动物园里的小骆驼问妈妈："妈妈妈妈，为什么我们的睫毛那么长？"骆驼妈妈回答说：

"当风沙来的时候，长长的睫毛可以让我们在风暴中都能看得清方向。"小骆驼又问："妈妈妈妈，为什么我们的背那么驼，丑死了！"骆驼妈妈说："这个叫驼峰，可以帮我们储存大量的水和养分，让我们能在沙漠里耐受十几天无水无食的条件。"小骆驼又问："妈妈妈妈，为什么我们的脚掌那么厚？"

骆驼妈妈说："那可以让我们重重的身子不至于陷在软软的沙子里，便于长途跋涉啊。"小骆驼高兴坏了："哗，原来我们这么有用啊！可是妈妈，为什么我们还在动物园里，不去沙漠远足呢？"

毋庸置疑，每个人的潜能都是无限的，问题的关键在于找到一个能充分发挥潜能的舞台。好的管理者就是能为每一个员工提供这个合适的舞台的人，我们需要细心观察，找到每一个员工的特长，并尽可能地为他们提供适合他们发展的舞台。

一个好领导不一定是业务能力最强的人，但他一定是个懂得惜才、用才的人。

（资料来源：《从 68 个经典小故事看管理科学——EMBA 必读》。）

第三节　领导艺术

作为领导者，其有效性本质不是"把事做对（Do things right-efficiency）"的能力，而是"做对的事（Do the right things-effectiveness）"的能力。要实行有效的领导，领导者不仅要掌握基本的领导方法，注重个人道德修养的提高，而且要有高超的领导艺术，注重领导工作的思维、方法、技巧的提高与创新。这样才能富有创造性地完成各项领导任务，达到预期的目的。讲究领导艺术是提高领导效能的重要途径，能够上升为艺术高度的领导行为，一方面它必须符合善的要求，即能够为国家、社会和人民带来利益或无害于民，也就是符合美的功利性；另一方面还要以一定的方式表现出来，即通过解决实际问题的技巧、方法等形式来体现。

一、领导艺术的含义

所谓领导艺术，就是领导者在具有一定的知识、经验和辩证思维的基础上，富有创造性地运用领导原则和方法的才能。也可以说，领导艺术是领导者的一种特殊才能。这种才能表现为创造性地灵活运用已经掌握的科学知识和领导方法，是领导者的智慧、学识、胆略、经验、作风、品格、方法、能力的综合体现。领导艺术是领导者个人素质的综合反映，是因人而异的。

根据其概念，领导艺术的含义为：领导艺术的条件离不开领导者的个人素质，一个满足现状、不求上进的人不会成为一个成功的领导者；领导艺术与实践密切联系，单靠书本永远培养不出有用的人才，实践是领导艺术的基础；领导艺术的主要特征是创造性，能够给人以美感的领导才能，才能称之为领导艺术，不能给人以美感的领导者，谈不上领导艺术；领导艺术的表现形式是程序化和非程序化，模式化和非模式化，呆板教条的人是掌握不了领导艺术的；领导艺术的主要内容是解决领导工作中的各种复杂矛盾。

二、领导艺术的特点

领导艺术主要具有创造性、形象性、情感生和适度性等特点。

（一）创造性

领导艺术的创造性从广义上讲，就是有思维创新、方法创新、提出新方案和决策、创建新理论、形成新观念等。从狭义上讲，往往表现在组织发展处于十字路口时，领导者做出重大选择等。

领导艺术的创造性又具有 3 个特征。

（1）独创性或新颖性。独创性是指领导活动具有在一定范围内的首创性、开拓性。

（2）有效性或有用性。

（3）灵活性。领导者必须灵活地运用各种方法与技巧进行创新。

（二）形象性

领导艺术的形象性，就是用鲜明、生动、具体的行为与事例，去表现领导活动的内容，既要实现领导的目的，又要树立领导者良好的公众形象。领导形象包括领导者的人格形象和视听形象。

1. 人格形象

人格形象就是领导者通过精神和内在气质的修养和陶冶而获得的一种无形的人格力量与感召力。人格形象是人的内在精神和特质的展示与感知，没有高尚的人格就不会产生良好的人格形象。

2. 视听形象

视听形象是人格形象的外在表现形式。能否树立良好的领导形象，是证明领导艺术水平高低的重要标准。

（三）情感性

艺术所诉诸的对象是具有情感特征的人，它只有在人心和人的情感深处求得回声和共鸣，才能算得上是真正的成功。所以，一个优秀的领导者必然是一个情感高尚而丰富，并且能出色地驾驭与表达自己情感的人。

（四）适度性

领导艺术也必须掌握度的界限，即在领导活动中要能把握时机、掌握分寸、恰到好处。此外，领导艺术还具有非模式化、直觉性、随机性、模糊性、实践性、科学性等特点。

三、领导艺术的类型

领导艺术的类型主要包括用人和用权艺术、授权艺术、沟通、激励和协调的艺术、决策艺术以及团队艺术等。

（一）用人和用权艺术

（1）用人艺术。领导者用人的艺术主要有：合理选择，知人善任；扬长避短，宽容待人；合理使用，积极培养等。

（2）用权艺术。用权艺术主要有：规范化用权；实效化用权；体制外用权。

（二）授权艺术

授权可以使领导能够集中精力办大事；有时间学习新的技能；能够提升下属的士气和信心；有助于建立良好的人际关系，改善上下属关系；益于信息传递，提高工作效率；有助于培养下属的才干。

授权艺术主要包括，合理选择授权方式；授权留责（领导者将权力授予下属后，下属在工作中出问题，下属负责任，领导也应负领导责任）；视能授权（领导者向下属授权，授什么权，授多大的权，应根据下属能力的高低而定）；明确责权（领导者向被授权者授权时，应明确所授工作任务的目标、职责和权力，有职有权，不能含糊不清、模棱两可）；适度授权（领导者授权时应分清哪些权力可以下放，哪些权力应该保留。基本上保持大权独揽，小权分散）；监督控制（领导者授权后，对下属的工作要进行合理的也即适度的监督控制，防止放任自流或过细的工作监督两种极端现象）；逐级授权（领导者只能对自己的直接下属授权，不能越级授权）；防止反向授权。

（三）决策艺术

领导者决策艺术的高低，是直接关系到企业人、财、物等生产力要素组织得科学不科学、利用得好不好的决定性因素，是决定效率和效益的关键。

1. 明确定性决策和定量决策的差异

定性决策主要依靠决策者（个人或集体）的丰富经验、智慧、直感和判断；定量决策具有明显的客观性、科学性。实行定量决策，其基本前提条件是解决信息和数据的一致性和可靠性，进而解决信息和数据的系统性和可用性。必须对基础管理工作（如原始记录、计量管理、统计纪律、测试储藏器、信息管理等）和信息、情报联系网络加以整顿和改善。这是对决策艺术的最起码、最基本的要求。

2. 定量决策

采用先进的管理技术进行定量管理决策是一种科学的方法，应用这种方法所选定的最优方案，一般是可信的、可靠的。但是，这些管理决策所选定的最优方案，往往是就某件事情、某个问题作出的管理决策，是否具有可行性，却不能一概就事论事地对待这些"最优方案"。领导在最后决策时，还必须用系统学观点和系统分析方法，根据客观经济规律来充分发挥自己的主观能动作用，使自己的智慧和管理决策艺术最终结合在最后所选定的最优方案中。

3. 问题与防范

领导决策除了要制订出方案的最终实施计划外，还应该考虑在决策执行过程中，会不会产生某些不良后果。因此，应该事先对可能发生的潜在问题进行分析和研究。一旦问题发生可以采取某些应对措施，使发生的问题对决策目标的影响降到最低限度，并适当加以补救。而且，关键的是，能够通过对潜在问题的分析和研究，寻找经济而可行的防患于未然的措施。

（四）团队艺术

1. 了解团体方面的理论

领导只有首先了解团体方面的知识，才有可能有意识地去创建团体。创建团队必须以科学的理论作为指导，必须发挥理论指导实践的作用。

2. 设立共同的目标

共同目标既是团队的核心文化，又是团队共同的价值观。目标是对远景的规划，它使团队的成员团结在同一面旗帜下，并从心理上对组织目标产生认同感，形成团队文化。

3. 团队设计

团队创建必须以目标为标准，根据目标对团队进行组织安排。领导者在对团队进行设计时要考虑能力与目标一致，要根据目标选配不同特征、能力的成员进行组合。

4. 合理建构

现代人力资源管理不是数量规划，而是素质规划。每个人都希望有个能让自己充分施展才华的舞台，都希望能够找到自己合适的位置。领导者必须建立一个合理结构，让每一个成员都能恰如其分地在岗位上发挥自己的作用，让每个人都有所贡献。只有这样才能让团体成员之间相互配合，才能发挥整体效应。

5. 明确阶段目标

组织的共同目标是一种文化，是一种价值观。如果没有明确具体的阶段目标，人们就无法知道自己应该干什么，就不会知道每一阶段该达到什么样的目标程度，也就没有一个衡量工作成就的标准。所以，在整个领导活动过程中，目标应不断地明确，并且要划分出阶段性的目标。

6. 共同奋斗

要使团队为同一目标而共同奋斗，领导者必须能够激起成员的士气，高士气是实现领导目标的一个必要条件。士气是人们追求共同目标，持久地、始终如一地协力工作的群体能力。高昂的士气是高水平工作的一个先决条件，没有了它，共同奋斗的现象是不会出现的。

（五）沟通艺术

1. 良好沟通的作用

良好的沟通有利于消除误会，确立互信的人际关系，营造良好的工作氛围，增强组织的凝聚力；沟通有利于协调组织成员的步伐和行动，确保组织计划和目标的顺利完成；沟通有利于领导者准确、迅速、完整地了解组织及下属的动态，获取高质量的信息，有助于提高领导工作的效率；沟通有利于加强组织与外部环境的联系，同外部环境进行物质、信息及能量的交换，保证组织与环境的协调一致；沟通有利于激励下属的斗志，激发整体的创新智慧，增强组织的持续发展动力。

2. 有效沟通的艺术

（1）建立正式、公开的沟通渠道。

（2）克服不良的沟通习惯。

（3）领导者要积极倾听，善于聆听。

（4）领导要态度和蔼、平等待人；尊重别人、注意方法。

（5）领导沟通时尽量简化语言；抑制情绪；创造互信环境。

（六）激励艺术

领导激励的实质，就是如何有效地调动下属的积极性、主动性和创造性。在实施激励的过程中，领导者要正确地认识下属、鼓励下属、尊重下属、爱护下属，把握下属的各种行为与其需要和发展的关系，激发下属的积极性、创造性，最大限度地发挥下属的潜能。

领导激励应该遵守3条原则。

（1）物质激励与精神激励相结合的原则。领导者在对下属进行激励时，要注重物质奖励与精神激励相结合，单纯的物质奖励或精神奖励效果是不好的。随着社会的进步，精神需要在下属心目中有着越来越重要的地位。物质奖励和精神奖励是相辅相成的。诸如表扬、颁发奖状、授予荣誉称号、职务晋升等各种形式的精神奖励，不但能够满足下属精神和社会的需要，而且具有教育性，对物质需要有重要的调节作用。

（2）个人利益与社会利益一致性的原则。由于社会现实条件的制约，人的某些合理的需要一时难以得到满足，这会产生个人需要同社会利益不一致的矛盾。为了有效达到激励的目的，领导在进行激励的时候，一方面，要重视个人目标和个人需要；另一方面，也要认识到社会目标和社会现实条件，尽可能在两者的结合点上运用正确的激励方式和方法，使个人的需要融入社会客观需要当中。

（3）及时、适度与因人而异的原则。及时就是让下属尽快看到成绩的利益与过失的结果，适度则是指要求功过与赏罚相适应。激励如果不及时、适度，不仅失信于人，损伤其积极性，而且还可能产生怨恨，激发矛盾，造成混乱。同时，激励必须因人而异。如对追求物质利益的人来说，给他们精神方面的激励明显是不合适的，反之亦然。在同一种激励方式中，又有不同的内容。例如同是物质激励，既可以是货币激励，也可以是物质激励，而不同的激励对象对此又有不同的需求，因此会产生不同的效果。

需要是促使下属行为的原动力，任何有效的激励方式都必须从满足下属的某种需要出发。由于下属的需要多种多样，因而领导的激励方式也要具有多样性。具体的激励方式有6种。

（1）目标激励。目标是活动的未来状态，是激发人的动机、满足人的需要的重要诱因。领导者在调动下属的积极性时，可以设置适当的目标来激发下属。合理的目标应该具有价值性、挑战性和可能性。它必须满足一定的社会需要、群体需要和个人需要，付出相应的努力才能实现，目标过高或过低都不利于对下属的激励。

（2）参与激励。所谓参与激励，就是让下属参与本部门、本单位重大问题的决策与管理，并对领导者的行为进行监督。这种做法可以充分调动下属的积极性，对提高效率和管理水平十分有效；通过对话达到的参与激励，下属可提出各种意见和质疑，领导者听取意见、回答质疑。这样就可以在领导者和下属之间架起一座桥梁，达到彼此沟通、交流思想、相互理解的目的。通过参与激励，领导者与下属之间可以营造出一种良好的相互支持、相互信任的氛围，下属的积极性会得到极大的提高。

（3）奖罚激励。在奖励激励的过程中，领导者要善于把物质奖励与精神奖励结合起来；奖励要及时，过时的奖励，不仅削弱奖励的激励作用，而且可能导致下属对奖励产生漠然视之的态度；奖励的方式要考虑到下属的需要，做到因人而异；奖励的程度要同下属的贡献相当，领导者要根据下属贡献的程度大小设定不同的奖励层次；形成多样化的奖励方式。

惩罚的方式也应该是多种多样的，领导者要做到惩罚合理，达到化消极因素为积极因素的目的。惩罚要和帮教相结合。实施惩罚时，一定要辅以耐心的帮助教育，使受惩罚者知错改过。掌握好惩罚的时机，查明真相后，要及时地进行处理。惩罚时要考虑其行为的原因和动机。对行为不当或过失但动机尚好者，或主要因客观原因所致者，宜从轻惩罚；对一般性错误，惩罚宜轻不宜重。在对过失者进行惩罚时，应考虑到错误的性质和过失者本人的个性特征，有针对性地进行惩罚。

（4）公正与公平激励。人对公平是敏感的，有公平感时，会心情舒畅，努力工作；而感到不公平时，可能会大发牢骚，甚至怨气冲天，影响工作的积极性。公平激励是强化积极性的重要手段。公正要体现于领导者对部门利益的合理分配，所以在工作过程中，领导在对下属的分配、晋级、奖励、使用等方面要力求做到公平、合理。

（5）关怀激励。领导者关心支持下属的工作，是关怀激励的一个重要的方面。支持下属的工作，就要尊重他们，注意保护他们的积极性，领导者要经常与下属谈心，了解他们的要求，帮助他们克服种种困难，并为他们的工作创造有利的条件。下属在领导者的支持下，就会干劲倍增，更有勇气和信心克服困难，顺利完成工作任务。

（6）荣誉激励。荣誉激励主要是把工作成绩与晋级、提升、选模范、评先进联系起来，以一定的形式或名义确定下来，主要的方法是表扬、奖励、经验介绍等。荣誉可以成为不断鞭策荣誉获得者保持和发扬前进的动力，还可以对其他人产生感召力，激发比、学、赶、超的动力，从而产生较好的激励效果。

专栏7-3

古木与雁

一天，庄子和他的学生在山上看见有一棵参天古木因为高大无用而免遭于砍伐，于是庄子感叹说："这棵树恰好因为它不成材而能享有天年。"

晚上，庄子和他的学生又到他的一位朋友的家中做客。主人殷勤好客，便吩咐家里的仆人说："家里有两只雁，一只会叫，一只不会叫，将那一只不会叫的雁杀了来招待我们的客人。"

庄子的学生听了很疑惑，向庄子问道："老师，山里的巨木因为无用而被保存了下来，家里养的雁却因不会叫而丧失性命，我们该采取什么样的态度来对待这繁杂无序的社会呢？"

庄子回答说："还是选择有用和无用之间吧，虽然这之间的分寸太难把握了，而且也不符合人生的规律，但已经可以避免许多争端而足以应付人世了。"

世间并没有一成不变的准则。面对不同的事物，我们需要不同的评判标准。对于人才的管理尤其明显。一个对其他企业相当有用的人对自己的企业不一定有用，而把一个看似无用的人摆正地方也许就能为你创造出你意想不到的收益。

聪明的领导人应该学会发现人才的优点，使得人尽其才，尽量避免人才浪费。

审慎选择适当的人选是非常重要的，而这必须靠平日不断地观察，留意每个人的发展动态。在观察的过程中，不仅要发掘能干的下属，并且还要剔除办事不力的员工。

（资料来源：《从68个经典小故事看管理科学——EMBA必读》。）

（七）协调艺术

1. 领导协调的含义

所谓领导协调，就是领导者对可能影响组织和谐的各种矛盾、冲突进行调整、控制，使组织保持一种平衡状态以实现组织的预定目标。

2. 领导协调的对象

（1）协调群体中的个人。

（2）协调组织中的群体。

（3）协调不同的组织。

3. 领导协调的种类

（1）纵向协调。这是指组织内部上下阶层之间的协调工作，通常经过指挥渠道来完成。

（2）横向协调。这是指组织内同级阶层之间的协调。

4. 领导协调的作用

（1）协调是积极的平衡。

（2）协调是组合组织力量、实现组织目标的根本手段。

5. 领导协调冲突的艺术

美国西点军校的《军事领导艺术》对领导者可以采取的解决冲突的方法归纳为五种：回避、建立联络小组、树立更高目标、采取强制办法以及解决问题。

（1）回避。回避方法是领导处理冲突的一种消极办法。采用这种办法的前提是冲突还没有严重到损害组织的效能和正常运行。

（2）建立联络小组。对于日常交往与沟通不是很频繁的组织内的群体，当组织目标需要他们协同解决问题时，群体之间就可能产生冲突。在这种情况下，相互交往和沟通就显得尤为重要，建立联络小组可以使双方促进了解，增强沟通。

（3）树立更高目标。对于那些存在着相互依赖关系的群体来讲，确立一个必须由双方合作才能完成的更高目标，可以有效地解决冲突。

（4）采取强制办法。采用强制办法处理冲突是科层制组织内最常见的一种办法，其实质是领导利用组织赋予的权力从根本上强行解决冲突。

（5）解决问题。解决问题的办法是把冲突双方或代表召集到一块，让他们把分歧和工作中的实际难处面对面地讲出来，辨明是非，找出产生分歧的原因，通过双方的相互了解，促进相互体谅，最终选择一个双方都能接受的解决方案。

本章小结

领导活动是领导者运用权力或权威对组织成员进行引导或施加影响，以使组织成员自觉地与领导者一道去实现组织目标的过程。领导是管理的基本职能，它贯穿于管理活动的整个过程。领导理论的发展经历了四个阶段：第一阶段为特质论阶段，第二阶段为行为论阶段，第三阶段为权变论阶段，第四阶段为当代领导理论阶段。领导艺术的条件离不开领导者的个人素质，一个满足现状、不求上进的人不会成为一个成功的领导者；领导艺术与实践密切联系，单靠书本永远培养不出有用的人才，实践是领导艺术的基础；领导艺术的主要特征是创造性；领导艺术的表现形式是程序化和非程序化，模式化和非模式化；领导艺术的主要内容是解决领导工作中的各种复杂矛盾。

复习思考题

一、名词解释

1. 领导　2. 领导方法　3. 领导艺术　4. 领导协调

二、简答题

1. 简述领导与管理的区别。

2. 简述领导艺术的特点。

3. 简述领导激励的原则。

三、论述题

1. 联系实际论述如何实现有效的授权。

2. 联系实际说明如何才能实现成功而有效的领导。

实践与训练

一、实践练习

假如你是个领导，对待你的两个职员，你准备如何激励他们？

（1）职员甲工作认真积极，勤奋努力，业绩显著。

（2）职员乙工作上无误差，但是工作积极性不高，业绩平平，偶有提高。

二、案例分析

林肯电器公司

哈佛商学院向全世界提供了近 4 万个案例。被购买频率最高的案例是位于克利夫兰的林肯电器公司。该公司年销售额为 44 亿美元，拥有 2 400 名员工，并且形成了一套独特的激励员工的方法。该公司 90% 的销售额来自于生产弧焊设备和辅助材料。

林肯电器公司的生产工人按件计酬，他们没有最低小时工资。下属为公司工作两年后，便可以获年终奖金。该公司的奖金制度有一整套计算公式，全面考虑了公司的毛利润及员工生产率与业绩，可以说是美国制造业中对工人最有利的奖金制度。在过去的 56 年中，平均奖金额是基本工资的 95.9%，该公司中相当一部分员工的年收入超过 10 万美元。近几年该公司经济发展迅速，员工年平均收入为 44 000 美元，远远超出制造业员工年收入 17 000 美元的平均水平，在不景气的年头里，如 1982 年的经济萧条时期，林肯公司员工收入降为 27 000 美元，这虽然相比其他公司还不算太坏，可与经济发展时期相比就差了一大截。

公司自 1958 年开始一直推行职业保障政策，从那时起，他们没有辞退过一名员工。当然，作为对政策的回报，员工也相应要做到几点：在经济萧条时期他们必须接受减少工作时间的决定；而且接受工作调换的决定；有时甚至为了维持每周 30 小时的最低工作量，而不得不调整到一个报酬更低的岗位上。林肯公司极具成本和生产率意识，如果工人生产出一个不合标准的部件，那么除非这个部件修改至符合标准，否则这件产品就不能计入该工人的工资中。严格的计件工资制度和高度竞争的绩效评估系统，形成了一种很有压力的氛围，有些工人还因此产生了一定的焦虑感，但这种压力有利于生产率的提高。据该公司的一位管理者估计，与国内竞争对手相比，林肯公司的总体生产率是他们的两倍。自 20 世纪 30 年代经济大萧条以后，公司年年获利丰厚，没有缺过一次分红。该公司还是美国工业界中工人流动率最低的公司之一。前不久，该公司的两个分厂被《幸福》杂志评为全美十佳管理企业。

问题：

1. 你认为林肯公司使用了何种激励理论来激励员工的工作积极性？

2. 为什么林肯公司的方法能够有效地激励员工工作？

3. 你认为这种激励系统可能会给管理层带来什么问题？

推荐读物

1. 易达．"仆人式领导理论"的口示——读高鸿"全球化视野下的中国领导学研究"［J］．领导科学论坛，2006.

2. 韩苓．领导权变理论综述［J］．决策探索，2007.

3. 麦凌燕．领导理论的历史发展与演变［J］．领导科学，2009.

第八章

激励

学习目标

　　通过本章的学习，掌握激励的含义；了解激励的要素与激励的过程；了解激励在管理中的作用；掌握内容型激励理论、过程型激励理论、行为改造激励理论的主要观点；掌握当代企业激励实务的一般做法。

关键概念

激励（Motivation）　　动机（Motivation）　　需要（Need）　　行为（Behavior）

需求层次理论（Hierarchy of Needs Theory）

ERG 理论（Existence，Relatedness，Growth，Theory）

三种需要理论（Three-needs Theory）　　保健因素（Hygiene Factors）

激励因素（Motivation Factors）　　期望（Expectancy Theory）

公平理论（Equity Theory）　　正强化（Active Reinforcement）

负强化（Negative Reinforcement）

导入案例

斯通先生是如何激励员工的

　　1980 年 1 月，在美国旧金山一家医院里的一间隔离病房外面，一位身体硬朗、步履生风、声若洪钟的老人，正在与护士死磨硬缠地要探望一名因痢疾住院治疗的女士。但是，护士却严守规章制度毫不退让。这位护士真是"有眼不识泰山"，她怎么也不会想到，这位衣着朴素的老者，竟是通用电气公司的总裁，一位曾被世界电气业权威杂志——美国《电信》月刊选为"世界最佳经营家"的世界企业巨子斯通先生。护士也根本无从知晓，斯通探望的女士，并非斯通的家人，而是加利福尼亚州销售员哈桑的妻子。哈桑后来知道了这件事，感激不已，每天工作达 16 小时，为的是以此报答斯通的关怀，加州的销售业绩一度在全美各地区评比中名列前茅。正是这种有效的感情激励管理，使得通用电气公司的事业蒸蒸日上。

（资料来源：《管理学》案例汇编。）

第一节　激励概述

一、激励的含义

对于管理者而言，要想协调组织成员完成组织的目标，就必须了解组织成员的需要，从而通过有效的、可行的、适合的激励手段或技巧，调动组织成员的积极性，最终达成组织目标。

何为激励？不同学者有不同的看法。

美国管理学家贝雷尔森（Berelson）和斯坦尼尔（Steiner）给激励下的定义："一切内在要争取的条件、希望、愿望、动力等都构成了对人的激励……它是人类活动的一种内心状态。"

美国管理学家斯蒂芬·罗宾斯认为激励是指领导者通过各种努力激发和鼓励组织的成员努力去实现组织目标的一种领导行为或工作。

从心理学角度讲，激励是指激发人的行动动机的心理过程，是一个不断朝着期望的目标前进的循环的动态过程。简言之，就是在工作中调动人的积极性的过程。

在本书中，我们认为，所谓激励是指管理者运用各种管理手段，刺激被管理者的需要，激发其动机，使其朝着管理者所期望的方向前进（实现目标）的心理活动过程。

可以从以下两个方面来理解激励这一概念。

第一，激励是一个过程。激励是一个满足需要的过程。人的很多行为都是由动机形成的，而动机是由需要引起的紧张状态，由此产生驱动力，这种驱动力就是那个导致寻求特定目标的行为，一定的目标被满足之后，又会形成新的动机和需要，进而如此循环往复。

第二，激励过程受内外因素的制约。管理者通过经济、行政、文化、心理等因素与被激励者（员工）的需要、理想、价值观和责任感等内在的因素相吻合，从而激发与鼓励员工的行为动机，使其始终维持兴奋的、积极的状态，向着组织所期望的目标前进。

二、激励的过程

（一）激励的过程

激励是一个非常复杂的过程，它从个人的需要出发，引起欲望并使内心紧张（未得到满足的欲求），然后引起实现目标的行为，最后在通过努力后使欲望得到满足。激励的过程，如图 8 - 1 所示。

激励的实质过程：是在外界刺激变量（各种管理手段与环境因素）的作用下，使内在变量（需要、动机）产生持续不断的兴奋，从而引起被管理者积极的行为反应（实现目标的努力）。

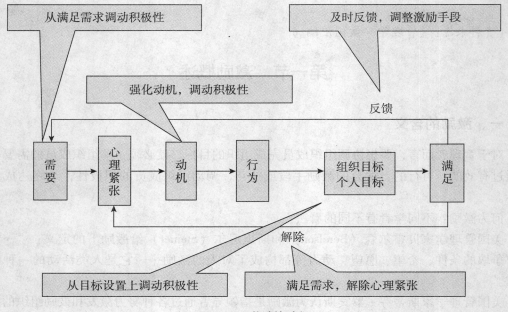

图 8-1　激励的过程

（二）激励的要素

（1）动机。动机是个体希望通过高水平的努力而实现组织目标的愿望，其前提条件是这种努力能够满足个体的某些需要。因此，动机是建立在需要的基础上的。当人们有了某种需要而又未能得到满足时，心理上便会产生一种紧张和不安，这种紧张和不安就成为一种内在的驱动力，促使个体采取某种行动。一个受到激励的个体就会更加勤奋的工作，而反之可能朝着不利于组织的方向发展。

（2）需要。需要是人的一种主观体验，是人们在社会生活中对某种目标的渴求和欲望，是人们积极行为的源泉。人的需要有三个方面：一是生理状态的变化引起的需要，如口渴时对水的需要；二是外部因素影响诱发的需要，如对某种新款服装的需要；三是心理活动引起的需要，如对成功的追求等。

（3）行为。在企业组织中，员工的行为与工作、生活环境相互作用，任何一种行为的产生，都是有其内在的原因。

（4）外部刺激。这是激励的条件。它是指在激励的过程中，人们所处的外部环境中诸种影响需要的条件与因素，主要指各种管理手段及相应形成的管理环境。

（5）需要、动机、外部刺激、行为和激励的关系。通过分析我们知道，人的任何动机和行为都是在需要的基础上建立起来的，没有需要，就没有动机和行为。人们产生某种需要后，只有当这种需要具有某种特定的目标时，需要才会产生动机，动机才会成为引起人们行为的直接原因。

激励是组织中人的行为的动力，而行为是人实现个体目标与组织目标相一致的过程。无激励的行为，是盲目而无意识的行为，有激励而无效果的行为，说明激励的机理出现了问题。例如，领导者打算通过增加额外的休息时间来提高员工的劳动生产率，但结果可能有效，也可能无效，因为在一定的环境下，员工可能更愿意保持以往的工作时间，希望提高薪水，而不是增加闲暇支出。这说明，激励与行为也有匹配的问题。因此，激励的核心要素就是动机，人的需要是人们积极性的源泉和实质，外部刺激，这是激励的条件，行为是激励的目的。

人类行为的基本模式，如图 8 - 2 所示。

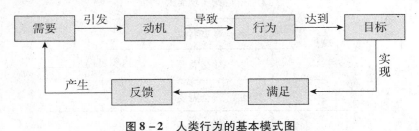

图 8 - 2　人类行为的基本模式图

三、激励的作用

美国哈佛大学的威廉·詹姆士教授在对职工的激励的研究中发现，按时计酬的职工仅能发挥其能力的 20% ~ 30%，而如果受到充分的激励，则职工的能力可以发挥到 80% ~ 90%，其中 50% ~ 60% 的差距系激励工作所致。也就是说，同样一个人在通过充分激励后所发挥的能力相当于激励前的 3 ~ 4 倍。

日本丰田公司采取激励措施鼓励员工提建议，1983 年，员工共提了 165 万条建议，平均每人 31 条，结果为公司带来了 900 亿日元的利润，相当于当年总利润的 18%。

从以上的研究与实践来看，激励手段的应用可以给企业带来巨大的经济效益。具体来讲，激励的作用有三方面的内容。

（1）通过激励可以提高员工工作的主动性、积极性和创造性。

（2）通过激励可以激发人们的热情和兴趣。

（3）通过激励可以有效地实现组织的目标。

第二节　激励理论

激励理论主要研究人的动机激发的因素、机制与途径等问题。大致可划分为三类：一是内容型激励理论，以人的需求为研究对象；二是过程型激励理论，研究人的动机形成和行为目标；三是行为激励理论，主要是研究改造和修正人的行为方式。

一、内容型激励理论

（一）需要层次理论（Hierarchy of needs theory）

最广为人知的动机理论是美国心理学家马斯洛（Abraham H. Maslow，1908—1970）在1943 年发表的《人类动机的理论》（A Theory of Human Motivation Psychological Review）一书中提出的需要层次理论（Hierarchy of needs theory）。他认为每个人都有五个层次方面的需要。马斯洛的需要层次理论，如图 8 – 3 所示。

自我实现需要

尊重需要

社交需要

安全需要

生理需要

图 8 – 3　马斯洛的需要层次

（1）生理的需要（Physiological Needs）：包括食物、水、性、住所以及其他方面的身体需要。

（2）安全需要（Safety Needs）：保护自己不受威胁和侵害的需要。

（3）社交需要（Social Needs）：友谊、情感、归属、爱情等需要。

（4）尊重需要（Esteem Needs）：自尊、自主、成就感、认可、社会地位等需要。

（5）自我实现需要（Self-acualization Needs）：成长与发展、发挥自身潜能，实现理想的需要。

根据马斯洛的观点，人的需要是分层次等级的，一般按由低到高的顺序发展。一旦某种低的需要已经得到满足，它就不再成为有效的激励因素；只有在生理和安全需要得到满足之后，人们才关心高层次的需要即社交、尊重和自我实现的需要。

马斯洛需要层次理论的意义：尽管马斯洛需要层次理论尚未得到实证研究的检验，并且也过于简单，但是在 20 世纪六七十年代得到了普遍的认可，主要原因除了该理论简单明了、易于理解之外，马斯洛需要层次理论还作出了三个重要贡献。

第一，指出了人的需要的基本类型。

第二，有助于人们研究两大类的需要，只有在低水平的需要得到满足之后，高水平的需要才会被人关注。

第三，促使管理者开始关注个人发展和自我实现的重要性。

马斯洛需要层次理论的管理实践：对于管理者而言，要正确认识被管理者需要的多层次性。基层管理者与高层管理者的需要是不同的，基层管理者更倾向于生理与安全需要，而高层管理者则更倾向于社交、尊重与自我实现需要；找出受时代、环境及个人条件差异影响的优势需要，有针对性地进行激励。例如，经济繁荣时期，人们更倾向于社交、尊重与自我实现需要，而在经济萧条时期，人们更注重安全的需要。需要层次理论在企业管理中的应用，见表 8 – 1 所示。

表 8 - 1　需要层次理论在企业管理中的应用

需要层次	激励因素（追求的目标）	应　用
生理需要	工资和奖金、各种福利、工作环境	足够的薪金、舒适的工作环境、适度的工作时间、住房和福利设施、医疗保险等
安全需要	职业保障、意外事故的防止	雇用保证、退休养老金制度、意外保险制度、安全生产制度、危险工种营养福利制度
社交需要	友谊、团体的接纳、组织的认同	建立和谐的工作团队、建立协商和对话制度、互助金制度、联谊小组、教育培养制度
尊重需要	名誉和地位、权力和责任	人事考核制度、职衔、表彰制度、责任制度、授权
自我实现需要	能发挥个人特长的环境和具有挑战性的工作	决策参与制度、提案制度、破格晋升制度、目标管理、工作自主权

（二）ERG 理论

在需要理论方面，耶鲁大学组织行为学教授奥尔福弗（Alderfer）的 ERG 理论比马斯洛的需要层次理论更先进。马斯洛的需要层次理论适用于一般情形，而 ERG 理论则侧重理解员工的工作需要。ERG 理论提出员工有三类需要：生存、相互关系和发展的需要。

生存（Existence）的需要：人最基本的需要，包含了人的一切生理上的物质需要。

相互关系（Relatedness）的需要：是指人际关系（社会交往）方面的需要，包括安全感、归属感、友情、受人尊重等方面的需要。

成长（Growth）的需要：是指发展自己，使自己在事业、能力上有所成就和提高的需要。

综合概括起来，ERG 理论陈述包括三方面内容。

第一，各层次的需要得到的满足越少，则这种需要越为人们所渴望。

第二，较低层次的需要越是能够得到较多的满足，对较高层次的需要就越渴望。

第三，较高层次的需要越是满足得少，则对较低层次的需要的渴求也越多。

奥尔福弗理论与马斯洛理论有相似之处，生存需要对应生理与安全需要，相互关系的需要与社交和尊重的需要相似，成长的需要则对应于自我实现的需要。奥尔福弗理论与马斯洛理论都有实践意义，因为它们提醒管理者要关注各种不同的激励性强化或奖励方式。

（三）三种需要理论（Three-needs Theory）

大卫·麦克利兰（David McClelland）等人提出了三种需要理论，他们认为个体在工作情境中有三种主要的动机或需要引导着人的行为，推动人们从事工作。根据他的理论，管理者的重要需要是成就、权力和归属的需要。

（1）成就需要（Need for affiliation, NAFF）：达到标准、追求卓越、争取成功的需要。

（2）权力需要（Need for achievement, NACH）：左右他人进行某种方式行为的需要。

（3）归属需要（Need for power, NPOW）：建立友好和亲密的人际关系的愿望。

在以上三种需要中，成就需要被研究得最多。高成就需要者在企业中颇有建树，但并不一定是一个优秀的管理者，归属需要与权力需要和管理的成功密切相关，最优秀的管理者是权力需要很高而归属需要很低的人，高成就需要者可以通过教育和培训来造就。

大卫·麦克利兰的成就需要理论对管理的意义有四点。

第一，不限制创新，以成就激励他们脚踏实地地工作。

第二，提供获得成就的榜样，以刺激他们取得成功的愿望和行为。

第三，给予他们及时的信息反馈，使他们能够及时了解自己的成功之处，以增强取得更大成就的需要。

第四，肯定他们的成就，使他们乐于承担重担，以鼓励多出成果。

（四）双因素理论（Motivation-hygienc Theory）

双因素理论是美国心理学家赫茨伯格（Frederick Herberg）于20世纪50年代提出来的。赫茨伯格的助手在匹兹堡地区的11个商业中心，向近2000名工程师和会计师进行了一项调查研究。他要求采访者详细描述哪些因素使他们在工作中感到特别满意和受到高度激励，哪些因素往往是工作外的因素，而使人们感到非常满意的因素往往是一些工作本身的内在因素，于是在此基础上，他对双因素理论进行了如下概括。

（1）保健因素。这属于和工作环境或条件相关的因素。当人们得不到这些方面的满足时，人们会产生不满，从而影响工作；但当人们得到这些方面的满足时，只是消除了不满，却不会调动人们的工作积极性。

（2）激励因素。这属于和工作本身相关的因素，包括，工作成就感、工作挑战性、工作中得到的认可与赞美、工作的发展前途、个人成才与晋升的机会等。当人们得到这些方面的满足时，会对工作产生浓厚的兴趣，产生很大的工作积极性。表8-2左侧列出的为保健因素，右侧为激励因素。

表8-2　保健因素与激励因素

保健因素（环境）	激励因素（工作本身）
薪金	工作本身
管理方式	常识
地位	进步
安全	成长的可能性
工作环境	责任
政策与行政管理	成就
人际关系	

赫茨伯格还指出，与传统的看法不同，调查数据表明满意的对立面不是不满意，而是"没有满意"和"不满意"。赫茨伯格理论与传统理论对比的示意图，如图8-4所示。

双因素理论的重要性在于它正确地区分了来自保健因素的外在激励和来自激励因素的内在激励的差别。对于保健因素（如工作环境、工作条件、工资、福利等），企业要给予基本的满足，以消除员工的不满和对抗情绪。在此基础上，重点注意激励因素（如工作认可、挑战性、晋升、成就感等）的内在驱动力，以激发员工工作的持续热情，产生真正的满足感。

双因素理论对管理实践的三点启示。

第一，善于区分管理实践中存在的两类因素。

第二，管理者应动用各种手段，例如，调整工作的分工，宣传工作的意义，增加工作的

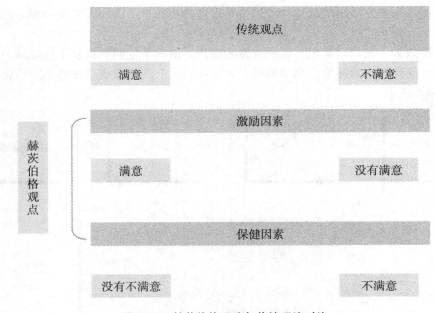

图8-4 赫茨伯格理论与传统理论对比

挑战性，丰富工作内容等手段来增加员工对工作的兴趣，千方百计地使员工满意自己的工作。

第三，在不同国家、不同地区、不同时期、不同阶层、不同组织，乃至每个人，最敏感的激励因素是各不相同的，应灵活地加以确定。

【例】某民营企业的老板通过学习有关的激励理论，受到很大启发，并着手付诸实践。他赋予下属员工更多的工作和责任，并通过赞扬和常识来激励下属员工。结果事与愿违，员工的积极性非但没有提高，反而对老板的做法表示强烈不满，认为他是在利用诡计来剥削员工。

问：请根据所学习的有关激励等理论，分析该老板做法失败的原因并提出建议。

答：（1）从马斯洛的需要层次理论我们知道，人类需要是分层的，分别是生理需要、安全需要、社交需要、地位和受人尊重需要、自我实现需要。马斯洛认为只有当低层次的需要得到满足以后才会有更高层次的需要。主导需要决定了人的行为。

（2）案例中该民营企业的老板可能忽视了员工的较低层次的需要，如生理和安全需要，而这些需要很可能正是员工的主导需要。由于没能够对症下药，才导致该民营企业老板激励做法的失败。

（3）要使激励有效，应当了解员工的真正需要，并加以满足。在实施过程中，应当坚持物质利益原则，随机制宜，创造激励条件，把物质利益和精神鼓励相结合。

二、过程型激励理论

（一）期望效价论

美国心理学家维克多·弗鲁姆（Victor H. Vroom）于1964年在其《工作与激励》一书中系统地提出了期望理论（Expectancy Theory）。这一理论通过人们的努力行为与预期奖酬之间的因果关系来研究激励的过程。该理论是迄今为止在员工激励方面最全面、最为广泛接受的理论。

期望理论认为，人们对某项工作积极性的高低，取决于他们对这种工作能满足其需要的程度及实现可能性大小的评价。简单地讲，它包括以下三项变量或三种联系。简化的期望模式，如图8-5所示。

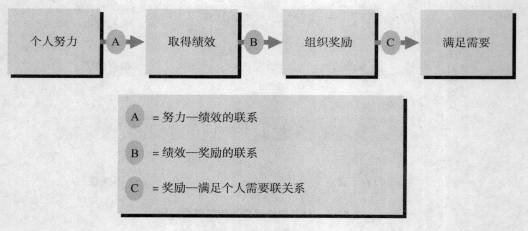

图8-5　简化的期望模式

（1）努力—绩效的联系：个人认为通过一定的努力会带来一定绩效的可能性。

（2）绩效—奖励的联系：个人相信通过一定水平的绩效会带来所希望的奖励结果的程度。

（3）奖励—个人目标的联系：组织奖励满足个人目标或需要的程度以及这些潜在的奖励对个人的吸引力。

更详细地说，维克多·弗鲁姆认为，员工在工作中的积极性或努力的程度（激励力）是效价与期望值的乘积，即：

$$M = V \times E$$

式中，M（Motivation）表示激励力，指一个人受到激励的强度；V（Value）表示效价，指一个人对这项工作及其结果能够给自己带来的满足程度的评价，即对工作目标价值的评价；E（Expect）表示期望值，是人们对工作目标实现概率的估计。

期望值与效价结合的七种情况，如图8-6所示。

E高×V高=M高　　　强激励
E中×V中=M中　　　中激励
E低×V低=M低　　　弱激励
E高×V低=M低　　　弱激励
E低×V高=M低　　　极弱激励或无激励
E0　×V高=M0　　　无激励
E高×V0　=M0　　　无激励

图8-6　期望值与效价的结合方式

图8-6所示的情况只是从影响激励的期望值和效价这两个因素分析的，其实影响激励水平的因素还有关联性、结果绩效和报酬、能力和选择。

以上对期望内容的简要阐述，其目的是说明，在实际生活中，人的期望心理是客观存在的。因此，我们在做人的思想工作时，必须遵循人的这种心理活动规律，注意工作方法，加强疏导，把人的积极性充分地调动起来。

期望理论在管理上的应用，主要有四个方面。

第一，人们可以自觉地评价自己努力的结果（绩效）和自己绩效的结果（报酬）。

第二，一个管理人员可以通过指点、指导和参加各种技术训练的办法，提高下级对努力达到绩效的期望。

第三，报酬必须紧密地、明确地与对组织有重要意义的行为相联系。组织中的奖励制度和奖励又必须根据个人的绩效而定。

第四，人们对其从工作中得到的报酬的评价（效价）是不同的，有的人重视薪金，有的人更重视工作的挑战性。因此，管理人员应重视使组织的特定报酬同职工的愿望相符合。

（二）公平理论

公平理论又称社会比较理论，它是美国行为科学家亚当斯（J. S. Adams）在《工人关于工资不公平的内心冲突同其生产率的关系》（1962，与罗森鲍姆合写）、《工资不公平对工作质量的影响》（1964，与雅各布森合写）、《社会交换中的不公平》（1965）等著作中提出来的一种激励理论。该理论从奖酬角度着手，侧重于研究工资报酬分配的合理性、公平性及其对职工生产积极性的影响。

公平理论认为，人的工作积极性不仅受其所得的绝对报酬的影响，更重要的是受其相对报酬的影响。这种相对报酬是指个人付出劳动与所得到的报酬的比较值。包括横比和纵比两种情况。

（1）横比。横比即在同一时间内以自身与其他人相比较。

（2）纵比。纵比即拿自己不同时期的付出与报酬比较。

公平理论认为，一个人评价他是否被公平对待时，要考虑两个关键因素——投入与产出。投入与产出项目，如表8-3所示。

表8-3 投入项目与产出项目

投入项目	产出项目
—努力	—工资
—时间	—工作保障
—教育	—福利

亚当斯的公平理论模型：

$$OA/OB > IA/IB \quad 员工感觉吃亏 \quad (a)$$

$$OA/OB = IA/IB \quad 员工感觉公平 \quad (b)$$

$$OA/OB < IA/IB \quad 员工感觉负疚 \quad (c)$$

OA——A 员工产出　　IA——A 员工的投入

OB——B 员工产出　　IB——B 员工的投入

若出现第 1 种情况，员工会认为被不公平对待，其可能出现如下六种反应。

第一，改变自己的投入。

第二，改变自己的产出（计件：降低质量、增加数量）。

第三，改变自我认知（认为自己干的比任何人都好，"比上不足，比下有余"）。

第四，改变对他人的看法。

第五，选择另一个不同的比较对象（年轻、年老的）。

第六，离开工作单位。

对管理实践的启示：

第一，必须将相对报酬作为有效激励的方式；

第二，尽可能实现相对报酬的公平性。

三、行为激励理论

（一）强化理论

强化理论是美国心理学家和行为科学家斯金纳（Burrhus Frederic Skinner）、赫西、布兰查德等人提出的一种理论。

该理论认为人的行为是其后果的函数。如果这种后果对他有利，则这种行为就会重复出现；若对他不利，则这种行为就会减弱直至消失。因此管理要采取各种强化方式，以使员工的行为符合组织目标。

根据强化的性质和目的，强化可以分为四类。

（1）正强化。正强化是一种增强行为的方法。指用某种具有吸引力的结果，对某一行为进行鼓励和肯定，使其重视和加强，从而有利于组织目标的实现。

（2）负强化。负强化也是一种增强行为的方法。是指预先告知某种不符合要求的行为或不良绩效可能引起的不良的后果，使员工的行为符合要求，从而保证组织目标的实现不受干扰。负强化包括减少奖酬、罚款、批评、降级等。

（3）惩罚。惩罚是指用某种令人不快的结果，来减弱某种行为。如当有员工工作不认真、不负责任，经常出差错，或影响他人工作，领导们就可以用批评、纪律处分、罚款等措施，以制止该行为的再次发生。但是，惩罚也会有副作用，如会激起员工的愤怒、敌意等。因此，管理者们最好尽可能地使用其他强化手段。

（4）自然消退。自然消退是指通过不提供个人所愿望的结果来减弱一个人的行为。自然消退有两种方式，一是对某种行为不予理睬，以表示对该行为的轻视或某种程度上的否定使其自然消退；另一种是指原来用正强化手段鼓励的有利行为由于疏忽或情况发生变化，不再给予正强化，使其逐渐消失。

积极强化与消极强化的过程，如图8-7所示；忽视与惩罚的过程，如图8-8所示。

强化理论在管理学中的应用体现在四个方面。

第一，管理者影响和改变员工的行为应将重点放在积极的强化而不是简单的惩罚。

第二，惩罚虽然在表面上会产生较快的效果，但其作用通常仅是暂时的，而且对员工的心理容易产生不良的副作用。

第三，负强化和忽视对员工行为的影响作用也不应该被忽略。

第四，四种行为强化方式应该配合起来使用。

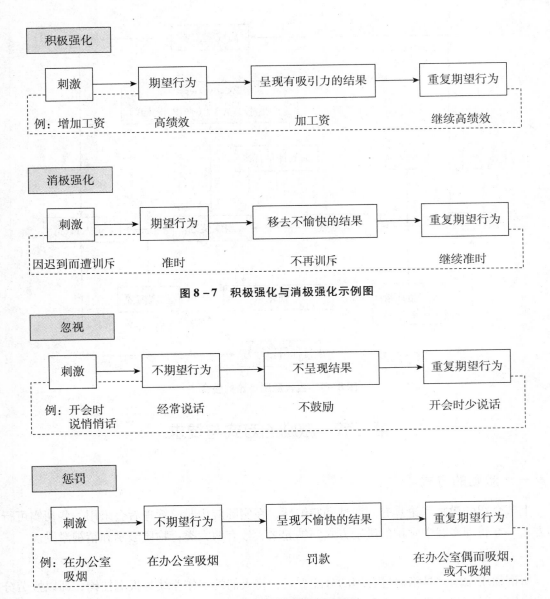

图8-7 积极强化与消极强化示例图

图8-8 忽视与惩罚示例图

（二）整合模型

美国著名的管理学家斯蒂芬·P·罗宾斯经过研究得出以期望理论为基础的整合模型，如图8-9所示。

从下图中，我们可以发现各种理论是相互联系的。个人的绩效水平不仅取决于个人的努力，而且取决于个人完成工作的能力水平，以及组织中有没有一个公证、客观的绩效评估系统。强化理论通过组织提供奖励对个人绩效的强化而体现出来。

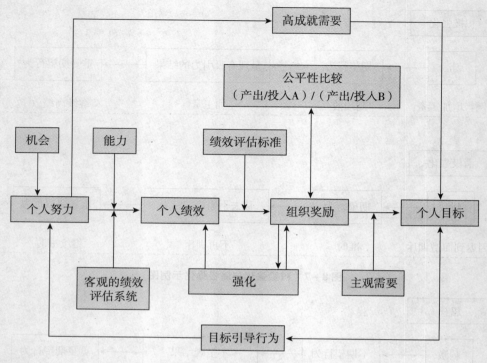

图 8-9　当代激励理论的整合

第三节　激励的方式与要求

一、激励的方式

上节介绍的激励理论具有一般性和归纳性，在实际应用时，管理者会采用一些切实可行的方法。在管理实践中常用的激励方式归纳起来大致有两大类：物质激励和精神激励。

（一）物质激励

所谓物质激励，是指通过合理的分配方式，将人们的工作业绩与报酬挂钩，即以按劳分配的原则，通过分配量上的差异作为酬劳或奖励，以此来满足人们对物质条件的需求，进而激发人们更大的工作积极性。

1. **基本收入激励**

基本收入是员工生活费用的基本来源，其中工资是最主要的部分。利用工资作为激励的方式有两种：① 用工资来反映员工的贡献大小、业务水平的高低，鼓励员工以多作贡献和钻研业务来取得相应的报酬；② 改革工资制度，用工资晋级择优原则、浮动工资等作为激励的手段。

2. **奖金激励**

从理论上讲，奖金是超额劳动的报酬。但在现实中，许多企业将奖金变成了工资的附加部分，没有起到"对在工作上具有倡导和鼓励价值的表现予以额外奖励"的作用。奖金应该是组织对符合企业倡导精神的员工的一种奖励方式。利用奖金激励时要注意：奖金的多少，并不在于物质上、经济上的制约，重要的是心理上的提示作用，即从人的自尊需求层次上起激励作用。

3. 福利激励

企业负担职工工作之外的费用支出，如住房、保险、休假等。福利是薪酬体系的重要组成部分，是员工的间接报酬。随着经济的发展、组织间竞争的加剧，深得人心的福利待遇比高薪更能有效地激励员工。高薪只是短期内人才资源市场供求关系的体现，而福利则反映了组织对员工的长期承诺。正是由于福利的这一独特作用，使许多在各种各样的组织中追求长期发展的员工，更认同福利待遇而非仅仅是高薪。从世界范围看，在薪酬管理实践中，一个越来越突出的问题是，福利在整个报酬体系中的比重越来越大，成为组织的一项庞大支出。据统计，到目前为止，西方一些发达国家的福利与工资的比例几乎接近1∶1，并有超过工资的发展趋势。在西方诞生的一种被称为"自助餐式的福利"的设计体系，可以满足员工的多样化需求，使福利效用达到最大化。这种设计体系的原则是把员工作为客户，让员工自由选择对自己能产生最大效用的福利项目，从而使员工对企业产生强烈的归属感，而这种灵活、柔性的方式更加便于管理，有利于加强福利成本管理。

4. 环境激励

有经济学家认为，无论是一个国家或者一个地区，还是一个企业，人才外流的原因既有外部的拉力——外部精彩的世界吸引着他，也有内部的推力——糟糕的内部环境把他推出去。人才外流的主要力量来自企业的内部。因此，企业为留住优秀的员工，必须完善企业的内部环境，包括营造让人心情舒畅的客观环境和主观环境来激发他们的积极性和创造性。客观环境激励是单位的客观环境，如办公环境、办公设备、环境卫生等都可以影响员工的工作情绪。在高档次的环境里工作，员工的工作行为和工作态度都会向"高档次"发展。主观环境激励是单位良好的制度、规章等，这些都可以对员工产生激励作用。组织政策可以保证员工被公平对待，而公平是员工的一种重要需要。如果员工认为他在平等、公平的单位中工作，就会减少由于不公而产生的怨气，从而提高工作的效率。

5. 其他物质激励

对有创造发明、重大贡献或在一定期间成绩突出、弥补或避免了重大经济损失的员工，除上述的物质奖励手段外，还可以给予大笔奖金或较高价值的实物奖励。

专栏8-1

在一次上时间管理的课上，教授在桌子上放了一个装水的罐子。然后又从桌子下面拿出一些正好可以从罐口放进罐子里的鹅卵石。当教授把石块放完后问他的学生："你们说这罐子是不是满的？"

"是。"所有的学生异口同声地回答说。

"真的吗？"教授笑着问。然后又从桌底下拿出一袋碎石子，把碎石子顺着罐口倒下去，摇一摇，再放一些，再问学生："你们说，这罐子现在是不是满的？"这回他的学生不敢回答得太快。最后班上有位学生怯生生地细声回答道："也许没满。"

"很好！"教授说完后，又从桌下拿出一袋沙子，慢慢地倒进罐子里。倒完后，于是再问班上的学生："现在你们再告诉我，这个罐子是满的呢？还是没满？"

"没有满。"全班同学这下学乖了，大家很有信心地回答说。

"好极了!"教授再一次称赞这些"孺子可教"的学生们。称赞完了后,教授从桌子底下拿出一大瓶水,把水倒在看起来已经被鹅卵石、小碎石、沙子填满了的罐子。当这些事都做完之后,教授问他班上的同学:"你们从上面这些事情得到了什么重要的信息?"

班上一阵沉默,然后一位自以为聪明的学生回答说:"无论我们的工作多忙,行程排得多满,如果要逼一下的话,还是可以多做些事的。"

这位学生回答完后心中很得意地想:"这门课到底讲的是时间管理啊!"

教授听到这样的回答后,点了点头,微笑道:"答案不错,但并不是我要告诉你们的重要信息。"说到这里,这位教授故意停住,用眼睛向全班同学扫了一遍说:"我想告诉各位最重要的信息是,如果你不先将大的鹅卵石放进罐子里去,你也许以后永远也没机会把它们再放进去了。"

(二) 精神奖励

人的精神活动非常独特,除了生存必不可少的物质需求外,还有尊重需要和自我实现需要。尊重需要是人对名声、威望、赞赏的欲求。自我实现需要表现为:希望个人能力得到社会的承认;希望自己能胜任复杂的工作;希望个人能得到别人的尊重、信赖和高度评价。自我实现需要是最大限度地发挥自己的潜力、实现个人的理想和抱负、发挥特长并在事业上取得成功的欲望。因此,抓好员工的精神奖励是使员工热爱团队、激发工作积极性的重要措施。当员工的物质需求得到满足后,一方面他们会对物质需求从更高层次上去继续追求;另一方面他们会进一步追求精神的满足。

1. 关怀激励

管理者对员工各方面的情况应尽可能多地了解,如身体状况、家庭困难、亲属身体状况、个人工作愿望、能力上的长处与不足之处、上下班路途、交通方便程度等,经常给予关心和必要的帮助,员工会感到上级不是把自己当做一部工作机器,而是把自己真正当做人来尊重、来关怀。这种激励方法在员工感情上产生的效应是积极的、强烈而持久的,对培养员工的工作热情和良好的工作动机可产生积极有效的影响。

2. 形象激励

员工对管理者的期望较高。管理者形象可尊重、可信赖,员工的工作热情就能有起码的保证。如果管理者在人们心目中是一个自私自利、任人唯亲、处事不公的形象,员工的工作热情就会受到极大的影响。要想调动员工的积极性,靠强权管制是无法奏效的,只有管理者的行为得到员工心理上的认同,员工才会心甘情愿地跟随其创业。员工认为只有跟随一心为公、清正廉洁、处事公正的管理者,自己的利益才有保障,勤奋才有回报,自己才会受到承认与尊重,才会有真正的前途。任何一个企业管理者绝不能忽视自身形象的激励作用。

3. 荣誉激励

人人都希望得到别人的尊重,都有光荣感和自豪感。荣誉激励就是给有贡献的员工一种荣誉称号,并以此激发其工作的积极性和对企业和工作的责任感与义务感。激励未获荣誉称号的员工奋发进取,争取以优异成绩获得组织的承认与众人的尊敬。企业中可以设置优秀员工、微笑大使、服务明星、先进工作者、精神文明标兵、十佳服务员、劳动模范等荣誉称号。

在授予荣誉称号时应注意以下几点。

(1) 荣誉称号的获得者必须要有突出的成绩和群众的认可。

（2）评选标准明确、事实充分，群众参与评选并愿意接受。

（3）荣誉称号评选前后要大力宣传并举行仪式，以扩大其影响力。

（4）荣誉称号也要和物质利益挂钩，这样激励效果就会更加理想。

4. 目标激励

目标激励是通过目标的设置来激发人的动机、引导人的行为，使被管理者的个人目标与组织目标紧密地联系在一起，以激励被管理者的积极性、主动性和创造性。在目标激励的过程中，各级目标应明确具体，与员工关系密切并具有激励性；目标要科学合理，员工通过努力能达到目标；目标要具有阶段性，以使激励及时发挥效果；考核评价目标时要按照德、能、勤、绩等标准对人才进行全面综合的考虑；达到目标后，与个人利益的相关部分要及时兑现，使激励起到作用。

5. 命运共同体激励

企业与员工双方互为依托、相依成体即是命运共同体。命运共同体的基础是企业和员工的目标一致，相互依赖、相互承认、相互融合，企业的声望、地位、效益、前途与个人利益息息相关。为了企业的兴旺发达，也为了自身的前途，员工会以命运共同体为动力而积极奋斗。

命运共同体激励有如下内容。

（1）企业经常向员工灌输命运共同体思想。

（2）实行民主管理，尽量让员工参与各种决策，确立员工的主人翁地位。

（3）创造良好的企业文化，使员工感到在企业工作心情舒畅。

（4）各级管理人员以身作则，以自己对企业的责任感、自己和企业的共同命运来影响员工。

（5）开展多种形式的集体活动，使员工感到集体的温暖。

（6）与员工互相沟通思想，融合情感。

6. 信任激励

一个社会的运行必须以人与人的基本信任做润滑剂，不然，社会就无法正常有序地运转。信任是加速人体自信力爆发的催化剂，自信比努力更为重要。信任激励是一种基本的激励方式。干群之间、上下级之间的相互理解和信任是一种强大的精神力量，它有助于单位中人与人之间的和谐，有助于单位团队精神和凝聚力的形成。

领导干部对群众的信任体现在相信群众、依靠群众、发扬群众的主人翁精神上；对下属的信任则体现在平等待人、尊重下属的劳动、职权和意见上，这种信任体现在"用人不疑，疑人不用"上，而且还表现在放手使用上。刘备"三顾茅庐"力请诸葛亮出山显出一个"诚"字；魏征从谏如流，得益于唐太宗的一个"信"字，这都充分体现了对人才的充分信任。只有在信任基础之上的放手使用，也才能最大限度地发挥人才的主观能动性和创造性。有时甚至还可超水平的发挥，取得出乎意料的成绩。

（三）兴趣激励

兴趣，是指人对事物的特殊的认识倾向。孔子曰："知之者不如好之者，好之者不如乐之者。"可见"兴趣是最好的老师"。另外，"工作的报酬就是工作本身"！因此，在工作的兴趣激励中，管理者必须为员工寻求工作的内在意义，也就是要为员工创造工作的意义和价值。员工体会到工作的内在价值与意义，才会真正为了这份工作而积极努力，发挥自己的最大力量。

1. 工作设计激励

对工作内容、工作职能、工作关系进行设计，包括对现有设计的调整和修改，通过合理有效地处理员工与工作岗位之间的关系，来满足员工个人需要，实现组织目标。工作设计激励的主要内容包括确定工作责任、工作权限、信息沟通方式、工作方法；确定工作承担者与其他人相互交往联系的范围、建立友谊的机会及工作班组相互配合协作的要求；确定工作任务完成所达到的具体标准（如产品产量、质量、效益等）；确定工作承担者对工作的感受与反应（如工作满意度、出勤率、离职率等）；确定工作反馈等。

2. 工作多元化激励

增加一些与现任工作前后关联的新任务；增派一些原来由经验丰富的员工、专业人士甚至经理做的工作；可以设定绩效目标，让员工用适合自己的方式去实现它们。

3. 岗位轮换激励

让新员工在各个岗位上轮流工作一段时间，亲身体会不同岗位的工作情况，为以后工作中的协作配合打好基础。对于管理骨干更要实行岗位轮换，对业务全面了解，对全局性问题分析判断的能力，开阔眼界，扩大知识面，一般需要一年以上。销售部门和设计部门的人员也可以轮换，改善新产品开发质量。例如，日本马自达公司，有一个时期因为经营状况不好，本来需要裁员，但他们又不忍心裁员，于是让下岗员工都做直销，推销自己企业的汽车。后来统计分析那些销售量最大的人员，前十名居然原来都是搞设计的。因为这些人对技术有深入的了解，面对顾客解释得更清楚，使客户更相信他们的汽车。这些人后来在公司状况好转以后又回到设计岗位，他们在推销时获取的市场信息对他们的设计非常有帮助。

4. 渠道激励

开放反馈渠道，让员工本人直接得到有关信息，而不要通过上司间接地传达给他。直接跟用户接触是一条途径，让员工进行质量自检也是一种方法，顶头上司准备往上汇报的工作总结与员工分享，也是一种可行的办法。

（四）培训教育激励

培训教育激励是指通过对员工思想、文化、专业技能等方面知识的培训，提高员工的素质，增强其进取精神，激发其工作热情。

1. 知识激励

随着知识经济的到来，当今世界日趋信息化、数字化、网络化。知识更新速度不断加快，员工队伍中存在的知识结构不合理和知识老化现象也日益突出。这就需要领导干部一方面在实践中不断丰富和积累知识；另一方面也要不断地加强学习，树立"终身教育"的思想，变"一时一地"的学习，为"随时随地"的学习；对单位的一般员工可采取自学和加强职业培训的方式；对各类人才也可以采取脱产学习、参观考察，进高等院校深造等激励措施，作为一个跨世纪的人才也应掌握必要的外语和计算机知识，能够应用互联网获取各类信息（本单位也应建立高效率的信息情报网络），各级各类人才只有在"专"和"博"上下工夫，不断提高自己的思想品德素质、科学文化素质、社会活动素质、审美素质和身心素质，才能适应时代的要求。

2. 培训激励

培训激励对青年人尤为有效。通过培训，可以提高员工实现目标的能力，为其承担更大的责任、更富挑战性地工作及提升到更重要的岗位创造条件。在许多著名的公司里，培训已经成为一种正式的奖励。培训在激励中占有重要的位置，尤其是对于那些年轻的员工更有吸引力。"享受培训就是最好的奖励"有科学道理，但是对于那些已经有一定成就和相当经验的员工来讲，培训激励就已经不那么重要了，而领导者的个人魅力和公司的前景引导是潜在的培训引导力量。员工如果从领导身上看不到发展的希望，领导的个人魅力起不到潜在的培训引导作用，那么员工的积极性是调动不起来。领导在公司的位置越高，其潜在的示范作用越大，因为他个人的素养代表了公司的发展希望，所以培训的另一个意思就是领导的示范作用和言传身教。

激励作为管理学中的一个重要课题，其内容十分广泛，方式也是多种多样，管理者可根据本单位的具体情况灵活掌握，以便找到对本企业、本部门最有效的激励方法。

专栏 8-2

有一次，一个推销员在纽约街头推销气球。生意稍差时，他就会放出一个气球。当气球在空中飘浮时，就有一群新顾客聚拢过来，这时他的生意又会好一阵子。他每次放的气球都变换颜色，起初是白的，然后是红的，接着是黄的。过了一会儿，一个黑人小男孩拉了一下他的衣袖，望着他，并问了一个有趣的问题："先生，如果你放的是黑色气球，会不会上升？"气球推销员看了一下这个小孩，就以一种同情、智慧和理解的口吻说："孩子，那是气球里所装的东西使它们上升的。"

恭喜这个孩子，他碰到了一位肯给他的人生指引方向的推销员。"气球里所装的东西使它们上升"，同样，也是我们内在的东西使我们进步，关键在于你自己，你有权决定你的命运。

二、激励的要求

（1）目标结合。在激励机制中，设置目标是一个关键的环节。目标设置必须同时体现组织目标和员工需要的要求。

（2）物质激励和精神激励相结合。物质激励是基础，精神激励是根本。在两者结合的基础上，逐步过渡到以精神激励为主。

（3）引导性。外部的激励措施只有转化为被激励者的自觉意愿，才能取得激励效果。因此，引导性原则是激励过程的内在要求。

（4）合理性。激励的合理性包括两层含义：一是激励的措施要适度。要根据所实现目标本身的价值大小来确定适当的激励量；二是奖惩要公平。

（5）明确性原则。激励的明确性包括三层含义：一是明确，激励的目的是需要做什么和必须怎么做；二是公开，特别是分配奖金等员工关注的问题，更为重要；三是直观，实施物质奖励和精神奖励时都需要直观地表达它们的指标，即总结和授予奖励和惩罚的方式，直观性与激励影响的心理效应成正比。

（6）时效性。要把握激励的时机，"雪中送炭"和"雨后送伞"的效果是不一样的。激励越及时，越有利于将人们的激情推向高潮，使其创造力连续有效地发挥出来。

（7）正激励与负激励相结合。所谓正激励就是对员工的符合组织目标期望的行为进行奖励。所谓负激励就是对员工违背组织目的的非期望行为进行惩罚。正负激励都是必要而有效的，不但作用于当事人，而且会间接地影响周围其他人。

（8）按需激励。激励的起点是满足员工的需要，但员工的需要因人而异、因时而异，并且只有满足最迫切需要（主导需要）的措施，其效果才最明显，其激励强度才大。因此，领导者必须深入地进行调查研究，不断了解员工的需要层次和需要结构的变化趋势，有针对性地采取激励措施，才能收到实效。

本章小结

所谓激励是指管理者运用各种管理手段，刺激被管理者的需要，激发其动机，使其朝着管理者所期望的方向前进（实现目标）的心理活动过程。

激励是一个非常复杂的过程，它从个人的需要出发，引起欲望并使内心紧张（未得到满足的欲求），然后引起实现目标的行为，最后在通过努力后使欲望达到满足。激励是组织中人的行为的动力，而行为是人实现个体目标与组织目标一致的过程。无激励的行为，是盲目而无意识的行为，而有激励而无效果的行为，则说明激励的机理出现了问题。

激励的作用有以下几个方面：首先，通过激励可以提高员工工作的主动性、积极性和创造性；其次，通过激励可以激发人们的热情和兴趣；最后，通过激励可以有效地实现组织的目标。

激励理论主要研究人的动机产生的因素、机制与途径等问题。大致可划分为三类；一是内容型激励理论，以人的需求为研究对象；二是过程型激励理论，研究人的动机形成和行为目标；三是行为激励理论，主要是研究改造和修正人的行为方式。

物质激励，是指通过合理的分配方式，将人们的工作绩效与报酬挂钩，即以按劳分配的原则，以分配量上的差异作为酬劳或奖励，以此来满足人们对物质条件的需求，进而激发人们更大的工作积极性。当员工的物质需求得到满足后，一方面他们会对物质需求从更高层次上去继续追求；另一方面他们会进一步追求精神上的满足。在工作的兴趣激励中，管理者必须为员工寻求工作的内在意义，也就是要为员工创造工作的意义和价值。

激励作为管理学中的一个重要课题，其内容十分广泛，方式也是多种多样，管理者可根据本单位的具体情况灵活掌握，以便找到对本企业、本部门最有效的激励方法。

复习思考题

一、名词解释

1. 激励　2. 动机　3. 需要　4. 期望　5. 保健因素　6. 激励因素

二、简答题

1. 简述马斯洛的需要层次理论的贡献。

2. 简述主要激励理论的要点。

3. 简述强化理论的主要观点。

4. 简述激励的方法。

5. 简述激励的要求。

三、论述题

1. 结合实际谈谈在管理中激励的重要性。

2. 结合实际谈谈双因素理论对管理的启示。

实践与训练

一、实践练习

搜集有关运用激励理论较成功的案例，总结从中得到的启发。

二、案例分析

助理工程师黄大佑，是一个名牌大学的高才生，毕业后工作已8年，于4年前应聘到一家大厂的工程部负责技术工作，工作诚恳负责，技术能力强，很快就成为厂里有口皆碑的"四大金刚"之一，名字仅排在厂技术部主管陈工之后。然而，工资水平却同仓管人员不相上下，一家三口尚住在刚来时住的那间平房。对此，他心中时常有些不平。

罗厂长，一个有名的识才的老厂长，"人能尽其才，物能尽其用，货能畅其流"这句孙中山先生的名言，在各种公开场合不知被他引述了多少遍，实际上他也是这样做的。4年前，黄大佑调来报到时，门口用红纸写的"热烈欢迎黄大佑工程师到我厂工作"几个不凡的颜体大字，是罗厂长亲自吩咐人秘部主任做的，并且交代要把"助理工程师"的"助理"两字去掉。这确实使黄大佑当时工作更卖劲。

两年前，厂里有指标申报工程师，黄大佑属于有条件申报的人，但名额却让给了一个没有文凭、工作平平的同志。他想问一下厂长，谁知，他未去找厂长，厂长却先来找他了："黄工，你年轻，机会有的是"。去年，他想反映一下工资问题，这问题确实重要，来这里其中一个目的不就是想得高一点的工资，提高一下生活待遇吗？但是几次想开口，都没有勇气讲出来。因为厂长不仅在生产会上大夸他的成绩，而且，有几次外地人来取经，罗厂长当着客人的面赞扬他："黄工是我们厂的技术骨干，是一个有创新力的人才……"哪怕厂长再忙，路上相见时，总会拍拍黄工的肩膀说两句，诸如"黄工，干得不错""黄工，你很有前途"之类的话。这的确让黄大佑很兴奋，"罗厂长确实是一个伯乐。"此言不假，前段时间，他还把一项开发新产品的重任交给了他，大胆起用年轻人，然而……

最近，厂里新建好了一批职工宿舍，听说数量比较多，黄大佑决心要反映一下住房问题，谁知这次罗厂长又先找他，还是像以前一样，笑着拍拍他的肩膀："黄工，厂里有意培养你入党，我当你的介绍人。"他又不好开口了，结果家没有搬成。

深夜，黄大佑对着一张报纸的招聘栏出神。第二天一早，罗厂长办公桌面上放着一张小纸条，写着：

> 罗厂长：您是一个懂得使用人才的好领导，我十分敬佩您，但我决定走了。
>
> 黄大佑

问题：

1. 在本案例中，根据马斯洛的理论，住房、评职称、提高工资和入党对于黄工来说分别属于什么需要？

2. 根据公平理论，黄工的工资和仓管员的不相上下，是否合理？为什么？

3. 如果你是罗厂长，你将根据什么激励理论，采取什么激励措施来留住黄工？

管理游戏

寻找共同的图案

目的：综合运用各种领导手段，包括指挥、激励沟通的具体运用。

时间：20～30 分钟。

所需材料：空白纸条，带有信息的纸条。

步骤：

（1）教师首先将学生分成多个小组，每个小组 6～8 人。小组划分完，教师要求各小组成员在小组内部选举出 1 位"董事长"，然后由"董事长"从小组成员中挑选并任命 1 位经理，其他小组成员作为员工，建立起基本的组织框架。

（2）教师说明游戏规则。

第一，不许越级指挥和汇报，即"董事长"不能越过经理直接指挥员工，员工也不允许越过经理直接向董事长汇报和询问。

第二，只允许使用文字方式沟通，不允许讲话。要在 30 分钟内完成任务，哪个组最先完成任务就算优胜者。

第三，不管遇到什么问题，只有"董事长"有权举手示意，并低声向教师询问，此外的所有事情都只能在你们组织内部通过文字沟通方式的解决。

（3）教师给每个小组发了厚厚的一沓类似便笺的空白纸条，供大家沟通使用。让这些"董事长"们远离他们的经理和员工，经理和员工坐在一起。教师先给每一位"董事长"发了一张上面画有五种图案的纸，图的下面有几行文字说明，接着又给每一个小组的成员发了类似的一张纸，郑重声明不能交换，游戏开始了。

（4）经理和员工拿到的纸是一样的，上面画有五种图案，有的图案是一种鸟，有的图案是交通标志，图案的下面注明培训师刚刚宣布的各种游戏规则，此外什么都没有。"董事长"拿到的纸有所不同，除了其他成员掌握的信息外，这张纸上多了一条信息，即"你们小组的每个人都拿了这样一张纸，上面也有五种图案，这些图案是不同的，只有一种图案在你们每个人拿到的纸上都有，你的任务是带领你的员工，在最短的时间内将这个共同的图案找出来，要求小组成员每个人都能向教师指出这个共同的图案。"

仔细观察，每个小组的做法都有何不同？

结合案例信息，分析各小组表现差异的原因。

推荐读物

1. 曾旗等．管理学［M］．北京：北京大学出版社，2008．
2. 杨文士等．管理学［M］．北京：中国人民大学出版社，2009．
3. 孙晓红等．管理学［M］．大连：东北财经大学出版社，2005．

第九章

管理沟通

通过本章的学习，掌握沟通的含义、特点、过程原理及其重要意义；清楚人际沟通的特点、组织沟通的类型、个人与组织沟通的障碍；了解有效沟通的原则、基本步骤和实现有效沟通的方法。

关键概念

沟通（Communication）　　　　　　　人际沟通（Interpersonal Communication）

组织沟通（Organizational Communication）　　有效沟通（Effective Communication）

个人技能（Personal Skills）　　　　　组织行动（Organization's Action）

导入案例

31 个灯泡

张明，男，32 岁，大学毕业后被分配到金元大酒店。先是在行政部门，后来到服务一线工作，担任过餐饮部主管、副经理。因其勤奋好学，管理有方，一年前又被破格提拔，现任酒店的总经理助理兼餐饮部经理，是比较年轻，比较有发展后劲儿的管理干部。当然，他的快速提拔也着实令那些年龄较大的资深部门经理心里感到有点儿疙疙瘩瘩的。

第四站是三楼的大会议厅。服务员打开门，一开灯，张明就发现问题了——天棚上的灯泡有不少不亮。他马上问旁边一直跟着检查的客房部郭经理，是否已经报修，郭经理马上让服务员取来报修单，张明一看，确实是当日 11:30 报修的，但只写了这样一句话，"会议厅坏了 1 个灯泡"。按规定，如果报修准确及时，一线部门就没有任何责任，责任在工程部。张明就问郭经理："坏了这么多，怎么就报修一个呢？"郭经理没有正面回答，只是反复强调，这么多灯泡坏十个八个不会影响开会照明。张明很不高兴。就说："不管是否影响照明，只要没报修就是问题，扣一分。"郭经理的脸色特别难看。她今年 47 岁了，绝对的资深经理，管理严格，非常要强，但弱点是护短，不能正视所辖部门的问题。

等大家到康乐中心的时候，客房部的服务员高丽追上来，把报修单递给郭经理，嘀咕了几句。郭经理来了精神头儿，跟张明说："刚才你看错了，登记的不是1个，而是31个。"张明一看就明白了——他们把"了"字描了描改成"3"字，显然弄虚作假。张明把报修单让所有的部门经理都看了看，说："一会儿再谈。"

三点半，检查完毕，开始总结。说到客房部的灯泡问题时，张明派去查坏灯泡数量的检查人员报告说，一共坏了25只。张明就问郭经理："为什么坏了25只，却报了31只？"郭经理脸上有些挂不住了，起身就走，一会又回来了，说："那六只是服务员自己换的。"张明差点儿被气乐了，又问："怎么就换了六只，别的没换呢？""是不是有的服务员在撒谎？"这下郭经理可吃不住了，马上提高了嗓门儿，情绪激动地说："酒店领导怎么能不信任自己的员工呢？"张明始终克制自己的情绪——员工要点儿小聪明还有情可原，怎么当经理的还这么护短？但他还是忍住了，摆摆手，"等调查清楚了再说吧。"

散会的路上，有两个经理跟张明说，客房部太不像话了，怎么能搞这套把戏呢？郭经理也是，太过分、太嚣张了。

张明心里清楚，尽管自己官长一级，但因资历较浅，有些人可能不服气，所以他也处处小心，尽可能地尊重那些资深经理。但没有想到郭经理居然公开地支持部下蒙骗检查。如果换一位老总，张明肯定她不敢这么干。

张明晚上躺在床上还在琢磨，明天是撕破脸皮，把事情弄个水落石出呢？还是和和稀泥，敷衍了事呢？

第一节　沟通概述

一、沟通的含义

沟通是人们在社会交往中的基本需求之一。《大英百科全书》中的解释是，沟通就是"用任何方法，彼此交换信息。也就是指一个人与另外一个人之间用视觉、符号、电话、电报、收音机、电视或其他工具为媒介，所从事的交换信息的方法"。一般来讲，沟通就是用任何方法或形式，在两个或两个以上的主体（个人、组织、群体）传递、交换或分享任何种类信息的过程。

如果从组织管理的角度出发，可以把沟通定义为：沟通是信息凭借一定符号载体，在个人或群体间从发送者到接收者进行传递，并获取理解的过程。

根据这一概念，沟通具有三个方面的含义。

（一）沟通是双方的行为，必须有信息的发送者和接收者

沟通的双方既可以是个人，也可以是群体或组织。无论沟通的双方是何种形式，一个完整的沟通必须有信息的发起人（即信息的发送者）以及信息的接收人（即信息的接收者），这是沟通成立的前提。

（二）沟通是一个传递和理解的过程

如果信息没有被传递到对方，则意味着沟通没有发生。而信息在被传递之后还应该被理解。一般来说，信息经过传递之后，接收者感知到的信息与发送者发出的信息完全一致或基本一致时，才是一个有效的沟通过程。

（三）沟通要有信息上的传递

在沟通过程中，信息的传递是通过一些符号来实现的，例如语言、身体动作和表情等，

这些符号经过传递，往往都附加了传送者和接收者一定的态度、思想和情感。

二、沟通的内容

（一）沟通的目的

在一个群体或组织中，信息沟通的主要目的有：控制、指导、激励、决策、反馈和评价、信息交流和社会需要。

控制，指沟通的目的在于协调和统一全体组织成员的活动。这主要是通过正式的沟通渠道进行。

指导，指沟通的目的在于让人们知道他们必须做什么和如何做。在出现问题或成员调到新的岗位时，需要进行指导。

激励，是指管理者运用沟通来影响下属的思想、情感、态度和行为，鼓励并激发他们为实现组织的目标积极地、创造性地工作。

决策，是指遇到不易解决的问题时，管理者和下属共同讨论解决问题的对策。

反馈和评价，指沟通的目的在于让组织成员知道他们的工作结果，从而使其对自己的工作行为进行自我调节。通常，反馈和评价是同指导、激励一起进行的。

信息交流，是沟通的最基本的目的。实际上，所有其他的目的都是这一目的的特殊表现，所有的沟通都是某种信息交流的过程。

社会需要，是指沟通的目的在于每一个组织中的成员进行情感性的而非任务性的相互交流的需要。例如，在工作闲暇时间里，人们很想谈谈足球、天气、物价等个人感兴趣的问题。虽然这种沟通不直接影响组织的绩效，但它影响成员之间的情感关系。这种沟通经常包括报酬、待遇、领导等方面的内容。显然，这些讨论与组织和工作有很密切的关系，并可能产生一些间接的影响。

（二）沟通的方式

常见的沟通方式主要有语言沟通和肢体语言沟通。

（1）语言沟通。语言是人类特有的一种非常好的、有效的沟通方式。语言的沟通包括口头语言、书面语言、图片或者图形。口头语言包括我们面对面的谈话、开会等。书面语言包括我们的信函、广告和传真，还包括现在用得很多的 E-mail 等。图片包括一些幻灯片和电影等，这些都统称为语言的沟通。语言沟通的渠道，见表 9-1。

表 9-1　语言沟通的渠道

口　头	书　面	图　片
模式	信	幻灯片
一对一（面对面）	用户电报	电影
小组会	发行的出版物	电视/录像
讲话	传真	投影
电影	广告	照片\图表\曲线图\画片等
电视/录像		与书面模式相关的媒介定量数据
电话（一对一/联网）	报表	
无线电	电子邮件	
录像会议		

（2）肢体语言沟通。肢体语言非常丰富，包括我们的动作、表情、眼神。实际上，在我们的声音里也包含着非常丰富的肢体语言。我们在说每一句话的时候，用什么样的音色去说，用什么样的语调去说等，这都是肢体语言的一部分。肢体语言沟通的渠道，如表9-2所示。

表9-2 肢体语言沟通的渠道

肢体语言表述	行为含义
手势	柔和的手势表示友好、商量，强硬的手势则意味着："我是对的，你必须听我的"
脸部表情	微笑表示友善礼貌，皱眉表示怀疑和不满意
眼神	盯着看意味着不礼貌，但也可能表示感兴趣或寻求支持
姿态	双臂环抱表示防御，开会时独坐一隅意味着傲慢或不感兴趣
声音	演说时抑扬顿挫表明热情，突然停顿是为了造成悬念，吸引注意力

在沟通的两种方式中，语言更擅长沟通的是信息，肢体语言更善于沟通的是人与人之间的思想和情感。

（三）沟通的过程

在信息沟通中，沟通过程是指一个信息的发送者通过一定的信息渠道传送信息，信息的接收者在接到信息之后对信息进行理解，并按接收到的信息采取行动的过程。沟通过程，如图9-1所示。

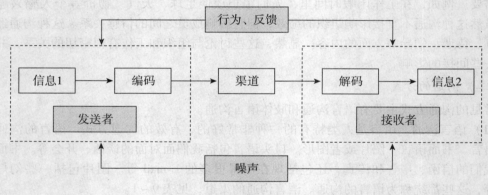

图9-1 信息沟通过程的一般过程

沟通在发生之前，必须存在一个意图，我们称之为要被传递的信息。信息如果被传递、接收和理解，需要经过下述过程：由信息的发送者将信息通过某种特定的信号编码形成一条消息，该消息是将这种想法传送到接收者那里的一种有形方式，如文字，图片，语言等。消息通过特定的渠道如书信、文件、电话、电视、广播、面谈等途径传送给接收者，接收者再经过对消息进行必要的加工处理的译码阶段，理解该信息的内涵，并执行信息所涵盖的内容。

一个完整的沟通过程，包括八个部分：发送者、信息内容、编码、渠道、接收者、解码、行为和反馈、噪声的影响。

（1）发送者。它又称为信息沟通主体，在一个沟通过程中，总有一方是信息的主动发送者。沟通的过程始于信息发送者向接收者发布事实、意见或其他信息。

（2）信息内容。信息内容即沟通的内容，组织中沟通的信息内容是多种多样的，它包括组织中上级下达的命令、指令、计划以及决策；下级按规定上报的报告、反映的情况，也包括在非正式场合中员工之间的感情交流、谈心。作为沟通内容的信息，分为事实、情感、价值观、意见和观点四类。

（3）编码。编码是发送者将其信息符号化，将信息编成发送者自己与接收者双方都能理解的共同"语言""符号"等形式。没有编码，沟通就无法进行。信息在编码的过程中会受到沟通主体的知识技能、个人态度、所处的社会文化系统三方面因素的影响。

（4）沟通渠道。渠道是由发送者选择的，借以传递信息的载体。该载体可以是一席面谈、一次演讲、一封信函、一个电话等。不同的沟通渠道其沟通效果是不同的，不同的信息内容应当选用不同的沟通渠道。对于一个组织来说，不仅要建立完整的沟通渠道，而且还要使沟通渠道保持畅通无阻的良好状态。

（5）接收者。信息的接收者，即沟通过程中处于被动地接收信息的一方。不过，在沟通不断循环的过程中，信息的发送者与信息的接收者的身份会不断地改变，特别是在双向沟通中，无论哪一方，都既要充当信息的发送者，又要充当信息的接收者。

（6）解码。解码是指接收者在接收到信息后，将符号化的信息翻译成接收者可以理解的形式。完美的沟通应该是传送者的信息在经过编码和解码两个过程后，形成的信息与发送者的信息完全吻合，也就是说，编码与解码完全"对称"。为此，信息在解码阶段同样会受到来自接收者的知识技能、个人态度、所处的社会文化系统等因素的影响。

（7）行为和反馈。沟通的最终目的是对信息接收者产生影响，促使其行动。当信息被接收之后，一般会产生影响，促使接收者采取行动，而信息的反馈则是不可缺少的行为之一。

信息的反馈是指接收者把收到并理解了的信息返送给发送者，以便发送者对接收者是否正确理解了信息进行核实。一个完整无缺的沟通过程必定包括了信息的成功传递与反馈过程，没有反馈的沟通过程容易出现沟通失误或失败。在检验接收者是否正确、完整、及时地接收、理解所需要传达的信息时，反馈是至关重要的。

（8）噪声的影响。这里的噪声指的是信息传递过程中的干扰因素。典型的噪声包括：难以辨认的字迹、电话的中断、信件的丢失、接收者的疏忽大意等，都会造成信息的失真。

在沟通的每一个过程中，噪声都会对信息产生影响。无论是用什么样的支持性装置来传递信息，信息本身都会出现失真现象。

专栏 9-1

企业中有两个数字可以很直观地反映出沟通在企业里面的重要性，就是两个70%。

第一个70%，是指企业的管理者，实际上70%的时间用在沟通上。开会、谈判、谈话、作报告是最常见的沟通形式，撰写报告实际上是一种书面沟通的方式，对外各种拜访、约见也都是沟通的表现形式，所以说管理者70%的时间花在沟通上。

第二个70%，是指企业中70%的问题是由于沟通障碍引起的。比如，企业常见的效率低下的问题，实际上往往是有了问题、有了事情后，大家没有沟通或不懂得沟通所引起的。另外，企业里面执行力差、领导力不强的问题，归根结底，都与沟通能力的欠缺有关。比如说经理们在绩效管理的问题上，对于下属，经常有恨铁不成钢的想法，觉得年初设立的目标他们没达到，工作中给他们的一些期望，也没有达到。

为什么这种下属达不到目标的情况经常会出现？我们在企业里做了很多调研发现，下属对领导的目的或者说期望事先是不清楚的。这无论是领导的表达有问题，还是下属倾听领会的能力不行，归根结底都是沟通造成的问题。

三、沟通的意义

沟通在管理的各个方面得到了广泛的运用。美国著名的未来学家奈斯比特说："未来的竞争是管理的竞争，竞争的焦点在于每个社会组织内部成员之间及其与外部组织的有效沟通之上。"

沟通对组织的管理和目标的达成有着重大的意义。

（一）沟通是组织与外部环境之间建立联系的桥梁

一个组织如果与外界没有沟通，就无法获得组织生存和发展所需的资源和信息，这个组织就无法正常运转。有资料表明，60%以上的医患冲突都并非产生于医疗事故，而是由于沟通不充分导致的。一个组织只有通过信息沟通才能成为一个与其外部环境发生相互作用的开放系统，并在不断变化的外部环境中抓住机遇，规避风险，优化资源配置，提升组织的竞争力。

（二）沟通是确保组织成员团结一致，共同努力实现组织目标的重要手段

组织是由众多人员组成的，通过沟通，可以让员工了解组织、参与管理，建立相互团结、信任的融洽关系，同时把抽象的组织目标转变成为组织中每一个成员的具体行动，增进对组织目标的认同。

（三）沟通是管理者激励下属，履行领导职责的基本途径

沟通不仅是信息的传递过程，而且这个过程还通常伴有激励或影响行为的意图。一个领导者必须通过沟通将自己的意图和要求传达给下属，通过沟通了解下属的想法，从而进行有效的指导、协调和激励。

（四）沟通可以降低管理的模糊性，提高管理的效能

沟通可以降低管理的模糊性，提高管理的效能。组织内外存在大量模糊的、不确定的信息，沟通可以澄清事实、交流思想、倾诉情感，从而降低信息的模糊性，为科学决策奠定基础。事实上，往往越是组织决策的关键信息，越是来源不确定，越是模糊不清，管理者的沟通能力在消除信息的不确定上越是起着关键作用。

沟通作为人类最基本、最重要的活动方式和交往过程之一，不仅在管理中占据首屈一指的地位，而且在其他的人类行为中也扮演着十分重要的、不可或缺的关键角色。人类社会及人类社会中的任何一个基本组织，都是由两个或多个个体所组成的一个群体，沟通是维系组织存在，保持和加强组织纽带，创造和维护组织文化，提高组织效率、效益，支持、促进组织不断进步发展的主要途径。可以说，天下没有不需要进行沟通的组织。没有沟通，就不可能形成组织和人类社会。家庭、企业、国家，都是十分典型的人类的组织形态。人类在社会组织如企业中要实施管理，必须通过沟通，沟通是管理的核心和本质。

第二节　人际沟通与组织沟通

一、人际沟通的主要特点

所谓人际沟通，是指两个或两个以上的人之间的信息沟通。顾名思义，就是人与人之间传递信息，沟通思想和交流情感的过程。

人际沟通具有四个特点。

第一，在人际沟通中，沟通双方都有各自的动机、目的和立场，都设想和判定自己发出的信息会得到什么样的回答。因此，沟通的双方都处于积极主动的状态，在沟通过程中发生的不是简单的信息运动，而是信息的积极交流和理解。

第二，人际沟通借助言语和非言语两类符号，这两类符号往往被同时使用。二者可能一致，也可能矛盾。

第三，人际沟通是一个动态系统，沟通的双方都处于不断地相互作用中，刺激与反应互为因果，如乙的言语是对甲的言语的反应，同时也是对甲的刺激。

第四，在人际沟通中，沟通的双方应有统一的或近似的编码系统和译码系统。这不仅指双方应有相同的词汇和语法体系，而且要对语义有相同的理解。语义在很大程度上依赖于沟通情境和社会背景。沟通场合以及沟通者的社会、政治、宗教、职业和地位等的差异都会对语义的理解产生影响。

二、组织沟通的类型

（一）按沟通的组织系统分类

在一个组织内，成员间所进行的沟通，可因其途径的不同分为正式沟通与非正式沟通这两种系统。正式沟通是通过组织正式结构或层次系统进行的，非正式沟通则是通过正式系统以外的途径来进行的。

（1）正式沟通。正式沟通一般指在组织系统内，依据组织明文规定的原则和渠道进行信息传递与交流。这种沟通要通过正式的组织程序，沟通的媒介物和线路都是经过了事先安排，因而被认为是正式的。例如：组织内部的文件传递，定期或不定期的会议制度，上级指示按系统逐级下达或下级的情况逐级上报等。

（2）非正式沟通。非正式沟通是指在正式渠道之外进行信息的传递与交流。这种沟通的媒介物和线路无须事先安排，具有很强的随意性和自发性，沟通途径繁多且无定型。例如同事之间的任意交谈，家人之间的传递等。非正式沟通一般可分为两大类。

第一类，具有补充正式沟通不足的作用的非正式沟通——谈心。这种沟通多是积极的。谈心是领导做思想政治工作常用的方法之一。

第二类，对正式沟通和组织有一定的副作用的非正式沟通——传言。

在一个非正式组织中，无论其沟通系统设立得多么精巧、严密，总还是会存在非正式沟通网络。非正式沟通网络传递的信息，通俗地讲就是人们所说的各种"小道消息"，理论上叫传言。传言式的非正式沟通网络可归纳为如下几种类型，如图9-2所示。

集群沟通。沟通过程中，可能有几个中心人物，由他们转告若干人，而且有一定的弹性。图中 A 和 F 就是两个中心人物，是两个集群的"转播站"。

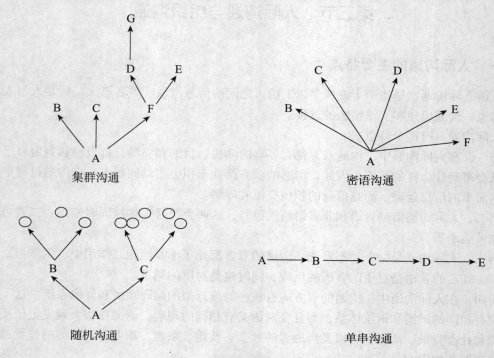

图 9-2　传言式非正式沟通类型

密语沟通。由一个最喜欢传递小道消息的人将他所知的消息传递给他周围的人。这种网络在传播小道消息中最常见。从我国的情况来看，在同一个组织群体中，这种传播网络比较常见。

随机沟通。由 A 将消息传给一部分人，又由这些人随机地传递给另一部分特定的人。

单串沟通。即小道消息由 A 传给 B，由 B 传给 C，C 传给 D……这是比较常见的非正式沟通网络，多用于传播与员工工作有关系的小道消息。

非正式沟通是正式沟通不可缺少的补充，也是一个正式组织中不可能消除的沟通方式。在一个组织中既有正式沟通也有非正式沟通，两者优缺点，如表 9-3 所示。

表 9-3　正式沟通和非正式沟通比较

沟通方式	优　点	缺　点
正式沟通	沟通效果好，比较严肃、慎重，约束力强，易于保密，可以使信息沟通保持权威性	依靠组织层层传递，较刻板，沟通速度慢，存在信息失真和扭曲的可能
非正式沟通	沟通形式灵活多样，直接明了，沟通速度快，效率较高，容易及时了解到正式沟通难以提供的"内幕消息"，可以满足组织成员的心理需要	难控制，传递的信息不确切，容易失真，可能导致小集团、小圈子，影响组织的凝聚力和稳定

【例】选择题

以下关于正式沟通与非正式沟通的说法中正确的是（　　　）。

A：从组织系统来看，正式沟通就是通过组织明文规定的渠道进行信息传递和交流。正式沟通依据职权指挥链，或因工作上的需要所进行。

B：非正式沟通是在正式沟通渠道之外进行的信息传递或交流。非正式沟通出现于组织成员为满足自己的需要，沟通对象、时间以及内容等各方面，都是未经安排和难以辨别的。

C：人们的真实思想和动机往往是在非正式的沟通中表露出来的。这样的沟通，信息传递快而且也不受限制，它起着补充正式沟通的作用。

D：AB

E：AC

F：ABC　　　　　　　　　　　　　　　　　　　　　　　　　　参考答案：F

（二）按沟通的流动方向分类

沟通的流动方向也就是沟通方向，按沟通信息流向的不同，可以把沟通分为纵向沟通、横向沟通和斜向沟通三种。

（1）纵向信息沟通。纵向沟通即垂直沟通，是指沿着组织的指挥链在上下级之间进行的信息沟通。它可以区分为自上而下的和自下而上的两种形式。

自上而下的沟通也称为下行沟通，指组织内部同一系统内的较高层次的人员与较低层次的人员的沟通，即上级向下级进行的信息传递。一般以命令方式传达上级组织或其上级所决定的政策、计划、规定之类的信息，有时颁发某些资料供下层使用等，它是传统组织中最主要的沟通流向。下行沟通也是组织中最重要的沟通方式。其作用是借此沟通方式可以使下级明确组织的计划、任务、工作方针、程序和步骤，并且同时可以使职工感到自己的主人翁地位，从而激发他们的积极性。

自下而上的沟通也称为上行沟通，指组织内部同一系统内较低层次的人员与较高层次的人员的沟通，即下级向上级进行的信息传递如请示、书面或口头汇报等。有的领导者认为沟通就等于"发布信息"或是自上而下的"信息传达"，这是不对的，自下而上的沟通应受到领导者的特别重视。上行沟通的作用是：上行沟通是领导了解实际情况的重要手段，是掌握决策执行情况的重要途径。所以，领导不仅要鼓励上行沟通，还要注意上行沟通的信息的真实性、全面性，防止报喜不报忧的现象；对于一个低层管理者来说，做好上行沟通，既可以争取上级对自己工作的支持，有利于工作取得成就；又可以让上级了解自己，争取不断发展的机会。当然实行上行沟通也存在一定的困难，如信息的接收者处于支配地位，而信息的发送者却居于被支配的地位，信息发送者往往会信心不足而影响信息的传递等。所以，有意识地锻炼自己的上行沟通能力是每一个员工都应当注意的。

（2）横向信息沟通。横向沟通是指组织内部同一层次的人员之间的沟通，所以也称平行或水平沟通。这种沟通主要是为了促成不同系统（部门、单位）之间的协调配合和相互了解而运用的。例如，高层管理者之间、中层管理者之间、生产工人与设备修理工人之间、任务小组与专案小组内部所发生的沟通，都属于横向沟通。做好横向沟通工作，在规模较大，层次较多的组织中尤为重要，它有利于及时协调各部门之间的工作步调，减少矛盾。

（3）斜向信息沟通。斜向沟通是指组织内部既不同系统又不同层次的人员之间的沟通。它对组织中的其他沟通渠道会起到一定的补充作用。其优点是增加相互理解，缩短沟通线路和信息传递时间，但也容易在部门之间造成矛盾。

（三）按沟通的方法分类

按沟通的方法可以把沟通分为口头沟通、书面沟通、非语言沟通和电子媒介沟通等。

口头沟通是借助于口头语言进行的沟通。书面沟通是指利用语言文字进行的沟通。非语言沟通则是通过诸如面部表情、语气声调及身体姿态等来加强或否认语言沟通的效果。电子媒介沟通是借助现代电子通信技术手段如传真机、电子邮件、电脑等进行沟通。上述各种沟通方式的比较，如表9－4所示。

表9－4　各种沟通方式的比较

沟通方式	举　例	优　点	缺　点
口头	交谈、讲座、讨论会、电话	传递反馈快、信息量大、弹性大、亲切、双向、效果好	不易保存，事后难查证，传递层次越多则信息失真越严重
书面	报告、备忘录、信函、文件、内部期刊、公告等	正规、准确、权威、持久有形可核实，易于远距离传递，易于储存	效率低，费用较高，缺乏反馈，保密性差
非语言	声、光信号、体态、语调	内涵丰富、含义隐含灵活、信息意义十分明确	传递距离有限、界限含糊、只可意会、不可言传
电子媒介	传真、电子邮件、电子会议	快速传递、容量大、距离远、可同时传递到多人	单向传递，电子邮件可交流但看不到表情，不能满足人们归属的需要

（四）按沟通是否反馈分类

沟通按是否进行反馈，可以分为单向沟通和双向沟通。

（1）单向沟通。单向沟通是指没有反馈的信息传递，沟通中信息的发送者与接收者的地位不变。单向沟通比较适合下列几种情况：① 问题较简单，但时间较紧；② 下属易于接受的方案；③ 下属没有足够了解问题的信息，在此情况下，反馈不仅无助于澄清事实反而易混淆视听；④ 发送者缺乏处理负反馈的能力，容易感情用事。

（2）双向沟通。双向沟通是指有反馈的信息传递，沟通中信息的发送者与接收者的地位不断变化。双向沟通比较适合下列几种情况：① 时间比较充裕，但问题比较棘手；② 下属对解决方案的接受程度至关重要；③ 下属对解决问题能提供有价值的信息和建议；④ 发送者习惯于双向沟通，且具有建设性的处理负反馈的能力。单向沟通和双向沟通的优缺点，如表9－5所示。

表9－5　单向沟通和双向沟通的优缺点

沟通形式	优　点	缺　点
单向沟通	需要的时间少，速度快，秩序好，对于需要迅速传递的信息效果好，沟通中不易受干扰	无反馈，准确性较差，对接收者的理解能力要求较高，接收者易产生挫折、埋怨和抗拒等情绪
双向沟通	对于需要准确传递的信息效果好，接收者理解发送者意图的准确程度高，气氛活跃，有反馈，可以形成良好的人际关系	需要的时间较长，速度慢，沟通中噪声较多，发送者心理压力较大

（五）按沟通渠道所形成的网络分类

沟通网络指的是信息流动的通道，莱维特最早通过实验提出了五种不同的沟通网络，如图9－3所示。

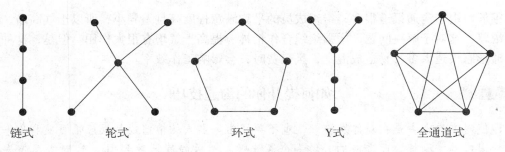

链式　　　　　轮式　　　　　环式　　　　　Y式　　　　　全通道式

图 9 – 3　五种沟通网络形态

（1）链式沟通。链式沟通是一个平行网络，其中处于两端的人只能与内侧的一个成员联系，居中的人则可分别与两人沟通信息。在一个组织系统中，它相当于一个纵向沟通网络，代表组织的各级层次自上而下传递信息。在这个网络中，信息层层传递、筛选，容易失真，每个人接收的信息差异很大，平均满意程度有较大差距。此外，这种网络还表示组织中主管人员与下级部属之间存在若干管理者，属于控制型结构。在现实企业中，严格按照直线职权关系和指挥链系统在各级主管之间逐级进行的信息传递就属于链状沟通网络的应用。如果某一组织系统过于庞大，需要实行分权、授权管理，那么链式沟通是一种行之有效的方法。该种沟通方式在中小企业中经常使用。

（2）轮式沟通。轮式沟通也属于控制型沟通网络形态，其中只有一个成员是各种信息的汇集点与传递中心。在组织中，这种网络大致相当于一个主管领导直接管理几个部门的权威控制系统。此网络集中化程度高，领导人员的预测程度也很高，领导人物是各种信息的汇集点与传递点，其他成员之间没有相互交流，所有信息都是通过他们的共同领导者来交流，故而信息沟通准确度很高，解决问题的速度快，但由于沟通的渠道少，组织成员的满意程度低，士气可能低落。轮式网络是加强组织控制、争时间、抢速度的一个有效方式。如果组织接受紧急攻关任务，又要求进行严密控制，则可采用这种网络。

（3）环式沟通。环式沟通形态可以看成是链式形态的一个封闭式控制结构，表示组织各部门或成员之间依次联络和沟通，其中每一个部门或个人都可同时与两侧的部门或个人沟通信息，因此大家地位平等。在此网络中，组织成员具有比较一致的满意度，组织的士气高昂，但是组织的集中化程度和领导者的预测程度都较低，信息流动的通道不多，且环节多，渠道并不畅顺，信息的传递速度较低，准确度也难以保证。如果在组织中需要创造出一种高昂的士气来实现组织目标，环式沟通形态不失为一种行之有效的方式。

（4）Y式沟通。Y式沟通是一个轮式和链式相结合的纵向沟通网络，其中只有一个部门或成员居于沟通的中心，成为沟通媒介，成为网络中因拥有信息而具有权威感和满足感，但是这个人并不一定是最高级别的成员。在组织中，这一网络形态相当于从参谋、咨询机构到组织领导，再到下级管理人员或一般成员之间的纵向关系。这种网络的集中化程度高，解决问题的速度快，组织中领导人员的预测程度较高。但是除中心人员外，组织成员的平均满意程度较低。此网络形态适用于管理人员工作任务十分繁重，需要有人选择信息、提供决策依据、节省时间而不要对组织实行有效控制的情况，但易导致信息曲解或失真，影响组织成员的士气，阻碍组织提高工作效率。

（5）全通道式沟通。全通道式沟通也称星式沟通，是全方位、开放式的网络形态，其中每个成员之间都有一定联系，彼此了解。此网络中组织的集中化程度及主管领导的预测程度均很低。由于沟通渠道很多，组织成员的平均满意程度高且差异小，所以士气高昂，合作气氛浓厚，这对于解决问题、增强组织合作精神、提高士气均有很大作用。但是，这种网络的沟通形态渠道太多，易造成混乱，且又费时，会影响工作效率。

专栏9－2　　　　　　　**如何提升你的沟通技巧**

即使对方看上去是在对你发脾气，也不要还击。别人的情绪或是反应很可能和你一样是由于畏惧或是受到挫败而造成的。做一个深呼吸，然后静静地数到10，让对方尽情发泄情绪，直至他愿意说出他真正的想法。

你不必知道所有的答案。说"我不知道"也是很好的。如果你想知道什么就说出来，然后说出你的想法。或者你愿意与对方一起找出问题的答案。

对事实或感受做正面反应，不要有抵触情绪。例如说："多告诉我一些你所关心的事。"或是"我了解你的失落。"总比说："喂，我正在工作。"或"这不是我分内的事。"（这很容易激怒对方）要好。掌握好每一次的交流机会，因为很多时候你可能因为小小的心不在焉而导致你与别人的距离越来越远。

比起你的想法，人们更想听到你是否赞同他们的意见。好多人在抱怨人们不听他们说话，但是他们忘了自己本身也没有听别人讲话！你可以给出你的全部意见，以表示出你在倾听，并像这样说："告诉我更多你所关心的事。""你所关心的某某事是怎么回事啊？""我对你刚才说的很感兴趣，你能告诉我是什么导致你如此相信它的吗？""你为什么对某某事感到如此满意？"

记住，别人说的和我们所听到的可能会产生理解上的偏差！我们个人的分析、假设、判断和信仰可能会歪曲我们听到的事实。为了确保你真正了解，重说一遍你听到的、你的想法并问："我理解的恰当吗？"如果你对某人说的话有情绪反应，就直接说出来，并询问更多的信息："我可能没有完全理解你的话，我以我自己的方式来理解的，我想你所说的就是某某。"

三、沟通的障碍

在人际沟通和组织沟通的过程中，常会出现一些障碍。这些障碍往往会使信息失真，从而降低沟通效果，使之达不到预期的目的，严重时甚至会使沟通中断。沟通的障碍主要包括个人的沟通障碍和组织障碍。

（一）个人的沟通障碍

（1）知识、经验水平的差距所导致的障碍。在信息沟通中，如果双方经验水平和知识水平差距过大，就会产生沟通障碍。此外，个体经验差异对信息沟通也有影响。在现实生活中，人们往往会凭经验办事。一个经验丰富的人往往会对信息沟通做通盘考虑，谨慎细心；而一个初出茅庐的人往往会不知所措，特点是信息沟通的双方往往依据经验上的大体理解去处理信息，使彼此理解的差距拉大，形成沟通的障碍。

（2）个体记忆不佳所造成的障碍。在管理中，信息沟通往往是依据组织系统分层次逐次传递的，然而，在按层次传递同一条信息时往往会受到个体素质的影响，从而降低信息沟通的效率。

（3）沟通者的畏惧感以及个人心理品质也会造成沟通障碍。在管理实践中，信息沟通的成败主要取决于上级与上级、领导与员工之间的全面有效的合作。但在很多情况下，这些合作往往会因下属的恐惧心理以及沟通双方的个人心理品质而形成障碍。一方面，如果主管过分威严，给人造成难以接近的印象，或者管理人员缺乏必要的同情心，不愿体恤下属，都容易造成下级人员的恐惧心理，影响信息沟通的正常进行；另一方面，不良的心理品质也是造成沟通障碍的因素。

（4）直觉选择偏差所造成的障碍。接收和发送信息也是一种知觉形式。但是，由于种种原因，人们总是习惯接收部分信息，而摒弃另一部分信息，这就是知觉的选择性。知觉选择性所造成的障碍既有客观方面的因素，又有主观方面的因素。客观因素如组成信息的各个部分的强度不同，对收信人的价值大小不同等，都会致使一部分信息容易引人注意而被人接收；另一部分则被忽视。主观因素也与知觉选择时的个人心理品质有关。在接收或转述一个信息时，符合自己需要的、与自己有切身利害关系的，就很容易听进去，而对自己不利的、有可能损害自身利益的，则不容易听进去。凡此种种，都会导致信息歪曲，影响信息沟通的顺利进行。

（二）组织障碍

（1）地位与权力的差异问题。权力较低的人可能不愿意将坏消息上报上级，而权力较高的人可能会对下级的无作为没有任何意识。

（2）相互不信任所产生的障碍。有效的信息沟通要以相互信任为前提，这样，才能使向上反映的情况得到重视，向下传达的决策得以迅速实施。管理者在进行信息沟通时，应该不带成见地听取意见，鼓励下级充分阐明自己的见解，这样才能做到思想和感情上的真正沟通，才能接收到全面、可靠的情报，才能做出明智的判断与决策。

（3）部门间的需求和目标的差异形成了对沟通效果的负面影响。有可能存在各部门之间不能换位思考，而仅仅从自身需求和观点去看待问题的情况。

（4）沟通渠道的不适合造成团队或组织的任务难以顺利执行，或是正式沟通渠道的缺少导致沟通效率的降低。

> **思考与讨论：**
> 1. 在与别人沟通的过程中，什么情况下你会对别人说："你没有在听我讲话吗？"
> 2. 有人说，在企业管理中，不能越级沟通，否则会破坏信息传播渠道的稳定性。对此你是怎样看的？

第三节　有效沟通

一、有效沟通的原则

在学习了人际沟通和组织沟通知识的基础上，我们了解到沟通并不是一个永远有效的过程。要实现有效的沟通，人们必须遵守一定的原理，只有遵循了这些基本原理，人们想要传递的信息才能像预期的那样及时、准确、完整地完成传递。一个完美、有效的沟通过程，必须遵循以下基本原理。

（一）有效沟通的价值性原理

有效沟通的价值性原理，即有效沟通必须是对有意义的信息进行传递。传递没有真正意义的信息，哪怕整个沟通的过程全部完整，沟通也会因为没有任何实质内容而失去其价值和意义，即完整无缺的沟通成了无效与无意义的沟通。一个良好的沟通过程，必须要有富有意义的信息，这是沟通能够存在、成立的基础和首要前提。有效沟通的内容必须具有真实意义，沟通的信息至少对其中一方是有用和有价值的。

（二）有效沟通的感知性原理

与他人进行沟通时必须考虑到对方理解该问题的实际情况。如果一个经理和一个半文盲的员工交谈，他必须用对方熟悉的语言，否则会造成沟通障碍。接收者的认知理解能力取决于他的教育背景、经历以及情绪。如果沟通者在沟通过程中没有认识到这些问题，将很难达到预期的沟通效果。

有效的沟通取决于接受者如何去理解接收到的信息。例如，经理告诉他的助手："请尽快处理这件事，好吗？"助手会根据老板的语气、表达方式和身体语言来判断，这究竟是命令还是请求。

所以，无论使用什么样的渠道，沟通的一个主要问题是，"信息是否在接收者的接收范围之内、他如何理解"。

（三）有效沟通的沟通主体共时性原理

所谓的沟通主体共时性即有意义、真实的信息必须由适当的主体发出，并通过适当的渠道传递给适当的另一接收主体。人们要想实现有效的沟通，信息的发出者和接收者都应该是而且必须同时恰好是应该发出和应该接收的沟通主体，发送者和接收者的主体适当性和共时性，这两者缺一不可。如信息虽由适当的主体发出，但接收者不对；或者接收者对了，但发出者的身份或地位不适当，都会导致沟通失败。只有有意义的信息从适当的主体发出，并准确地传送给了另一适当的主体及时接收，沟通才可能是有效的。

（四）有效沟通的代码相同性原理

在传递信息时，信息发出者和信息接收者之间，必须使用相同的信息代码系统，即信息在发出者那是以何种代码被编码的，在接收者那也必须以相同的代码系统，对接收到的信息代码进行解码。如果双方所使用的信息代码系统完全不同或存在较大差异，就会导致接收者对信息解读无法实现或解读错误，导致沟通失败。

（五）有效沟通的时间性原理

任何沟通都是有时间限制的，整个沟通的过程必须在沟通发生的有效期发生完毕，否则，也会失去沟通的意义。如新闻报道就是典型的例子。在战争中，特务或间谍在传递信息时沟通的及时性显得尤为重要。

二、有效沟通的基本步骤

（一）事前准备

发送信息的时候要确定发送的方法、发送的内容和发送地点。我们在工作中，为了提高沟通的效率，要进行一些事前的准备。

（1）设立沟通的目标。在与别人沟通之前，一定要有一个目标，即希望通过这次沟通达成什么样的一个效果。通常可以分析沟通双方的优劣势来设定一个合理的、双方都可以接受的目标。

（2）制订计划。规划沟通的主题、方式以及时间地点，同时预测可能遇到的异议和争执。

（二）确认需求

需求的确认要通过有效提问、积极聆听、及时确认三个步骤。在沟通中，提问和聆听是常用的沟通技巧。我们在沟通的过程中，首先要确认对方的需求是什么。如果不明白这一点就无法最终达成一个共同的协议。要了解别人的需求、了解别人的目标，就必须通过提问来实现。沟通过程中有三种行为：说、听、问。提问是非常重要的一种沟通行为，因为提问可以帮助我们了解更多、更准确的信息，所以，提问在沟通中会常用到。在开始的时候会提问，在结束的时候也会提问：你还有什么不明白的地方？提问在沟通中用得非常多，同时提问还能够帮我们去控制沟通的方向、控制谈话的方向。当我们想获取对方的观点和信息时，聆听也是常用的方法之一。在沟通过程中采用聆听的方式可以帮助聆听者有意识地去理解他人的观点，控制沟通双方的对话节奏，使得沟通更容易开展和掌控。通过提问和聆听所获得的需求信息要及时的与对方确认。

（三）阐述观点

将自己的观点传达给对方，让对方明白此次沟通所要表达的内容。在表达观点的时候，有一个非常重要的原则：FAB 的原则。FAB 是一个英文缩写：F 代表属性（Feature）；A 代表作用（Advantage）；B 代表利益（Benefit）。按照先陈述属性、接下来说明作用、最后谈论利益的顺序来说，能够使对方更加清晰地理解沟通的内容。

例如：图 9-4、图 9-5 所示的售货员与买沙发的顾客之间的沟通。售货员在阐述观点时，采用 FAB 原则与不采用 FAB 原则的对比。

按 FAB 顺序来阐述：

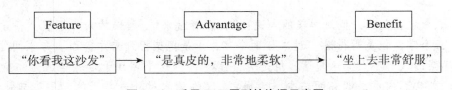

图 9-4 采用 FAB 原则的沟通示意图

没有用 FAB 顺序：

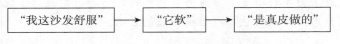

图 9-5 没有采用 FAB 原则的沟通示意图

很显然，上述的事例中采用 FAB 原则的沟通方式比较清晰地阐述了自己的观点，从而更能说服顾客购买商品。

（四）处理异议

在沟通中，可能会出现沟通的一方对另一方的观点产生异议，如果处理不当就会产生沟通的失败。因此，当在沟通中遇到异议时，应该认真对待并及时处理。在处理异议时，可以采用一种类似于借力打力的方法——"柔道法"。这种方法的策略重点是用对方的观点来说服对方，而不是强行说服对方。具体在沟通中遇到异议的时候，首先要了解对方的某些观点，然后当对方说出了一个对我方有利的观点的时候，再用这个观点去说服对方。很多情况下，这种"柔道法"要比其他的很多方法更为行之有效。

（五）达成协议

沟通的结果就是最后达成了一项协议。因此，需要注意的是：是否完成了沟通，取决于最后是否达成了协议。

在达成协议的时候，要做到以下 3 方面。

（1）感激。对于对方的支持和理解要表示自己的感激或感谢之情，同时要对对方为达成协议所做的努力表示感谢。

（2）回报行为。对于协议达成方的杰出工作给予赞美，并可以举办相应的庆祝。

（3）表达意愿。达成协议后，应表达自身愿与合作伙伴、同事分享工作成果，积极转达内外部的反馈意见，并表达继续合作的意愿。

（六）共同实施

在达成协议之后，下一步最为关键的就是要共同实施协议。达成协议是沟通的一个结果。但是在工作中，任何沟通的结果也同时意味着一项工作的开始，协议双方要共同按照协议去实施，如果双方达成了协议，可是一方没有按照协议去实施，那么对方会觉得其不守信用，从而失去了信任。需要注意的是，信任是沟通的基础，如果对方失去信任，那么下一次沟通就变得非常困难，所以在沟通的过程中，要认真实施所有达成的协议。

专栏 9-3

有一个秀才去买柴，他对卖柴的人说："荷薪者过来！"卖柴的人听不懂"荷薪者"（担柴的人）三个字，但是听得懂"过来"两个字，于是把柴担到秀才前面。秀才问他："其价如何？"卖柴的人听不太懂这句话，但是听得懂"价"这个字，于是就告诉秀才价钱。秀才接着说："外实而内虚，烟多而焰少，请损之。（你的木材外表是干的，里头却是湿的，燃烧起来，会浓烟多而火焰小，请减些价钱吧。）"卖柴的人因为听不懂秀才的话，于是担着柴就走了。

管理者平时最好用简单的语言、易懂的言词来传达信息，而且对于说话的对象、时机要有所掌握，有时过分的修饰反而达不到想要完成的目的。

三、有效沟通的实现

为了消除上一节中提到的沟通障碍，实现有效沟通，可以从个人技能和组织行为两方面来准备。

（一）个人技能

1. 积极倾听

在口头沟通中，尤其是面对面的沟通中，积极倾听对沟通效果非常重要。积极倾听意味着接收信息、表示兴趣以及不时地鼓励对方说出想法。聆听者在倾听时应注意以下几点技巧的运用。

（1）聆听者要适应讲话者的风格。每个人发送信息的时候，他的表达方式和知识经验是不一样的，你要尽可能地适应他的风格，尽可能地从他那接收更多、更全面、更准确的信息。

（2）聆听不仅仅用耳朵在听，还应该用眼睛看。耳朵听到的仅仅是一些信息，而眼睛看到的则是对方流露出的一种思想和情感，所以倾听需要耳朵和眼睛的共同协作。

（3）需要理解对方。听的过程中一定要注意，站在对方的角度去想问题，尽量避免打断对方。

（4）鼓励对方。在听的过程中，看着对方保持目光交流，并且适当地去点头示意，表现出有兴趣聆听，以此鼓励对方说出自己的观点。

2. 抑制情绪

畏惧、憎恨、窘迫等情绪会让信息的传递严重受阻或失真。处理情绪因素的最简单的方式是暂停进一步沟通直到自己恢复平静。作为管理者应该尽力预期员工的情绪化反应，并做好准备加以处理，同时关注自己本身的情绪变化以及这种变化对他人的影响。

3. 避免沟通中的理解分歧

沟通双方应共同努力以理解对方的观点或立场，避免在沟通过程中产生分歧。管理者应使自己对信息接收者高度敏感，以使他们能更好地确定信息目标、找出其中的偏见并澄清未能理解之处。通过沟通者理解对方观点的方式，语意可以被澄清，观点可以被理解，由此可以达到沟通的目的。

（二）组织行动

（1）管理者要为组织创造一种信任和公开的组织气氛，管理者可以鼓励人们开诚布公地与他人沟通。下属可以向上级报告坏消息而不必担心受到责备，使员工之间形成一种相互信任的风气。

（2）管理者应鼓励使用多种渠道，包括正式和非正式渠道。多种信息渠道有书面指示、面对面讨论以及一些网络式沟通等，通过多种渠道发送信息增加了信息被恰当接收的可能性。

（3）管理者应开发并使用来自各方的正式信息渠道。如实时通信、公告牌、直接信件、员工调查等，通过这些渠道，管理者可以获得员工的想法和反馈。

（4）结构应适合沟通需要。组织可以设计一种沟通团队作为组织结构的一部分。该团队包括各部门的一名成员，团队处理组织的紧急事务并帮助来自不同部门的人，从其他部门的立场考虑问题，与团队内的每一个人进行沟通以解决问题。可以设计一种组织通过使用团队、任务小组、项目经理或矩阵结构以促成信息的水平流动，进行协调和解决问题。组织结构还应该体现信息需求。当团队或部门任务出现困难的时候，分权结构是一种很好的选择，它可以鼓励组织成员讨论和参与以便更好地解决问题。另外，对话有助于团队成员就复杂问题达成一致。

本章小结

沟通是信息凭借一定符号载体,在个人或群体间从发送者到接收者进行传递,并获取理解的过程。在一个群体或组织中,信息沟通的主要目的有:控制、指导、激励、决策、反馈和评价、信息交流和社会需要。

一个完整的沟通过程,包括八个部分:发送者、信息内容、编码、渠道、接收者、解码、行为和反馈、噪声的影响。沟通是维系组织存在,保持和加强组织纽带,创造和维护组织文化,提高组织效率和效益,支持和促进组织不断进步发展的主要途径。

所谓人际沟通,是指两个或两个以上的人之间的信息沟通。顾名思义,就是人与人之间传递信息,沟通思想和交流情感的过程。

在一个组织内,成员间所进行的沟通,可因其途径的不同分为正式沟通与非正式沟通这两种系统。正式沟通是通过组织正式结构或层次系统进行的,非正式沟通则是通过正式系统之外的途径来进行的。

在人际沟通和组织沟通的过程中,常会出现一些障碍。这些障碍往往会使信息失真,从而降低沟通效果,使之达不到预期的目的,严重时甚至会使得沟通中断。一个良好的沟通过程,必须要有富有意义的信息,这是沟通能够存在、成立的基础和首要前提。有效沟通的内容必须具有真实意义,沟通的信息至少对其中一方是有用和有价值的。

复习思考题

一、名词解释

1. 沟通 2. 编码 3. 解码 4. 人际沟通

二、简答题

1. 简述人际沟通的特点。
2. 简述组织沟通的类型。
3. 简述有效沟通的原则。

三、论述题

1. 联系实际,论述沟通的重要性。
2. 联系实际,说明如何才能实现有效沟通?

实践与训练

一、实践练习

假如你是个管理者,告诉你的两个职员:① 一些好消息(加薪或提升);② 一些坏消息(减薪或降职)。

你准备如何通知他们?为什么?

二、案例分析

沟通的中断

琳达是一个拥有三个孩子的单身妈妈,她被一个卡车运输公司雇用,做订单录入员。头两个星期,她被送去参加一个特殊的培训课程,每天早上8点到下午4点,在那里她学习怎样对订单进行分类、编码和输入计算机。最初,有老师给她大量的、不停的指导,逐渐地她越来越熟练，越来越自信，指导就逐渐减少了。琳达为拥有这个新工作而高兴，也喜欢这个时间安排。培训结束以后，公司通知她下周一去订单录入部门报到。

在她最初被录用时，也许是琳达没有阅读和理解通知书上关于她工作的时间安排，也可能是招工的人忘了告诉她，她是被招来填补从早上4点到中午这一特殊工作时段的。不管什么原因，琳达第一天上班时没有按早班时间报到。当她8点来上班时，她的主管批评她没有责任感。琳达则反驳说，她不可能上早班，因为她要照顾孩子，她威胁说如果不能上晚班就辞职。由于公司业务紧张，劳动力市场上也很难找到合适的人选，主管很需要琳达做这份工作，但是早上8点到下午4点的班已经排满了。

问题：

1. 分析案例中出现的沟通障碍。

2. 请说明你将如何处理这个案例中的问题？

管理游戏

成功的五大支柱

目的：这是一个角色扮演游戏。在游戏中，参与者需要识别出五种基本的沟通技巧，这些技巧对面对面的客户服务至关重要。该游戏特别适合于那些需要提高面对面沟通技巧的员工。

时间：10～15分钟。

你需要：产品介绍手册的复印件两份。

怎样做：寻找两个志愿者充当演员，在团队面前进行角色扮演。给每个演员分派一个角色并把剧本发给他们。给他们一段时间来熟悉角色，然后要求他们演绎出他们在客户服务时的遭遇（场景1）。告诉其他参与者要特别注意演员的所作所为以及它们是如何影响两人间的交流与互动的。

在演绎结束后，询问其他的参与者都注意到了什么。然后让演员演绎场景2，要求其他的参与者找出客户服务代表所做的对客户有积极影响的五件事。

通过要求观众识别五件客户服务代表做得比较好的事来总结这次角色扮演游戏。他们可能会总结出五件以上的事，但他们至少应该识别出以下的几件事：问候客户、进行眼神交流、微笑、使用开放的肢体语言和向客户致谢等。

讨论题：

1. 为什么要问候客户？

2. 为什么进行眼神交流很重要？

3. 为什么要微笑？

4. 使用开放的肢体语言的重要性在哪里？能不能举几个开放的肢体语言的例子？

5. 为什么要向客户致谢？

参考答案：

1. 这是基本的礼貌，而且这还显示出你愿意为他们提供服务。

2. 进行眼神交流能打消顾客的顾虑，让他们感觉到你的注意力集中在们身上。

3. 你能通过微笑使顾客放松，而且你也将更轻松和更愿意提供服务。你还能让客户觉得他们自己很有价值。

4. 开放的肢体语言能告诉客户你愿意帮助他们，并有助于建立和谐友善的关系。开放的肢体语言的例子包括：直面客户、不要交叉你的臂、放松你的身体以及在客户说话时看着他（她）……

5. 这体现了对客户的礼貌，并向他们表明了你很重视他们的业务。

场景一

这是一个短小的角色扮演场景，它发生在一家旅行社。在第一幕中，客户服务代表（CSR）很友好，并为客户提供了一系列的帮助，但却忽略了以下五件非常重要的事。

微笑、问候客户、使用开放的肢体语言、进行眼神交流以及向客户致谢。

客户：你好！

CSR：（看着客户走进来，但没有微笑，也没有说什么）

客户：恩，我想了解一些有关加勒比海旅游线路的信息。

CSR：（使用一种友善的声音，但双手交叉抱在胸前，而且没有看着客户……）

当然，我们提供了几种选择，你需要一些介绍手册吗，或是你想查看一下可行性和价格信息？

客户：哦，我现在只需要一些手册带回家看。我们到明年之前还没有打算去。

CSR：没问题，这里有一些你需要的手册（将手册交给客户）。你可以看一看，如果有什么问题，可以给我打电话。

客户：好的，谢谢你。

CSR：没关系。（客户转身离开）

场景二

这是对第一个角色扮演场景的重新设定，但这回客户服务代表却记住了这五件事。

微笑、问候客户、使用开放的肢体语言、进行眼神交流以及向客户致谢。

CSR：（看着客户走进来，面带微笑）早上好！

客户：你好！

CSR：（直面客户，做眼神交流）我能为您做些什么吗？

客户：恩，我想了解一些有关加勒比海旅游线路的信息。

CSR：好的，我们提供几种选择。您需要一些介绍手册吗？或是您想查看一下可行性和价格信息？

客户：哦，我现在只需要一些手册带回家看。我们到明年之前还没有打算去。

CSR：没问题，这里有一些你需要的手册（将手册交给客户）。你可以看一看，如果有什么问题，可以给我打电话。

客户：好的，谢谢你。

CSR：谢谢你的来访。（客户转身离开）

推荐读物

1. 曾旗等. 管理学［M］. 北京：北京大学出版社，2008.
2. 杨文士等. 管理学［M］. 北京：中国人民大学出版社，2009.
3. 孙晓红等. 管理学［M］. 大连：东北财经大学出版社，2005.

第十章

控制

通过本章的学习，了解控制的概念及其与计划的关系；正确理解控制原理与控制的过程；掌握控制的技术与方法；根据实际情况识别并分析控制过程中的问题。

关键概念

控制（Control）　　前馈控制（Feedforward）　　现场控制（Concurrent Control）
反馈控制（Feedback Control）　　预算（Budget）　　预算控制（Budget Control）
比率分析（Ratio Analysis）　　绩效（Performance）　　绩效评价（Performance Evaluation）
绩效管理（Performance Management）

导入案例

黑熊和棕熊的控制方法

　　黑熊和棕熊都喜欢食蜂蜜，都以养蜂为生。它们各有一个蜂箱，养着同样多的蜜蜂。有一天，它们决定比赛看谁的蜜蜂产的蜜多。

　　黑熊想，蜜的产量取决于蜜蜂每天对花的"访问量"。于是它买来了一套昂贵的测量蜜蜂访问量的绩效管理系统。在它看来，蜜蜂所接触的花的数量就是其工作量。每过完一个季度，黑熊就公布每只蜜蜂的工作量；同时，黑熊还设立了奖项，奖励访问量最高的蜜蜂。但它从不告诉蜜蜂们它是在与棕熊比赛，它只是让它的蜜蜂比赛访问量。

　　棕熊与黑熊想得不一样。它认为蜜蜂能产多少蜜，关键在于它们每天采回多少花蜜——花蜜越多，酿的蜂蜜也越多。于是它直截了当地告诉众蜜蜂：它在和黑熊比赛看谁产的蜜多。它花了不多的钱买了一套绩效管理系统，测量每只蜜蜂每天采回花蜜的数量和整个蜂箱每天酿出蜂蜜的数量，并把测量结果张榜公布。它也设立了一套奖励制度，重奖当月采花蜜最多的蜜蜂。如果一个月的蜜蜂总产量高于上个月，那么所有蜜蜂都受到不同程度的奖励。

　　一年过去了，两只熊查看比赛结果，黑熊的蜂蜜不及棕熊的一半。

第一节　控制概述

一、控制的含义

（一）控制的概念

"控制"这个词在我们日常生活中使用的频率很高，在不同的场合有着不同的内涵，如时局控制、宏观经济控制、质量控制等。关于控制的含义，管理学家有不同的说法。亨利·法约尔认为，在一个企业中，控制就是核实所发生的每一件事是否符合所规定的计划、所发布的指示以及所确立的原则，其目的就是要指出计划实施过程中的缺点和错误，以便加以纠正和防止重犯。控制在每件事、每个人、每个行动上都起作用。霍德盖茨认为，控制就是管理者将计划的完成情况和目标（标准）对照，然后采取措施纠正计划执行中的偏差，以确保计划目标的实现。孔茨则认为，控制就是按照计划标准衡量计划的完成情况和纠正计划执行中的偏差，以确保计划目标的实现。

控制是管理过程中不可分割的一部分，是企业各级管理人员的一项重要的工作内容。本章所讲的控制，可以从两个方面加以理解：从职能（静态）的角度来看，控制是为了保证企业计划与实际作业动态相适应的管理职能；从过程（动态）的角度来看，控制是对各项活动的监视，即把控制看做是一个行为过程，它贯穿于整个管理活动的始末。在组织目标的实施中，不断地在计划与实施结果间进行比较，发现两者之间的差距，并找出这种差距的原因和制定新的改进措施，这就是控制过程。控制过程是由三个步骤或三个交叉重叠的要素构成的，即确立标准、对照标准检查实际绩效、采取措施纠正偏差。

由此可见，在管理实践中，要保证组织活动按照计划进行，按时完成组织目标和任务，控制必不可少，它是所有管理者都必须履行的职能，同时也是贯穿于整个管理活动始末的行为过程。

（二）控制的内涵

要正确理解控制的概念，我们必须要对控制的内涵有更深入的认识和理解，一般来说，控制的内涵有以下几个方面。

（1）控制是管理过程的一个阶段，它将组织的活动维持在允许的限度内，它的标准来自人们的期望。

（2）控制是一个发现问题、分析问题、解决问题的过程。

（3）控制职能的完成需要一个科学的程序。

（4）控制要有成效，要具备两个要素：可衡量性和可控制性。

（5）控制的目的是使组织管理系统以更加符合需要的方式运行。

二、控制与计划

与控制关系最为密切的管理职能是计划。计划不仅确定了组织的目标，还制定了实现目标的措施。从计划的角度讲，这些措施是对计划执行过程的规范和约束，以保证计划目标的实现。从控制的角度看，计划中的措施又是控制的手段和方式，同样也可以保证计划目标的实现。实际上，一切有效的控制方法同时也是计划方法或计划本身，如预算、程序，它们既是控制方法，同时也是计划。计划与控制之间具有相互依存的关系。

计划是控制的前提，控制是计划实现的保证。计划为控制提供了依据和标准，没有这些依据和标准，控制就不能有效进行。正所谓"没有规矩不成方圆"，没有事先计划以确立标准，管理过程中若出现与计划不相符的偏差时，就没有依据进行控制了。

控制对计划有保证作用，能有效地保证计划的顺利完成。控制过程也是不断纠偏的过程，控制工作要经常将计划实施的结果与计划目标进行比较，通过评估、考核、检查等活动发现计划、方案与实际情况之间的偏差，同时认真地分析和研究造成偏差的原因。最后针对偏差产生的原因，采取措施纠正偏差，使生产经营活动始终运行在计划所规定的轨道上，保证计划目标的实现。

控制也为制订新一轮的计划提供依据。在多数情况下，控制工作是一个管理过程的终结，又是另一个新的管理过程的开始。在控制实施过程中及时总结发现的问题和产生的原因，这样在制订下一轮计划时，就能更有针对性，更能使新计划符合实际要求。

三、控制的类型

管理中的控制可以在行动开始之前、行动进行之中或行动结束之后实施。即控制活动的重点可分别集中在组织系统的输入、转换过程和输出三个位置，由此形成三种不同的控制类型：前馈控制、现场控制和反馈控制。它们之间的关系，如图 10 - 1 所示。

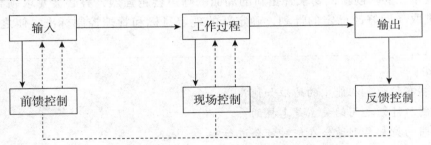

图 10 - 1　前馈控制、现场控制及反馈之间的关系

（一）前馈控制（也称预先控制）

在整个过程中预先集中于系统输入端的控制。它通过对情况的观察和规律的掌握，对信息的分析，趋势的预测，预计未来可能发生的问题，在未发生问题前，即采取措施加以防止，即防止于未然。前馈控制的必要条件有 6 点。

（1）对计划和控制系统已作出透彻的、仔细的分析，并确定重要的输入变量。

（2）建立前馈控制系统的模式。

（3）注意保持该模式的动态特性。

（4）必须定期地收集输入变量的数据，并把它们输入控制系统之中。

（5）必须定期地估计实际输入的数据与计划输入的数据之间的偏差，并评价其对预期的最终成果的影响。

（6）还必须有措施来保证。

（二）现场控制（又称实时控制或同步控制）

现场控制，是指当活动正在进行的过程中所实施的控制。管理者在现场通过直接视察，对正在进行的活动给予指导与监督，以保证活动按规定的政策程序和方法进行，它是一种面对面的领导，它可以在发生重大损失之前及时纠正问题和偏差。

（三）反馈控制（又称事后控制）

反馈控制，是指控制的作用发生在行动之后。其注意力集中在历史结果上，目的是在一个过程结束之后再进行改进，以预防将来发生偏差。即根据过去的情况来指导现在和将来，从信息反馈中，发现偏差，分析原因，采取措施，纠正偏差。

四、控制的目的

控制的基本目的是保证企业活动符合计划的要求，即维持现状的稳定，除此之外，控制工作的有效进行还有助于改进不适合的管理流程，打破现状。

1. 维持现状

维持现状即在变化着的内外环境中，通过控制工作随时将计划的执行结果与标准进行比较，若发现有超过计划容许范围的偏差时，则及时采取必要的纠正措施，以便使系统的活动趋于相对稳定，实现组织的既定目标。

2. 打破现状

在某些情况下，变化着的内外环境会对组织提出新的要求，主管人员对现状会产生不满，要求改革，要求创新，要求开拓新的局面的呼声会越强烈，势必会要求领导要打破现状，开拓进取（即修改已定的计划，确定新的现定目标和管理控制标准，使之更加先进，更加合理）。

> **思考与讨论：**
> 1. 控制在管理各职能中的地位如何？
> 2. 控制与计划之间的关系是怎样的？
> 3. 不同的控制类型适合在何种场合进行？

第二节　控制原理与过程

一、控制原理

控制工作的开展必须建立在一定的基础和前提之上，管理人员应该牢记这些控制的基础原理，否则就会偏离控制的方向，达不到控制的预期效果。控制的基本原理主要有 6 点。

（1）反映计划要求的原理：控制的最终目标是实现计划，控制是计划实现的保证。因此计划越明确、全面、完整，控制系统越能反映计划，控制就越有效。要根据计划的特点确定控制标准、衡量方法和纠偏措施。

（2）控制关键点原理：主管人员需要特别注意在根据计划来衡量工作成效时有关键意义的那些因素。

（3）控制趋势原理：对控制全局的人来说，至关重要的是控制现状所预示的趋势，而不是现状本身。

（4）组织适宜性原理：有效的控制系统必须适应特定的组织结构和主管人员的特点。

控制标准的设计必须符合组织结构的要求。

（5）控制的例外原理：为实现有效的控制，主管人员必须对超出一般情况的特殊点，也就是对那些特别好或特别坏的情况给予足够的关注。

（6）直接控制原理：主管人员及其下属的素质越高，越能在事前觉察出偏离计划的偏差，并及时采取措施来预防偏差的发生，控制的效果也就越好。

二、控制过程

控制是根据计划的要求，设立衡量绩效的标准，然后把实际的工作结果与预定标准相比较，以确定组织活动中出现的偏差及其严重程度，在此基础上，有针对性地采取必要的纠正措施，以确保组织资源的有效利用和组织目标的圆满实现。不论控制的对象是新技术的研究与开发，还是产品的加工制造、市场营销宣传、企业的人力条件、物质要素、财务资源，控制的过程都包括三个基本环节：确立标准、衡量绩效及纠正偏差。控制工作的过程，如图10－2所示。

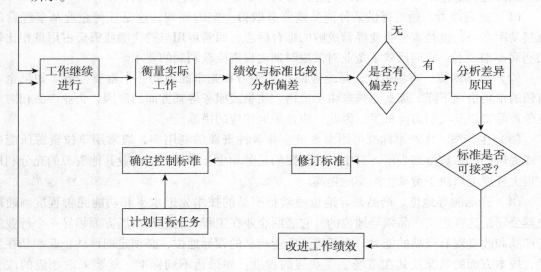

图 10－2　控制工作的过程

（一）第一步：确立标准

标准是人们检查和衡量工作及其结果（包括阶段结果与最终结果）的规范。制定标准是进行控制的基础，如果没有一套完整的标准，衡量绩效或纠正偏差就失去了客观依据。

1. 确定控制对象

要保证企业取得预期的结果，必须在成果最终形成以前进行控制，纠正与预期成果的要求不相符的活动。因此，需要分析影响企业经营结果的各种因素。

（1）关于环境特点及其发展趋势的假设。企业在特定时期的经营活动是根据决策者对经营环境的认识和预测来计划和安排的。如果预期的市场环境没有出现，或者企业外部发生了某种无法预料和抗拒的变化，那么原来计划的活动就可能无法继续进行，从而难以为组织带来预期的结果。因此，制订计划时所依据的对经营环境的认识应作为控制对象，列出"正常环境"的具体标志或标准。

（2）资源投入。企业经营成果是通过对一定资源的加工转换得到的，没有或缺乏这些资源，企业经营就会成为无源之水、无本之木。投入的资源不仅会在数量和质量上影响经营活动按期、按量、按要求进行，从而影响最终的物质产品，而且其取得费用会影响生产成本，从而影响经营的盈利程度。因此，必须对资源的投入进行控制，使之在数量、质量以及价格等方面符合预期经营成果的要求。

（3）组织的活动。输入到生产经营中的各种资源不可能自然形成产品，企业经营成果是通过全体员工在不同时间和空间上利用一定技术和设备对不同资源进行不同内容的加工劳动才最终得到的。企业员工的工作质量和数量是决定经营成果的重要因素。因此，必须使企业员工的活动符合计划和预期结果的要求。为此，必须建立员工的工作规范、各部门和各员工在各个时期的阶段成果的标准，以便对他们的活动进行控制。

2. 选择控制重点

美国通用电器公司在分析影响和反映企业绩效的众多因素的基础上，选择了对自己企业经营成败起决定作用的八个方面的内容，并为它们建立了相应的控制标准。

（1）盈利能力。通过提供某种商品或服务取得一定的利润，这是任何企业从事经营的直接动因之一，也是衡量企业经营成败的综合标志，通常可用与销售额或资金占用量相比较的利润率来表示。它们反映了企业对某段时期内投资应获利润的要求。

（2）市场地位。市场地位，是企业的经营实力和竞争能力的一个重要标志。如果企业占领的市场份额下降，那么意味着由于价格、质量或服务等某方面的原因，企业产品相对于竞争产品来说其吸引力降低了，因此，应该采取相应的措施。

（3）生产率。生产率标准可用来衡量企业各种资源的利用率，通常用单位资源所能生产或提供的产品数量来表示。其中，最重要的是劳动生产率标准。企业其他资源的充分利用在很大程度上取决于劳动生产率的提高。

（4）产品领导地位。产品领导地位通常指产品的技术先进水平和功能完善程度。通用电器公司是这样定义产品领导地位的：它表明企业在工程、制造和市场方面领导一个行业的新产品和改良现有产品的能力。为了维持企业产品的领导地位，必须定期评估企业产品在质量、成本方面的状况及其在市场上受欢迎的程度。如果达不到标准，就要采取相应的改善措施。

（5）人员发展。企业的长期发展在很大程度上依赖于人员素质的提高。为此，需要测定企业目前的活动以及未来的发展对职工的技术、文化素质的要求，并与他们目前的实际能力相比较，以确定为提高人员素质而采取何种必要的教育和培训措施，要通过人员发展规划的制订和实施，为企业及时供应足够的经过培训的人员，为员工提供成长和发展的机会。

（6）员工态度。员工的工作态度对企业目前和未来的经营成果有着非常重要的影响。测定员工态度的标准是多方面的，比如，可以通过分析离职率、缺勤率来判断员工对企业的忠诚度，也可通过统计改进作业方法或管理方法的合理化建议的数量来了解员工对企业的关心程度，还可通过对定期调查的评价分析来测定员工态度的变化。如果发现员工态度不符合企业的预期，那么任其恶化是非常危险的，企业应采取有效的措施来提高他们在工作或生活上的满足程度，以改变他们的态度。

（7）公共责任。企业的存在和延续是以社会的承认为前提的。而要取得社会的承认，企业必须履行必要的社会责任，包括提供稳定的就业机会、参加公益事业等多个方面。公共责任能否很好地履行关系到企业的社会形象。企业应根据有关部门对公共态度的调查，了解企业的实际社会形象同预期的差异，改善对外政策，提高公众对企业的满意程度。

（8）短期目标与长期目标的平衡。企业目前的生存和未来的发展是相互依存，不可分割的。因此，应分析目前的高利润是否会影响未来的收益，以确保目前的利益不是以牺牲未来的收益和经营的稳定性为代价。

3. 制定标准的方法

控制的对象不同，为它们建立标志正常水平的标准的方法也不一样。一般来说，企业可以使用的建立标准的方法有三种：利用统计方法来确定预期结果；根据经验和判断来估计预期结果；在客观的定量分析的基础上建立工程（工作）标准。

（1）统计性标准。统计性标准也叫历史性标准，是以分析反映企业经营在历史上各个时期状况的数据为基础来为未来活动建立的标准。这些数据可能来自本企业的历史统计，也可能来自其他企业的经验。据此建立的标准，可能是历史数据的平均数，也可能是高于或低于中位数的某个数。

（2）根据评估建立标准。实际上，并不是所有工作的质量和成果都能用统计数据来表示，也不是所有的企业活动都保存着历史统计数据。对于新从事的工作，或对于统计资料缺乏的工作，可以根据管理人员的经验、判断和评估来为之建立标准。利用这种方法建立工作标准时，要注意利用各方面的管理人员的知识和经验，综合大家的判断，给出一个相对先进、合理的标准。

（3）工程标准。严格地说，工程标准也是一种用统计方法制定的控制标准，不过它不是对历史性统计资料的分析，而是通过对工作情况进行客观的定量分析来进行的。比如，机器的产出标准是其设计者计算的正常情况下被使用的最大产出量；工人操作标准是劳动研究人员在对构成作业的各项动作和要素的客观描述与分析的基础上，经过消除、改进和合并而确定的标准作业方法；劳动时间定额是利用秒表测定的受过训练的普通工人以正常速度按照标准操作方法对产品或零部件进行某个工序的加工所需的平均必要时间。

专栏 10-1

联合邮包服务公司（UPS）雇用了 15 万名员工，平均每天将 900 万个包裹发送到美国各地和 180 多个国家。为了实现他们的宗旨，"在邮运业中办理最快捷的运送"，UPS 的管理当局系统地培训他们的员工，使他们以尽可能高的效率从事工作。现在以送货司机的工作为例，介绍一下他们的管理风格。

UPS 的工业工程师们对每一位司机的行驶路线进行了时间研究，并对每种送货、暂停和取货活动都设立了标准。这些工程师们记录了红灯、通行、按门铃、穿院子、上楼梯、中间休息喝咖啡的时间，甚至上厕所的时间，将这些数据输入计算机中，从而给出每一位司机每天工作的详细时间标准。

为了完成每天取送 130 件包裹的目标，司机们必须严格遵循工程师设定的程序。当他们接近发送站时，他们松开安全带，按喇叭，关发动机，拉起紧急制动，把变速器推到 1 挡上，为送货完毕的启动离开做好准备，这一系列动作严丝合缝。然后，司机从驾驶室跳出溜到地面上，右臂夹着文件夹，左手拿着包裹，右手拿着车钥匙。他们看一眼包裹上的地址然后记在脑子里，以最快的速度快步跑到顾客的门前，先敲一下门以免浪费时间找门铃。送完货后，他们在回到卡车上的路途中完成登录工作。

（资料来源：中华管理学习网。）

（二）第二步：衡量绩效

并非所有的管理人员都有远见卓识，同时也并非所有的偏差都能在产生之前被预见。在这种限制条件下，最满意的控制方式应是必要的纠偏行动能在偏差产生以后迅速采取。为此，要求管理者及时掌握反映偏差是否产生、并能判定其严重程度的信息。用预定标准对实际工作成效和进度进行检查、衡量和比较，就是为了获得这类信息。

1. 通过衡量成绩，检验标准的客观性和有效性

比如，衡量职工出勤率是否达到了正常水平，不足以评价劳动者的工作热情、劳动效率或劳动贡献；分析产品数量是否达到计划目标，不足以判定企业的盈利程度；计算销售人员给顾客打电话的次数和花费在推销上的时间，不足以判定销售人员的工作绩效。在衡量过程中对标准本身进行检验，就是指出能够反映被控制对象的本质特征，从而选择最适宜的标准。要评价员工的工作热情，可以考核他们提供有关经营或技术改造合理化建议的次数；评价他们的工作效率，可以计量他们提供的产品数量和质量；分析企业的盈利程度，可以统计和分析企业的利润额及其与资金、成本或销售额的相对百分比；衡量推销人员的工作绩效，可以检查他们的销售额是否比上年或平均水平高出一定数量，等等。

2. 确定适宜的衡量频度

控制过多或不足都会影响控制的有效性。这种"过多"或"不足"，不仅体现在控制对象和标准数目的选择上，而且表现在对同一标准的衡量次数或频度上。对影响某种结果的要素或活动过于频繁的衡量，不仅会增加控制的费用，而且可能引起有关人员的不满，从而影响他们的工作态度；而检查和衡量的次数过少，则可能使许多重大的偏差不能被及时发现，从而不能及时地采取措施纠正偏差。

3. 建立信息管理系统

负有控制责任的管理人员只有及时掌握反映实际工作与预期工作绩效之间偏差的信息，才能迅速地采取有效的纠正措施，不精确、不完整、过多或延误的信息将会严重地阻碍他们的行动。然而，管理人员所接收的信息通常是零乱的、彼此孤立的，并且难免混杂着一些不真实、不准确的信息。因此，应该建立有效的信息管理网络，通过分类、比较、判断、加工，提高信息的真实性和清晰度，同时将杂乱的信息变成有序的、系统的、彼此紧密联系的信息并将信息及时地传递给管理人员，将此信息与预定标准进行比较，及时发现问题。

（三）第三步：纠正偏差

利用科学的方法，依据客观的标准，通过对工作绩效的衡量，可以发现计划执行中出现的偏差。纠正偏差就是在此基础上，分析偏差产生的原因，制订其他的计划纠正偏差；通过纠偏，使组织计划得以遵循，使组织机构和人事安排得以调整，使领导活动更加完善。

1. 找出偏差产生的主要原因

并非所有的偏差都可能影响企业的最终成果。有些偏差可能反映了计划制订和执行工作中的严重问题，而另一些偏差则可能是由一些偶然的、暂时的、局部性的因素引起的，不一定会对组织活动的最终结果产生重要影响。因此，在采取纠正措施以前，必须首先对反映偏差的信息进行评估和分析。

2. 确定纠偏措施的实施对象

预定计划或标准的调整是由两种原因决定的：一是原先的计划或标准制订得不科学，在执行中发现了问题；二是原来正确的标准和计划，由于客观环境发生了预料不到的变化，不再适应新形势的需要。负有控制责任的管理者应该认识到，外界环境发生变化以后，如果不对预先制订的计划和行动准则进行及时的调整，那么，即使内部活动组织得非常完善，企业也不可能实现预定目标。例如，消费者的需求偏好转移了，这时，企业的产品质量再高，功能再完善，价格再低，依然不可能找到销路，不会给企业带来期望的利润。

3. 选择恰当的纠偏措施

找到产生偏差的主要原因，就能制定改进工作或调整计划与标准的纠正方案。纠偏措施的选择和实施过程中要注意三方面的内容。

（1）使纠偏方案双重优化。纠正偏差，不仅在实施对象上可以进行选择，而且对同一对象的纠正偏差也可采取多种不同的措施。是否采取措施，要视采取措施纠偏带来的效果是否大于不纠偏的损失而定，有时最好的方案也许是不采取任何行动，如果行动的费用超过偏差带来的损失的话。这是纠偏方案选择过程中的第一重优化。第二重优化是在此基础上，通过对各种经济可行方案的比较，找出其中追加投入最少、解决偏差效果最好的方案来组织实施。

（2）充分考虑原先计划实施的影响。追踪决策是相对于初始决策而言的。初始决策是所选定尚未付诸实施的方案，没有投入任何资源，客观对象与环境尚未受到人的决策的影响和干扰，因此是以零为起点的决策。进行重大战略调整的追踪决策则不然，企业外部的经营环境或内部的经营条件已经由于初始决策的执行而有所改变，是"非零起点"。因此，在制定和选择追踪决策的方案时，要充分考虑到伴随着初始决策的实施已经消耗的资源，以及这些消耗对客观环境造成的种种影响。

（3）注意消除人们对纠偏措施的疑虑。任何纠偏措施都会在不同程度上引起组织结构、关系和活动的调整，而会涉及某些组织成员的利益，不同的组织成员会因此而对纠偏措施持不同态度，特别是纠偏措施属于对原先决策和活动进行重大调整的追踪决策时，会使某些人员失去某种工作机会，影响自己的既得利益，从而极力抵制任何重要的纠偏措施的制定和执行。因此，控制人员要充分考虑到组织成员对纠偏措施的不同态度，特别是要注意消除执行者的疑虑，争取更多的人来理解、赞同和支持纠偏措施，以避免在纠偏方案的实施过程中可能出现的人为障碍。

思考与讨论：

控制的发起者有哪些类型？

第三节 控制的技术与方法

企业在管理实践中运用多种控制方法，管理人员除了利用现场巡视、监督或分析下属依循组织路线传送的工作报告等手段进行控制外，还经常借助预算控制、比率分析、统计分析等方法。

一、预算控制

（一）预算控制与过程

1. 预算与预算控制

几乎企业未来的所有活动都可以利用预算进行控制。所谓预算，就是用数字，特别是用财务数字的形式来描述企业未来的活动计划，它预估了企业在未来时期的经营收入和现金流量，同时也为各部门或各项活动规定了在资金、劳动、材料、能源等方面的支出额度。简单来说，预算就是根据计划目标和实施方案，具体筹划与确定资源的分配、使用以及相应行动预期结果的数字化形式。

预算控制就是根据预算规定的收入与支出标准来检查和监督各个部门的生产经营活动，以保证各种活动或各个部门在完成既定目标、实现利润的过程中对经营资源的利用，从而使费用支出受到严格有效的约束。

2. 预算控制的过程

预算控制的过程要从编制预算开始。为了有效地从预期收入和费用两个方面对企业经营进行全面控制，不仅需要对各个部门、各项活动制定分预算，而且要对企业整体编制全面预算。分预算是按照部门和项目来编制的，它详细说明了相应部门的收入目标或费用支出的水平，规定了他们在生产活动、销售活动、采购活动、研究开发或财务活动中筹措和利用劳力、资金等生产要素的标准。全面预算则是在对所有部门或项目分预算进行综合平衡的基础上编制而成的，它概括了企业相互联系的各个方面在未来时期的总体目标。

总的来说，预算控制大体要遵循以下 5 个过程。

（1）编制合适的预算，用作有关时期的收支计划。

（2）将来自组织内各单位、各职能部门的各项预计数字进行综合平衡，构成一套符合组织总目标的、相互协调和切实可行的预算。

（3）每隔一定时期，把实际完成情况和预算进行比较。

（4）分析实际完成情况与预算之间的差异。

（5）如需纠正，决定采取必要的纠正措施，消除差异。

（二）预算控制的种类

1. 经营预算（Operational Budget）

经营预算是指企业日常发生的各项基本活动的预算。它主要包括销售预算、生产预算、直接材料采购预算、直接人工预算、制造费用预算、单位生产成本预算、推销及管理费用预算等。其中最基本和最关键的是销售预算，它是销售预测正式的、详细的说明。由于销售预测是计划的基础，加之企业主要是靠销售产品和提供劳务的收入维持经营费用的支出和获利的，因而销售预算也就成为预算控制的基础。产品预算是根据销售预算中的预计销售量，按产品品种、数量分别编制的。生产预算编好后，还应根据分季度的预计销售量，经过对生产能力的平衡排出分季度的生产进度日程表，或称为生产计划大纲，在生产预算和生产调度日程表的基础上，可以编制直接材料采购预算、直接人工预算和制造费预算。这三项预算构成对企业生产成本的总计。而推销及管理费用预算则包括制造业务范围之外预计发生的各种费用的明细项目，例如销售费用、广告费、运输费等。对于实行标准成本控制的企业，还需要编制单位生产成本预算。其中最基本和最关键的是销售预算，其他各项预算都是在销售预算的基础上编制的。

2. 投资预算（Investment Budget）

投资预算是对企业的固定资产的购置扩建、改造、更新等，在可行性研究的基础上编制的预算。它具体反映在何时进行投资、投资多少、资金从何处取得、何时可获得收益、每年的现金流量为多少、需要多长时间回收全部投资等。由于投资的资金来源往往是企业的限定因素之一，而对厂房和设备等固定资产的投资又往往需要很长时间才能回收，因此，投资预算应当力求和企业的战略以及长期计划紧密联系在一起。

3. 财务预算（Financial Budget）

财务预算是指企业在计划期内反映现金收支、经营成果和财务状况的预算。它主要包括"现金预算""预算收益表"和"预计资产负债表"。必须指出的是，前述的各种经营预算、投资预算中的资料，都可以折算成金额反映在财务预算内。财务预算就成为各项经营业务和投资的整体计划，故称"总预算"。

综上所述，企业的预算实际上是包括经营预算、投资预算和财务预算三大类，由各种不同的个别预算所组成的预算体系。

（三）预算控制的优缺点

预算的实质是用统一的货币单位为企业各部门的各项活动编制计划，因此它使得企业在不同时期的活动效果和不同部门的经营绩效具有可比性，可以使管理者了解企业经营状况的变化方向和组织中的优势部门与问题部门，从而为调整企业的活动指明了方向。但如果管理者只着眼于预算目标而忽视组织的整体目标的话，预算管理则有可能偏离原来控制的目标方向，预算可能成为低效的管理部门的保护伞。

1. 预算控制的优点

（1）它可以对组织中复杂纷繁的业务，采用一种共同标准——货币尺度来加以控制，便于对各种不同业务进行综合比较和评价。

（2）它采用的报表和制度都是早已被人们熟知的，是在会计上常用的方式。

（3）它的目标集中指向组织业务获得的效果。

（4）它有利于明确组织及其内部各单位的责任，有利于调动所有单位和个人的积极性。

2. 预算控制的缺点

（1）它有管得过细的危险。预算控制只能帮助企业控制那些可以计量的，特别是可以用货币单位计量的业务活动，而企业文化、企业形象、企业活力等则不适合用预算控制。

（2）它有管得过死的危险。企业活动的外部及内部环境是在不断变化的，这些变化会改变企业获取资源的支出或销售产品实现的收入，从而使预算变得不合时宜。因此，缺乏弹性、非常具体、特别是涉及较长时期的预算可能会过度束缚决策者的行动，使企业经营缺乏灵活性和适应性。

（3）它有让预算目标取代组织目标的危险。项目预算或部门预算不仅对有关负责人提出了希望他们实现的结果，也为他们得到这些成果而能够开支的费用规定了限度，这种规定可能使得主管们在活动中精打细算，小心翼翼地遵守不得超过支出预算的准则，而忽视了部门活动的本来目的。

（4）它有鼓励虚报、保护落后的危险。在编制费用预算时通常会参照上期已经发生过的本项目费用，同时，主管人员也知道，在预算获得最后批准的过程中，预算申请多半是要被削减的。因此他们的费用预算申报数要多于其实际需要数，特别是对于那些难以观察、难以量化的费用项目更是如此。费用预算总是具有按现额递增的习惯，如果在预算编制过程中，没有仔细地复查相应的标准和程序，预算可能会成为低效的管理部门的保护伞，达不到对费用支出有效控制的目的要求。

只有充分认识了预算控制的优缺点，理解其有效性和局限性，才能在实际控制工作中有效地利用预算这种控制手段，并辅之以其他控制工具。

二、非预算控制的方法

（一）比率分析

比率分析就是将企业资产负债表和收益表上的相关项目进行对比，形成一个比率，从中分析和评价企业的经营成果和财务状况。

利用财务报表提供的数据，我们可以列出许多比率，常用的有两种类型：财务比率和经营比率。

1. 财务比率

财务比率及其分析可以帮助管理者了解企业的偿债能力和盈利能力等财务状况。

（1）流动比率。流动比率是企业的流动资产与流动负债之比。它反映了企业偿还需要付现的流动债务的能力。一般来说，企业资产的流动性越大，偿债能力就越强；反之，偿债能力则越弱，这样会影响企业的信誉和短期偿债能力。因此，企业资产应具有足够的流动性。资产若以现金形式表现，其流动性最强。但要防止为追求过高的流动性而导致财务资源的闲置，以避免使企业失去本应得到的收益。

（2）速动比率。速动比率是流动资产和存货之差与流动负债之比。该比率和流动比率一样是衡量企业资产流动性的一个指标。当企业有大量存货且这些存货周转率低时，速动比率比流动比率更能精确地反应客观情况。

（3）负债比率。负债比率是企业总负债与总资产之比。它反映了企业所有者提供的资金与外部债权人提供的资金的比率关系。只要企业全部资金的利润率高于借入资金的利息，且外部资金不在根本上威胁企业所有权的行使，企业就可以充分地向债权人借入资金以获取额外利润。

（4）盈利比率。盈利比率是企业利润与销售额或全部资金等相关因素的比例关系。它们反映了企业在一定时期从事某种经营活动的盈利能力及其变化情况。常用的比率有销售利润率和资金利润率。

销售利润率是销售净利润与销售总额之间的比例关系，它反映企业从一定时期的产品销售中是否获得了足够的利润。将企业的不同产品、不同经营单位在不同时期的销售利润率进行比较分析，能为经营控制提供更多的信息。

资金利润率是指企业在某个经营时期的净利润与该期占用的全部资金之比，它是衡量企业资金利用效果的一个重要指标，反映了企业是否从全部投入资金的利用中实现了足够的净利润。同销售利润率一样，资金利润率也要同其他经营单位和其他年度的情况进行比较。一般来说，要为企业的资金利润率规定一个最低的标准。同样一笔资金，投入到企业营运后的净利润收入，至少不应低于其他投资形式（比如购买短期或长期债券）的收入。

2. 经营比率

经营比率，也称活力比率，是与资源利用有关的几种比例关系。它们反映了企业经营效率的高低和各种资源是否得到了充分利用。常用的经营比率有三种。

（1）库存周转率。库存周转率是销售总额与库存平均价值的比例关系，它反映了与销售收入相比库存数量是否合理，表明了投入库存的流动资金的使用情况。

（2）固定资产周转率。固定资产周转率是销售总额与固定资产之比，它反映了单位固定资产能够提供的销售收入，表明了企业资产的利用程度。

（3）销售收入与销售费用的比率。这个比率表明单位销售费用能够实现的销售收入，在一定程度上反映了企业营销活动的效率。由于销售费用包括了人员推销、广告宣传、销售管理费用等组成部分，因此还可进行更加具体的分析。比如，测度单位广告费用能够实现的销售收入，或单位推销费用能增加的销售收入等。

反映经营状况的这些比率也通常需要进行横向的（不同企业之间）或纵向的（不同时期之间）比较，才更有意义。

（二）经营审计

审计是对反映企业资金运动过程及其结果的会计记录及财务报表进行审核、鉴定，以判断其真实性和可靠性，从而为控制和决策提供依据。

根据审查主体和内容的不同，可将审计划分为三种主要类型：① 由外部审计机构的审计人员进行的外部审计；② 由内部专职人员对企业财务控制系统进行全面评估的内部审计；③ 由外部或内部的审计人员对管理政策及其绩效进行评估的管理审计。

（三）亲自观察

视察也许算得上是一种最古老、最直接的控制方法，它的基本作用就在于获得第一手的信息。作业层（基层）的主管人员通过视察，可以判断出量、质量的完成情况以及设备运转情况和劳动纪律的执行情况等；职能部门的主管人员通过视察，可以了解到工艺文件是否得到了认真地贯彻，生产计划是否按预定的进度执行；劳动保护等规章制度是否被严格遵守；以及生产过程中存在哪些偏差和隐患等。而上层主管人员通过视察，可以了解到组织方针、目标和政策是否深入人心，可以发现职能部门的情况报告是否属实以及员工的合理化建议是否得到认真对待，还可以从与员工的交谈中了解他们的情绪和士气等。所有这些，都是主管人员最需要了解的，但却是正式报告中见不到的第一手信息。

（四）报告

报告是用来向负责实施计划的主管人员全面地、系统地阐述计划的进行情况、存在的问题及原因、已经采取了哪些措施、收到了什么效果、预计会出现的问题等情况的一种重要方式。控制报告的主要目的是提供一种如必要，即可用做纠正措施依据的信息。

对控制报告的基本要求是必须做到：适时、突出重点、指出例外情况、尽量简明扼要。通常，运用报告进行控制的效果，取决于主管人员对报告的要求。管理实践表明，大多数主管人员对下属应当向他报告什么，缺乏明确的要求。随着组织规模及其经营活动规模的日益扩大，管理也日益复杂，主管人员的精力和时间是有限的，从而，定期的情况报告也就越发显得重要。

> **思考与讨论：**
>
> 　　某家公司在办公室安装了电子监控系统，目的是管理者可以更好地直接地进行管理和监控，安装之后，有一定的成效。但是并没有激发员工更多的热情，有些员工认为，系统固有的电子报告只是不必要的例行公事。因为最好的员工花费了很多时间去了解客户，对这种被称为"电子警察"的系统感到很不高兴，管理者可以对他们所有的行动进行监视并通过"遥控"来威胁他们。管理得力的管理者通常是那些在员工和他们自己之间创造信任的人，但是电子监控系统破坏了信任关系。
>
> 　　1. 电子监控系统有什么有缺点？
>
> 　　2. 管理者是否有权监管员工的工作细节？

第四节　管理绩效评价

　　控制工作从根本上说是对人的控制。无论是对财、物、信息的控制，都要靠人来实现，因此，人员控制是管理控制中最主要的内容。人员控制最常见的方法就是监督检查和绩效评价。其中，绩效评价是十分重要的对企业人员工作的情况进行考核控制的方法。

一、管理绩效评价的相关概念

1. 绩效

　　所谓绩效（Performance）是指一个组织的成员完成某项任务，以及完成该项任务的效率与效能。企业的绩效是和员工的绩效紧密相连的，只有员工的高绩效才能形成企业的高绩效。因此，员工绩效的高低显然是完成企业目标、创造企业高绩效最直接的一环。高效率、高效能的员工更能成功地履行职责，对企业的贡献也更大。这也是为什么当今的企业主及经营者，不分行业、规模，都相信人力资源是企业良性营运和达成目标的关键，都把人力资源管理、培养高绩效的员工作为企业管理中的重中之重。在企业经营中，由于各成员所处的位置、利益的不同，其所期望的结果也是不同的。所以，企业应有一个统一的绩效期望，这个统一的目标由企业的各个业务单元、所有员工共同完成，只是在创造价值的不同阶段表现不同而已。企业、团队绩效与个人绩效是有机联系的，企业绩效建立在个人、团队绩效的基础上，并且是可以重合考量的，主要负责人的绩效与企业绩效应当是合二为一的。除非仅仅涉及负责人个人的产出，诸如价值观、能力之类的产出才应当与企业绩效区分开来。因此，员工绩效是根基，绩效管理的关键点在于对员工的绩效管理，其表现形式可以分为不同层级的员工管理。尽管如此，在设计绩效管理方法时还是要考虑员工在企业中所处的位置，根据其所承担的职责层次来考虑具体的方法。有时对这些方法的划分也被简称为企业绩效管理、部门绩效管理、员工绩效管理，其实质是企业负责人层面的绩效管理、部门层面负责人的绩效管理、单个员工的绩效管理。

2. 绩效评价

　　指根据雇员个人的绩效标准，来对其当前以及过去的绩效进行评价。绩效评价是绩效管理循环中的一个重要环节，不管企业针对员工采取什么样的绩效评价方法，绩效评价的最终目的都是通过对绩效评价结果的综合运用，推动员工为企业创造更大的价值。

绩效评价可以分为经济性评价、效率性评价和效果性评价三类。

（1）经济性评价。主要体现在人力资源效益和设备使用效益上，具体内容有：人力资源利用情况、工作时间利用情况、工作效率情况、设备利用情况、设备时间利用情况、设备能力利用情况等。例如，行政事业单位使用人员过多、质量过高，或使用的设备过于昂贵，这就是缺乏经济性。目前，我国许多行政事业单位的用人标准动辄博士、硕士，如果他们所从事的仅仅是简单的行政事务处理，这是否是对人才的一种浪费？即使是需要博士的岗位，是否能真正发挥其最大的作用？过多的办公设施和闲置不用的设备，这些都构成一种浪费。

（2）效率性评价。主要包括经费节约率、办事完成率、群众来访处理率、国民收入增长率、引进外资率、出口创汇增长率、人均经费额等。在投资项目中（包括世界银行贷款项目）主要评价投资项目建设工期、建设质量、建设成本、投资收益率和投资回收期等。

（3）效果性评价。主要体现在预算支出的产出效果上，具体是数量和质量两方面。在数量方面，要求行政事业单位努力扩大工作成果，充分满足社会在物质和精神方面的需要；在质量方面要求这些单位根据党和政府的方针政策开展业务活动，使成果的质量符合规定的要求，达到既定的目标。

在实际工作中，这种分类只是相对的，在很多时候它们都是相互交叉或重叠的，经常需要把经济性、效率性和效果性结合在一起进行综合考虑后再做出评价。另外，项目效果还具有一定的滞后性，有的甚至需要相当长的一段时间才能显现出来，悉尼歌剧院就是一个典型的例子。当时，该歌剧院的实际建设费用超出预算几十倍，给当地财政造成了极大恐慌，人们怨声载道。数十年后，该歌剧院已经成为悉尼的标志，其效果已经无法用金钱来衡量。

（资料来源：中国审计教育网。）

3. 绩效管理

根据阿姆斯壮（Michael Armstrong）的观点：绩效管理就是管理者与员工在相互理解的基础上确定绩效目标以及达到绩效目标所需的知识、技能和能力，并通过人员管理和人员开发使组织、团队和员工取得更好的工作成果的管理过程。

无论是从企业的角度，还是从管理人员或员工的角度来说，绩效管理都能给我们带来益处。绩效管理有助于企业增强竞争力，是员工成长的推动器。

二、绩效管理的目的与标准

1. 一般说来，绩效管理目的主要有三方面

（1）向员工传达企业的目标，通过提高员工的个人绩效从而提高企业整体的生产效率和竞争力。

（2）以绩效评价结果为基础，做出调薪、晋升、调职、解雇及奖励等人力资源管理决策。

（3）对员工的表现予以及时、明确的反馈，并依据绩效考核情况，挖掘人员潜力，制订员工的发展计划。

2. 有效的绩效管理系统的标准

企业可通过以下五个标准来评价绩效管理系统是否科学。

（1）战略一致性。绩效管理系统是否与组织整体战略一致。

（2）明确性。绩效管理是否能提供明确的考核标准，能否量化员工的实际工作情况。

（3）效度。绩效管理系统的效度是指绩效管理系统准确考核员工绩效的程度，主要指评价手段能否很好地体现员工的实际工作情况，是否对与绩效有关的所有方面进行了评价。

（4）绩效管理系统的信度。信度是指绩效衡量系统的可靠性（Reliability），即对员工绩效评价结果的一致性和稳定性程度。一般从两方面考察绩效衡量系统的信度：评估者内部信度，即不同的评估者对被评估者的绩效评价结果的一致性程度；再测信度，即在不同时期对被评估者的绩效进行重复测试的一致性程度。

（5）绩效管理系统的公平与可接受性。绩效管理系统的使用者（包括评估者与被评估者）对系统的接受程度，在很大程度上决定了该系统是否有效。

员工感觉中的组织公平性包括三个方面：① 结果公平，即员工对绩效管理系统效果是否公平的感知；② 程序公平，即员工对绩效管理系统的开发和实施过程是否公平的感知；③ 交往公平，即员工对评估者在使用绩效评价系统过程中是否公平地对待每一名员工的感知。

三、绩效评价的方法及相关问题

（一）绩效评价方法的基本类型

根据绩效评价中运用的评估标准，绩效评价可分为绝对评价和相对评价两类。所谓绝对评价是按统一的标准尺度衡量任职于相同职务的员工，即按绝对标准评价他们的绩效；所谓相对评价是根据部门或团队内人员相互比较做出评价。根据绩效评价涉及的内容，绩效评价可分为三种。

1. 员工品质导向（特征导向）型

员工品质导向型主要用于对个人特征和个人能力，如合作精神、工作的主动性、人际交往能力以及决策能力等方面进行评价。这种方法可以为分析业绩结果提供信息，但是由于它评价的内容比较抽象，所以评价结果的有效性和可靠性较差。

2. 员工行为导向型

适合于对那些绩效难以量化或需要以某种规范行为来完成工作的员工考核，如宾馆的服务人员、商场售货员的服务质量，常常通过其服务行为及规范化进行衡量。

3. 员工效果导向型

考评的重点在于工作的结果，而不关心工作的行为和过程。这种方法对于工作结果具体、客观且可以量化的员工非常适合。

（二）具体的绩效评估方法

1. 比较法

比较法是指参照部门或团队内其他员工的工作业绩或工作结果，确定每人的相对名次。企业可据此做出精简组织、人事调整、奖金发放等决策。

（1）排序法。排序法包括简单排序法和交替排序法。简单排序法指评估者把所有员工从最优到最差直接排序。交替排序法指评估者首先把绩效最优的员工列于榜首，把最劣者列于名单末尾；然后在剩下的员工中挑选最好的员工列于名单第二位，把业绩最差的列在倒数第二位，循此程序，直至全部排完。

（2）两两比较法。两两比较法指在每项绩效标准上，将所有员工两两相比，记录每位员工优于其他员工的次数，按员工被评为较优的总次数确定他们的排名。评价者根据标准将每一个员工和其他员工进行逐一比较，并将每一次比较中的优胜者选出。根据每一个员工净胜次数的多少进行排序。

（3）强制分配法。强制分配法不限定评分方法，但评估者通常要比较小组中员工的业绩，使所有员工的绩效等级分布情况大致符合正态分布。首先确定出几个绩效等级，然后按照员工业绩的相对优劣程度强制将其列入某一业绩等级中。企业通常将工作业绩分为优秀、良好、一般、较差及不合格五个等级，按照正态分布规律（如 5%，20%，50%，20%，5%），规定每个等级的比例限制。其优点是可以克服不分优劣的平均主义，也可避免业绩评价过程中评价过严或过松的现象。但缺点是经理人员为了满足分布规则的要求而不按照员工的实际业绩状况进行归类，导致员工不满。

2. 描述法

描述法指评估者用文字描述来评论被评估者的能力、态度、行为、成绩及优缺点等。

（1）评语法。评语法要求管理人员用一段简短的书面鉴定，描述员工在考评期间内的绩效表现。有些评语没有规定格式。

（2）关键事件法。关键事件法要求评估者通过观察，分别记录每位员工在工作中的关键性行为，以此为据对员工进行绩效评价。关键事件法的优点是，它能为绩效评价和反馈提供有用的信息。管理人员要尽量准确地记录员工在考核期间的行为，可避免依据模糊的记忆来评价员工。但关键事件法不足之处也有 3 点：① 评估者对何为关键事件的理解可能不一致；② 评估者每天或每周都要花大量的时间去记录其下属的工作行为，所以许多管理者并不愿意采用这种方法；③ 员工会非常担心主管如何记录他们的行为，对经理的"记过簿"充满恐惧。

3. 量表法

量表法是参照客观标准，制定不同形式的评估尺度进行绩效评价的方法。企业采用量表法进行绩效评价，首先要根据被评估者的工作要求建立绩效评价指标体系，给每项评价指标设定权重，然后由评估者根据被评估者在各项评估指标上的表现以及各项指标的标度含义，给被评估者打分，最后汇总计算被评估者的绩效评价总分。

（1）图评价量表法。评估者可采用图评价量表法，从不同的绩效维度对员工进行评价。这些评价维度通常是反映员工工作质量、工作数量、工作独立性、业务知识水平、人际关系及出勤情况等方面的工作特征指标，或根据员工的工作行为分类，列出具体行为，以便评估者评价被评估者在每类行为上的表现。

（2）行为锚定量表法。行为锚定量表法实际上是将图评价量表法和关键事件法结合起来的一种业绩评价方法。行为锚定量表法不是简单地把绩效维度划分出若干个等级刻度，而是用具体的行为事件明确地界定每个等级刻度的含义，每一个绩效维度都存在着一系列的行为事例，每一种行为事例分别代表这一维度中的一种特定业绩水平。这种方法克服了图评价量表法中评估项目比较抽象，难以掌握的缺点，使评估者能参照较直观、具体的绩效标准做出评价。行为锚定量表的编制步骤：第一步，从员工的职务描述中找出重要的绩效维度，明确每个工作绩效维度的含义；第二步，由熟悉该工作的人组成小组，为每个维度列出一系列关键事件（行为锚），描述理想的和不理想的工作行为，并设定这些行为锚代表的绩效水平；第三步，由了解该工作的另一个小组，根据绩效维度对行为锚重新分类，并确定每一个维度等级与行为锚之间的对应关系；最后，将每个绩效维度所包含的行为锚从好到坏进行排列，建立起行为锚定量表法评价体系。

（3）行为观察评价法。行为观察评价法与行为锚定量表法的区别在于：它不是把关键事件作为界定绩效级别的标度，要求评估者评价哪一种行为最确切地反映了员工的绩效，而是要求评估者根据被评估者在考核期间表现出特定行为的频率，选择与频度相应的分值。

4. 目标管理法

目标管理法是最典型的成果导向型评价法。它的核心内容是目标的设定及科学地对目标完成情况进行评价。

具体的操作步骤是：① 企业与员工在共同协商的基础上，将企业目标层层分解，形成部门目标乃至个人目标；② 通过充分授权，适时监督，不断给予支持和帮助的方式，激发员工进行有效的"自我控制"，努力实现目标；③ 根据每项目标最终的执行情况进行绩效评价，给予相应的奖励或惩罚，激励员工在下一个周期更好地完成目标任务。

5. 平衡记分卡法

从财务结果、顾客满意度、内部业务及学习和成长能力四个方面的指标对部门或员工进行考核的方法。

四、绩效评价方法的选择

各种评估方法都各有优点，也都各有不足，很难断言哪一种方法最适合企业。总的说来，一种评价方法是否有效，取决于该方法提供的信息是否能够满足绩效管理的需要。

一般来说，合适的评估方法应符合 5 个要求。

（1）最能体现企业目标和绩效管理目的。

（2）能比较客观地评价员工的工作。

（3）对员工的工作起到正面引导和激励作用。

（4）评估方法的运作成本低。

（5）评估方法实用性强，易于执行。

本章小结

通过采取科学的控制方法来实施有效的控制是各级管理人员的一项重要职能和工作内容。本章全面介绍了控制的概念和内涵、控制与计划之间的关系、控制的类型等。其次，本章重点介绍了控制的原理与过程，具体阐述了控制的过程是由确立标准、衡量绩效、纠正偏差三大部分组成。在控制的技术与方法中，具体介绍了企业控制实践中用得较多的预算控制方法，此外，比率控制、经营审计、亲自观察、报告等非预算控制方法也可作为辅助决策的控制方法。最后，本章进一步介绍了人力资源控制的一般性方法，管理绩效评价的概念与类型，尤其是绩效管理的目的与具体实施方法，这将有助于我们更好地了解并学习人员控制的具体操作方法。

复习思考题

一、名词解释

1. 控制　2. 前馈控制　3. 现场控制　4. 反馈控制　5. 预算　6. 预算控制　7. 比率分析　8. 绩效　9. 绩效评价　10. 绩效管理

二、填空题

1. 控制工作过程包括：_____、_____和_____。

2. _____控制强调防止错误的发生。

3. _____控制注重于对已发生的错误进行检查改进。

4. _____是控制的前提，控制是_____实现的保证。

5. 企业的预算实际上是包括_____、_____和_____三大类，由各种不同的个别预算所组成的预算体系。

三、判断题

1. 计划为控制提供衡量的标准，没有计划，控制就成了无本之木。　　　（　　　）

2. 控制是为了保证计划的实现，所以计划就是控制的标准。　　　　　　（　　　）

3. 反馈控制作用在行动结果之后，力求"吃一堑，长一智"，以提高下次工作的质量。

　　　　　　　　　　　　　　　　　　　　　　　　　　　　　　　（　　　）

4. 成语"亡羊补牢"的含义就是现场控制。　　　　　　　　　　　　　（　　　）

5. 绩效管理就是绩效考核。　　　　　　　　　　　　　　　　　　　　（　　　）

四、多项选择题

1. 按照控制工作发生的时点的位置可将控制分为（　　　）。

　　A. 前馈控制　　　B. 直接控制　　　C. 间接控制　　　D. 现场控制　　　E. 反馈控制

2. 根据审查主体和内容的不同，可将审计划分为三种主要类型（　　　）。

　　A. 内部审计　　　B. 外部审计　　　C. 管理审计　　　D. 过程审计　　　E. 结果审计

3. 有效的绩效管理系统的标准有（　　　）。

　　A. 战略一致性　　　　　　　　B. 明确性　　　　　　　　　　C. 效度

　　D. 信度　　　　　　　　　　　E. 公平与可接受性

4. 根据绩效评价涉及的内容，绩效评价可分为下列三种（　　　）。

　　A. 员工品质导向　　　　　　　　B. 员工行为导向

　　C. 员工效果导向　　　　　　　　D. 员工意愿导向

　　E. 员工关系导向

5. 在企业人员控制管理实践中，常见的绩效评估方法有（　　　）。

　　A. 比较法　　　　　　　　　　B. 描述法　　　　　　　　　　C. 量表法

　　D. 目标管理法　　　　　　　　E. 平衡记分卡法

五、简答题

1. 简述控制的概念、类型。

2. 简述控制与计划的联系。

3. 控制工作的一般性过程是什么？

4. 什么是预算控制？

5. 简述管理绩效评价的含义与方法。

六、论述题

1. 联系实际说明，控制的必要性和重要性。

2. 联系实际说明，绩效管理对管理实践的重要意义。

七、案例分析题

罗云与老马

罗云在航空食品公司担任地区经理近一年。她是 MBA，在本公司总部做过 4 年多职能性管理工作。目前分管 10 家供应站，每站有一位主任，负责向一定范围的客户销售和服务。该公司不仅为航空公司服务，也向成批订购盒装餐的单位提供服务。该公司雇请所有厨房工作人员，采购全部原料，按客户的要求烹制食品，不搞分包供应。供应站主任主要负责计划、编制预算、监控指定客户的销售服务员等工作。罗云上任的第一年，主要是巡视各供应站，了解业务，熟悉各站的工作人员。她获得不少信息，信心大增。在罗云手下的 10 个主任中，资历最老的是老马。老马只念过 1 年大专，从厨房代班长做起，3 年后当上这个主任。老马很善于和他重视的人，包括部下搞好关系。他与客户的关系都很好，3 年来没有 1个转向竞争对手那里去订货的，他招来的员工，经过他的指点培养，好几位被提升，当上了其他地区的经理。

不过，老马不良的饮食习惯严重影响了他的健康，身体过胖，心血管加胆囊结石，这一年请了三个月假。医生早有警告，他置若罔闻。另外，他太爱表现自己，做了一点小事，也要向罗云请功。他打给罗云的电话超过其他 9 个主任的电话总数。罗云还没遇到过这种人。由于业务扩展，需要给罗云添一名副手。老马公开说过，自己资格最老，地区副经理非他莫属。但罗云觉得老马若来当副手，实在令人受不了。两个人的管理风格太悬殊了，而且老马的行为一定会惹怒地区和公司的工作人员。

年终绩效评估到了。总体而言，老马这一年做得不错。评估表是 10 级制：最优 10；良好7～9；合格 5～6；较差 3～4；最差 1～2。罗云不知道该给几分：高了，老马更认为自己该提了；太低了，老马肯定会发火，会吵闹对自己不公平。老马自我感觉良好，认为与别的主任比，他是鹤立鸡群。他性格豪迈，爱去走访客户，也喜欢跟手下员工打成一片。他最得意的是指导手下员工进行某种新的操作方法，卷起袖子亲自下厨，示范手艺。老马跟罗云谈过几次后，就知道罗云讨厌他事无巨细打电话请功，有时 1 天 2～3 次。不过，老马还是想让她知道自己干的每项战绩。他也知道罗云对他不听医生劝告，饮食无节制有看法。但也认为罗云跟自己比，实际经验少多了，只是学了点理论，到基层干，未必能玩得转。他为自己的学历不高，但成绩斐然而自豪，觉得副经理非他莫属，而这只是他实现抱负过程中的一个台阶而已。

罗云考虑再三，决定给老马打了 6 分。她认为这是有足够理由的：他不注意卫生，请病假三个月。罗云知道这个分数远远低于老马的期望，但她要用充分的理由来支持自己的评分。然后她开始给老马的各项考评指标打分，并准备怎样跟老马面谈，向老马传达所给的考评结果。

问题：

1. 罗云对老马的绩效考评是否合理？为什么？

2. 如果你是罗云你会如何做？

3. 如果你是老马听了罗云的打分结果会如何反应？

4. 如果你是罗云，对于老马的反应你会如何应对？

分析：（1）绩效管理的流程包括：

绩效计划：起点——一起讨论绩效周期中的绩效目标，达成一致；

绩效沟通：绩效期间持续沟通，预防和解决实现绩效过程中可能发生的各种问题；

绩效考核：确定一定的考核，借助一定的考核方法，对员工的工作绩效做出评价；

绩效反馈：告知结果，指出不足，商定绩效，改进计划。

（2）罗云的问题：

绩效计划：没有商定绩效计划，被考核者印象模糊，认为自己把制订计划，编制预算，监控服务员的工作做好就行，以至于在考核中，没有一个对被考核者进行全面评价的依据。

绩效沟通：没有看见这个过程，只是个人好恶，使老马不能通过沟通改进自己的行为。

绩效考核：全凭自己主观印象和个人好恶考核，不能做到公平、公正、合理。

反馈：难以反馈，让人信服。

实践与训练

利用节假日，调查一家企业或单位，了解一下他们控制的重点主要集中在哪些方面？分别是如何进行控制的？

管理游戏

如果你征求我的意见……

目的：在课程结束时，鼓励学生以不署名的方式对模拟公司的活动（或教师）做出诚实的评价。获取信息，并加以整理。

所需材料：两张挂图和几支彩色粗头墨水笔。

步骤：把两张挂图挂在会议室后面。

第一张挂图上写："我们特别欣赏模拟公司活动的（或此次课程的）这些方面："

第二张挂图上写："我们对改进模拟公司活动（或课程）有如下建议："

对学生说你要离开教室5分钟，诚恳地请求他们直言不讳地对此次培训做出评价。请他们把自己的看法写在两个问题的下面。告诉他们不必署名，但如果他们提出了独到的建议或评论，你会感激不尽。

离开房间至少5分钟，如果5分钟后学生还在写评论，再多给他们几分钟的时间。回来后，你要对他们的建议与评论表示感谢。

把挂图摘下来，带回办公室，你可以把评论打印出来，发给有关人士（如你的上级或同事）看，也可以自己专心研读这些评论，找出在你力所能及的范围能够产生影响的相关主题和建设性意见，然后，庆祝你的成功，并改进那些不足之处。

推荐读物

1. 周三多. 管理学 ［M］. 北京：高等教育出版社，2000.

2. 乔忠. 管理学 ［M］. 北京：机械工业出版社，2007.

3. 邓志阳. 管理学 ［M］. 广州：暨南大学出版社，2008.

4. 佩吉·卡劳等. 客户服务游戏 ［M］. 上海：上海科学技术出版社，2003.

5. 爱德华·斯坎奈尔. 游戏比你会说话 ［M］. 北京：企业管理出版社，2001.

第十一章

管理道德与社会责任

通过本章的学习，了解四种道德观；理解崇尚道德的管理的特征；掌握影响管理者道德行为的因素和改善员工道德修养的途径；掌握社会责任的定义；了解社会责任的两种观点。

关键概念

管理道德（Management Ethics）   道德的功利观（Utilitarian View of Ethics）

道德的权利观（Rights View of Ethics）   道德公正观（Theory of Justice View of Ethics）

利益相关者（Stakeholders）   社会责任（Social Responsibility）

企业社会责任（Corporate Social Responsibility）

导入案例

两种不同道德选择的启示

一个人一生中最早受到的教育来自家庭，来自母亲对孩子的早期教育。这里有两个人，一位是服刑的犯人，一位是社会著名的成功人士。他们俩谈了同一件事：小时候母亲给他们分苹果。

那位犯人说：小时候，有一天妈妈拿来几个苹果，红红的，大小各不同。我一眼就看见中间的一个又红又大，十分喜欢，非常想要。这时，妈妈把苹果放在桌上，问我和弟弟：你们想要哪个？我刚想说想要最大最红的一个，这时弟弟抢先说出了我想说的话。妈妈听了，瞥了他一眼，责备他说：好孩子要学会把好东西让给别人，不能总想着自己。

于是，我灵机一动，改口说：妈妈，我想要那个最小的，把大的留给弟弟吧。

妈妈听了，非常高兴，在我的脸上亲了一下，并把那个又红又大的苹果奖励给我。我得到了我想要的东西，从此，我学会了说谎。以后，我又学会了打架、偷、抢，为了得到想要的东西，我不择手段。直到现在，我被送进了监狱。

那位社会著名的成功人士说：小时候，有一天妈妈拿来几个苹果，红红的，大小各不同。我和弟弟们都争着要大的，妈妈把那个最大最红的苹果举在手中，对我们说：'这个苹果最大最红最好吃，谁都想要得到它。很好，现在，让我们来做个比赛，我把门前的草坪分成三块，你们三人一人一块，负责修剪好，谁干得最快最好，谁就有权得到它！'我们三人比赛除草，结果，我赢了那个最大的苹果。

我非常感谢母亲，她让我明白一个最简单也最重要的道理：想要得到最好的，就必须努力争第一。她一直都是这样教育我们的，也是这样做的。在我们家里，你想要什么好东西要通过比赛来赢得，这很公平，你想要什么，想要多少，就必须为此付出多少努力和代价！

管理道德与社会责任是随着经济社会的发展，随着管理理论的成熟逐渐被提出来的重大课题。这一课题的提出，在某种意义上既是经济社会和管理理论走向成熟的标志，也是日本式"儒家资本主义"对现代社会理论的启示。可以说，对管理道德与社会责任问题的自觉，同样是管理者走向成熟的重要标志之一，因而，在最新的管理理论中，它应当成为重要的内容。

第一节　道德与管理道德

道德通常是指那些用来明辨是非的规则或原则。道德在本质上是规则或原则，这些规则或原则旨在帮助有关主体判断某种行为是正确的或错误的，或这种行为是否符合组织所接受的道德标准。

一、道德与管理

许多观察者确信，我们正经受着道德危机的困扰，曾经被看做应受谴责的行为（撒谎、欺骗、歪曲、掩盖错误），已经在一些人眼里变成可接受的甚至是必要的做法。管理者通过非法地利用知情者的信息获取利润，公司想尽各种办法避税，生产的产品有明显的质量缺陷，甚至学校的学生似乎也被这股浪潮所影响，鲁特格尔大学（Rutgers University）调查了600多名学生，发现在打算选择工商业生涯的学生中，76%承认至少有一次考试作弊；19%的人至少作弊4次。在我国，考试作弊问题也已经成为一个严重的社会问题。

在管理中是否需要引入道德的力量，这个问题在我国已经被越来越多的人所关注。近年来屡屡出现的违反道德的社会问题告诉了人们一个明确的答案，在组织中加强道德建设，不仅管理者要提升自身的道德修养，还要致力于提高员工的道德素质，这对于管理目标的实现起着重要的影响作用。

二、四种道德观

（一）道德的功利观

道德的功利观是指完全按照成果或结果确定决策的道德观点。这种道德观对效率和生产率有促进作用，并符合利润最大化的目标，但它会造成资源配置的扭曲，尤其是在那些受决策影响的人没有参与决策的情况下。同时，它也会导致一些利益相关者（Stakeholders）的权利受到忽视。接受功利观的管理者可能认为解雇工厂中20%的工人是正当的，因为这将增强工厂的盈利能力，使余下的80%的工人工作更有保障，并且符合股东的利益。

（二）道德的权利观

道德的权利观是指与尊重和保护个人自由和特权有关的观点，包括隐私权、良心自由、言论自由和法律规定的各种权利。这种道德观积极的一面是它保护了个人的自由和隐私。但它也有消极的一面（主要是相对组织而言），即接受这种观点的管理者把对个人权利的保护看得比工作的完成更加重要，从而在组织中会产生对生产率和效率有不利影响的工作氛围。

（三）公正理论观

公正理论观是指管理者公平和公正地贯彻和加强规则，并在此过程中遵守所有的法律法规。这种道德观有利于保护那些未被充分代表的或缺乏权力的利益相关者的利益，但不利于培养员工的风险意识和创新精神。

（四）社会契约整合理论

社会契约整合理论认为应当根据实证因素（是什么）和规范因素（应当是什么）制定道德决策，其基础是两种"契约"的整合。这种商业道德观与其他三种的区别在于它要求管理者考察各行业和各公司中的现有道德准则，以决定什么是对的、什么是错的。

【例 11 - 1】判断题

社会契约整合理论与其他三种的区别在于它要求管理者考察各行业和各公司现有的道德准则，从而决定什么是对的、什么是错的。（　　　）

参考答案：√

分析：综合了两种"契约"：适用于社会公众的一般契约，这种契约规定了做生意的程序；适用于特定社团里成员的特殊契约，这种契约规定了哪些行为方式是可接受的。

三、管理道德

（一）管理道德的概念

所谓管理道德就是对管理者提出的道德要求，即要求管理者具有与管理活动相适应的道德素质，要求管理者的行为是有道德的行为。管理道德是一种特殊的职业道德，它体现了一般职业道德规范的基本要求，同时又具有调整管理关系、规范管理行为的特殊性。

管理道德是管理者的行为准则与规范的总和，是在社会一般道德原则基础上建立起来的特殊的职业道德规范体系，它是通过规范管理者的行为去实现调整管理关系的目的的，并在管理关系和谐、稳定的前提下进一步实现管理系统的优化，提高管理效益。管理者需要遵循社会的一般道德规范，受到管理道德的规范和制约，管理者的管理活动是一种与管理责任、社会义务相联系的特殊的职业活动。

国家利益是一切管理道德行为的最高准则：① 管理道德的出发点是管理系统的整体利益，国家利益是一切管理道德行为的最高准则，是管理道德的最高标准；② 自觉维护国家利益，是管理者与被管理者必须共同遵守的最高道德准则；③ 管理者与被管理者在处理管理系统中的一切关系时，都必须坚持维护国家利益的标准，当管理系统的利益与国家的利益发生矛盾时，不论管理者还是被管理者，都要做到无条件地服从国家利益。

（二）管理道德的客观根据

管理道德根源于管理系统的客观要求。在管理系统中，一切管理关系都是建立在实现管理目标的前提下，他决定了管理者之间、管理者与被管理者之间根本利益的一致性，一切组织成员都需要在管理目标的实现中来实现个人的目标。

管理关系中的人际冲突的原因主要有以下四个方面：管理者之间由于认识不同造成的冲突；利益上的冲突，主要是在利益需要和利益分配两个方面上发生冲突；管理中的结构缺陷造成的冲突；领导作风方面的问题造成的冲突。

管理道德的实现需要两大条件。管理道德之所以能够在调节管理系统中人际关系冲突时发挥作用，是因为它能够满足以下两个方面的要求：一是公正性的要求。公正作为管理中人际关系道德调节的一个重要因素，主要包括均衡的要求和平等的规定。二是合理的功利要求。功利就是人们的需要得到了某种程度的满足。把个人利益和社会利益、局部利益和全局利益、目前利益和长远利益统一起来，才是合理的功利。

（三）管理道德的功能

管理道德的功能多种多样，概括地讲，主要有以下几个方面：管理道德有助于增强管理人员的自我约束能力；管理道德评价是考察和挑选管理人员的一个重要手段；管理道德为管理活动提供正确的价值导向；管理道德是管理者自我完善的重要途径；管理道德可以促进管理系统中人际关系的道德化。

管理道德功能的实现途径：管理道德的功能是通过管理者的心理、行为发挥作用的。具体讲，管理道德的功能是通过管理者以及被管理者内心道德信念的建立和健全来发挥作用的，管理道德对管理者行为的善恶要求和向导，都必须首先反映在管理者的心理上，然后才能外化为有道德的行为。正是管理者有道德的管理行为，才能表现和增强管理道德的功能。

四、道德与管理道德的关系

道德是一定社会用以调整人与人之间以及个人与社会之间关系的行为准则和规范的总和。管理道德是管理者的行为准则与规范的总和，是在社会一般道德原则的基础上建立起来的特殊的职业道德规范体系，它是通过规范管理者的行为去实现调整管理关系的目的的，并在管理关系和谐、稳定的前提下进一步实现管理系统的优化，提高管理效益。

在几乎所有的管理活动中都存在着经常性的人际冲突，道德由于其具有客观公正性和合理的功利要求，因而能在调节经常性的人际冲突中发挥较好的作用，所以，在管理活动中，需要具备必要的管理道德，以消除人际关系的紧张状态，加强人际关系的沟通。

专栏 11－1

你有类似的行为吗，为什么

某市的公交车投币箱里经常有假币、残币和游戏机筹码。该市卫生防疫部门对 11 家游泳馆的水质进行抽检发现，33 件样品中尿素含量全部超标，有家游泳池的水质竟然超标 60 倍，而且检测表明，成人池中的尿素含量明显高于儿童池。专家说，如此之高的尿素含量，只能用某些人在泳池内随意解决"内急"来解释。

在该市青少年研究所刚刚结束的一项青少年社会公德状况的调查中，被调查的青少年回答"在公共汽车上见到老弱病残幼，你是否会主动让座？"时，19.9% 的人选择了"假装没看见""别人不让，我也不让"；在回答"您外出遇到红灯，将怎样做？"时，18.8% 的人选择了"经常闯红灯""警察在时遵守交通法规，警察不在时不遵守"。网络聊天室里的污言秽语，驾车人在积水的马路上照旧风驰电掣，以及遛狗遛到了公共汽车上……

第二节　影响管理道德的因素和管理道德的形成

一、影响管理道德的因素

（一）道德发展阶段

西方道德心理学家把人们的道德发展归纳为三个发展阶段：前惯例阶段、惯例阶段、规范与原则阶段。管理者达到的阶段越高，就越来越倾向于采取符合道德的行为。

前惯例，即仅受个人利益影响。按怎样对自己有利制定决策，按照什么行为方式导致奖赏或惩罚来确定自己利益。严格遵守规则以避免物质惩罚，只有符合直接利益时才遵守规则。

惯例，即受他人期望的影响。遵守法律，对重要人物的期望作出反应，保持对人们的期望的一般感觉。做周围人期望的事情，通过履行所赞同的准则的义务来维护传统秩序。

规范与原则，即受自己认为什么是正确的个人道德原则的影响。它们可以与社会准则和法律一致，也可以不一致。尊重他人权利，支持不相关的价值观和权利。遵循自己选择的道德原则，即使它们违背了法律。

国外学者的研究表明，由于对个人利益，组织利益、社会责任等的不同对待，道德水平的三个阶段中每个阶段又可以细分为两个小阶段。随着阶段的上升，个人的道德判断越来越不受外部因素的影响。道德水平的六个阶段，如表 11 - 1 所示。

表 11 - 1　道德水平的六个阶段

大阶段	小阶段
前惯例阶段 只受个人利益的影响。决策的依据是本人利益，这种利益是由不同行为方式带来的奖赏和惩罚决定的	遵守规则以避免受到物质惩罚；只在符合直接利益时才遵守规则
惯例阶段 受他人期望的影响。包括对法律的遵守，对重要人物期望的反应，以及对他人期望的一般感觉	做周围的人所期望的事；通过履行允诺的义务来维持平常秩序
规范与原则阶段 受个人用来辨别是非的道德准则影响。这些准则可与社会规则或法律一致，也可与社会规则或法律不一致	尊重他人的权利，置多数人的意见于不顾、支持不相干的价值观和权利；遵守自己选择的道德准则，即使这些准则违背了法律

道德阶段对管理者的道德水平提出了挑战，要求组织努力提高管理者的道德意识和道德标准。

（二）个人特征

成熟的人一般都具有相对稳定的价值准则，管理者也有个人的价值准则，由于管理者的特殊地位，这些个人价值准则很可能转化为组织的道德理念和道德准则，这是管理者的个性特征影响组织行为的最典型的方面。每个人在进入组织时，都带着一套相对稳定的价值准则。这些准则是个人早年从父母、老师、朋友和其他人，以及社会风气等外部影响那里继承发展起来的，是关于什么是对、什么是错的基本信念。除价值准则外，自我强度和控制中心也影响个人行为。

自我强度就是管理者的自信心的强度，能否把自己的认识转化为行动以及在多大程度上转化为行为。一个人的自我强度越高，克制冲动并遵守其信念的可能性就越大。这就是说，自我强度高的人更加可能做他们认为正确的事。我们可以推断，对于自我强度高的管理者，其道德判断和道德行为会更加一致。

控制中心被解释为衡量人们相信自己掌握自己命运的个性特征，它实际上是管理者自我控制、自我决策的能力。控制中心用来度量人们在多大程度上是自己命运的主宰。具有内在控制中心的人认为他们控制着自己的命运，而具有外在控制中心的人则认为他们生命中发生什么事是由运气或机会决定的。从道德的角度看，具有外在控制中心的人不大可能对其行为后果负责，更可能依赖外部力量。相反，具有内在控制中心的人则更可能对后果负责，并依赖自己内在的是非标准来指导行为。与具有外在控制的管理者相比，具有内在控制中心的管理者的道德判断和道德行为可能更加一致。

【例 11 - 2】判断题

具有内在控制中心的人更可能对后果负责，并依赖自己内在的是非标准指导行为。（　　）

参考答案：√

分析：具有内在控制中心的人认为他们控制着自己的命运，具有内在控制中心的管理者的道德判断和道德行为更加一致。

（三）结构变量

结构变量的核心是组织设计，最重要的内容是对个体道德行为是否具有明确的指导、评价、奖惩的原则。关键在于减少模糊性，减少模糊性的最重要的要求是有正式的规则和制度，明文规定的道德准则可以促进行为的一致性。组织的结构设计有助于管理者道德行为的产生。一些结构提供了有力的指导，而另一些令管理者模糊。模糊程度最低并时刻提醒管理者什么是"道德的"的结构设计有可能促进道德行为的产生。正式的规章制度可以降低模糊程度。职务说明书和明文规定的道德准则就是正式指导的例子。

结构变量的另一要素是绩效评估系统，绩效评估系统一定要让结果和手段同时进行。最后，报酬的分配方式，赏罚的标准是否合理也是影响道德行为的重要方面。在不同的结构中，管理者在时间、竞争和成本等方面的压力也不同。压力越大，越可能降低道德标准。例如，在仅以成果评价管理者时，会增加人们"不择手段"地追求成果指标的压力。

（四）组织文化

组织文化对人的行为道德属性有着敏锐的分辨能力，并有着很强的控制力。组织文化的力度对管理道德也有着很大的影响。承诺制的成功是组织文化强度的体现。最有可能产生高道德标准的组织文化是那种有较强的控制能力以及风险和冲突承受能力的组织文化。组织文化的内容和强度也会影响道德行为，在弱组织文化中，管理者可能以亚文化准则作为行动指南。

（五）问题的强度

问题的强度实际上是道德对于管理者的重要性的程度。影响管理者道德行为的最后一个因素是道德问题本身的强度，它取决于六个因素：危害的严重性、邪恶的议论、危害的可能性、效果的集中度、受害程度以及后果的直接性。以上六个因素决定了道德的重要性，人们所受的伤害越大，就越认为行为邪恶，与行为受害者越近，就认为道德问题越大等。当道德问题越重要时，人们越期望管理者应采取道德行为。

专栏 11-2 　　　　　　　　　　　**麦道公司的道德准则**

个人具有正直和道德的品质或根本不具有；个人必须坚持这些品质或根本不坚持。为了使正直和道德成为麦道公司的特征，作为公司成员，我们必须努力做到以下几个方面。

- 在与人交往中要诚实可信。
- 能可靠地完成上级交代的任务。
- 说话和书写要真实和准确。
- 在所有工作中要与人合作并作出自己的贡献。
- 对待同事、顾客和其他人要公平和体贴。
- 在所有活动中要遵守法律。
- 承诺以较好的方式完成所有任务。
- 节约使用公司资源。
- 为公司服务并尽力提高我们生活于其中的世界的生活质量。

正直和高道德标准要求我们努力工作、具有勇气和做出艰难选择。有时，为了确定正确的行动路线，员工、高层管理人员和董事会之间进行磋商是必要的。有时正直和道德可能要求我们放弃某些商业机会。但是，从长远看，做正确的事比做不正确不道德的事对我们更有利。

二、管理道德的形成

管理道德是随着管理活动的发展而发展起来的。从管理者个体的角度看，管理道德的形成可以大致概括为管理道德评价、管理道德教育和管理者的自我完善三个阶段。

（一）管理道德评价

管理道德评价是对管理者的管理活动是否合乎道德所进行的价值评定，其目的是要帮助管理者树立道德观念，培养管理者的道德责任感，影响管理者的行为，以求扬善抑恶，改善管理系统中的人际关系。管理道德评价是具体的，是针对管理者具体的道德行为的，它依据一定的道德标准对管理者的行为进行道义上的褒贬。

管理道德评价的自我评价是管理者自己对自己的行为所进行的善恶评判，是管理者主动地依据个人对自己的道德要求以及他对其他组织成员的道德情感和对管理工作的责任感而对自己的行为做出评价的过程。自我道德评价有一定的局限性，它只有在相应的社会评价中，才能保证正确的方向。

管理道德评价的社会评价是指一切不是由管理者自己对自己的行为所作出的道德评价，主要以舆论的形式存在。由集体舆论对管理者及其行为做出的评价，表达了一种客观的道德意向，是完全按照一定的道德原则和价值标准而对管理者及其行为做出的肯定或否定的评价。

管理道德评价必须以促进管理者道德品质的提高为目的。应做到三个统一：动机与效果的统一；目的与手段的统一；选择自由与道德责任的统一。所谓选择自由就是管理者活动的自主性。管理道德评价强调管理行为自择，责任自负，以此来培养管理者强烈的道德责任感。

（二）管理道德教育

管理道德教育是指为培养管理者良好的道德品质，造就管理人格而对其进行的道德知识的传授和道德规范的宣传教育的活动，也就根据管理职业特点，有目的、有组织、有计划地提倡和宣传管理道德的原则和规范，从而对管理者的思想和行为施加影响的一个重要方式。管理道德教育对提高管理者道德品质和道德实践的能力具有十分重要的意义。

管理道德教育的最高目的是：造就管理者的管理人格，使管理者在管理过程中形成稳定的道德品质和内在的行为倾向，保证其管理任务顺利完成。

管理道德教育过程就是管理者道德品质形成的过程，也就是管理者管理人格的塑造和发展的过程。包括管理道德认识、陶冶管理道德情感、锻炼管理道德意志、坚定管理道德信念等环节。

（1）提高管理道德认识是要求管理者形成一种判断是非、好坏、善恶、真假的行为准则及对其意义的认识。

（2）陶冶管理道德情感是促进管理者对其管理活动中的言行、举止是否符合管理道德规范所做出的情绪体验。

（3）磨炼管理道德意志是培养管理者在履行管理道德义务的过程中所具有的自觉克服困难、排除障碍，做出行为抉择的主观力量和坚毅精神。

（4）坚定管理道德信念是帮助管理者坚定不移地信仰管理道德，这是推动管理者产生道德行为的强大动力，是促使道德认识转化为道德行为的重要因素。

管理道德教育的方法是多样的，应该因人而异，灵活多样，才能收到良好的效果。同时，管理道德教育还是一项长期的任务，需要循序渐进，不可急于求成。

（三）管理者的自我完善

管理道德评价和管理道德教育是管理道德建设、管理人格形成的重要途径，要使它真正地发挥作用，还需管理者进行自觉的道德修养与之相呼应。管理道德评价和管理道德教育只有在管理者的自我完善中才能真正取得成果。

现代管理者是指具有管理科学知识和技能、拥有一定管理权力、从事管理活动的人。现代管理要求管理者的知识结构必须有利于管理活动的有效开展。任何时候，管理者都会遇到许多来自管理者自身的思想、情感和意志所产生的障碍，管理者只有排除这些障碍，征服自己，才能提高管理境界。因此需要不断地在道德上追求自我完善。管理者的道德自我完善是管理者个人人生修养的过程。

人生修养是一个学习、磨炼、涵养和陶冶的功夫，是需要经过长期努力才能达到的一种能力和素质。因此，对于管理者来说，自我完善是一个不断进取的过程，它首先表现为一个学习的问题。人生修养的奥秘在于磨炼，良好的品性只有在磨炼中才能获得。学习和磨炼都是一种自觉的活动，是管理者的自我修养意识的体现。对管理者来说，意识到自我修养的必要性是很重要的，它是实施自我完善的前提和起点。自我完善的另一个前提是对自己要有一个正确的估计，要有自知之明。

管理者需要时常地进行自我反省，进行自我检查和自我批评，依靠自我的力量来战胜和克服自己身上的缺点、弱点和错误。

专栏11-3　　　　　　　　　　　**一杯茶里的管理道德**

2007年1月11日，5名群众到重庆九龙坡区信访办上访，工作人员按程序接待了他们。由于问题涉及的部门很多，信访办同时通知了上访人所在辖区的街道、居委会以及区国土局、房管局的相关同志。"区信访办的同志热情地为到场的政府部门人员送上热茶，却没有我们的份儿。"一位上访群众说。(4月18日《重庆晚报》)

同样是"客人"，来到信访办的政府部门人员被热情招待，喝上了一杯热茶，而上访市民尽管"口干舌燥"也只能望茶兴叹。最终，一位市民"厚着脸皮"要求喝水才得到了回应。这样强烈的反差，发人深省。似乎没有哪一条法律法规明确规定，信访部门必须给上访者端一杯热茶。但法律法规是道德的底线，政府部门对待群众，还有诸多远远超越法律之上的东西。这就涉及公共管理的道德——政府以什么态度和意识与民众相处的问题。

在公共管理活动中，也包含着人际关系，即政府与公民的关系。如何让这种关系呈现出和谐的状态，不仅需要法律的规范，还需要道德的支撑——管理道德。管理道德是在社会一般道德原则的基础上建立起来的特殊的职业道德规范，通过约束管理者的行为去实现管理关系的和谐与管理职能的优化。从这个角度看，没给上访者端上"一杯热茶"，就让我们看到了该信访办管理道德的某种缺失。给市民端上一杯热茶，不过是举手之劳。做了，上访群众的"怒火"就会在和风细雨中得到化解；不做，肯定就会加剧上访者的"不满"，丧失对政府信访部门的信任。为何就不做呢？根子出在，脑子里缺少一根服务的神经、亲民的神经。

一杯热茶，事虽小但反映的问题很大。少上一杯热茶，丢了管理道德，也失去了民心，甚至还会进一步影响政府的形象——由此看来，一杯热茶里的管理道德实在是小视不得。

第三节　提升员工道德修养的途径

一、任用高道德素质的员工

人在道德发展阶段、个人价值体系和个性上的差异，使管理者有可能通过严格的挑选过程（挑选过程通常包括审查申请材料、组织笔试和面试以及试用等阶段），把低道德素质的求职者淘汰掉，挑选出符合组织道德要求的员工。这是企业提高员工整体道德素质的最基本的途径，也是实现企业人力资源优化配置的最基本的方法和手段。

道德如何量化？不能量化往往变成考核人际关系。《中外管理》的主编杨沛庭认为：强德强才是圣人；强德弱才是君子；强才弱德是小人；弱德弱才是愚人。把握好"德"与"才""德"与"能"的平衡点，"能人"与"贤人"结合使用。

二、确立道德准则

建立道德准则是减少道德问题最有效的办法，美国最好的1 000家公司中，90%都有自己明文的道德法规。道德准则是表明组织的基本价值观和组织期望员工遵守的道德规则的正式文件。要使组织能健康、高效地运转，除了需要一般性的组织制度外，还有必要建立一套严格的正式的道德规范，使员工明白"道德是什么"以及应该怎么做。

此外，在道德方面，领导员工也是非常重要的。高层管理人员在道德方面的领导作用主要体现在以下两方面：一是高层管理人员在言行方面是员工的表率，他们所做的比所说的更为重要，他们作为组织的领导者要在道德方面起模范带头作用；二是高层管理人员可以通过奖惩机制来影响员工的道德行为，做错事要付出代价，行为不道德不能给你带来利益。

三、设定工作目标

员工应该有明确和现实的目标。如果目标对员工的要求不切实际，即使目标是明确的，也会产生道德问题。设定员工工作目标时一定要注意：工作目标要明确，工作目标要合理。

四、对员工进行道德教育

越来越多的组织意识到对员工进行适当的道德教育的重要性，它们积极采取各种方式（如开设研修班、组织专题讨论会等）来提高员工的道德素质。既要对员工进行适当的道德教育，又要管理者以身作则。对员工进行道德教育可采取开展多种形式的道德教育，管理者可以言传身教，通过建立奖惩机制来影响员工道德行为等形式。

五、对绩效进行全面评价

如果仅以经济成果来衡量绩效，人们为了取得成绩，就会不择手段，从而有可能产生不道德行为。例如，在对管理者的年度评价中，不仅要考察其决策带来的经济成果，还要考察其决策带来的道德后果。

有不道德行为的人都有害怕被抓住的心理，被抓住的可能性越大，产生不道德行为的可能性就越小。根据组织的道德准则对决策和管理行为进行评价的独立审计，会使不道德行为被发现的可能性大大提高。

六、建立正式的保护机制

提供正式的保护机制，使那些面临道德困境的员工在不用担心受到斥责的情况下自主行事。组织可以任命道德顾问，当员工面临道德困境时，可以从道德顾问那里得到指导。另外，组织也可以建立专门的渠道，使员工能放心地举报道德问题或告发践踏道德准则的人。

【例 11－3】思考题

两个饥饿的人

从前，有两个饥饿的人得到了一位长者的恩赐：一根鱼竿和一篓鲜活硕大的鱼。其中，一个人要了一篓鱼，另一个人要了一根鱼竿，于是他们分道扬镳了。得到鱼的人原地就用干柴搭起篝火煮起了鱼，他狼吞虎咽，还没有品出鲜鱼的肉香，转瞬间，连鱼带汤就被他吃了个精光，不久，他便饿死在空空的鱼篓旁。另一个人，则提着鱼竿继续忍饥挨饿，一步步艰难地向海边走去，可当他已经看到不远处那片蔚蓝色的海洋时，他浑身的最后一点力气也使完了，他也只能眼巴巴地带着无尽的遗憾撒手人间。

有两个饥饿的人，他们同样得到了长者恩赐的一根鱼竿和一篓鱼。只是他们并没有各奔东西，而是商定共同去找寻大海，他俩每次只煮一条鱼，他们经过遥远的跋涉，来到了海边，从此，两人开始了捕鱼为生的日子。几年后，他们盖起了房子，有了各自的家庭、子女，有了自己建造的渔船，过上了幸福安康的生活。

请思考其中的道理？

参考答案：一个人只顾眼前的利益，得到的终将是短暂的欢愉；一个人目标高远，但也要面对现实的生活。只有把理想和现实有机地结合起来，才有可能成为一个成功之人。有时候，一个简单的道理，却足以给人意味深长的启示。

第四节　企业社会责任

一、企业社会责任概述

公众对诸如机会平等、污染控制、能源和自然资源消耗、消费者和员工保护等问题日益关注，企业发展的政治和社会环境问题变得越来越重要。由此提出了企业的社会责任问题。到底什么是企业社会责任，这并没有统一看法。如果企业在承担法律上和经济上的义务的前提下，还承担追求对社会有利的长期目标的义务，那么我们就说该企业是有社会责任的。

（一）企业社会责任的演变

"企业社会责任"的概念起源于欧洲，早期企业组织是一个以盈利为目的的生产经营单位，利润最大化是其追求的永恒主题，它没有责任也没有义务去完成本应由政府或社会完成的工作，其行为只要不违法，以何种手段和方式去追求利润都无可厚非。美国著名的经济学家弗里德曼认为，企业不采用欺骗和舞弊等手段去实现它的收益目标，就是为整个社会谋求了最大的利益。这种过分狭窄的企业经营目标，虽推动了社会经济的高速发展，但各种负面影响也相伴而来。如严重的环境污染损害了消费者的利益、危害了企业雇员的安全及影响了雇员的健康，导致社会贫富悬殊等，这对社会生活和经济的持续发展产生了重大影响，使西方国家政府及社会公众不得不开始重视企业履行社会责任的问题，即要求企业在实现利润最大化的同时，兼顾企业职工、消费者、社会公众及国家的利益，履行保护环境、消除污染等社会责任，将企业的经营目标与社会目标统一起来。企业社会责任的产生是因为，随着社会化大生产和工业革命以及随后资本的不断扩张而引起一系列的社会矛盾，如贫富分化、社会穷困等，特别是劳工问题和劳资冲突等而提起的。有的学者把它分成四个阶段。

第一阶段：作为1873—1896年的第一次经济大危机的结果，巨大的产业垄断资本主宰了社会经济生活，资本大规模扩张，经济实力迅速增强。与之相伴而行的是掠夺性的开采、歧视性的定价、工人超负荷的工作和低廉的工资，由此引发了大规模的罢工和社会公众的强烈不满。鉴于此，西方国家的政府开始通过立法的形式来限制企业的一些经营行为。

第二阶段：20世纪30年代的第二次经济大萧条，公众普遍抱怨企业对因倒闭而造成的工人失业不负责任，银行倒闭给储户的投资带来了惨重的损失，大股份公司通过市场与经营运作戕害中小股东的利益。大萧条以后，资本主义各国普遍推行凯恩斯主义和福利主义政策，国家的经济功能和对社会经济生活的干预得到全方位的强化，政府通过立法方式硬性要求企业不但约束自己的经营行为，而且还要求企业实施就业机会均等政策并为企业的员工提供适当的社会保险和福利。

第三阶段：20世纪60年代，尤其自1973年的第三次经济危机开始以来，垄断化和国家化的趋势发生了根本性的逆转。以企业为中心的现代资本主义社会使劳动者面临更加严峻的处境，竞争加剧，收入减少，在劳资对抗中处于不利地位。工会在多样化的经济形式和经济活动中缺乏统一的行动能力，干涉能力也大大降低。而且社会与公众对垄断和劳资关系状况的意识逐步淡化，而对生活质量、健康状况和环境质量等问题日益重视，国家对环境保护和环保标准等方面的立法与执法也越来越严厉。尤其突出的是烟草商们被要求将"吸烟有害健康"印制在外包装上，甚至烟草广告也受到严厉的限制。自此，许多企业已不再是被动地接受社会责任，而是将社会责任潜移默化为一种理念和价值观。

第四阶段：20 世纪 80 年代初期，大规模的资本国际流动、国际间的企业并购以及贸易自由化谈判加快了经济全球化的进程，赋予企业的社会责任以新的形式与内容，可持续发展问题和企业社会责任的国际合作问题被提升到了国际社会和各国政府的议事日程上，而且成为企业界普遍关注的热点。一方面，企业根据社会要求和环境保护原则进行大规模的生产工艺革新和技术改造，以适应新的技术标准、环境标准和贸易标准；另一方面，许多跨国公司在对高耗能、重污染的生产项目进行国际转移时，越来越多地受到来自东道国政府的限制以及合作伙伴要求进行技术改造和污染治理等方面讨价还价的压力。再有就是新的反垄断和保护社会公众利益等方面的立法数量急剧增加，如在反资本垄断基础之上的反技术垄断，反核武器扩散和核试验，对烟草实施高税收，对烟酒等特殊产品实行专卖制度等。从各国的情况来看，有酒类立法的国家达 70 多个。这种专卖是市场经济条件下的专卖，它既不是政府包办的专卖，也不是统购包销或由一个公司垄断经营，而是通过专卖法或专卖条例实行生产许可与批发零售许可制度。

（二）社会责任的定义

社会责任是指一个组织对社会应负的责任。一个组织应以一种有利于社会的方式进行经营和管理。社会责任通常是指组织承担的高于组织自己目标的社会义务。企业在承担法律上的和经济上的义务（法律上的义务是指企业要遵守有关法律，经济上的义务是指企业要追求经济利益）的前提下，还追求对社会有利的长期目标的义务，那么，我们就说该企业是有社会责任的。

社会义务是企业参与社会活动的基础。如果一个企业仅仅履行了经济上和法律上的义务，我们就说该企业履行了它的社会义务，或达到了法律上的最低要求。履行了社会义务的企业只追求那些对其经济目标有利的社会目标。

与社会义务相比，社会责任和社会反应超出了基本的经济和法律标准。有社会责任的企业受道德力量的驱动，去做对社会有利的事而不去做对社会不利的事。社会反应则是指企业适应不断变化的社会环境的能力。

社会责任包括企业在环境保护、社会道德以及公共利益等方面的责任，由经济责任、持续发展责任、法律责任和道德责任等构成。

经济责任是指公司生产、盈利、满足消费需求的责任。其核心是公司创造利润、实现价值的能力。公司的经济责任表现可以通过财务、产品服务、治理结构三个方面进行考察。

持续发展责任是指保证企业与社会持续发展的责任。该项责任可以通过环保责任和创新责任两方面进行考察。

法律责任是指公司履行法律法规各项义务的责任。该项责任可以通过税收责任和雇主责任两个方面进行考察。

道德责任是指公司满足社会准则、规范和价值观、回报社会的责任。该项责任可以通过内部道德责任和外部道德责任两个方面考察。

（三）两种社会责任观念

1. 古典观（纯经济观）

企业只需要满足股东的利益要求。在弗里德曼看来，当管理者自行决定将公司的资源用于社会目的时，他们是削弱市场机制的作用。他怀疑企业管理者是否具有决定"社会应该是怎么样"的专长，至于"社会应该是怎么样"，据弗里德曼说，应该由我们选举出来的政治代表来决定。

2. 社会经济观

企业还应该承担社会责任。我们有充足的理由相信，与不承担社会责任相比，承担社会责任或许会使企业的短期利益受到损害（承担社会责任通常要付出一定的代价），但换来的却是比所损失的短期利益多得多的长期利益，从而企业的社会责任行为与其利润取向是相容的。

专栏 11-4　　　　　　　　　**企业目的多元化**

公司具有多元目的。事实上，其他组织，如政府机构和非政府组织，也都追求多元目的。人们难道不应当关心政府是否有效使用了资源并有助于国家竞争力提升和可持续发展吗？难道许多非政府组织不是不仅具有教育目的、而且也有政治目的吗？尽管现代社会在某种程度上具有"劳动分工"的特征，但它并没有也不可能有纯粹经济的、政治的或文化的组织。承认组织具有多元目的，有助于相应的组织为获得某种理解和尊重而努力。具体而言，非政府组织可以从公司那里学到如何提高效率；政府可以受环境组织的启发而改善它的"绿色"记录；公司可以学习如何发挥舆论的作用，等等。换言之，一个组织可以按照经济的、社会的、政治的和环境的要求来改善它的业绩。"企业""政府"和"非政府组织"不能被简单地看做是"坏的"或"恶的"。

二、社会责任与利润取向

（一）古典观下的社会责任和利润取向

古典观所指的企业社会责任的范围相当狭窄，企业只需要并且只能对股东承担责任。在他们看来，如果一个企业最大限度地满足了股东的利益，那就是它尽了最大的社会责任；相反，如果一个企业从事了一些社会活动，或为社会利益着想而把资源从企业中转移出去，则它不仅损害了股东利益，而且更为严重的是损害了其他社会群体的利益。所以，在古典观那里，企业的社会责任就是利润取向，企业的唯一目标是追逐利润，使股东的利益实现最大化，在这样的过程中自然给社会带来最大的福利。企业的社会责任与利润取向是一致的。现在管理者大多是职业经理人，他们只关心股东的财务收益率。社会责任行为会增加经营成本，这些成本则以高价转嫁给消费者，或者通过较低的边际利润由股东承担。

（二）社会经济观下的社会责任和利润取向

社会经济观所指的企业社会责任的范围很广，它包括了所有的利益相关者，企业不仅要对股东负责，还要对其他相关利益者负责。与不承担社会责任相比，承担社会责任或许会使企业的短期利益受损，但换来的却是比短期利益多得多的长期利益。从而企业的社会责任行为与其利润取向一致。利润最大化只是企业的第二位目标，企业的第一位目标是保证自身生存。目前，我们认为企业必须承担社会责任，企业的社会责任行为能够为组织带来长远的利益，如改善公众印象，提供更多的商业机会。

三、赞成和反对企业承担社会责任的理由

在"企业应不应该承担社会责任"这一问题上，有两种不同的意见，一种意见认为企业

应该承担社会责任；另一种意见则认为企业不应该承担社会责任。每种意见都有很多理由。

1. 赞成企业承担社会责任的理由

理由1——满足公众期望。自20世纪60年代以来，社会对企业的期望越来越多，现在有很多人支持企业追求经济和社会双重目标。

理由2——增加长期利润。有社会责任的企业能可靠地获取较多的长期利润，这在很大程度上归因于责任行为所带来的良好社区关系和企业形象。

理由3——承担道德义务。企业能够而且应该具有社会意识。企业承担社会责任不仅是道义上的要求，还符合自身的利益。

理由4——塑造良好的公众形象。企业在公众心目中的良好形象对企业的好处是多方面的，如使销售额上升、雇用到更多更好的员工、更容易筹集到资金等。由于公众通常认为社会目标是重要的，企业通过追求社会目标就能够产生一个良好的公众形象。

理由5——创造良好的环境。参与社会活动有助于解决比较棘手的社会问题，有助于提高生活质量和改善所在社区的状况，这种良好的环境适合企业的生存和发展。

理由6——阻止政府的进一步管制。政府管制使经济成本上升并使管理者的决策缺乏一定的灵活性。企业承担社会责任可以减少政府管制。

理由7——责任和权力相称。企业在社会中拥有很多权力，根据权力和责任对等原则，企业必须承担同样多的责任。

理由8——符合股东利益。从长期看，社会责任会使企业的股票价格上涨。在股票市场上，有社会责任的企业通常被看做是风险较低的和透明度较高的，从而持有该企业的股票会带来较高的收益。

理由9——拥有资源。企业拥有财力资源、技术专家和管理才能，可以为那些需要援助的公共工程和慈善事业提供支持。

理由10——预防胜于治疗。社会问题必须提早预防，不能等到问题已变得相当严重、处理起来较困难时才采取行动。

2. 反对企业承担社会责任的理由

理由1——违反利润最大化原则。这是古典观的精髓所在。企业只参加那些可带来经济利益的活动，而把其他活动让给其他机构去做，就是有社会责任的。

理由2——冲淡目标。追求社会目标会冲淡企业提高生产率的基本目标。

理由3——不能补偿成本。许多社会责任活动不能补偿成本，有人必须为它们支付成本。

理由4——权力过大。企业在当今社会中的权力已经很大了，如果让它追求社会目标，则其权力就更大了。

理由5——缺乏技能。企业领导者的视角和能力基本上是经济方面的，不适合处理社会问题。

理由6——缺乏责任。政治代表追求社会目标并对其行为负责。但对企业领导者来说，情况却不是这样。企业对公众没有直接的社会责任。

理由7——缺乏广泛的公众支持。社会上对企业处理社会问题的呼声不是很高。公众在社会责任问题上意见不一。实际上，这是一个极易引起激烈争论的话题。在缺乏一致支持的情况下采取行动，很可能会失败。

社会责任指数

作为深圳证券交易所重点推出的环保、金融、能源、服务、港口物流五大专业板块指数之一，"泰达环保指数"与现有指数的最大不同在于，其样本股选择在股本规模、经营业绩等惯用标准之外增加了社会责任精神，是中国上市公司中公开发布的第一只社会责任指数。

"泰达环保指数"从中国 A 股市场近 2 000 家上市公司中选取为环保作出最多贡献、在经营过程中对环境保护产生正面影响的 40 家上市公司组成样本股，通过定量指标直接反映中国环保企业股价的整体走势，间接反映中国环保产业的发展现状和趋势，激励具有社会责任意识的上市公司做优做强。

（资料来源：百度百科。）

四、社会责任的具体体现

（一）企业对环境的责任

企业既受环境的影响又影响着环境。从自身生存和发展的角度看，企业有承担保护环境的责任。企业对环境的责任主要体现在 3 个方面。

（1）企业要在保护环境方面发挥主导作用，特别要在推动环保技术的应用方面发挥示范作用。

（2）企业要以"绿色产品"为研究和开发的主要对象。

（3）企业要治理环境。

（二）企业对员工的责任

员工是企业最宝贵的财富。企业对员工的责任主要体现在以下几方面。

（1）不歧视员工。

（2）定期或不定期对员工进行培训。

（3）为员工营造一个良好的工作环境。

（4）善待员工的其他举措，例如，推行民主管理，提高员工的物质待遇，对工作表现好的员工予以奖励，等等。

（三）企业对顾客的责任

"顾客是上帝"，忠诚顾客的数量以及顾客的忠诚程度往往决定着企业的成败得失。企业对顾客的责任主要体现在以下几个方面。

（1）提供安全的产品，安全的权利是顾客的一项基本权利。

（2）提供正确的产品信息，企业要想赢得顾客的信赖，在提供产品信息方面不能弄虚作假，欺骗顾客。

（3）提供售后服务，企业要重视售后服务，要把售后服务看做是对顾客的承诺和责任，要建立与顾客沟通的有效渠道，如设立意见箱、热线电话等，及时解决顾客在使用本企业产品时遇到的问题和困难。

（4）提供必要的指导，在使用产品前或过程中，企业要尽可能为顾客提供培训或指导，帮助他们正确使用本企业的产品。

（5）赋予顾客自主选择的权利，在市场经济下，顾客拥有自主选择产品的权利。企业不能限制竞争，以防止垄断或限制的出现给顾客带来的不利影响。

（四）企业对投资者的责任

企业首先要为投资者带来具有吸引力的投资报酬。那种只想从投资者手中获取资金，却不愿或无力给投资者以合理报酬的企业是对投资者极不负责的企业，这种企业注定被投资者抛弃。

此外，企业还要将其财务状况及时、准确地报告给投资者。企业错报或假报财务状况，是对投资者的欺骗。

（五）企业对所在社区的责任

企业不仅要为所在社区提供就业机会和创造财富，还要尽可能为所在社区作出贡献。有社会责任的企业，意识到通过适当的方式把利润中的一部分回报给所在社区是其应尽的义务。它们积极寻找途径参与各种社会行动，通过此类活动，不仅回报了社区和社会，还为企业树立了良好的公众形象。

现在在我国，一般提到企业的社会责任标准，大致有八个方面：承担明礼诚信、确保产品货真价实的责任；科学发展与交纳税款的责任；可持续发展与节约资源的责任；保护环境和维护自然和谐的责任；公共产品与文化建设的责任；扶贫济困和发展慈善事业的责任；承担保护职工健康和确保职工待遇的责任；发展科技和争创自主知识产权的责任。

专栏11-6　　　　　　　　　　**企业老板对社会责任的认识**

皇明太阳能集团的董事长黄鸣认为，在提倡社会责任的时候，对企业来讲有两大责任：一个硬责任、一个软责任。

硬责任是基本责任。一是对消费者负责任，产品、服务、技术等必须过得硬，必须让他们满意。二是员工的福利、就业。三是交税，对政府、社会直接的经济贡献。这不是捐赠，基本责任没有完成的时候去捐赠，这里就有一些问题、疑问。还有股东、企业，尤其是上市公司，牵扯境内、境外很多股东，如果他们的利益保证不了，做假账，这是最基本的硬责任没完成，其他的就不能谈了，这是对企业最起码的要求。

软责任是延伸责任。比如说对环境、对资源，企业如果仅完成了基本的责任是不够的，倘若污染了环境，过分消耗了资源，这是没有负责任。另外，对社会的慈善、捐赠，企业必须对社会的贫弱进行关注，作出真正的贡献。再就是文化观念的提升转变和传播，这是一个社会观念大变革的时期，对中国观念变化作出贡献最大的是邓小平。我们企业应以他为榜样。还有一个重要的任务是建设我们稀缺的国际品牌（当然国内品牌先做好），为国争光。我总结了一下：为国家争面子，为行业立标杆，为民族、为后代传文化，这是从文化的关系层面上来说。

（资料来源：黄鸣博客——商界思想库。）

本章小结

道德通常是指那些用来明辨是非的规则或原则。道德的功利观是指完全按照成果或结果指定决策的道德观点；道德的权利观是指与尊重和保护个人自由和特权有关的观点，包括隐私权、良心自由、言论自由、和法律规定的各种权利；公正理论观是指管理者公平和公正地贯彻和加强规则，并在此过程中遵守所有的法律法规；社会契约整合理论认为应当根据实证因素（是什么）和规范因素（应当是什么）制定道德决策，其基础是两种"契约"的整合。

管理道德就是对管理者提出的道德要求，即要求管理者具有与管理活动相适应的道德素质，要求管理者的行为是有道德的行为。西方道德心理学家把人们的道德发展归纳为三个发展阶段：前惯例阶段、惯例阶段、规范与原则阶段。管理者达到的阶段越高，就越来越倾向于采取符合道德的行为。从管理者个体的角度来看，管理道德的形成可以大致概括为管理道德评价、管理道德教育和管理者的自我完善三个阶段。

企业在承担法律上和经济上义务（法律上的义务是指企业要遵守有关法律，经济上的义务是指企业要追求经济利益）的前提下，还承担追求对社会有利的长期目标的义务，那么，我们就说该企业是有社会责任的。

复习思考题

一、问答题

1. 什么是道德？在商业道德方面存在哪些观点？
2. 崇尚道德的管理具备什么样的特征？
3. 影响管理者道德行为的因素有哪些？
4. 提升员工道德修养的途径有哪些？
5. 何谓社会责任？它与社会义务、社会反应有何区别？
6. 企业的社会责任与利润取向的关系如何？
7. 在管理中有没有必要遵守道德？怎么样遵守道德？
8. 企业经营中是否需要尽社会责任？应该怎么做？
9. 管理道德与人的道德有无不同，为什么？
10. 有人认为为了提价"囤积"商品是市场行为，你如何评价？

二、自我测试题

根据道德清单，做出选择，测试你道德观的发展情况。

表 11 - 2 道德推理清单

你是否同意以下说法，用以下这几种形式表示：极其反对（DS）；反对（D）；中立（N）；同意（A）；极为同意（AS）。在你认为最符合你的情况的答案上标注记号				
DS	D	N	A	AS
1. 当我申请一份工作的时候，我将掩盖我新近被解雇的事实				
5	4	3	2	1
2. 如果需要钱，在报销单上多报一些钱没什么关系				
5	4	3	2	1
3. 员工应该相互告知不道德的行为				
1	2	3	4	5
4. 如果一个人报销的时候没有全部的收据，可以给他计算一个大概数字				
5	4	3	2	1
5. 我觉得在上班时间处理一点私人事情没什么大不了的				
5	4	3	2	1

续表

	DS	D	N	A	AS
6. 我会在采购的最后一天安排一个采购代理商					
	5	4	3	2	1
7. 为了一次销售的成功，我会延长实际的运送日期					
	5	4	3	2	1
8. 为了使工资更大幅度地提升，我会向我的老板卖弄风情					
	5	4	3	2	1
9. 如果我做临时工作得到 100 美元，我会上交个人所得税					
	1	2	3	4	5
10. 我觉得把办公室里的一些东西带回家没有什么大不了的					
	5	4	3	2	1
11. 即使同事没有允许，也可以看看他的电子邮件和传真					
	5	4	3	2	1
12. 打电话请一天病假是不行的，即使一年只有一两次					
	1	2	3	4	5
13. 即使我知道自己只会工作 6 个月，我还是会接受一份长期的全职工作					
	5	4	3	2	1
14. 在接受一个供应商的贵重礼物之前，我要先看看公司的政策					
	1	2	3	4	5
15. 为了商业的成功，一个人常常不得不忽视道德					
	5	4	3	2	1
16. 如果我受一个求职者的长相的吸引，我会雇用他或她而不雇用其他人					
	5	4	3	2	1
17. 在工作中我一直说实话					
	1	2	3	4	5
18. 如果未经出版商的授权，永远都不能复制软件					
	1	2	3	4	5
19. 即使我知道我并不打算购买一台办公用计算机，我也会接受 30 天的试用期					
	5	4	3	1	
20. 我从不接受本应属于我合作伙伴的创意的荣誉					
	1	2	3	4	5

　　分数及解释：把你所选择的选项的分数加起来

　　90~100 分　你是一个很有道德心的人，可能由于过分正直会被同事们开一点小玩笑

　　60~89 分　你对道德的理解程度一般，所以你应该培养自己对道德问题的敏感度

　　41~59 分　你的道德观念还未完全发展，但是你至少对道德问题还有些了解，你还要提高你对道德问题的理解

　　20~40 分　你的道德观远在时代的商业道德标准之下，开始认真学习商业道德吧

实践与训练

一、实践练习

1. 利用课余时间去图书馆或上网查阅有关资料，查询中国企业的社会责任的表现。

要求：每个人根据收集到的资料简要写出提纲。

2. 对于你来说，社会责任意味着什么？你认为工商企业应该承担社会责任吗？为什么？

要求：利用课外时间组织讨论、交流，并写成简要的书面分析报告。

3. 阅读谷歌的社会责任。

http：//www. google. cn/intl/zh-CN/corporate/responsibility. html。

二、案例分析

唐山钢铁股份有限公司社会责任报告

唐山钢铁股份有限公司（以下简称"唐钢"）紧紧围绕"国内领先、国际一流"的战略目标，在追求企业最佳经济效益的同时，积极承担对国家和社会的全面发展、自然环境和资源，以及股东、债权人、职工、客户、消费者、供应商、社区等利益相关方所应承担的责任。唐钢一贯注重企业社会价值的实现，以"报效国家、奉献社会、成就员工、回馈股东"为己任，在追求经济效益、保护股东利益的同时，诚信对待和保护其他利益相关者，尤其是员工、消费者的合法权益，推进环境保护、资源节约与循环建设，参与、捐助社会公益及慈善事业，以自身发展影响和带动地方经济的振兴，促进企业与社会、社区、自然的协调、和谐发展，为落实科学发展观，构建社会主义和谐社会作出了贡献。

一、股东和债权人权益保护。股东作为唐钢的投资人是唐钢生存的重要根基，股东的认可是保持唐钢发展的不竭动力，保障股东权益是唐钢的义务和责任

（1）完善的治理结构，健全的制度，是保障股东和债权人利益的基础。唐钢非常重视现代企业制度的建设，自1997年上市以来，唐钢不断规范股东大会、董事会、监事会的运作，不断健全完善各项制度，形成了一整套包括《公司章程》《股东大会议事规则》《董事会议事规则》《监事会议事规则》《董事会专门委员会工作细则》《募集资金使用管理制度》《关联交易管理办法》《信息披露事务管理制度》《投资者关系管理制度》《对外投资管理办法》《总经理办公会议事规则》等在内的相互制衡、行之有效的内部管理和控制体系，并以"上市公司专项治理活动"为契机，持续深入开展治理活动，通过全面深入自查，及时发现公司治理过程中存在的问题，分析原因，积极整改，夯实基础，不断完善法人治理结构，提升公司治理水平，提高公司质量，切实保障了全体股东和债权人的合法权益。

（2）唐钢的发展为股东和社会带来了财富。自上市以来，唐钢借助资本市场平台，坚持诚实守信、规范经营，取得了跨越式的发展：技术装备水平不断提高，资产规模不断扩大，产品结构不断改善，经营业绩持续增长，综合实力不断增强。唐钢由上市之初仅有200多万吨钢生产能力的企业发展成为目前具有1 100多万吨生产能力的大型钢铁联合企业。2008年唐钢营业收入576. 97亿元，为上市之初的12. 19倍；实现利润24. 56亿元，为上市之初4. 15倍。唐钢的不断发展壮大，为回报股东奠定了坚实基础，同时也为地方政府发展经济，保障民生提供强有力的税收支持，为经济与社会发展作出了较大的贡献。

（3）稳定分红，厚报股东。唐钢在经济效益稳步增长的同时，十分重视对投资者的合理回报，使股东分享公司发展的成果。唐钢自上市以来的12年间，累计分配11次，累计现金分红60. 11亿元，实施公积金转增股本27. 30亿股，分红总额占公司可供分配利润的

60.35%，是上市公司中分红水平最高的公司之一，股东实实在在地享受到了唐钢发展的成果。

（4）重视信息披露管理，努力建立与投资者的良好关系。唐钢制定了《信息披露管理制度》，按照公开、公平、公正的原则，及时、准确、完整地在《中国证券报》《证券时报》和巨潮资讯网上披露信息。建立了电话、传真、网站、专门邮箱、网上路演等多种与投资者沟通的渠道，认真负责地解答和回复投资者提出的问题，积极主动地听取广大投资者对于唐钢生产经营、未来发展的意见和建议。唐钢在信息披露及投资者关系管理工作中，公平对待所有投资者，防止未公开信息泄露，杜绝针对不同投资者选择性披露的情形发生。

（5）努力搭建方便股东参与唐钢重大事项决策的平台。合理安排股东大会的时间，对重大事项采用网络投票、征集投票权等形式，方便股东参加会议；在选举董、监事时实行累积投票制度，充分保障中、小股东的合法权益。

（6）建立了完善、规范的财务制度和经营管理制度，确保了公司财务的稳健、谨慎，保障了公司资产的安全。在生产经营过程中，在追求股东利益最大化的同时，充分考虑和保护债权人的合法权益。唐钢与各金融机构建立了良好的信贷关系，贷款从未出现逾期不还和欠息现象，信用等级均被各商业银行评定为 AA^+ 级以上，连续多年获得"全国重合同守信用企业"和中国银行的"AAA"信用等级评定。

二、职工权益保护员工是企业生存和发展最宝贵的资源，高素质的员工队伍是企业发展的重要保障，员工权益的有效保障是凝结职工的重要前提。唐钢始终坚持"以人为本"和"德才兼备、岗位成才、用人所长"的人才理念，不断改善员工的工作环境、工作条件和生活环境，关注员工的健康、安全和满意度，为员工提供广阔的发展平台和施展个人才华的机会

（1）劳动用工严格遵守《劳动法》《劳动合同法》和《劳动合同法实施条例》等法律法规，依法与职工签订劳动合同，保护职工的合法权益。在聘用、报酬、培训、升迁、离职或退休等方面公平对待全体职工，不因种族、宗教信仰、性别、年龄等因素进行歧视。建立了以岗效工资制为主体分配形式的薪酬体系，按时、足额向职工发放劳动报酬，为职工缴纳基本养老保险、基本医疗保险、工伤保险、失业保险、住房公积金、职工企业年金。唐钢一贯坚持共建共享的理念，使职工充分享受到公司成果，努力提高职工生活水平，2008年职工人均收入达到5.2万元，较上年增长25%。职工生活质量不断的提高，使职工对企业的归属感进一步增强。

（2）职工健康和安全的工作环境始终是唐钢的关注点。建立健全了有关安全生产、劳动保护、职业卫生方面的规章制度，公司专业部门定期和不定期地对制度执行情况和安全生产情况进行全面检查，及时消除隐患。公司经常组织员工参加安全生产知识培训、竞赛、消防安全应急处理和逃生演练，有效提高员工的安全生产意识和自我保护能力。针对不同岗位需要，公司每年定期为员工配备必要的劳动防护用品及保护设施。完善的安全防护设施和良好的工作环境为降低人身伤害、保持职工身心健康起到了重要保障。

（3）为实现"国内领先、国际一流"战略目标，唐钢制定了《人才管理办法》，建立了公开、平等、竞争、择优的选人用人机制，努力为职工搭建展示才能的舞台。唐钢注重职工职业生涯发展，积极开展职工教育培训，为职工发展提供更多的机会。一是积极营造人尽其才、竞争有序的良好和谐环境。不断完善人才培养机制，把加强人才的培养作为一项重要

工作抓实抓好。唐钢建立健全了对职工考评激励和奖励机制，制定了一系列聘用、升迁、评比等方面的制度，积极为广大职工搭建干事创业的舞台和成长的平台，促进各类人才脱颖而出，培养造就了一大批业务能力强，懂管理、善经营的优秀领导干部和三四级专家。二是不断加大对职工的培训力度，提高队伍素质。多层次、多渠道开展职工教育培训工作，开展技能竞赛活动，培养造就了一大批管理、技术、操作层面的优秀人才。以提高岗位技能和执行力为核心，强化操作岗位特别是关键岗位的员工以及新进厂人员、转岗人员的培训，提高综合技能素质。以培养高级技术工人、工人技师、专业带头人为重点，实施以师带徒、专业技术人员继续教育等工作，为企业持续发展提供了智力支持和人才保证。

（4）发扬民主，采纳民意，积极为职工搭建参与企业管理的平台。唐钢大力支持工会依法开展工作，建立了职工代表大会制度。唐钢历来十分关心和重视职工的工资、福利、劳动安全卫生、社会保险等涉及职工切身利益的事项，合理需求都提交职工代表大会审议。建立了经理联络员制度，经理联络员覆盖唐钢各单位不同层级的岗位，广泛收集并及时向总经理转达职工的意见和建议。通畅的民主渠道，构建了唐钢与员工之间和谐稳定的关系。

（5）关爱职工，大力开展送温暖活动。企业的凝聚力更多地体现在对职工的关爱上，公司充分发挥工会作为职工之家的平台作用，积极开展为职工送温暖活动。当职工为唐钢作出贡献的时候，公司及时为其送去激励；当职工生活遇到困难的时候，公司及时对其进行慰问；在高温酷暑季节，公司积极开展为一线高温岗位职工送清凉工作，并安排一线职工和先模骨干到北戴河等地进行休养；对"两节"期间坚守岗位的职工，公司及时进行慰问；为使困难职工的子女完成学业，公司大力开展"为了唐钢明天更辉煌"金秋助学活动，为困难职工子女送去助学金。通过开展送温暖活动，唐钢工会向职工发放慰问款及救助款779.34万元。对职工无微不至的关爱，极大地增强了职工对唐钢的归属感，增强了企业的凝聚力。

三、供应商、客户和消费者权益保护。唐钢秉承"市场第一、客户至上"的经营理念，将客户作为企业存在的最大价值，把客户满意度作为衡量企业各项工作的准绳，重视与客户的共赢关系，恪守诚信，致力于为客户提供一流产品和超值服务

（1）作为钢铁制造企业，唐钢深刻理解上下游企业之间共存共荣、共同发展的鱼水共生的关系。为此，唐钢将诚实守信作为企业发展之基，与供应商和客户建立共生共荣的战略合作伙伴关系，充分尊重并保护供应商和客户的合法权益，严格保护供应商及客户的秘密信息和专有信息，与之保持长期良好的合作关系。

（2）在生产过程中严把质量关，不断加强产品实物质量控制。严格执行工序服从，保证上道工序为下道工序提供合格产品，大力实施"出精品，造唐钢品牌，抓市场，让用户满意"的品牌战略，努力为客户提供零缺陷的满意产品。在销售服务方面以客户利益至上，以高效优质为目标，重合同守信用，想客户之所想，急客户之所急，努力为客户提供一流的产品，一流的服务，一流的环境。唐钢认真、及时、妥善地对待和处理客户每一起异议，在尽可能短的时间内解决争议，减轻客户的损失。唐钢对客户的忠诚，极大地保护了客户的利益，同时也为唐钢产品赢得了市场。

（3）注重供应链建设，不断完善采购流程与机制。建立公平、公正的评估体系，为供应商创造良好的竞争环境；推行公开招标和阳光采购，杜绝暗箱操作、商业贿赂和不正当交易情形。唐钢定期对供应商和销售商进行评价，敦促其遵守商业道德和社会公德，对拒不改

进的客户或供应商，唐钢拒绝向其继续出售产品或使用其产品。严格遵守并履行合同约定，及时支付货款，友好协商解决纷争，以保证供应商的合理合法的权益。在加强与供应商的业务合作的同时，积极开展技术经验交流，协助供应商解决技术难题、提高产品品质，帮助供应商成长。

（4）认真开展治理商业贿赂专项活动。成立了以公司党委书记王子林、总经理于勇任组长、各专业部门参加的治理商业贿赂领导小组，根据公司的实际情况，将物资购销中给予或收受不正当利益的行为，在各类招（议）标、投标活动中的违法违规行为，领导干部或关键岗位人员利用职权参与或干预企业经营活动牟取非法利益的行为，玩忽职守、失职渎职行为，放任、纵容、包庇搞不正当交易等行为，作为防范和治理商业贿赂的重点。为防范商业贿赂的发生，唐钢采取了以下措施：一是加强教育，提高拒腐防变的意识。利用电视台、收看录像、报纸、网站、诚勉谈话等多种方式，深入开展正反两方面的教育，做到警钟长鸣；二是开展自查自纠活动。在人、财、物等权力运行的重要流程、重点环节，认真开展自查自纠，对发生的问题认真分析原因，有针对性地制定预防措施，堵塞漏洞；三是加强制度建设。不断完善各项管理制度、监督制度，加强权力的制衡分解，规范权力流程，强化对权力运行各关键环节的监督，形成了用制度管权、用制度管人、用制度管事的反腐机制。通过上述措施，有效杜绝了商业贿赂行为的发生。

四、环境保护与可持续发展。钢铁企业对环境的污染主要来自于企业生产过程中产生的"三废"，即固体废弃物、废水和废气。高度重视环境保护工作，以建设"世界一流、国内领先"企业为目标，全面贯彻落实科学发展观，大力发展循环经济，积极推进清洁生产，努力创建资源节约型、环境友好型企业。唐钢通过加大投入，采用现代化科技手段，推广应用各种先进节能技术和设备，有效延伸"三废"综合利用的产业链，实现变废为宝，提高资源的综合利用效率，在保护和改善环境质量的同时，公司经济效益也得到了提高。在努力解决现有设备环保达标的同时，唐钢着眼长远，不断对现有设备进行更新改造，通过建设现代化的新装备、淘汰落后设备，达到改善环境质量的目的

（1）利用三废，净化环境，变废为宝。为将科学发展观和循环经济理念落到实处，唐钢制定了《三废资源综合利用模式实施规划》，确立了生产过程中产生的废弃物→再生利用→再资源化的循环经济模式。该模式将企业自身产生的废弃物综合利用或提供给其他行业作为原料，同时利用唐钢自身的工艺优势吸收消纳其他行业和社会产生的废弃物，塑造钢铁工业生态链。根据规划，唐钢在现有技术装备的基础上，将进一步加大投资力度，健全完善煤气、固体废弃物、余热综合利用项目。同时通过建设城市中水与工业废水 10 深度处理项目，引入城市中水以替代深井水作为工业主要水源，通过对厂区废水进行处理生产出净化水、软化水及除盐水，再次用于工业生产，实现城市中水和工业废水的综合利用。目前，唐钢利用炼铁生产中产生的水渣生产超细粉并外销作为水泥原料；对炼钢过程中产生的钢渣和污泥进行处理，用于转炉炼钢和烧结配料，尾渣外销用作水泥原料；对轧钢生产中产生的氧化铁皮进行回收用作烧结矿原料；对煤气进行回收用作加热炉燃料和用于发电；利用放散的余热蒸汽进行发电和回收冷凝水；对废水和城市中水进行净化处理回收利用。唐钢通过对三废的回收处理，三废资源的利用率达到了100%，实现了负能炼钢，锅炉和加热炉全部烧煤气，企业废水零排放，能源消耗水平大幅下降，环境质量进一步改善。

（2）在不断治理现有生产条件下污染的同时，努力从根本上改善环境质量。唐钢着眼

长远，从提升企业竞争力和加快发展的角度出发，努力采用当今国际国内先进技术和设备对现有装备进行更新改造，淘汰落后装备。对新建项目，唐钢始终将环保问题作为项目可行性评价的重点，从项目可研阶段就已充分考虑到了排放物的循环利用问题，不允许对环境产生新的压力。

五、公共关系和社会公益事业。企业发展源于社会，回报社会是企业应尽的责任。唐钢注重企业的社会价值体现，积极参加社会公益活动，把为社会创造繁荣作为自己应尽的职责，努力以自身发展影响和带动地方经济，促进企业与社会的和谐发展

（1）唐钢将良好的公共关系视为企业发展的资源，致力于营造和谐的外部环境。主动接受并积极配合政府部门的监督检查，加强与相关政府部门的联系，积极做好政府部门布置的工作，热情接待政府部门安排的参观考察、调研等活动，努力建立彼此间良好的关系。积极加强与地方社团组织、事业单位的联系，真诚、热情地向有关单位提供帮助。通过积极努力，唐钢与地方构建了良好的公共关系。

（2）唐钢始终秉持财富取自于社会、奉献于社会的道德理念，积极参与社会公益活动，主动承担对国家和人民应尽的责任与义务。一是积极参加社会募捐活动。2008年公司及职工向四川地震灾区捐款968万元、向唐山市贫困人群捐款11万元。二是大力支持和参与社区的绿化、美化和环境卫生建设。三是积极开展对落后地区的扶贫活动。按照河北省委、省政府的要求，唐钢积极开展对张家口市崇礼县的扶贫活动，帮助当地居民解决道路、饮水、蔬菜种植等民生问题。四是组织职工参加唐山市义务献血活动。唐钢把承担社会责任视为应尽的责任与义务，在履行社会责任方面开展了一系列工作，取得一些成绩，但还有很多工作要做。今后，唐钢将继续与当地政府、社会各界、利益相关方进一步探讨企业多样化履行社会责任的方式，加强沟通与交流，不断完善企业社会责任管理体系建设；将继续支持社会公益事业，扶助弱势群体，促进企业与社区的协调发展，让相关方更多地分享唐钢发展的成果，为构建和谐社会作出新的更大贡献。

唐山钢铁股份有限公司董事会

二〇〇九年三月二十七日

问题：

1. 你认为这份报告全面吗？为什么？

2. 去网络搜索一下，看看该公司是否回避或隐瞒了一些东西？

推荐读物

1. 新井警介. 现场管理者才干增长必读［M］. 张俊杰译. 北京：中国经济出版社，1992.

2. 斯蒂芬·P·罗宾斯. 管理学［M］. 北京：中国人民大学出版社，1997.

3. 彼得·杜鲁克. 巨变时代的管理［M］. 周文祥等译. 太原：山西经济出版社，1998.

4. 王强著. 圈子圈套［M］. 北京：长江文艺出版社，2006.

第十二章

管理创新

学习目标

通过本章的学习，了解创新及其在管理中的重要作用；掌握创新职能的基本内容；理解并掌握创新过程及其管理；理解技术创新的内涵；理解创新的贡献和源泉；掌握企业技术创新的战略；理解企业制度创新、企业层次结构创新以及企业文化创新等方面的内容。

关键概念

维持和创新（Maintain and Innovation）　　管理创新（Management Innovation）

企业文化（Enterprise Culture）　　　　　技术创新（Technological Innovation）

组织创新（Organization Innovation）

导入案例

美特斯邦威：温州的虚拟企业

在肯尼思·普瑞斯、罗杰·内格尔等美国学者于 1991 年最早提出"虚拟企业"概念仅仅 7 年后，美特斯邦威就运用"虚拟经营"之道，成功地打破了温州家族式民营企业通常发展至 5 亿元左右的年营业规模就徘徊不前的"温州宿命"。2002 年 8 月 23 日，一个专家组来到美特斯邦威集团，考察其电子商务的应用情况。在这里已经看不到一台缝纫机，初步具备了虚拟品牌运营商概念的美特斯邦威集团，竟然自行研究开发了包括 ERP 在内的全部信息系统！专家组认为，在目前的国内企业中，美特斯邦威在信息技术运用上已处于领先地位，真正把信息技术成功运用到了生产、管理、流通、销售等各个环节。目前，定位在"流通行业"的美特斯邦威又在上海康桥开发区全力兴建自己的物流配送中心，这是年仅 38 岁、被誉为"温州新一代商人"的周成建实现国际化的又一新动作。

第一节 创新及其作用

一、作为管理基本职能的创新

管理工作可以概括为：设计系统的目标、结构和运行规划，启动并监视系统的运行，使之按预定的规则操作；分析系统运行中的变化，进行局部或全局的调整，使系统不断呈现新的状态。显然，概括后的管理内容的核心就是：维持和创新。

创新首先是一种思想以及在思想指导下的实践，是一种原则以及在这种原则下的具体活动，是管理的一种基本职能。任何组织系统的任何管理工作无不包含在"维持"或"创新"中，维持和创新是管理的本质内容，有效的管理在于适度的维持与适度创新的组合。

管理的创新职能是企业获取持续竞争优势的重要保证，尤其是伴随知识经济时代的临近，企业的性质正在发生根本性的改变。适应以信息技术为核心的技术革命及全球化竞争对生产经营活动的新要求，现代企业的价值观念、制度框架、组织模式和管理方式与传统企业相比都有显著不同。由于商品的个性化、多样化和社会的信息化，知识价值的流动性大、变化快、寿命也越来越短。因而，追求知识价值的不断更新就成为现代企业经营的主要理念。"变"是唯一不变的真理。创新成为现代成功企业的突出标志。一般地说，创新源于企业内部和外部的一系列不同的机会。这些机会可能是企业刻意寻求的，也可能是企业无意中发现后立即有意识地加以利用的。

二、创新与维持的关系及其作用

维持是保证系统的活动顺利进行的基本手段，也是系统中大部分管理人员，特别是中层和基层的管理人员要花大部分的精力从事的工作。管理的维持职能是要严格地按预定的规划来监视和修正系统的运行，尽力避免各子系统之间产生摩擦，或减少因摩擦而产生的结构内耗，以保持系统的有序性。维持对于系统生命的延续是至关重要的。

由于系统的外部环境是在不断发生变化的，这些变化必然会对系统的活动内容、活动形式和活动要素产生不同程度的影响；同时系统内部的各种要素也是在不断发生变化的。系统若不及时根据内外变化的要求，适时进行局部或全局的调整，则可能被变化的环境所淘汰，或为改变了的内部要素所不容。这种为适应系统内外变化而进行的局部和全局的调整，便是管理的创新职能。系统不断改变或调整取得和组合资源的方式、方向和结果，向社会提供新的贡献，这正是创新的主要内涵和作用。

维持和创新对系统的生存和发展都是非常重要的，它们是相互联系、不可或缺的。创新是维持基础上的发展，而维持则是创新的逻辑延续；维持是为了实现创新的成果，而创新则是为了更高层次的维持提供依托和框架。任何管理工作，都应围绕着系统运转的维持和创新而展开。卓越的管理是实现维持与创新最优组合的管理。

三、创新的类别与特征

创新概念是由著名的经济学家熊彼特最早引入经济系统的，他认为创新是经济发展的持续动力源泉。根据熊彼特的定义，创新是指把一种从来没有过的关于生产要素的新组合引入生产体系。这种新组合包括引进新产品、引用新的生产方法、开辟新市场、获得原材料或半制成品的新的供应来源、引进新的组织形式五个方面。显然，熊彼特的创新概念的含义是相当广泛的，它是指各种可以提高资源配置效率的新活动。但是，归纳起来，熊彼特意义上的创新主要是两大类，即技术创新和组织创新。

一般来说，系统内部的创新类型可以从不同的角度去考察。

（1）从创新的规模以及创新对系统的影响程度来考察，可以分为局部创新和整体创新。局部创新是指在系统性质和目标不变的前提下，系统活动的某些内容、某些要素的性质或其相互结合的方式，系统的社会贡献的形式或方式等发生变动；整体创新则往往改变系统的目标和使命，涉及系统的目标和运行方式，影响系统的社会贡献的性质。

（2）从创新与环境的关系来分析，可分为消极防御型创新和积极攻击型创新。消极防御型创新是指由于外部环境的变化对系统的存在和运行造成了某些程度的威胁，为了避免威胁或由此造成的系统损失扩大，系统在内部展开的局部或全局性调整；积极攻击型创新是指在观察外部世界运动过程中，敏锐地预测到未来环境可能提供的某种有利机会，从而主动地调整系统的战略和技术，以积极地开发和利用这种机会，谋求系统的发展。

（3）从创新发生的时期来看，可分为系统初建阶段的创新和运行中的创新。

（4）从创新的组织程度上看，可分为自发性创新与有组织的创新。

专栏12-1　联合国：中国成世界创意产品最大出口国

联合国贸易与发展会议（United Nations Conference on Trade and Development）2008年1月14日公布的报告显示，中国和意大利已经成为包括电影、音乐、手工艺和建筑设计等在内的创意产品（Creative Goods）的最大出口国。

根据这份报告提供的数据，从1996—2005年，中国大陆地区创意产品出口额由184亿美元增长到614亿美元，10年里取得了"前所未有的发展"。

另外，中国香港地区的创意产品出口在1996年时就已经处于世界前列，同样是在1996—2005年的10年间，中国香港创意产品出口由244亿美元增加到277亿美元。这个数据，使得中国2005年创意产品出口总额达到891亿美元。

此外，UNCTAD的这份报告还显示，从1996—2005年，意大利的创意产品从236亿美元增加到280美元，使其成为"世界设计领域有力的竞争者"。

目前，由法国设计中国制造的产品也计算到中国的出口货物中，所以UNCTAD创意经济产业的官员表示这个数据并不严密，需要进一步研究以找到更加准确的方法来计算国际贸易中的文化产品。

第二节　创新职能的基本内容

创新本质上是一种经济活动，是经济利润的重要源泉之一。由于企业是社会经济运行的基本单位，企业应该成为创新的真正主体，把握住企业创新也就为理解管理的创新职能提供了坚实的基础。具体地说，企业创新就是指企业在生产、经营、组织和管理活动中应用新思想、新方法，建立新的生产函数或实现资源的新的配置方式的经济行为。正像前面对创新的一般性说明一样，技术创新和组织创新是企业创新的两类基本形式，它们相互联系、相互推动，共同构成了企业管理的创新职能的有机整体。其中技术创新是形成企业物质生产能力的直接因素，但技术创新要有一系列诱导机制，这些诱导力量的出现主要是组织创新的结果，而且技术创新只有在特定组织制度和结构中才能最终实现。当然，组织创新也常常受到技术创新的推动，而且其规模和效果在一定程度上又受到技术创新的限制。我们以社会经济生活中大量存在的企业系统为例来介绍创新的内容。

一、目标创新

在新的经济背景中，企业的目标必须调整为：通过满足社会需要来获得利润。至于企业在各个时期的具体的经营目标，则更需要适时地根据市场环境和消费需求的特点及变化趋势加以整合，每一次调整都是一种创新。

二、技术创新

技术创新是企业创新的主要内容，企业出现的大量创新活动是有关技术方面的。企业的技术创新主要表现在：要素创新、要素组合的创新以及产品的创新三个方面。

（一）要素创新

要素创新包括：材料创新、设备创新及人事创新。

（1）材料创新。材料创新的内容包括：开辟新的来源，以保证企业扩大再生产的需要；开发、利用大量廉价的普通材料，代替量少价昂的稀缺材料，以降低产品的生产成本；改造材料的质量和性能，以保证和促进产品质量的提高。

（2）设备创新。设备创新主要包括：通过利用新的设备，减少手工劳动的比重，以提高企业生产过程的机械化和自动化程度；通过将先进的科学技术成果用于改造和革新原有的设备，以延长其技术寿命，提高其效能；有计划地进行设备更新，以更先进、更经济的设备来取代陈旧的、过时的老设备，使企业生产建立在先进的物质技术基础上。

（3）人事创新。企业的人事创新，既包括根据企业发展和技术进步的要求，不断地从外部取得合格的新的人力资源，而且更应该注重企业内部现有人力的继续教育，用新技术、新知识去培训、改造和发展他们，使之适应技术进步的要求。

（二）要素组合方法的创新

要素的组合包括生产工艺和生产过程的时空组织两个方面。

（1）生产工艺创新要根据新设备的技术性能，不断研究和改进操作技术和生产方法，以求使现有设备得到更充分的利用，使现有材料得到更合理的加工。工艺创新与设备创新是相互促进的。

（2）生产过程的组织包括设备、工艺装备、在制品以及劳动者在空间上的分布和时间上的组合，企业应不断地研究和采用更合理的空间布置和时间组合方式，以提高劳动生产率、缩短生产周期，从而在不断增加要素投入的前提下，提高要素的利用率。

（三）产品创新

产品创新包括许多内容，这里主要分析物质产品本身的创新。物质产品创新主要包括品种和结构的创新。

品种创新要求企业根据市场需要的变化，根据消费者偏好的转移，及时地调整企业的生产方向和生产结构，不断开发出受用户欢迎的适销对路的产品。

产品结构的创新，在于不改变原有品种的基本性能，对现在生产的各种产品进行改进和改造，找出更加合理的产品结构，使其生产成本更低、性能更完善、使用更安全，从而更具市场竞争力。

【例】某个大公司引进了一条香皂包装生产线，结果发现这条生产线有个缺陷：常常会有盒子里没装入香皂。总不能把空盒子卖给顾客啊，他们只得请了一个学自动化的博士后设计一个方案来分拣空的香皂盒。博士后拉起了一个十几人的科研攻关小组，综合采用了机械、微电子、自动化、X射线探测等技术，花了几十万元，成功解决了问题。每当生产线上有空香皂盒通过，两旁的探测器会检测到，并且驱动一只机械手把空皂盒推走。

有个私营企业也买了同样的生产线，老板发现这个问题后大为恼火，找了个小工来说："你给我把这个搞定，不然你给我走人。"小工很快想出了办法：他花了90元钱在生产线旁边放了一台大功率电风扇猛吹，于是空皂盒都被吹走了。

这个故事原本是一个笑话，但是这个故事却是很深刻的。同样的一个问题，解决办法却有天壤之别。

解答：在资源有限的情况下，要进行有效地的产品创新，简单的就是好的。

三、制度创新

企业制度主要包括产权制度、经营制度和管理制度等三个方面的内容。

产权制度是规定企业最重要的生产要素的所有者对企业的权力、利益和责任。企业产权制度的创新应朝寻求生产资料的社会成员"个人所有"与"共同所有"的最适度组合的方向发展。

经营制度是有关经营权的归属及其行使条件、范围、限制等方面的原则规定。经营制度的创新方向是不断寻求对企业生产资料最有效的利用方式。

管理制度是行使经营权、组织企业日常经营的各种具体规则的总称，包括对材料、设备人员及资金等各种要素的取得和使用的规定，分配制度是最重要的内容之一。分配制度的创新在于不断地追求和实现报酬与贡献的更高层次上的平衡。

企业创新的方法是不断调整和优化企业所有者、经营者、劳动者三者之间的关系，使各个方面的权利和利益得到充分的体现，使组织的各成员的作用得到充分的发挥。

四、组织机构和结构的创新

企业制度创新必然要求组织形式的变革和发展。由于机构设置和结构的形式要受到企业活动的内容、特点、规模、环境等因素的影响，因此，不同的企业，有不同的组织形式；同一企业，在不同的时期，随着经营活动的变化，也要求组织的机构和结构进行不断的调整。组织创新的目的在于更合理地组织管理人员的努力，提高管理劳动的效率。

五、环境创新

环境创新是指通过企业积极的创新活动去改造环境，去引导环境朝着有利于企业经营的方向变化。就企业来讲，环境创新的主要内容是市场创新。

市场创新主要是指通过企业的活动去引导消费，创造需求。新产品开发往往被认为是企业创造市场需求的主要途径。其实，市场创新的更多内容是通过企业的营销活动来进行的。

专栏12-2 **管理创新的重要性**

据报道，华为已取代松下成为全世界日均专利技术申请数量最多的企业。有统计资料表明，企业正越来越成为人类社会创新的主体。如果说企业是社会进步的引擎，企业是经济发展的航母，那么管理创新则是引擎上的润滑油、航母上的导航仪。当然管理创新有一个前提：这就是企业要有一个好的管理体系。好的管理体系才能保证引擎不熄火，航母不偏向。因为好的管理体系才能充分激发人的潜能，好的管理体系才能保证人的创造性不被扼杀。

管理创新的作用如此明显、如此重要。然而现实生活中忽视管理创新的企业却比比皆是。运行良好的企业一定是创新管理顺畅的企业，这样的企业当然不需要外人的指点。运行不畅的企业一定是扼制创新的企业。这一类企业要想摆脱困境，走上健康稳定的良性发展轨道，必须实施规范化管理，从而彻底扭转企业发展动荡不安的局面。

第三节 创新的过程和组织

一、创新的过程

要进行有效的组织系统的创新活动，就必须研究和揭示创新的规律。总结众多成功企业的经验，成功的创新要经历寻找机会、提出构思、迅速行动、忍耐坚持等几个阶段的努力。

（一）寻找机会

旧秩序中的不协调可能存在于系统的内部，也可能产生于对系统有影响的外部。就系统的外部来说，有可能成为创新契机的变化主要有4点。

（1）技术的变化，可能影响企业资源的获取，生产设备和产品的技术水平。

（2）人口的变化，可能影响劳动市场的供给和产品销售市场的需求。

（3）宏观经济环境的变化。

（4）文化与价值观念的转变，可能改变消费者的消费偏好或劳动者对工作及其报酬的态度。

就系统内部来说，引发创新不协调的现象主要有两类。

• 生产经营中的瓶颈，可能影响劳动生产率的提高或劳动积极性的发挥。

• 企业意外的成功和失败，可以把企业从原来的思维模式中驱赶出来，可能成为企业创新的一个重要的源泉。

（二）提出构想

敏锐地观察到不协调的现象，积极思考原因，估计可能带来的后果，努力利用机会，提出多种解决问题，消除不协调，使系统在更高层次实现平衡的创新构想。

（三）迅速行动

创新成功的秘诀主要在于迅速行动。一味地追求完美，就可能坐失良机。

（四）坚持不懈

创新的过程是不断尝试、不断失败、不断提高的过程。因此，创新者要坚定不移地继续下去，要有足够的自信心，有较强的忍耐力。

二、创新活动的组织

（一）正确理解和扮演"管理者"的角色

管理者必须自觉地带头创新，并努力为组织成员提供和创造一个有利于创新的环境，积极鼓励、支持、引导组织成员进行创新。

（二）创新促进创新的组织氛围

促进创新的最好方法是大张旗鼓地宣传创新，树立"无功便是有过"的新观念，使每一个员工都奋发向上，努力进取，大胆尝试。造成一种人人谈创新，时时想创新，无处不创新的组织氛围。

（三）制订有弹性的计划

创新意味着打破旧的规则，意味着实践和资源的计划外占用，创新要求组织的计划必须有弹性。

（四）正确地对待失败

创新的过程是一个充满失败的过程，创新者应该认识这一点，创新的组织者更应认识到这一点。

（五）建立合理的奖酬制度

要激发每个人的创新热情，还必须建立合理的评价和奖惩制度。如果创新的努力，得不到组织或社会的承认，不能得到公平的评价和合理的奖酬，创新的动力就会渐渐消失。但对创新的奖励要注意以下几点。

（1）注意物质奖励与精神奖励的结合。

（2）奖励不能视做"不犯错误的报酬"。

（3）奖励制度要既能促进内部竞争，又能保证成员间的合作。

专栏12-3 　　　　　　**管理创新彰显"中国路径"**

第十四届国家级企业管理创新大会透露出这样一个信号：增强企业软实力、加快国际化进程、从制造向服务转型成为了中国企业的当务之急。一个世界级的港口的"软实力"怎么样在十几年的时间内建成？一个在全球五家证券市场上市、已经濒临倒闭的境外石油企业，如何在中国企业的治理下焕发新的活力？生产商如何向生产服务商转型，一个工业品生产企业的成功转型给了我们一个什么样的启示？这是在第十四届国家级企业管理创新大会上149项成果中看到的案例。在这次大会上，通过管理创新提高企业核心竞争力已经是大多数中国企业的普遍共识。一年一度的全国管理创新大会是中国企业管理实践者的盛会，它汇集了近几年企业管理创新的主要成果，代表当前中国企业管理的先进水平。从此次大会的成果我们也看到，中国企业管理创新的全球化思维还不够，对企业责任和企业软实力等方面的理解和实践与全球企业有明显的差距，企业在管理创新过程中管理理论指导不足。中国企业联合会、中国企业家协会副理事长、全国企业管理现代化创新成果审定委员会副主任胡新欣对本届成果进行点评时指出，从149项成果中至少可以感觉到，我国企业与中国经济发展大趋势相一致的积极走向，以及在这种走向中一步一个脚印务实的创新精神。

（资料来源：2009 年 4 月 7 日，全球品牌网。）

第四节　企业管理创新

一、企业管理创新

企业管理创新是指企业把新的管理要素（如新的管理方法、新的管理手段、新的管理模式等）或要素组合引入企业管理系统以更有效地实现组织目标的创新活动。

当代著名的管理学家彼德·德鲁克曾把诱发企业进行创新的不同因素归纳成七种，即意外的成功或失败、企业内外的不协调、过程改进的需要、产业和市场的改变、人口结构的变化、人们观念的改变以及新知识的生产等。了解和把握创新的诱因或来源，对于理解企业为什么要创新和如何实施创新，并能够适时而有效地进行技术创新和组织创新都是非常有帮助的。

二、企业管理创新的基本理论依据

要有效地进行管理创新，必须依照企业创新的特点和基本规律。因此，管理创新要依据以下基本的理论。

1. 企业本性论

追求利润最大化——企业是现代社会的经济主体，是社会政治、经济和文化生活的基本单元。现代社会是以企业为主宰的团体社会。企业没有利润，怎样体现自己的生命意义，又怎样追求自己的价值，这是企业进行管理创新首要的和基本的理论依据。

2. 管理本性论

"企业本性论"指明了企业生存的目标。怎样实现这一目标必须靠科学的管理。通过加强基础管理和专业管理，保证产品质量的提高、产量的增加、成本的下降和利润的增长。这是企业管理创新的又一依据。

3. 员工本性论

"员工本性论"明确了创造利润这一企业本性，认识到实现企业本性要靠科学的管理，根据市场和社会变化，有效地整合企业内部资源，创造更高的生产率，不断满足市场需求，是管理创新的内容。但这还不够，还必须明确管理的主体。在构成企业的诸多要素中，人是最积极、最活跃的主体性要素，企业的一切营运活动必须靠人来实现。人是生产力的基本要素，又是管理的主体。这是企业活力的源泉所在，也是管理能否成功的关键。

4. 国企特性论

国有企业是国有资产的运营载体，当前在国民经济中占有主导地位，是一种"特殊"的企业。政府要依靠和发挥国有经济的作用，通过国有企业实现宏观调控，与外资企业抗衡，稳定市场秩序，维护公开、公平的市场竞争，保证经济社会发展目标的实现。改革只会改变国企承担社会目标的形式和某些内容，但决不会改变其承担社会目标的职能，也不会改变经营者所面对的较之私人企业更多的管理难题。

三、企业管理创新的四个阶段

一般来说，管理创新过程包含四个阶段。

第一阶段：对现状的不满

在几乎所有的案例中，管理创新的动机都源于对公司现状的不满，或是公司遇到了危机，或是商业环境变化以及新竞争者出现而形成战略型威胁，或是某些人对操作性问题产生抱怨。当然，不论出于哪一种原因，管理创新都在挑战组织的某种形式，它更容易产生于紧要关头。

专栏12-4
联想分拆，二少帅分掌事业空间

2001年3月，联想集团宣布联想电脑、神州数码战略分拆进入到资本分拆的最后阶段，同年6月，神州数码在香港上市。

分拆之后，联想电脑由杨元庆接过帅旗，继承自有品牌，主攻PC、硬件生产销售；神州数码则由郭为领军，另创品牌，主营系统集成、代理产品分销、网络产品制造。

至此，联想接班人问题以喜剧方式尘埃落定，深孚众望的双少帅一个握有联想现在，一个开往联想未来。曾经长期困扰中国企业的接班人问题，在联想的老帅柳传志的世事洞明的眼光下，迎刃而解。

第二阶段：从其他来源寻找灵感

管理创新者的灵感可能来自其他社会体系的成功经验，也可能来自那些未经证实却非常有吸引力的新观念。有些灵感源自管理思想家和管理宗师。还有些灵感来自无关的组织和社会体系。20世纪90年代初，总部位于丹麦哥本哈根的助听器公司奥迪康推行了一种激进的组织模型：没有正式的层级和汇报关系；资源分配是围绕项目小组展开的；组织是完全开放的。几年后，奥迪康取得了巨大的利润增长。而这个灵感却来源于公司CEO——Lars Kolind曾经参与过的美国童子军运动。Kolind说："童子军有一种很强的志愿性。当他们集合起来，就能有效合作而不存在任何等级关系。这里也没有钩心斗角、尔虞我诈，大家目标一致。这段经历让我重视为员工设定一个明确的'意义'，这种意义远远超越了养家糊口。同时，建立一个鼓励志愿行为和自我激励的体系。"

此外，有些灵感来自背景非凡的管理创新者，他们通常拥有丰富的工作经验。管理创新的灵感很难从一个公司的内部产生。很多公司盲目地观察或模仿竞争者的行为，导致整个产业的竞争高度趋同。只有通过从其他来源获得灵感，公司的管理创新者们才能够开创出真正全新的东西。

专栏12-5
二教授心系学员，创立好赖网

2007年3月29日中午13时许，北京，晴，郝新军教授和赖伟民教授于北京大学资源大厦一楼上岛咖啡厅坐而论道。席间，赖教授感叹：最近承担的教学任务太重，难有时间进行课题研究，更难有时间深入企业实地调研。郝教授曰：同感！同感！尤甚者，无法一一解答全国学员的学习疑问和管理问题，甚憾！郝教授进而设想：我俩的全国学员以企业高管者居多，数量几近十万。可否合办一个学员联谊会之类的组织，集中解答学员问题，促进学员交流联谊。此语一出，赖教授拍案而起：good idea!! 莫不如利用网络技术，办一个网站，不仅服务学员，还能成为现代管理领域的学习、研讨、交流的平台。郝教授亦两眼放光：太好了！就以我俩的姓氏"郝""赖"为名，叫"好赖网"吧！于是，好赖网（www.okbad.org）诞生了！

第三阶段：创新

管理创新人员将各种不满的要素、灵感以及解决方案组合在一起，组合方式通常并非一蹴而就，而是重复、渐进的，但多数管理创新者都能找到一个清楚的推动事件。

专栏 12-6　希望集团卖鹌鹑而做饲料，再做金融投资

刘氏兄弟的发展轨迹，就是脱壳、再脱壳的过程。20 世纪 80 年代初，刘氏兄弟以 1 000 元人民币起家，回村孵鸡、孵鹌鹑。随后数年，刘氏兄弟成为全国的鹌鹑大王，但刘氏兄弟在鹌鹑养殖事业顶峰时，看到危机。于是，把鹌鹑宰杀或送人。成功地开发出希望牌高档猪饲料，并很快占领成都市场。

1998 年，刘氏兄弟在饲料行业达到顶峰，随后进行资产重组，分别成立了大陆希望集团、东方希望集团、新希望集团、华西希望集团，各自在相关领域发展。东方希望移居上海后，刘永行开始频频出手参股金融机构。目前，东方希望在光大银行、民生银行、民生保险、深圳海达保险经纪人公司和上海光明乳业等项目上都持有一定股份，总投资超过 2 亿元。

第四阶段：争取内部和外部的认可

与其他创新一样，管理创新也有风险巨大、回报不确定的问题。很多人无法理解创新的潜在收益，或者担心创新失败会对公司产生负面影响，因而会竭力抵制创新。而且，在实施之前，我们很难准确判断创新的收益是否高于成本。因此，对于管理创新人员来说，一个关键阶段就是争取他人对新创意的认可。

在管理创新的最初阶段，获得组织内部的接受比获得外部人士的支持更为关键。这个过程需要明确的拥护者。如果有一个威望高的高管参与创新的发起，就会大有裨益。另外，只有尽快取得成果才能证明创新的有效性，然而，许多管理创新往往在数年后才有结果。因此，创建一个支持同盟并将创新推广到组织中非常重要。管理创新的另一个特征是需要获得"外部认可"，以说明这项创新获得了独立观察者的印证。在尚且无法通过数据证明管理创新的有效性时，高层管理人员通常会寻求外部认可来促使内部变革。外部认可包括四种来源。

第一，商学院的学者。他们密切关注各类管理创新，并整理总结企业遇到的实践问题，以应用于研究或教学。

第二，咨询公司。他们通常对这些创新进行总结和存档，以便用于其他的情况和组织。

第三，媒体机构。他们热衷于向更多的人宣传创新的成功故事。

第四，行业协会。

外部认可具有双重性：一方面，它增加了其他公司复制创新成果的可能性；另一方面，它也增加了公司坚持创新的可能性。

专栏 12-7　蒙牛号召向伊利学习

1998 年年底，原伊利副总牛根生出走伊利，创办蒙牛。对中国乳业来说，伊利就是一所黄埔军校。伊利把牛根生从一个刷奶瓶的小工培养成一个呼风唤雨的人物，伊利依托公司连基地、基地连农户的生产经营模式也被蒙牛借鉴过来，并且做得更到位、更彻底。牛根生还别出心裁地在产品包装盒上印上为民族工业争气，向伊利学习的口号，蒙牛的第一块广告牌也非常乖巧地写着做内蒙古第二品牌。

但正因为这种在学习中竞争的模式，伊利和蒙牛的发展速度都非常惊人。尤其是蒙牛，创造了中国企业史无前例的 1947.31% 的成长速度，由名不见经传飙升到现在的前五之列，而牛根生充满玄机的"伊利和蒙牛迟早要走在一起"的言语，给伊利一个什么样的信号呢？

四、企业管理创新的必要性

1. 知识经济和现代科学技术的要求

信息技术引领的现代科技的发展以及经济全球化的进程，推动了管理创新，这既包括宏观管理层面上的创新——制度创新，也包括微观管理层面上的创新。系统理论强调知识、技术和信息化的作用，特别强调知识集成、知识管理的作用，强调信息技术引领的管理创新。在知识社会的环境下，科技创新体系的构建需要以系统理论为指导，从科学研究、技术进步与应用创新的协同互动入手，进一步分析充分考虑现代科技引领的管理创新、制度创新。科技创新正是科学研究、技术进步与应用创新协同演进下的一种复杂现象。科技创新体系由以科学研究为先导的知识创新、以标准化为轴心的技术创新和以信息化为载体的现代科技引领的管理创新三大体系构成，在知识社会新环境下三个体系相互渗透，互为支撑，互为动力，推动着科学研究、技术研发、管理与制度创新的发展。

2. 市场经济和激烈的市场竞争的要求

"以产定销"的计划经济时代已经成为过去，信息化为经济的市场化、国际化提供了生产力基础。企业的生存必将是在全球范围内的生存。全球电子数据交换系统 EDI，使企业在产品生产和供应方面的地理概念与时间概念大大淡化，资金流通与商品流通日趋呈现市场化、全球化。这些变化既给企业带来了机遇和挑战，又给企业带来了更高的要求与残酷的竞争。

3. 深化企业改革的要求

管理要合理组织生产力，同时又要不断地调整生产关系。当今，我国企业正处于生产力大发展、生产关系大变革的环境之中，处于由计划经济向市场经济的深刻转变之中。要提高企业的经济效益，经济增长方式必须从粗放经营转到集约经营上来，即由"总量增长型"向"质量效率型"转变。

五、企业管理创新的基本条件

为使管理创新能有效地进行，还必须创造 6 个基本条件。

1. 创新主体（企业家，管理者和企业员工）应具有良好的心智模式

这是实现管理创新的关键。心智模式是指由于管理创新主体过去的经历、习惯、知识素养、价值观等形成的基本固定的思维认识方式和行为习惯。创新主体具有的心智模式：一是远见卓识；二是具有较好的文化素质和价值观。

2. 创新主体应具有较强的能力结构

管理创新主体必须具备一定的能力才可能完成管理创新。创新管理主体应具有：核心能力、必要能力和增效能力。核心能力突出地表现为创新能力；必要能力包括将创新转化为实际操作方案的能力，从事日常管理工作的各项能力；增效能力则是控制协调加快工作进展的

各项能力。

3. 企业应具备较好的基础管理条件

现代企业中的基础管理主要指一般的最基本的管理工作,如基础数据、技术档案、统计记录、信息收集归档、工作规则、岗位职责标准等。管理创新往往是在基础管理较好的基础上才有可能产生,因为基础管理好可以提供许多必要的准确的信息、资料、规则,这本身有助于管理创新的顺利进行。

4. 企业应营造一个良好的管理创新氛围

创新主体能有创新意识,能有效发挥其创新能力,与拥有一个良好的创新氛围有关。在良好的工作氛围下,人们思想活跃,新点子产生得多而快,而不好的氛围则可能导致人们思想僵化,思路堵塞,头脑空白。

5. 管理创新应结合本企业的特点

现代企业之所以要进行管理上的创新,是为了更有效地整合本企业的资源以完成本企业的目标和任务。因此,这样的创新就不可能脱离本企业和本国的特点。在当前的国际市场中,短期内中国大部分企业的实力比西方的企业弱,如果以刚对刚则会失败,若以太极拳的方式以柔克刚,则可能是中国企业走向世界的最佳方略。中国企业应充分发挥以"情、理、法"为一体的中国式管理制度的优势和特长。

6. 管理创新应有创新目标

管理创新目标比一般目标更难确定,因为创新活动及创新目标具有更大的不确定性。尽管确定创新目标是一件困难的事情,但是如果没有一个恰当的目标则会浪费企业的资源,这本身又与管理的宗旨不符。

六、如何提高公司的管理创新能力

管理者如何才能提高公司的管理创新能力呢?

有意识地进行管理创新。很多公司建立了研发实验室,或是为某些个人指定了明确的创新职责。但有多少公司建立了专门的组织架构来培育管理创新呢?要成为一个管理创新者,第一步须向整个组织推销其创新观念。

创造一个怀疑的、解决问题的文化。当面临挑战时,公司员工会如何反应?他们会开始怀疑吗?他们是会借助竞争者采用的标准解决方案,还是会更加深入地了解问题,努力发现新的解决之道?只有最后一条路才能将公司引向成功的管理创新之路,管理者应当鼓励员工寻求解决问题而非选择逃避。

专栏 12-8

美国英特尔公司在对旧组织、旧制度文化实施的变革中强调了"冲破旧习惯""变低效为高效""以文化推进经济增长"的策略。这种文化的主要内容如下。

包容失败——对待破产就像对待一场过去战争的创伤。

追求风险——把技术问题视为一个机会。

对公司再投资——在硅谷挣的钱绝大部分都用于那里的投资。

对变化充满热情——"不是我们让自己过时,就是参与竞争"。

论功行赏——年龄和经验无足轻重。

沉迷于产品的改进——对新思想和新产品的迷恋。

合作——职员是借来的；思想是共享的；偏爱是互换的。

多样化——硅谷有任何形态和大小的公司。

任何人都可参与——每个人都有挣大钱的平等机会。

寻求不同环境中的类比和例证。公司应该向一些高度弹性的社会体系学习，如议会民主制度、城市等。如果公司希望提高员工的动力，就应该去观察、学习各种志愿者组织。鼓励员工去不同的国家工作也非常有价值，这可以开阔员工的视野并激发他们的创新思维。

培养低风险试验的能力。有一家公司的管理人员不断地鼓励员工及团队提出管理创新的办法。但他们很快意识到，要想使能动性转化为有效性，就不能放任所有的新主意在整个组织内蔓延。他们规定，每种创新只能在有限的人员范围和有限的时间内进行。这既保证了新创意有机会实施，同时也不会危害到整个组织。

利用外部的变革来源来探究新想法。当公司有能力自己推进管理创新时，有选择地利用外部的学者、咨询顾问、媒体机构以及管理大师们，会很有用。他们有三个基本作用：新观念的来源；作为一种宣传媒介让这项管理创新更有意义；使公司已经完成的工作得到更多的认可。

持续地进行管理创新。真正的成功者决非仅进行一两次的管理创新。相反，他们是持续的管理创新者。通用电器就是一个例子。它不仅成名于其"群策群力"的原则和无边界的组织，还拥有很多创新，例如，战略计划、管理人员发展计划、研发的商业化等。

专栏 12 - 9

在年轻的刚发展起来的组织中，其文化可能是家长专制式的，也可能是协作参与型的。如果工作配置是个人化的，工作技术是手工操作的，组织设计是简单的、直线式的，整个组织很可能是创业者个人的一条长长的影子。反之，如果工作配置是自主独立的，工作技术是日新月异、不断变化的，组织设计是矩阵式或有机的，组织的文化就可能是协作参与型的。当组织向青春期发展时，需要培养身份意识，增强控制，它的文化可能倾向于官僚主义；当组织迈向成熟期，对创新的需要可能重新出现，面对日新月异、动荡不定的技术环境，组织设计要变成有机的，工作配置要成为独立自主的，企业文化则要求变成协作参与型的。如果竞争较少而且技术稳定，组织的设计可能会保持机械、保守、缺乏改革意识。

七、企业管理创新的十大趋势

（一）由追求利润最大化向追求企业可持续成长观转变

把利润最大化作为管理的唯一主题，是企业失败的重要原因之一。在产品、技术、知识等创新速度日益加快的今天，成长的可持续性已经成为现代企业所面临的比管理效率更重要的课题。

（二）企业竞争由传统的要素竞争转向企业运营能力的竞争

提升企业的运营能力，就要使企业成为一个全新的"敏捷性"的经营实体。在生产方面，它能依照顾客订单，任意批量制造产品和提高服务；在营销方面，它能以顾客价值为中心、丰富顾客价值、生产个性化产品和服务的组合；在组织方面，它能整合企业内部和外部与生产经营过程相关的资源，创造和发挥资源杠杆的竞争优势；在管理方面，它能将管理思想转换到领导、激励、支持和信任上来。

（三）企业间的合作由一般合作模式转向供应链协作、网络组织、虚拟企业、国际战略联盟等形式

现代企业不能只提供各种产品和服务，还必须懂得如何把自身的核心能力与技术专长恰当地同其他各种有利的竞争资源结合起来，弥补自身的不足和局限。

（四）员工的知识和技能成为企业保持竞争优势的重要资源

知识被认为是和人力、资金等并列的资源，并将逐渐成为企业最重要的资源。企业需要更多地通过组织学习管理知识和加强协作的能力来应对知识经济的挑战，将现有组织、知识、人员和流程与知识管理和协作紧密地结合起来。

（五）从传统的单一绩效考核转向全面的绩效管理

传统的绩效考核是通过对员工工作结果的评估来确定奖惩，但过程缺乏控制，没有绩效改善的组织手段作为保证，在推行绩效考核时会遭到员工的反对。因而，把绩效管理与公司战略联系起来，变静态考核为动态管理，是近年来绩效管理的显著特点。

（六）信息技术改变企业的运作方式

信息技术的发展和应用，使业务活动和业务信息得以分离，原本无法调和的集中与分散的矛盾也得以解决。企业通过整合，能够实现内部资源的集中、统一和有效配置。借助信息技术手段，企业能够跨越内部资源界限，实现对整个供应链资源的有效组织和管理。

（七）顾客导向观念受到重视并被超越

近十几年来，以微软、英特尔为首的部分高科技企业放弃了"顾客导向"，采用以产品为中心的经营战略，并取得了巨大成功，由此产生了超越"顾客导向"的竞争新思维。这主要是因为随着知识经济时代的到来，企业面对的已不仅仅是现有的份额，更重要的是未来的市场和挑战。

（八）由片面追求企业自身利益转变为注重履行社会责任，实现经济、环境、社会协调发展

良好的企业社会责任策略和实践可以获取商业利益，社会责任表现良好的企业不仅可以获得社会利益，还可以改善风险管理，提高企业的声誉。在目前的商业环境下，已经不是"是否应该"实施社会责任政策的问题，而是如何有效实施，大多数商业发展计划都要进行道德评估和环境影响分析。

（九）企业管理创新成主流趋势

我国企业在深化改革和管理创新方面，不断地倡导创新精神，激发创新意识、引导创新方向、鼓励创新行为、提升创新能力，企业管理创新已成为主流方向。

（十）企业管理创新进入新阶段

现在的深化改革到了制度创新的阶段，企业管理现代化也必然要进入到管理创新的新阶段。也就是说，到了建立管理科学的阶段了。管理创新与制度创新并举，管理创新与技术创新协调发展，形成了生产关系逐渐适应生产力发展的趋势。

本章小结

创新首先是一种思想以及在思想指导下的实践，是一种原则以及在这种原则下的具体活动，是管理的一种基本职能。管理的创新职能是企业获取持续竞争优势的重要保证，尤其是伴随知识经济时代的到来，企业的性质正在发生根本性的改变。企业创新就是指企业在生产、经营、组织和管理活动中应用新思想、新方法，建立新的生产函数或实现资源的新的配置方式的经济行为。

要有效的组织系统的创新活动，就必须研究和揭示创新的规律。总结众多成功企业的经验，成功的创新要经历寻找机会、提出构思、迅速行动、忍耐坚持等几个阶段的努力。

企业管理创新是指企业把新的管理要素（如新的管理方法、新的管理手段、新的管理模式等）或要素组合引入企业管理系统以更有效地实现组织目标的创新活动。

企业管理创新进入了新阶段。

现在的深化改革到了制度创新的阶段，企业管理现代化也必然要进入到管理创新的新阶段。也就是说，到了建立管理科学的阶段了。管理创新与制度创新并举，管理创新与技术创新协调发展，形成了生产关系逐渐适应生产力发展的趋势。

复习思考题

一、名词解释

1. 技术创新　2. 管理创新　3. 产品创新　4. 服务创新　5. 技术工艺创新　6. 管理制度

二、不定项选择

1. 企业创新的基本内容包括（　　）。
   A. 制度创新　　　　B. 技术创新　　　　C. 管理创新　　　　D. 服务创新
2. 下列不属于管理的"维持职能"的是（　　）。
   A. 组织　　　　　　B. 创新　　　　　　C. 控制　　　　　　D. 领导
3. 创新与维持的关系说法正确的是（　　）。
   A. 维持是创新基础上的发展
   B. 创新是维持的逻辑延续
   C. 维持是为了实现创新的成果
   D. 创新则是为更高层次的维持提供依托和框架
4. 下列属于企业管理制度创新内容的是（　　）。
   A. 内部制度创新　　B. 薪酬制度创新　　C. 财务制度创新　　D. 外部制度创新
5. 企业工艺技术创新的原则是（　　）。
   A. 需求推动原则　　B. 量力而行原则　　C. 持续创新原则　　D. 综合效益原则
6. 就系统的外部来说，有可能成为创新契机的变化主要有（　　）。
   A. 技术的变化　　　　　　　　　　　　B. 人口的变化
   C. 宏观经济环境的变化　　　　　　　　D. 文化与价值观念的转变

三、思考题

1. 为什么说"管理的本质内容是维持和创新，有效的管理在于适度的维持与适度的创新的组合"?

2. 作为管理的本质内容，维持和创新的关系及其作用是什么？

3. 创新主要涉及哪些方面？企业中各类创新活动有何特点？

4. 创新过程包括哪几个阶段？

5. 企业家创新职能的基本内容是什么？企业家如何有效地组织系统内的创新活动？

6. 管理创新与技术创新的关系如何？

7. 试述小企业管理创新的基本思路。

实践与训练

一、实践练习

1. 利用课余时间去图书馆、上网查阅有关资料，查询中国企业的管理创新的表现。

要求：每个人根据收集到的资料简要写出提纲。

2. 浏览一下网站 lib. zjdx. gov. cn/zhuanti/view. asp? id = 1594 40K 2009 - 9 - 17 政府管理创新与职能转变——以大连市为例。了解我国政府管理创新的情况，并写出一个简要报告，列举相关的案例和你自己对政府管理创新的看法。

二、案例分析

英特尔的创新理念

一、摩尔定律催人创新

英特尔的创始人摩尔从 20 世纪 70 年代起就构筑了其赖以成功的商业模式——不断改进芯片的设计，以技术创新满足计算机制造商及软硬件产品公司更新换代、提高性能的需要。摩尔提出，计算机的性能每 18 个月翻一番，只有不断创新，才能赢得高额利润并将获得的资金再投入到下一轮的技术开发中去。英特尔在推出第一块用于个人电脑的 4004 型微处理器之后的一年又推出了升级产品 4008，但这段时间微处理芯片还未广泛应用于 CPU。英特尔公司毫不放松，一年后又开发出真正通用型的微处理器 8080，使英特尔成为 8 比特芯片市场的领导者。由于看好市场前景，竞争对手很快也就开始生产 8 比特微处理器。为了保持竞争优势，英特尔随后推出了速度更快、功能更多的 8085 型处理器，并调集人员开始研制更先进的 32 比特的 432 型微处理器。

英特尔为了确保市场份额，抵御其他制造商的竞争，确立了"永不停顿、不断创新"的企业理念，在技术方面，不断加强科研开发，并努力拓展产品的适用范围，始终牢牢地把握产品更新换代的主动权。

二、公司文化的六项准则

英特尔在公司中确立了企业文化的六项准则，这六项准则是：客户服务、员工满意、遵守纪律、质量至上、尝试风险和结果导向。

公司总裁巴雷特说，如果有什么关键因素指导我们推进企业发展的话，那么这个关键因素就是公司文化。20 世纪 80 年代，世界上风靡"走动式"管理，这种管理模式是强调企业家身先士卒体察下属，了解情况。又称为看得到的管理，企业主管经常走动于生产第一线，与员工见面、交谈，希望员工对他提出意见，能够认识他，甚至与他争辩是非，是一种现场的管理。作为跨国公司的总裁，每年巡视英特尔公司国内外的所有工厂已成为巴特雷的工作惯例，人们给他一个称号，叫"环球飞行管理者"，巴雷特的累积飞行里程足以买下美国西部航空公司了。

三、推进对旧制度和旧文化的革新

一种组织文化是一套积累的准则、信仰、仪式、活动、传统习惯。当一个新的组织成员第一次接触到一种新文化时，他马上能感知的是这种文化和他熟悉的旧文化在诸多方面的差异。然而，在旧文化中习以为常的人们很难对所处的文化加以变革，如何将家长专制式的文化、官僚主义的文化改变为协作参与型的文化是企业文化变革的重要课题。加利福尼亚圣弗朗西斯科北部的硅谷因信息技术业的活跃而闻名遐迩。人们认为，对于这里取得的成功而言，其流行的文化是比经济、技术因素更重要的关键原因。（资料来源：2006-4-20，全球品牌网，潘定欢，有删节。）

问题：

1. 英特尔的摩尔定律对公司产生了什么影响？公司员工的危机意识和竞争意识是怎样形成的？

2. 英特尔公司文化的六条准则对公司的成长起到了什么作用？

3. 我国的高科技企业和一切从事科研工作的机构应当从英特尔公司的经验中学习些什么？

推荐读物

1. 刘峰. 管理创新与领导艺术［M］. 北京：北京大学出版社，2006.

2. ［英］玫·笛德，约翰·本珊特，基思·帕维特. 管理创新·技术变革·市场变革和组织变革的整合（第3版）［M］. 北京：清华大学出版社，2008.

3. 鲁兴启. 互联网与企业管理创新［J］. 中国软科学，2002，4.

4. 鲍晓雪. 企业管理创新问题研究［J］. 中国论文下载中心.

参考文献

［1］王凯，蔡根女．管理学原理［M］．北京：高等教育出版社，2001．

［2］许庆瑞．管理学［M］．北京：高等教育出版社，2001．

［3］王春利，李大伟．管理学基础［M］．北京：首都经济贸易大学出版社，2001．

［4］杨杜．现代管理理论［M］．北京：中国人民大学出版社，2001．

［5］黄津孚．现代企业管理原理（第四版）［M］．北京：首都经济贸易大学出版社，2002．

［6］周健临．管理学教程［M］．上海：上海财经大学出版社，2002．

［7］周三多等．管理学——原理与方法（第四版）［M］．上海：复旦大学出版社，2003．

［8］单凤儒．管理学基础［M］．北京：高等教育出版社，2003．

［9］张玉利主编．《管理学》［M］．天津：南开大学出版社，2004．

［10］林志扬．管理学原理［M］．厦门：厦门大学出版社，2004．

［11］邢以群．管理学［M］．杭州：浙江大学出版社，2005．

［12］姜杰，张喜民，孙立宁．管理学名著概要［M］．济南：山东人民出版社，2006．

［13］张玉利．管理学［M］．天津：南开大学出版社，2004．

［14］曾旗等．管理学［M］．北京：北京大学出版社，2008．

［15］邓志阳．管理学［M］．广州：暨南大学出版社，2008．

［16］杨文士等．管理学［M］．北京：中国人民大学出版社，2009．

［17］孙晓红等．管理学［M］．大连：东北财经大学出版社，2009．

［18］斯蒂芬·P·罗宾斯，玛丽·库尔特．管理学［M］．北京：中国人民大学出版社，2004．

［19］海因茨·韦里克，哈罗德·孔茨．管理学——全球化视角［M］．北京：经济科学出版社，2004．

［20］唐·黑尔里格尔，苏珊·E·杰克逊，小约翰·W·斯洛克姆．管理学——能力培养取向［M］．北京：中信出版社，2005．

［21］［美］郭士纳．《谁说大象不能跳舞》［M］．北京：中信出版社，2003．

［22］［日］大前研一著．《企业家的战略头脑》［M］．北京：三联书店，1986．

［23］［日］大野耐一著．李长信等译，《丰田生产方式》［M］．北京：北京出版社，1979．

［24］［英］P．乔恩特等著．卢长红等译．《跨文化管理》［M］．大连：东北财经大学出版社，1999．

［25］［英］D. S. 皮尤编．彭和平等译．《组织理论精粹》［M］．北京：中国人民大学出版社，1990．

［26］［英］D. S. 皮尤编．唐亮等译．《组织管理学名家思想精粹》［M］．北京：中国社会科学出版社，1986．

［27］Tomas S. Bateman, Scott A. Snell. Management：Competing in the New Era［M］．Higher Education Press，China. 2002.

［28］H. Craig Petersen，W. Cris Lewis. ，Managerial Economics［M］．The People's University Press.

［29］Stephen P. Robbins and Mary Coulter. Management（Fifth Edition）．New Jersey：Prentice-Hall International，Inc. ，1996.